QUAND JE SERAI PARTIE

W0340078

amazon crossing

QUAND JE SERAI PARTIE

EMILY BLEEKER

Traduit de l'anglais (États-Unis)
par Marion Nuding

amazon crossing

Édition originale parue aux États-Unis en 2016
sous le titre *When I'm Gone*, Lake Union Publishing.

Publié par
AmazonCrossing, Amazon Media EU SARL
5, rue Plaetis, L-2338, Luxembourg
Février 2017

Copyright © Édition originale 2016
par Emily Bleeker
Tous droits réservés.

Copyright © Édition française 2017 traduite par Marion Nuding

Photos : © LiliGraphie / Shutterstock ; © Tetra Images ; © Saknakorn / Getty Images

Conception de la couverture par : PEPE *nymi*, Milano

ISBN : 9781503940192

www.apub.com

À mes enfants, qui croient en moi bien plus que je n'aurai jamais l'audace de le faire moi-même.

Janvier
CHAPITRE 1

Ce fut un très bel enterrement. Comment aurait-il pu en être autrement ? C'était Natalie qui avait tout organisé, et elle avait toujours été douée pour recevoir. Luke et Natalie avaient visité ensemble la maison funéraire, mais Nat s'était chargée de tout le reste, y compris de la quête au bénéfice de l'Institut National du Cancer, et des messages vidéo personnalisés qui avaient défilé en boucle dans le hall. Pour la petite ville du Michigan qu'était Farmington Hills, ce fut probablement l'enterrement de l'année.

Luke appuya sur le bouton de la télécommande qui ouvrait le garage et avança sa voiture à côté de la camionnette marron de Natalie. Il roula doucement sur la double bosse familière qui signifiait qu'ils étaient arrivés à la maison, et les enfants commencèrent à s'agiter sur le siège arrière.

Luke jeta un coup d'œil à Will dans le rétroviseur. Il avait de nouveau les yeux rouges et humides. Quatorze ans, c'était un âge bien assez difficile comme cela sans avoir en prime à faire le deuil de sa mère, et il n'était pas encore à court de larmes… Peut-être les ados avaient-ils plus de larmes que les autres à cause des hormones ?

Luke, lui, avait fini par sécher les siennes, et c'était bien pire que de pleurer à gros sanglots. Au moins, quand vous pleurez, personne ne se permet de remarquer que vous prenez les choses plutôt bien ni que vous devez être soulagé de ne plus la voir souffrir. Ce que les gens ne comprennent pas, c'est que l'on peut très bien se donner l'air de tenir le coup sans véritablement reprendre le dessus pour autant.

May releva lourdement la tête, comme si celle-ci pesait dix kilos, et lâcha :

— Papa, j'ai faim. Qu'est-ce qu'on mange ?

Il arrivait à Luke de se demander si May, sous l'apparence d'une petite fille de neuf ans, n'était pas plutôt une adolescente en pleine croissance.

Will soupira.

— May, on a mangé à l'enterrement. Papa n'a pas le temps de…

— Ne t'en fais pas, Will, l'interrompit Luke de la main. Mamie Terry a rempli le congélateur. Si May a faim, je peux toujours réchauffer quelque chose pour le dîner.

La mère de Natalie avait quitté l'enterrement aussitôt le dernier « Amen » prononcé. Cela n'avait pas surpris Luke. Elle ne l'avait jamais tellement apprécié et il était soulagé de pouvoir rentrer chez eux sans sentir sur lui son regard dur qui semblait lui reprocher le cancer de sa fille.

— Allez-y, entrez. Je m'occupe de Clayton.

May et Will détachèrent leur ceinture.

— Tu as ramené des bretzels en chocolat de l'enterrement ? Ils étaient drôlement bons.

May avait glissé son visage entre les deux sièges avant. Elle avait hérité du joli nez retroussé de sa mère, des yeux de Luke, et son sourire était un incroyable mélange de l'ADN de ses deux parents.

— Bon sang, on dirait que tu reviens d'une putain de fête d'anniversaire ! lâcha Will en ouvrant sa portière avant de la refermer si fort que toute la voiture trembla.

C'était la première fois qu'il exprimait tant de colère.

— Ce n'est rien, ma puce, il ne pense pas ce qu'il dit, expliqua Luke pour rassurer May.

Il aurait dû réprimander Will pour la façon dont il avait traité sa sœur, au lieu de lui trouver des excuses, mais il n'était pas d'humeur à se disputer avec son fils. May haussa les épaules et ouvrit la portière que Will venait de lui claquer au visage.

— Mamie a acheté de quoi grignoter, elle a tout rangé dans l'îlot de cuisine. Tu peux prendre ce qui te fait envie.

— Merci Papa.

May se glissa sur le bord du siège et sauta de la voiture.

Bien que récente, la rancœur de Will n'avait rien de surprenant. Luke se souvint avoir lui-même ressenti une violence similaire à plusieurs reprises, juste après que Natalie eut reçu les résultats des examens médicaux auxquels elle devait se soumettre tous les trois mois. Ils avaient tous les deux vécu les trois premiers mois de sa rémission dans un état oscillant entre l'optimisme et l'anxiété. Après le scanner qui avait marqué le début de sa convalescence, Natalie avait fièrement arboré un ruban jaune magnétique à l'arrière de sa voiture, et trois mois plus tard, ses cheveux avaient suffisamment repoussé pour qu'elle n'ait plus à subir les regards apitoyés des gens qu'ils croisaient dans la rue. Elle avait même fait du volontariat pour l'association *Relay for Life*, qui soutient la recherche contre le cancer, en portant un T-shirt violet sur lequel on lisait « J'AI SURVÉCU ». Bref, elle était en rémission, nom de Dieu ! Et pourtant, trois mois plus tard, il avait suffi au Dr Saunders de quelques examens et d'une prise de sang pour tout réduire à néant. Oui, c'était à ce moment-là qu'il avait ressenti une vraie colère.

Luke retira sa clé de contact et la glissa dans sa poche, non sans un léger mouvement de recul quand ses phalanges meurtries effleurèrent le tissu de son pantalon. Pour canaliser sa colère et mieux se maîtriser, il avait l'habitude de taper dans un punching-ball installé au sous-sol. Il songea qu'il lui faudrait se bander plus soigneusement les mains la prochaine fois, mais pour le moment, il appréciait la distraction causée par la douleur.

La portière arrière fit un bruit sec quand il l'ouvrit, et il s'arrêta un instant pour regarder dormir Clayton. Ses lèvres détendues formaient une adorable petite moue et ses cils presque invisibles caressaient tendrement le haut de ses joues. *Pourquoi les joues des enfants donnent-elles toujours envie de les embrasser, surtout lorsqu'ils sont endormis ?* Il effleura le harnais qui maintenait son petit garçon de trois ans dans son siège auto, et Clayton ouvrit les yeux.

— Papa, on est arrivés à la maison ?

— Oui mon ange, nous sommes à la maison. Viens, on va te trouver un pyjama.

Luke enfonça de son pouce le bouton orange du harnais et libéra Clayton.

— Je t'aime, Papa, murmura Clayton en se penchant vers lui, les bras tendus.

Son petit corps fluet glissa sans effort dans les bras de son père, où il eut tôt fait de se rendormir paisiblement. Luke huma son petit garçon. Il sentait la sueur d'enfant et les miettes de *Cheetos*, ces biscuits salés auxquels Terry avait eu recours pour qu'il reste tranquille pendant la cérémonie. Non, Luke n'éprouvait plus aucune colère, seulement de la tristesse ; une très grande tristesse qui irradiait dans sa poitrine, dans ses muscles et dans tout son corps.

Les bras lourds du sommeil de son fils, Luke se dirigea vers la maison, poussa du coude l'épaisse porte en acier déjà entrouverte avant de se faufiler à l'intérieur et de la refermer derrière lui d'un coup de pied. Ses pas résonnèrent dans le grand couloir étrangement vide. Cartables et chaussures d'enfants s'y entassaient d'habitude en piles instables dans de grandes corbeilles, et il avait toujours pesté contre ces paniers dont le contenu débordait et menaçait de le faire trébucher lorsqu'il partait travailler le matin, mais aujourd'hui il aurait donné n'importe quoi pour retrouver ces petites choses agaçantes de la vie.

Avant de partir, la mère de Natalie avait nettoyé toute la maison de fond en comble. Le salon était vide. Le lit d'hôpital, les piles de magazines, les bouteilles d'eau à moitié vides éparpillées dans la pièce, tout avait disparu. Même la télévision qu'ils avaient suspendue dans le coin, à côté de la fenêtre, n'était plus là : un électricien était venu la veille pour l'installer au sous-sol où Terry avait fait livrer une console de jeux toute neuve, comme si elle pensait pouvoir ainsi effacer la mort de leur mère de la mémoire des enfants. La pièce où sa femme avait rendu son dernier souffle ressemblait désormais à n'importe quel autre salon, avec son mobilier blanc cassé, sa moquette marron clair et ses photos de famille aux murs.

Il constata avec soulagement que l'odeur, elle, n'avait pas changé. Vanille et cannelle. Il devait y avoir quelque part un diffuseur qui pulvérisait régulièrement le parfum dans leur demeure. Il faudrait qu'il en découvre la source rapidement, sinon l'odeur disparaîtrait et leur maison ne serait plus tout à fait la même. Annie saurait peut-être. C'était la meilleure amie de Natalie, elle devait savoir ce genre de choses.

Luke respira à fond, comme s'il espérait se nourrir des épices qui embaumaient l'air ambiant. Entre Will qui pleurait dans sa chambre et May qui fouillait les placards de la cuisine, tout avait l'air presque normal. Il apprécia d'être seul chez lui, de ne plus avoir à gérer la bienveillance maladroite de sa famille et de ses amis. Il pouvait maintenant se permettre de s'affaler sur le canapé ou d'enfiler un vieux survêtement sans se demander si celui-ci était troué au mauvais endroit.

Clayton pesait de plus en plus sur ses bras et ses phalanges déjà endolories par la séance de boxe de la nuit dernière, et Luke se hâta vers l'escalier en espérant que l'enfant ne se réveillerait pas avant qu'il ait pu le mettre au lit. Alors qu'il levait le pied vers la première marche, quelque chose le déséquilibra et il faillit tomber. Il serra désespérément le corps de Clayton et réussit à éviter la chute et les cris qui s'ensuivraient inévitablement, puis contempla le carré de papier coloré sur lequel il avait trébuché.

Généralement, un morceau de papier abandonné par terre appartenait soit à la catégorie des devoirs d'école égarés, soit à celle des « œuvres d'art » libérées par l'aimant qui aurait dû les maintenir à la porte du réfrigérateur. *Encore une carte de condoléances,* pensa Luke en s'accroupissant pour l'attraper du bout des doigts alors que Clayton s'agitait sur son épaule. Il tendit le bras pour lire l'adresse à la lumière qui filtrait par le porche d'entrée.

Elle portait simplement la mention « Pour Luke » en lettres noires et arrondies. Le « L » majuscule était soigneusement formé avec une boucle en haut et une autre en bas. Le « k » était petit et légèrement incliné. Luke se mordit la langue. C'était l'écriture de Natalie et il sentit immédiatement la brûlure familière des larmes lui monter aux yeux.

Comment cette enveloppe était-elle arrivée ici ? Luke scruta le hall à la recherche d'un indice susceptible d'expliquer comment une lettre de sa défunte femme avait bien pu atterrir au milieu de son couloir. Son regard s'arrêta sur la fente cuivrée qui perçait leur porte d'entrée. La boîte aux lettres. C'était Natalie qui avait choisi cette stupide porte, il y avait plus de dix ans, mais après un hiver particulièrement rigoureux comme seul le Michigan en a le secret, elle lui avait demandé de la calfeutrer. En neuf ans, il n'avait jamais trouvé le temps de s'en occuper, et maintenant, sa femme utilisait la fente pour communiquer depuis l'au-delà.

Mais non. Bien sûr que non. Luke secoua la tête et glissa la lettre dans la poche de son costume. Quoi qu'il en soit, il ne s'agissait pas d'un courrier de sa femme morte. Les morts n'envoient pas de courrier et ne glissent pas d'enveloppes dans les boîtes aux lettres. Ils ne s'envolent pas vers un lieu magique appelé le paradis. Ils meurent, c'est tout. Quelqu'un se payait sa tête.

Alors que Luke attaquait l'ascension de l'escalier, May, qui portait toujours la robe chasuble noire qu'elle avait choisie pour l'enterrement, accourut de la cuisine en brandissant un emballage argenté.

— Papa, je peux prendre cette barre de céréales ? Je sais que Maman ne nous laissait pas manger de sucreries avant d'aller nous coucher, mais c'est juste pour cette fois.

May avait une façon incroyablement naturelle de parler de sa mère, que Luke recevait toujours comme un coup dans le ventre. Comment pouvait-elle faire preuve de tant de force, alors que lui n'éprouvait qu'une grande faiblesse ?

— D'accord, ma puce, répondit-il avant d'ajouter, coupable : Bois un verre de lait aussi, d'accord ?

— Mais Papa, je ne peux pas verser mon lait toute seule. C'est trop lourd. J'en renverse toujours.

Elle glissa une longue mèche brune dans le coin de sa bouche, une habitude qu'elle avait prise dès que sa chevelure avait atteint la longueur suffisante. Même si elle savait que sa fille y puisait un certain apaisement, Natalie avait toujours trouvé ce geste répugnant. Luke préférait ne pas y prêter attention. Après tout, May avait bien besoin d'un peu de réconfort en ce moment.

— Je vais demander à Will de descendre t'aider.

— Il n'est plus en colère contre moi ? demanda-t-elle en retirant la mèche humide de sa bouche pour la faire glisser derrière son oreille.

Luke frémit. *C'est vrai que ça avait un petit côté crasseux.*

— Non, ma grande, c'est fini. Il est triste, et il arrive que la tristesse se transforme en paroles blessantes.

— Mmm. OK.

Elle haussa les épaules et déchira l'emballage de sa barre de céréales avec les dents, puis reprit la direction de la cuisine.

— Je t'aime, lança Luke depuis l'escalier.

— Moi aussi, répondit-elle sans se retourner.

• • •

Après avoir tendrement déposé Clayton dans son lit et convaincu Will de descendre aider sa petite sœur à finir son en-cas et à se coucher, Luke jeta la veste de son costume sur son lit et arracha sa ceinture d'un coup sec. La ceinture pourrait lui servir à nouveau, pensa-t-il, mais il ne remettrait pas le costume. Comment pourrait-il enfiler à nouveau la tenue qu'il avait portée à l'enterrement de sa femme sans que tous ces souvenirs ne lui reviennent immédiatement à l'esprit ? Il sortit la housse de la penderie et suspendit le costume d'un geste rapide. Un éclair bleu attira son attention.

La lettre. Il l'avait oubliée. Ou peut-être avait-il fait en sorte de l'oublier. L'écriture ressemblait à celle de Natalie et c'est ce qui le poussa à lâcher la housse pour s'en emparer. Il passa un doigt sous le rabat et déchira l'enveloppe, libérant une page de cahier à spirales pliée en deux. Voilà qui confirmait ses soupçons : Natalie était la seule personne de sa connaissance capable de choisir une page arrachée dans un cahier à spirales bon marché pour rédiger ses dernières phrases ; elle ne s'était pas même donné la peine de découper les franges.

Luke jeta l'enveloppe vide sur son lit et s'immobilisa en apercevant son reflet dans le miroir, à l'autre bout de la chambre. Ses cheveux blond cendré étaient soigneusement séparés par une raie, sa cravate serrée autour de son cou. Il était impeccablement habillé, un peu comme pour un entretien d'embauche ou une présentation importante au travail. Seule la barbe naissante qui ornait son menton indiquait à quel point sa journée avait été éprouvante. Il trouva indécent d'avoir l'air aussi soigné à l'extérieur alors qu'à l'intérieur, il se sentait complètement anéanti. Il sortit sa chemise de son pantalon, relâcha le nœud de sa cravate et ébouriffa sa chevelure d'une main jusqu'à faire disparaître la raie.

Voilà qui est beaucoup mieux, pensa-t-il après un autre coup d'œil dans le miroir.

Inutile de tarder plus longtemps. Les mains tremblantes, Luke s'assit au bord de son lit, dos au miroir, et déplia la page du cahier. Tout en haut, Natalie (car Luke ne doutait plus qu'il s'agissait bien d'elle) avait écrit : « Jour de mon enterrement ». S'ensuivaient plusieurs paragraphes en lettres rondes si familières que Luke eut l'impression qu'elle murmurait les mots à son oreille.

Mon amour,

Ou peut-être devrais-je dire « Mon très cher Luke », ou « Mon mari adoré », ou je pourrais me la jouer cool avec « Salut Luke ! ». Je ne sais pas comment une épouse défunte est censée s'adresser à son veuf, et si tu lis ceci, je suis probablement morte (à moins que tu ne sois en train de fouiller dans mes affaires, que tu sois tombé sur mon journal intime et que tu aies choisi de le lire. Si c'est le cas, honte à toi ! Mais je pense que je dois être morte, parce que l'indiscrétion, ce n'est pas ton genre).

Avant tout, je dois te dire que je t'aime. Je t'aime et j'aime nos enfants plus que les mots ne pourront jamais le dire. À l'idée que vous êtes tous en vie et que je ne le suis plus, j'ai envie de vomir, exactement comme la fois où nous avons tous attrapé cette horrible gastro, juste après la naissance de Clayton. Je suis en colère et jalouse, entre autres sentiments dont je ne suis pas très fière. Bon, j'imagine que la journée n'a pas dû être bien gaie, alors avant que nous nous mettions tous à pleurer comme des madeleines, je voulais juste que tu comprennes une chose : je n'ai pas choisi de vous quitter.

J'ai bien un peu l'impression de faire dans le mélodrame en t'écrivant une lettre que tu ouvriras le jour de mon enterrement. Le Dr Saunders pense que j'ai de bonnes chances de vaincre cette cochonnerie, mais tu me connais, je ne fais pas confiance aux médecins, et puis il n'y a pas de mal à démarrer ce journal, juste au cas où… Après tout, j'ai toujours eu envie d'écrire ; peut-être qu'ainsi, le roman qui grandit dans ma tête depuis dix ans se décidera-t-il à sortir. Ne dit-on pas qu'on écrit mieux quand on connaît bien son sujet ? Eh bien, je connais très bien le cancer, et ce n'est pourtant pas un ami.

Je commence la chimio demain. J'ai la trouille. Oh, ce n'est pas seulement à cause de mes cheveux ! Dieu sait pourtant que je m'en plains assez souvent, mais je suis moins inquiète à l'idée de perdre mes cheveux que je ne le suis à l'idée de me perdre, moi, de devenir une de ces patientes creuses et vides comme celles que je vois dans la salle d'attente du Dr Saunders et qui n'ont plus que la peau sur les os. Cet après-midi, il y avait une jeune fille qui a vomi dans la salle d'attente, juste après son traitement. Cela devait être sa première fois, parce qu'elle avait encore tous ses cheveux (si c'était une perruque, elle était particulièrement réussie, il faudra que je pense à lui demander où elle l'a trouvée).

Et tu sais le pire ? Les infirmières ont fait comme si ce n'était rien du tout, comme s'il n'y avait rien de plus normal dans un service de cancérologie que de nettoyer le vomi répandu sur le sol (les chaises, les murs…). D'ailleurs, maintenant que j'y pense, il n'y a pas de moquette dans les bureaux de Saunders. Ils ont peut-être décidé qu'il revenait moins cher de faire poser du lino que de faire nettoyer leurs tapis à la vapeur tous les deux jours.

Bref, assez parlé de ça, je te raconterai comment ça s'est passé demain, en rentrant. Pour ce soir, j'espère que tu penseras à faire de gros câlins à nos enfants de la part de leur maman. Il vaut peut-être mieux éviter de leur parler de ma lettre pour le moment. Je ne voudrais pas qu'ils prennent peur en découvrant que leur mère leur envoie du courrier depuis le paradis… ou de je ne sais où. Tu te souviens du jour où Clémentine s'est retrouvée le ventre en l'air dans son bocal et où tu as expliqué aux enfants que « quand on est mort, on est mort » ? Pour parler franchement, j'ai trouvé ça un peu cruel. Et maintenant, tu crois aussi que je suis partie pour toujours ? Que je nourris les pissenlits par la racine et fertilise les chrysanthèmes, point final ?

En tout cas, où que je sois, je t'aime, et tu me manques déjà. Je continuerai à t'écrire demain.

Tendrement,

Natalie

Luke lissa la lettre froissée contre sa jambe. Il ne savait pas trop quoi penser. Les phrases de Natalie résonnaient dans sa tête, avec sa voix, exactement comme si elle était assise à côté de lui mais, contre toute attente, elles ne le rendaient pas triste, au contraire : elles lui réchauffaient le cœur. Elles lui donnaient même envie de suspendre son costume dans la penderie, au lieu de le brûler.

Il replia la lettre soigneusement, en suivant bien les lignes, la rangea dans son enveloppe et la déposa sur son oreiller. Elle sembla s'y trouver à sa place. Natalie avait souvent des gestes attentionnés de ce genre ; une fois, il avait même trouvé un petit mot tendre écrit à l'encre noire sur la peau de sa banane, dans son pique-nique de midi. À l'époque, Luke avait pensé qu'on pouvait difficilement faire plus bizarre qu'un mot d'amour écrit sur une banane, mais maintenant, il savait que recevoir une lettre posthume était encore plus étrange, encore plus exceptionnel. Et n'en avait-elle pas promis une autre pour le lendemain ? Cela lui rendit presque le sourire.

Il réfléchirait au problème du costume un autre jour. Il troqua son pantalon à pinces contre le fameux survêtement troué et un T-shirt à manches longues, et se demanda s'il parviendrait à s'endormir ce soir. Ces derniers temps, la peine et le deuil avaient remplacé l'apaisement du sommeil, et il aurait donné n'importe quoi pour se laisser doucement glisser vers le monde bienheureux du rêve, un monde dont l'extravagance serait bienvenue comparée à la douleur qui le paralysait. Son médecin lui avait bien prescrit des somnifères, mais depuis le temps qu'elles faisaient partie de sa vie, Luke s'était presque habitué aux insomnies.

Il replia son pantalon sur le cintre trop grand, enfila la veste par-dessus et s'acharna un instant sur la fermeture Éclair qui fermait la housse. Il considéra l'espace où il avait coutume de ranger son costume, à l'avant du dressing, à côté des chemises à manches courtes qu'il portait pour travailler. S'il décidait de le garder, il était impensable qu'il le voie tous les matins en s'habillant. Il serait plus sage de le cacher tout au fond de la penderie où il se ferait peut-être oublier, avec le temps. Il se faufila entre les vêtements en veillant à tourner le dos à la garde-robe de Natalie où jupes et chemisiers étaient soigneusement alignés, comme s'ils ignoraient qu'il n'y avait plus personne pour les porter.

Sur le dernier cintre, au fond de l'armoire, il trouva une chemise hawaïenne noire décorée de larges fleurs rouges. Luke poussa la chemise pour faire de la place et y inséra la housse de costume. Le crochet en métal émit un clic satisfaisant en heurtant la tringle et un morceau de papier qui ressemblait à l'une des franges du cahier à spirales flotta lentement vers le sol. Hypnotisé, Luke le regarda tomber, tel le premier flocon de neige de l'hiver, avant de le ramasser précipitamment dès que celui-ci eut atteint la moquette, comme s'il risquait de fondre. Luke s'avachit au fond de son armoire, le minuscule bout de papier à la main, et s'appuya contre les vêtements de Natalie. Il laissa son parfum familier – assouplissant et eau de toilette – l'envahir, tandis qu'il examinait le carré blanc.

La lettre de son épouse n'avait pas guéri le trou béant qui lui brûlait la poitrine comme si un organe vital lui avait été retiré, mais elle avait réussi un autre tour de force : pour la première fois depuis des mois, il n'avait pas peur du lendemain, parce qu'elle avait promis qu'il y en aurait d'autres. Elle avait bien dit qu'elle comptait continuer à lui écrire ?

Depuis quelque temps, Luke avait cessé d'espérer, estimant que c'était une émotion inutile qui laissait un goût amer. Ce soir, cependant, il imagina une autre enveloppe bleue glissant mystérieusement à travers la fente de la porte d'entrée, et quelque chose qui ressemblait à de l'espoir s'insinua à nouveau dans son cœur. Luke caressa délicatement le morceau de papier entre son pouce et son index et murmura : « Merci. »

CHAPITRE 2

Comme à son habitude, Clayton s'éveilla avant l'aube. Luke lui fit une place dans son lit et alluma la télévision, ce qui lui permit de gagner une vingtaine de minutes de calme, après quoi les requêtes commencèrent à affluer.

— Papa, du lait.

Luke soupira.

— Du lait, s'il te plaît ?

Natalie tenait à ce que les enfants soient polis, alors autant essayer de poursuivre ses efforts.

— OK. Papa, du lait s'il te plaît ? zozota Clayton en levant vers lui les grands yeux suppliants qui lui dévoraient le visage.

Luke ne se sentit pas la force de refuser.

Il en était à son troisième passage à la cuisine mais, derrière les deux autres portes fermées de l'étage, personne n'avait encore donné le moindre signe de vie. Il était presque onze heures du matin, et Luke se demanda jusqu'à quelle heure il pouvait se permettre de les laisser s'éterniser au lit aujourd'hui. Toute la journée peut-être ?

Il descendit l'escalier en traînant les pieds et, avant même d'arriver en bas, il aperçut l'éclair bleu entre les barreaux de la rampe. La gorge serrée, il glissa la main dans la poche de sa robe de chambre pour toucher du doigt les franges rassurantes de la lettre qu'il avait trouvée la veille. Elle était toujours là, et sa simple présence avait été pour lui une immense consolation pendant la dernière douzaine d'heures. Une seule lettre aurait suffi, avait-il pensé jusque-là, mais à la vue du nouveau rectangle coloré à moitié dissimulé par les factures et les cartes de condoléances, il sut qu'il avait passé la nuit dans l'attente de la suite. La suite du réconfort que lui apporterait Natalie. Vu comme ça, pensa Luke, il n'en aurait jamais assez.

Il dévala les marches restantes à toute vitesse, sauta les deux dernières et atterrit sur le plancher en bois dans un claquement de pieds nus. Les hautes fenêtres de la porte d'entrée laissaient passer les rayons lumineux du soleil se reflétant sur la neige fraîche. Tout en se frottant les yeux d'une main, Luke écarta de l'autre le reste du courrier et s'empara de la lettre de Natalie.

Cette fois-ci, leur adresse avait été griffonnée sous son nom et l'enveloppe était timbrée. Il n'y avait pas d'expéditeur ; le cachet de la poste indiquait simplement : Farmington Hills, Michigan. Au verso, l'enveloppe portait l'inscription « Jour 2 » en grosses lettres. Sans se soucier de l'ouvrir proprement, Luke glissa un doigt dans l'enveloppe, la déchira et fouilla l'intérieur du regard. Une autre page de cahier, « franges » comprises, l'attendait. Il la déplia avec impatience.

Son écriture couvrait tout le recto et la moitié du verso. Il monta la première marche de l'escalier et s'installa tant bien que mal sur la seconde : il n'avait pas le temps de savourer cette lettre, il devait finir de la lire avant que Clayton ne remarque son absence ou que May et Will n'émergent de leurs chambres.

Natalie avait raison, il était trop tôt pour partager ses lettres avec les enfants. Ils n'étaient pas prêts, et Luke non plus, bien qu'il ne sache pas trop pourquoi. Était-ce parce que les meilleurs moments vécus avec sa femme avaient été ceux passés à discuter, tous les deux, de la vie en général et des enfants en particulier ? Tout seul, il ne savait pas comment s'y prendre. Le papier émit un bruit de froissement dans sa main, et il commença sa lecture.

JOUR 2

Mon amour,

Bon, c'est officiel, la chimio c'est l'horreur. Je ne vais pas pouvoir t'écrire beaucoup, aujourd'hui ; j'ai l'impression d'avoir à la fois la gastro, d'avoir été renversée par un bus et d'avoir été droguée aux somnifères. Alors, à moins que tout cela ne soit vraiment arrivé sans que je ne m'en rende compte, cela doit être les effets de la chimio. C'est logique : après tout, la chimio n'est jamais qu'un poison. Le Dr Saunders me répète sans arrêt que c'est un « bon » poison… Voilà bien le meilleur oxymore que j'aie jamais entendu !

J'ai besoin de dormir, mais je tiens à ce que tu reçoives cette lettre à temps pour faire quelque chose de spécial aujourd'hui. Je sais bien que je suis morte, mais ce n'est quand même pas cela qui va m'empêcher de te donner des petits boulots. Cela dit, je risque d'avoir du mal à te harceler jusqu'à ce qu'ils soient faits…

Pourrais-tu faire des crêpes pour les enfants ? Je sais, le petit-déjeuner ce n'est pas ton fort, mais crois-moi, il y a des jours (comme le lendemain de l'enterrement de ta mère) où il n'y a rien de meilleur que des crêpes toutes chaudes cuisinées avec amour. Attention, je ne parle pas de la pâte toute prête ! Il faut que tu suives ma recette à moi ! Je la connais par cœur, mais je vais te l'écrire au dos de cette page. Ah, n'oublie pas de dessiner un visage souriant en chocolat pour May, sinon elle ne la mangera pas.

C'est une idée un peu farfelue, mais tu devrais essayer, pour voir.

Embrasse les enfants. Je t'aime, tu me manques.
Tendrement,
Natalie

Luke retourna la feuille, espérant trouver un autre message de Natalie, mais c'était bien une recette de pâte à crêpes. Cela n'avait pas l'air très compliqué. Ces dernières semaines, il y avait toujours eu quelqu'un à la maison pour faire à manger aux enfants, et leurs amis avaient souvent apporté des plats cuisinés dans des boîtes Tupperware. Luke ne s'alimentait d'ailleurs que sommairement, et, pendant les trois derniers mois et alors qu'ils savaient que la fin était proche, il s'était souvent contenté de céréales et de hamburgers agrémentés de carottes râpées et de bananes censées démontrer à Natalie qu'il pensait à prendre soin de lui. Désormais, c'était à lui de faire en sorte que les enfants prennent trois fois par jour un repas plus ou moins équilibré.

— Papa, mon lait! hurla Clayton depuis sa chambre, d'une voix qui résonna dans toute la maison.

Qui avait parlé de politesse? À l'étage, une porte s'ouvrit.

— Papa, Clayton n'arrête pas de crier. J'essayais de dormir, moi!

La voix de Will était traînante, et Luke se demanda à quelle heure son fils de quatorze ans avait finalement pu trouver le sommeil, la nuit dernière.

— J'allais lui chercher à boire, et puis je vais m'occuper du petit-déj'. Des crêpes, ça vous dit?

Tout en parlant, Luke plia la lettre et la rangea dans son enveloppe avant de la glisser à côté de la première, dans sa poche.

Will se pencha par-dessus la rampe de l'escalier, ses cheveux en bataille lui donnant presque l'air de s'être coiffé à la dernière mode. Il ressemblait à sa mère. Il avait même hérité de son léger zézaiement, qui ressurgissait quand il était fatigué ou distrait. Quand il était petit, Luke en avait éprouvé une légère jalousie – il aurait aimé que Will lui ressemble plus, à lui – mais aujourd'hui, il s'en félicitait et regrettait même que ses autres enfants n'aient pas tous hérité des traits de Natalie, parce que chaque expression, chaque ressemblance lui rendait un tout petit peu de sa femme.

— Papa…, hésita Will. Tu ne fais jamais de crêpes.

— Eh bien, il y a un début à tout !

Luke gravit l'escalier pour rejoindre son fils et lui posa une main sur l'épaule :

— Je suis ingénieur, non ? Si je suis capable de mettre au point des smartphones pas plus grands qu'une carte bancaire, je dois bien être capable de suivre une recette toute simple.

• • •

Il était presque midi quand Luke estima avoir déniché la majorité des ingrédients indiqués sur la recette de Natalie. Will avait abandonné tout espoir de manger des crêpes vers onze heures trente et s'était servi un bol de *Cheerios*, mais May avait foi en lui. En entendant les bruits qui provenaient de la cuisine, elle avait décrété qu'elle n'avalerait rien d'autre tant que son père n'aurait pas réussi à réaliser une vraie crêpe. Bien que touché par sa loyauté, Luke avait un peu peur que la pauvre enfant meure de faim avant qu'une crêpe acceptable n'atterrisse dans son assiette.

Il fronça les sourcils devant le mélange de lait, de vinaigre blanc, d'œuf et de beurre fondu. Selon les instructions de Natalie, il devait *verser le liquide sur les ingrédients secs et mélanger jusqu'à former une pâte grumeleuse.* Il renifla le mélange qui sentait les œufs et le nettoyant pour les vitres. Il devait y avoir une erreur. Alors qu'il s'apprêtait à renverser la mixture semi-gélatineuse sur la farine, la porte du garage s'ouvrit et se referma dans un claquement.

— Bonjour, la famille Richardson. Il y a quelqu'un ? claironna Annie. J'ai attendu le plus tard possible.

Depuis un peu plus de trois mois, Annie arrivait à huit heures et demie tous les matins. Au début, elle avait prétendu que c'était son jogging matinal qui l'amenait justement à passer par là. Quand la neige avait commencé à tomber, début décembre, elle était venue en camion, et Natalie et Luke avaient prétendu ne rien remarquer. Quand Natalie n'avait plus été capable de se lever pour lui ouvrir, ils avaient donné à Annie le code permettant d'ouvrir la porte du garage. De toute évidence, ses visites quotidiennes ne s'interrompraient pas avec la mort de son épouse.

Un long manteau d'hiver aux épaulettes couvertes de neige passa la porte.

— Bon sang, il fait un froid de canard.

Il ne manquait plus que cela : un être humain en chair et en os. Luke s'assura que son peignoir était bien fermé et dissimulait le survêtement, troué au mauvais endroit, qui horrifiait tant sa belle-mère. Will et May n'étaient guère plus présentables et Luke regretta qu'ils ne soient ni habillés ni coiffés. Quant à Clayton, il gisait sur le canapé dans un sommeil comateux causé par les nombreuses sucettes dont Will l'avait gavé pour qu'il reste tranquille, et dont témoignaient les taches multicolores qui décoraient le col de son pyjama aux motifs d'avions.

— Annie !

May quitta précipitamment le coin de canapé d'où elle regardait la télévision pour courir vers Annie, en évitant de justesse le pan de mur qui séparait la cuisine du salon. Elle était encore vêtue de sa chemise de nuit de flanelle blanchâtre et ses cheveux formaient autour de sa tête une crinière de boucles folles. L'apparence des enfants laissait à désirer, mais s'il y avait au monde une personne capable de comprendre, c'était bien Annie.

— Salut, ma belle, dit-elle avant de laisser échapper un grand *ouf!* alors que May jetait ses petits bras maigres autour de son cou. Comment se passe ta journée ?

— Bien, dit la fillette en retombant sur ses pieds. Papa essaie de faire des crêpes.

— « Essayer » est bien le mot approprié, grogna Luke.

— Eh bien, je trouve que tu as beaucoup de chance d'avoir un papa qui te fait des crêpes. Même à… midi ! termina-t-elle après avoir consulté l'écran de son smartphone. C'est plutôt amusant de manger le petit-déjeuner à l'heure du déjeuner, non ? Je peux faire quelque chose ?

Annie retira son béret d'hiver, libérant sa chevelure blonde coupée au carré, et le jeta sur le comptoir de la cuisine. Sous son épais manteau mauve, elle portait un T-shirt de sport à manches longues et un pantalon de yoga. Cherchait-elle encore à le convaincre qu'elle venait par ici pour courir ? Natalie aurait lancé une remarque sarcastique qui les aurait tous fait rire. À cette idée, sans même savoir ce qu'elle aurait trouvé à dire, Luke eut un sourire et sa gorge se serra. Il déglutit péniblement et tendit le récipient contenant la mixture coagulée, les lèvres toujours pincées en réaction à l'odeur qui s'en dégageait, et demanda :

— Tu sais comment ça marche, toi ?

— Nom d'un petit bonhomme, c'est la recette secrète des crêpes de Natalie ?

Annie se précipita dans la cuisine et se mit à étudier les ingrédients éparpillés sur le plan de travail.

— Voilà des années que je la supplie de me la donner ! Elle te l'a laissée ?

— Oui, elle est juste là.

Il pointa du doigt la lettre qu'il avait posée en équilibre sur le comptoir et qu'il avait tenté de préserver de l'amas de farine et de liquides envahissant la cuisine.

— Je peux ? demanda-t-elle avant de saisir la feuille de papier.

Ses sourcils blonds légèrement froncés, elle parcourut les lignes écrites par son amie et ses yeux s'emplirent de larmes.

Luke n'avait jamais tellement réfléchi à la situation d'Annie, ni à quel point il devait être difficile pour elle de faire le deuil de son amie. Tout le monde compatit toujours à la tristesse du veuf, mais d'Annie, qui avait aimé Natalie comme sa sœur, on attendait qu'elle continue à vivre comme si de rien n'était, comme si son amie n'avait rien représenté de plus pour elle que la boulangère du coin.

Les deux amies étaient aussi proches l'une de l'autre qu'elles étaient différentes physiquement. Natalie était petite, brune, et se fichait pas mal que son jean soit trop serré quand elle ratait une séance de gym ou mangeait un troisième brownie – elle expliquait d'ailleurs souvent qu'une silhouette trop fine ne conviendrait pas à sa forme de visage. Luke l'aimait comme elle était, avec ses courbes qu'il trouvait super sexy et sa confiance en elle à toute épreuve. Il se plaisait à dire qu'il préférait une femme qui portait du quarante et faisait l'amour avec la lumière allumée, à une taille mannequin qui cacherait son corps dans l'obscurité.

Annie, blonde et athlétique, dépassait Natalie d'une tête. Parce que son travail l'amenait à rester assise toute la journée pour transcrire des documents médicaux, elle aimait démarrer la matinée par un footing et se concoctait des boissons vertes régulièrement. Quand il arrivait à Luke et Nat de sortir avec Annie et son mari, les regards que les hommes posaient toujours sur Annie mettaient Luke mal à l'aise, mais comme Brian, qui était bien plus sûr de lui que Luke ne pourrait jamais rêver de l'être, n'avait pas l'air de s'en soucier et que Natalie se contentait de lever les yeux au ciel, il avait appris à ne pas en faire cas.

Quoi qu'il en soit, Annie et Natalie se moquaient bien de l'image qu'elles renvoyaient. Les deux femmes s'étaient rencontrées à une réunion des parents d'élèves, alors que Will n'était encore qu'à la maternelle et le fils d'Annie à l'école primaire, et elles s'étaient tout de suite entendues comme larrons en foire.

Annie releva son visage baigné de larmes de la page de cahier.

— Quelle chipie ! lâcha Annie en essuyant son nez du revers de sa main.

Luke tenta de lui couper une feuille de papier essuie-tout, mais celle-ci resta coincée sur le rouleau et il n'en garda qu'un minuscule morceau à la main. Annie s'en servit pour se tamponner les yeux.

— Merci.

Elle s'éclaircit la gorge avec un rire mouillé.

— Tu te rends compte que cette recette est la copie conforme de celle qu'on trouve sur *vosrecettes.com* ? Mot pour mot. Et moi qui ai toujours cru qu'elle ajoutait un ingrédient miracle !

Luke ricana et déglutit à nouveau.

— Donc, d'après toi, la mixture dégoûtante à l'intérieur de ce saladier a atteint son objectif ?

— Oui, répondit-elle en plissant les yeux. Si tu as bien suivi les instructions, tu viens de faire du babeurre. Toutes mes félicitations !

— Tu veux dire que j'aurais pu me contenter d'acheter ce truc dans un supermarché ?

Il versa le mélange sur la farine dans un *plouf !* sonore.

— Exact. Au rayon « laitages », rit Annie.

La page de cahier encore à la main, elle traversa la cuisine carrelée pour s'approcher du réfrigérateur.

— Je l'accroche au frigo, si tu as fini ?

Mais alors qu'elle tendait la main pour attraper un aimant, elle s'immobilisa.

— Nom de Dieu, Luke, tu as vu ce qu'il y a derrière ?

Luke sentit la chair de poule l'envahir. Il n'avait pas pensé qu'elle verrait la lettre au dos. C'était personnel ! Sans réfléchir, il essuya ses mains sur son peignoir bleu foncé, laissant de grandes marques blanches sur sa poitrine.

— Oui, fut tout ce qu'il réussit à répondre.

Il aurait voulu arracher la feuille des mains d'Annie, la cacher et faire disparaître de sa mémoire le message intime écrit au dos, mais c'était trop tard : elle lisait déjà.

— Où as-tu trouvé ça ? demanda-t-elle. Sa voix tremblait presque autant que la main qui tenait la lettre.

Il haussa les épaules comme si cela n'avait pas vraiment d'importance.

— C'est arrivé ce matin au courrier.

— Mais elle a écrit *Jour 2*, dit Annie d'une voix de plus en plus aiguë. Où est passé *Jour 1* ?

Des rides se creusaient sur son front, ses sourcils se fronçaient et sa respiration s'accélérait. Même depuis l'autre bout de la cuisine, Luke pouvait voir le pouls d'Annie palpiter dans son cou sous le coup de l'émotion, mais il ne voulait pas répondre à ses questions. Il avait l'esprit logique d'un ingénieur, il savait qu'elle voudrait en savoir plus. Qui ? Pourquoi ? Comment ? Or, tout ce qu'il souhaitait à cet instant, c'était récupérer sa lettre et la ranger dans sa poche.

— C'est moi qui l'ai.

Il rejoignit Annie en deux grandes enjambées :

— Mais ces lettres sont personnelles, Annie. Ne m'en veux pas, je sais que vous partagiez tout, toutes les deux, mais j'ai besoin qu'elles restent entre Natalie et moi.

Il tendit une main tremblante et ajouta :

— C'est tout ce qui me reste.

Maintenant qu'il voyait Annie de près, il remarqua pour la première fois les cernes sombres qui ornaient ses yeux rouges et fut tout à coup convaincu qu'elle n'avait pas dormi depuis plusieurs nuits. Natalie avait toujours dit que sa meilleure amie savait donner le change mais jusqu'alors, il n'avait jamais tellement compris ce qu'elle voulait dire. Même si les lettres auraient pu l'aider, elle aussi, il n'hésita pas une seule seconde. Sa décision, bien qu'égoïste, n'était pas négociable : les lettres de Natalie étaient pour lui et pour lui seul. Sa main resta tendue, implacable.

— Excuse-moi. Bien sûr, tu as raison, acquiesça Annie, les yeux humides.

Elle lui rendit la lettre avec un long soupir tremblant et retint ses larmes, ce dont Luke fut soulagé. Il n'avait plus le courage de consoler qui que ce soit ; il n'arrivait déjà pas à consoler ses propres enfants ! Annie ne perdait pas grand-chose.

Il envisageait de lui tapoter gentiment l'épaule quand il se rendit compte qu'ils étaient si proches l'un de l'autre que leurs fronts se touchaient presque et qu'il pouvait sentir le souffle d'Annie sur ses cheveux. Il fit un pas en arrière pour rejoindre la zone de sécurité invisible que les gens mariés sont censés respecter lorsqu'ils se trouvent en présence du sexe opposé, plia la lettre d'un geste protecteur et la remit dans sa poche.

— Je suis désolé, dit Luke gentiment, tout en cherchant ses mots. C'est juste que…

Annie esquissa une sorte de demi-sourire et essuya les larmes invisibles qui perlaient au coin de ses yeux.

— Pas de problème.

Elle respira un grand coup, essuya son nez sur ce qui restait de son fragment d'essuie-tout, puis examina la cuisine autour d'elle.

— Bon, on les fait, ces crêpes ?

Luke reprit son souffle.

— OK, c'est parti.

Dès qu'Annie – à la recherche d'une poêle à crêpes – eut le dos tourné, Luke en profita pour enfoncer les lettres tout au fond de sa poche. *Pour qu'il ne leur arrive rien*, se dit-il. Mais il savait pertinemment que c'était surtout pour sentir le papier sous ses doigts encore une fois. Pour oublier qu'elle les avait quittés. Pour toujours.

• • •

Quelques minutes plus tard, ils avaient lancé une production industrielle de crêpes presque aussi réussies que celles de Natalie. Quand le grand plat à pois bleus fut rempli de galettes dorées, Annie dressa la table avec des assiettes en carton et des couverts en plastique.

— May, tu peux aller chercher Will, s'il te plaît ? demanda Luke.

Mais à peine fut-elle debout que sa fille se mit à gémir, une main sur le ventre.

— Pardon, Papa, mais j'ai mal au ventre. J'ai tellement faim !

— OK, assieds-toi et ne t'en fais pas, je vais chercher ton frère.

La pauvre gamine était visiblement affamée.

— C'est bon, dit Annie en aidant May à s'installer à table. Je m'en charge. Toi, tu sers les crêpes dans les assiettes et tu les coupes en morceaux avant que les enfants ne tombent dans les pommes.

Elle rapprocha la chaise de May de la table, puis attrapa le téléphone qu'elle avait déposé sur le plan de travail en granit. Luke l'observa pendant qu'elle tapotait quelque chose sur l'appareil, puis qu'elle patientait un instant avant de tapoter à nouveau. Elle reposa le smartphone et lança un sourire à Luke :

— Will dit qu'il descend.

— Attends, tu plaisantes ! Tu lui as envoyé un texto et il t'a répondu qu'il venait ?

Luke fit sauter la crêpe de May, celle où il avait dessiné un sourire en chocolat. Il fallait toujours répéter les choses plusieurs fois avant que Will ne réagisse. Même sa mère avait du mal à se faire entendre.

— Je le croirai quand je le verr…

Des pas résonnèrent dans le hall du rez-de-chaussée. Annie leva un sourcil d'un air satisfait :

— J'ai du mal à comprendre qu'un homme qui travaille sur des téléphones portables toute la journée utilise encore un appareil de la taille d'une vieille télécommande et soit incapable d'envoyer un SMS.

— Et alors ! Il y a bien des ingénieurs qui fabriquent des avions, ce n'est pas pour autant qu'ils en ont un dans leur jardin.

Il remua la crêpe dans la poêle et un sentiment de culpabilité le gagna. Est-ce qu'il n'était pas censé déprimer, recroquevillé dans son lit en position fœtale, au lieu de faire des blagues idiotes ?

— Et pourtant, ça marche à merveille, regarde ! dit Annie en désignant Will qui passait la porte de la cuisine vêtu d'un jean baggy et d'un vieux T-shirt Metallica qui avait appartenu à Luke.

— C'est pas une blague ? Les crêpes sont prêtes ? Ou est-ce que la faim me donne des hallucinations ?

— Tu es très drôle ce matin, rétorqua Annie en ébouriffant affectueusement la chevelure de Will.

C'était un véritable miracle qu'il la laisse faire sans protester ; elle savait s'y prendre avec les ados. Son fils unique, Matt, était en première année à la faculté de Georgetown, dans l'État de Washington DC. Il n'était rentré chez lui qu'une seule fois depuis l'orientation de début d'année et ce n'était un secret pour personne qu'il manquait terriblement à sa mère. Brian lui avait même confié avoir tenté de soudoyer Matt pour qu'il choisisse l'université du Michigan, ce qui lui aurait permis de rentrer tous les week-ends faire sa lessive et voir sa mère, mais le jeune homme tenait à étudier les sciences politiques, et Georgetown était la meilleure école.

En parlant de lessive… Luke baissa les yeux sur son peignoir et ses vieilles pantoufles. Sans l'arrivée d'Annie, il n'aurait même pas pensé à se changer, mais la présence d'une autre personne dans la maison avait quelque chose de motivant. Ce n'était d'ailleurs pas seulement valable pour ses vêtements : son reflet, entrevu dans la porte du four à micro-ondes, révéla que ses cheveux en bataille auraient bien besoin d'un coup de peigne. Il éteignit la flamme de la cuisinière, ajouta les dernières crêpes à la pile, sur la table, et demanda à Annie :

— Tu veux bien superviser les enfants, le temps que j'aille enfiler une tenue un peu plus correcte ?

Il posa un flacon de sirop d'érable bon marché sur la table.

— Pas de problème, dit-elle tout en disposant des couverts en plastique à côté des assiettes.

— Merci. Je n'en ai pas pour longtemps.

Il lui tendit le plat.

— N'oublie pas, le visage en chocolat est pour May.

— C'est noté.

De la main, elle lui fit signe de déguerpir, puis elle déposa l'assiette de crêpes sur la table et entreprit de déloger Clayton du canapé où il se gavait de dessins animés. Il faudrait que Luke se reprenne rapidement s'il ne voulait pas que le garçonnet de trois ans se transforme en loukoum.

Alors qu'il s'élançait dans l'escalier, Luke se laissa aller à apprécier les bruits de voix qui montaient de la cuisine. Il avait toujours adoré l'heure où, en rentrant du bureau, il pouvait écouter discrètement les conversations de sa famille avant que quelqu'un ne remarque sa présence. Aujourd'hui, même s'il ne pouvait pas distinguer leurs paroles, il savourait l'ambiance, si différente de la période où la mère de Natalie avait séjourné chez eux : un calme agréable avait remplacé le silence anxiogène entrecoupé des hurlements incontrôlés que Terry laissait dans son sillage.

Il en aurait été tout autrement si le père de Natalie avait été parmi eux ; il avait toujours été le plus solide des deux. Quand une crise cardiaque l'avait emporté soudainement, cinq ans auparavant, Natalie avait bien cru que sa mère ne tiendrait pas le coup toute seule. *Pourquoi les plus forts partent-ils toujours les premiers ?*

Il venait de poser le pied sur la moquette blanc cassé de l'étage quand un cri strident interrompit cet instant de paix. C'était la voix de May qui résonnait à travers la maison comme si elle était pourchassée par une sorte de monstre. Une poussée d'adrénaline envahit Luke qui se précipita aussitôt, dévalant quatre à quatre les escaliers avant de se ruer dans la cuisine, inquiet et essoufflé, ses pantoufles glissant sur le parquet ciré.

— May !

Will était assis à table et mastiquait calmement ses crêpes au beurre, trempant consciencieusement chaque bouchée dans le sirop d'érable. Clayton le salua de la main, la bouche pleine, mais May et Annie avaient disparu. La porte de la salle de bains claqua.

— Elle n'est pas là, cria May depuis le couloir. Elle est peut-être en haut ? Viens vite, Annie, il faut la trouver.

Luke les rattrapa en bas de l'escalier :

— Pourquoi ces hurlements ? May, tu vas bien ?

— Oui Papa, j'ai crié de joie.

Elle frétillait de tous ses membres, comme une jeune fille qui attend de voir passer son chanteur préféré.

— J'ai failli avoir une crise cardiaque.

Luke s'accroupit pour regarder droit dans les grands yeux bleus de sa fille.

— On peut savoir ce qui te rend si heureuse ?

May se balança d'avant en arrière avant d'enrouler une mèche de cheveux autour de son index. Puis elle se pencha vers son père et murmura :

— Elle est revenue…

Luke jeta un rapide coup d'œil à Annie dont le visage était impénétrable.

— Qui est revenue, ma chérie ?

— Maman !

Luke se couvrit la bouche, sa barbe de trois jours agressant la paume de sa main alors que les larmes remplissaient ses paupières.

— Maman est morte, ma grande. Elle ne reviendra pas.

Il glissa la mèche de cheveux humides derrière l'oreille de May, caressant au passage la peau douce de sa joue.

— Ah oui ? Et qui d'autre a pu dessiner un sourire en chocolat sur ma crêpe ?

La fillette recula d'un pas et se retrouva contre les longues jambes d'Annie.

— Il n'y a que Maman qui sait que c'est comme ça que je les aime. C'était elle. Je le sais.

— C'était moi, ma chérie. Maman m'avait prévenue que c'était ainsi que tu les aimais, et j'ai pensé que cela te ferait plaisir. Je suis désolée ma grande, pardonne-moi.

Luke tendit les bras vers sa fille pour la serrer contre lui et consoler son chagrin d'une caresse, comme il le faisait quand elle apprenait à marcher et qu'elle s'était cogné la tête en tombant, ou quand il lui arrivait de chuter de vélo et de s'égratigner le genou. Mais May n'avait plus deux ans et ses souffrances allaient bien au-delà de la douleur causée par un petit bobo. Elle le repoussa en secouant la tête.

— Non, non, c'était elle. Elle ne m'aurait jamais laissée. Elle m'aime, elle m'a dit que nous nous retrouverions un jour.

— Elle voulait dire « au paradis », May, lança Will depuis la cuisine. Elle te retrouvera au paradis.

Il les rejoignit, portant un Clayton aux cheveux collants de sirop d'érable.

— Mais Papa ne croit pas au paradis. Tu perds ton temps.

— Tu crois qu'elle est partie pour toujours ? May dévisagea son père. Oh, Papa, comment peux-tu croire une chose pareille ?

À en juger par son expression, on aurait dit qu'elle venait d'apprendre que son père était un assassin. Le visage décomposé, elle se précipita dans l'escalier en courant, laissant Luke anéanti, à genoux par terre.

— Je vais aller lui parler.

Annie essuya les larmes qui coulaient sur son visage et monta l'escalier à la suite de May. Peut-être trouverait-elle les mots justes ? Luke passa une main dans la poche de son peignoir et caressa du doigt le papier soyeux des enveloppes.

— Surtout, ne t'inquiète pas pour nous, ironisa Will en passant lourdement à côté de lui. Je vais débarrasser Clayton de ses habits tout collants.

Tout en suivant des yeux son fils qui gravissait l'escalier, Luke se dit que c'était à lui de s'occuper de Clayton. Il se dit aussi qu'il devrait faire la leçon à Will sur l'importance de la famille et la nécessité de surmonter les obstacles avec courage, et peut-être lui expliquer au passage qu'il était bien assez difficile de perdre sa mère sans rejeter le reste de sa famille en prime. Bref, il aurait dû dire quelque chose.

Au lieu de quoi, il s'affala sur la dernière marche et laissa tomber sa tête entre ses mains. Comment diable avait-il pu croire qu'il y arriverait tout seul ? Il fallait à tout prix qu'il revienne un an en arrière pour tout recommencer à zéro et trouver un moyen de sauver Natalie, parce que ce qui se passait en ce moment n'était absolument pas prévu au programme.

Annie descendit l'escalier en silence et se laissa tomber à ses côtés.

— Elle va prendre un bain. Je lui ai dit que je te demanderais la permission.

Luke ne bougea pas. Il espérait qu'elle interpréterait son silence comme un consentement et remonterait répondre à May, mais au lieu de le laisser à ses états d'âme, elle posa sa main entre ses omoplates et se mit à lui masser le dos en larges cercles concentriques, sans un mot, et une tendresse silencieuse les enroba comme une couverture.

Luke laissa ses muscles se détendre et fut soulagé de sentir monter les larmes qu'il avait retenues toute la journée. Un profond sanglot se fraya un chemin entre ses doigts, si fort et si intense qu'il en était douloureux. Incapable de reprendre son souffle, il fut secoué par une série de spasmes incontrôlés. Pourquoi est-ce que cela faisait encore si mal ? Cela faisait des mois et des mois qu'il se préparait à ce moment. Il aurait dû être prêt. Blindé.

C'est alors que les lettres de Natalie lui revinrent à l'esprit. Ces petits rectangles de papier emplis de ses mots, de sa voix, lui permettraient de respirer, de survivre encore un peu…

Les larmes cessèrent ; il les enfouit à nouveau dans le coin de son cœur où elles avaient pris l'habitude de se dissimuler. Il baissa les bras, s'essuya le visage sur l'épaule de sa robe de chambre bleu marine, et Annie, sentant son humeur changer, tapota son dos une dernière fois avant de retirer sa main.

— Pourquoi n'irais-tu pas prendre une douche et t'habiller, murmura-t-elle, pendant que je m'occupe de May et de la cuisine ?

Il ne pouvait se résoudre à la regarder en face. Préférant dissimuler son visage ravagé par les larmes, il fixa longuement une tache du plancher tout en envisageant de refuser son offre. Il était solide, c'était à lui de retourner dans la cuisine et de débarrasser le chaos qui y régnait. Seulement voilà, il n'en avait pas la force. Il avait tenté un premier petit-déjeuner et déjà, toute la famille s'effondrait… Alors, quitte à accepter l'aide de quelqu'un, autant que ce soit celle d'Annie.

— D'accord. Merci, bredouilla-t-il enfin.

Elle se redressa en poussant sur ses bras pour se mettre debout, et le son de ses pas s'estompa au fur et à mesure qu'elle montait les marches. Quand il entendit le claquement indiquant que la porte de la chambre de May s'était refermée, il rassembla ce qui lui restait de courage pour se relever. Bien sûr, une douche et des vêtements propres lui feraient du bien, mais ce qu'il voulait plus que tout au monde, c'était s'isoler pour pouvoir relire les lettres de Natalie et passer quelques instants de plus dans un monde où sa femme vivait encore.

CHAPITRE 3

Depuis dix jours que Natalie s'était paisiblement éteinte dans son sommeil – avec Luke somnolant à ses côtés – et une semaine que ses funérailles avaient eu lieu, Luke avait reçu trois autres lettres, toutes enveloppées de bleu turquoise et écrites sur des pages de cahier à spirales pliées avec soin. Elles ne semblaient pas arriver avec une régularité particulière, et chaque fois que le facteur passait sans laisser de pli bleu, Luke se persuadait que c'était terminé, qu'il n'y aurait plus de lettres. Et pourtant, après un jour d'agonie, parfois deux, une nouvelle enveloppe finissait toujours par se frayer un chemin jusqu'à son hall d'entrée. Chacune portait le même cachet de la poste, et le nom de l'expéditeur n'apparaissait nulle part. Il avait cessé de chercher à deviner comment Natalie avait planifié son projet. Franchement, il avait parfois eu du mal à la comprendre de son vivant, il était peu probable qu'il déchiffre ses codes maintenant qu'il ne restait d'elle que des souvenirs et quelques lettres venues de nulle part.

Tout au moins les lettres suivantes ne furent-elles pas aussi dramatiques que les deux premières. Natalie y parlait de ses journées, de ses nausées, de ses cheveux qui ne tombaient pas encore assez pour qu'elle songe à se raser la tête, comme finissaient presque toujours par le faire les patients subissant une chimiothérapie.

Il y eut aussi une lettre pleine d'angoisse dans laquelle elle racontait qu'une mèche de ses cheveux était tombée dans ses céréales de petit-déjeuner et qu'elle avait manqué d'avaler une bouchée de sa propre crinière assaisonnée à la mode chimio, au lieu de ses flocons d'avoine. Elle disait qu'elle n'avait pas tellement remarqué la différence de goût, qu'elle avait juste eu un peu plus de mal à déglutir. C'était ce jour-là qu'elle avait décidé d'acheter une perruque.

Luke se souvenait bien de cette période – la chute de ses cheveux, l'achat de la perruque – mais c'était bien autre chose de lire son point de vue à elle. Elle en parlait comme s'il s'agissait d'une bonne blague, comme s'ils s'étaient bien amusés tous les deux, d'abord à la tondre, puis à lui raser la tête jusqu'à la rendre lisse comme un œuf ; comme s'ils avaient essayé des perruques en prétendant être des agents secrets au lieu de deux adultes tristounets qui savaient très bien que ce monstre qui grossissait en elle avait plus de chances de la tuer que de disparaître.

La lettre de la veille était différente : depuis la catastrophe des crêpes, elle s'était contentée de raconter sa maladie et de terminer avec des paroles d'affection pour lui et les enfants, mais pour la seconde fois, Natalie lui demandait quelque chose.

JOUR 6

Mon amour,

En supposant que j'aie pris la décision de te faire parvenir ces lettres, cela doit faire environ une semaine que je suis partie. Perdre un parent, ce n'est pas quelque chose que j'ai vécu et tu en sais plus que moi là-dessus, mais n'oublie pas que nos enfants ont la chance d'avoir quelque chose que tu n'as pas eu : un père qui les aime.

Alors voilà, j'ai bien réfléchi : je crois qu'il est temps que tu reprennes le boulot. D'accord, je vais te donner quelques minutes pour encaisser et t'énerver un peu parce que je te renvoie bosser quelques jours après la mort de ta femme. Tiens, je te manquerai peut-être moins si je te rappelle à quel point j'ai pu être autoritaire. Prends ton temps, je ne suis pas pressée…

Bon, ça ira ?

Écoute, le travail a toujours été pour toi un moyen de te défouler. Les chiffres, les simulateurs, tout ça, c'est ton paradis. Au bureau, il y a des gens qui comprennent comment fonctionne ton cerveau, alors que moi, il m'arrive de ne pas toujours te suivre. Et puis j'espère qu'au bureau tu trouveras un peu de répit, loin de tous ces souvenirs qui hantent la maison. Alors, quand tu auras fini cette lettre, je voudrais que tu ailles choisir ta tenue de travail pour demain. Mais attention ! Ne m'oublie pas complètement ! Tiens, j'ai une idée : tu veux bien porter quelque chose de bleu ? Pour moi ?

Et tant que j'y suis, il est temps de renvoyer les enfants à l'école. S'il y a bien une chose que cette histoire de cancer m'a fait comprendre, c'est que dans la vie, la routine est l'antidote au chaos. Les petits-déjeuners en famille, les casse-croûte de midi qu'il faut préparer tous les jours, les devoirs, les leçons de piano, les entraînements de baseball, les repas pris tous ensemble, les histoires du soir, les « bonne nuit » et les « fais de beaux rêves » : c'est cette routine qui fait que les gosses tiennent le coup en ce moment, et c'est elle qui te sauvera. J'appréhende beaucoup plus les moments de calme : c'est là que les idées noires m'envahissent, qu'elles me rappellent que je vais devoir vous quitter, et qu'elles m'empêchent de dormir. Tiens, avec un peu de chance, en ayant des journées bien chargées au boulot et à l'école, vous dormirez mieux la nuit.

D'ailleurs, tu sais que je ne suis pas du genre à parler sans agir. J'ai donc moi aussi repris l'école aujourd'hui : je me suis inscrite à cette bonne vieille université du Michigan. Le doc m'a déconseillé le contact avec mes élèves de primaire tant que je suis sous chimio, alors il fallait bien que je trouve de quoi m'occuper. Encore deux modules et j'aurai terminé ma maîtrise. Tu imagines, si je pouvais à la fois écraser le cancer et avoir mon diplôme ? Cette fois-ci, c'est promis, j'irai à la cérémonie et je monterai sur scène, même si je dois coudre ma perruque dans le chapeau. Rappelle-moi quand même de ne pas lancer mon chapeau comme le veut la tradition. Quoique… ce serait plutôt drôle !

Passe une bonne journée demain ! Je t'aime.

Tendrement,

Natalie.

Luke replia sa lettre le long des lignes laissées par Natalie et l'imagina pressant soigneusement chaque pli entre deux doigts. Il tint la lettre devant lui un moment. Sortir de la maison, parler à des gens, c'était bien la dernière chose dont il ait envie. Même dans son monde familier fait d'ordinateurs et de mathématiques, il y aurait des gens, c'était inévitable. Ces gens le fatiguaient déjà…

• • •

Elle est morte. Elle n'en saura rien. C'est impossible. Il avait eu beau se répéter la même chose en boucle depuis vingt-quatre heures, rien n'y fit. Serrant le nœud de sa cravate bleu ciel, Luke se leva de son lit, paré pour partir au bureau. Clayton jouait sagement dans sa chambre meublée comme un véritable univers de petit garçon, et Luke trouvait cela curieusement agréable après les deux dernières semaines que son fils avait passées affalé devant la télévision, dans un état second proche de celui d'un zombie. Il passa la tête par la porte.

— Il est l'heure de partir pour aller chez tante Annie. Viens mettre tes chaussures.

— Tante Annie ?

Clayton sauta sur ses pieds, un pirate en plastique dans chaque main.

— Je peux emporter mes jouets ?

— Tu peux en prendre deux, répondit Luke en levant deux doigts pour bien se faire comprendre.

Clayton fouilla la pièce d'un regard sérieux, comme si son père lui avait demandé de choisir qui sauver si la maison venait à prendre feu.

Dix minutes et quatre jouets plus tard, Luke était parvenu à faire entrer Clayton et ses affaires dans la voiture. Heureusement, May et Will avaient pris le bus de l'école une vingtaine de minutes plus tôt et devaient déjà se trouver dans leurs établissements respectifs. Ils avaient repris le chemin de la normalité le lundi qui avait suivi l'enterrement de Natalie. « *Par chance* », comme l'avaient décrété bon nombre de cousins et autres parents éloignés, cette dernière avait eu la bonne idée de décéder pendant les vacances d'hiver. « *Au moins, les enfants n'avaient pas eu besoin de manquer l'école* ». Luke avait plusieurs fois dû prendre sur lui pour ne pas rétorquer trop vertement.

Alors qu'il quittait la maison en voiture, son attaché-case bien calé sur le siège passager, il jeta un regard derrière lui. Quelques taches vertes mises à part, le jardin était couvert de neige. La dernière fois qu'il avait pris la route du bureau, Natalie l'avait regardé partir depuis son lit, près de la fenêtre du salon. C'était il y a plus d'un mois.

Il secoua vigoureusement la tête. May et Will avaient dû trouver la situation irréelle, eux aussi. Quand ils avaient quitté l'école trois semaines plus tôt, leur mère avait une maladie incurable ; ils y retournaient aujourd'hui, orphelins. La veille, May avait déclaré que sa première journée s'était bien passée, même si ses camarades étaient un peu trop distants et ses professeurs un peu trop attentifs. Will n'avait pas dit grand-chose, se contentant de grogner « *Pas trop mal…* » quand Luke lui avait posé la question. Il faudrait qu'il demande à Annie de lui envoyer un SMS pour vérifier qu'il tenait le coup.

Luke gara son véhicule à côté de la lourde berline de Brian, dans l'allée impeccablement déneigée. Annie avait accepté de s'occuper de Clayton dans la journée, répétant qu'elle pouvait travailler sur ses transcriptions médicales le soir.

Quand Natalie était encore en activité, Clayton avait eu l'habitude de fréquenter la garderie de leur quartier et Luke avait prévu de l'inscrire à nouveau aux « Petits Bambins », mais Annie avait insisté pour l'aider. Au premier abord, cela avait paru constituer un trop grand changement pour un enfant aussi jeune, mais en les observant lorsqu'ils étaient ensemble, Luke avait dû admettre que Clayton et Annie semblaient panser mutuellement leurs blessures. Il se demanda alors quel aurait été l'avis de Natalie, et sut qu'il ne pouvait refuser.

Mais il ne pouvait pas monopoliser Annie toute la journée et d'ailleurs, Natalie avait donné des instructions très précises concernant les enfants après l'école. Luke devait prendre contact avec une étudiante qu'elle avait rencontrée sur le campus et qui, elle en était convaincue, saurait s'y prendre avec les enfants. Elle pensait même que la jeune fille, qui répondait au nom de Jessie, pourrait donner des cours de soutien à Will. Mais Luke n'était pas prêt à recevoir une inconnue chez lui tous les jours, et il avait donc décidé de travailler à mi-temps jusqu'à ce que, comme il l'espérait, la vie reprenne son cours normal.

— Tu vas passer une chouette journée chez Annie, hein ? claironna Luke en aidant Clayton à sortir de son siège et en attrapant le sac de toile plein à craquer dans lequel l'enfant avait entassé quatre tenues de rechange, deux balles en caoutchouc, six trains avec tous les rails qui les accompagnaient, et peut-être même un dinosaure ou deux, bien que Luke n'en soit pas tout à fait certain.

Clayton avança avec précaution le long de l'allée couverte de sel. Luke se tenait derrière lui, la main tendue prête à intervenir au cas où le petit garçon glisserait.

— Tu vas me manquer aujourd'hui, mon bonhomme, soupira Luke. Il s'était habitué aux douzaines de mini-drames qui jalonnaient le quotidien de son gamin de trois ans, et il avait même pris un certain plaisir à ces journées où la fin du monde consistait à devoir boire à travers une paille de la mauvaise couleur ou manger un sandwich coupé dans le mauvais sens.

— Toi aussi, P'pa.

Clayton tira sur sa cagoule pour découvrir son visage autant qu'il put, plissant les yeux sous le vent glacial.

— Rentre vite me chercher, d'accord ?

— C'est promis, mon grand.

Luke prit la main gantée de son fils pour l'aider à monter les marches du perron.

— Je t'aime, fiston.

— Je sais, répondit le bambin en haussant les épaules, avant d'ajouter dans un soupir : Je peux appuyer sur la sonnette ?

— Bien sûr, mais seulement une fois.

Se hissant sur la pointe des pieds, Clayton tendit le bras et enfonça le gros bouton jaune comme s'il faisait cela tous les jours. La mélodie à deux tons retentit et Luke retint gentiment la main de Clayton pour éviter que la sonnerie ne se transforme en concert.

— Les voilà. Tu es prête ?

La voix de Brian traversa la porte comme s'il avait été debout à côté d'eux. Luke entendit une voix de femme lui répondre, trop lointaine pour qu'il puisse saisir les mots.

— OK, je vais ouvrir, mais dépêche-toi.

Luke savait que Brian était juste derrière la porte, mais il sursauta malgré tout lorsque ce dernier l'ouvrit brusquement. Du haut de son mètre quatre-vingt-dix, Brian était plus grand et plus costaud que Luke, et on distinguait ses pectoraux bien dessinés à travers son T-shirt. Luke n'avait aucun mal à imaginer à quoi il avait pu ressembler plus jeune, quand il était la vedette de l'équipe de football universitaire. Une rupture des ligaments croisés avait mis fin à ses rêves de gloire et aujourd'hui, il était flic municipal. Son quotidien consistait la plupart du temps à régler des disputes conjugales et à repérer les fausses cartes d'identité.

— Salut mon vieux, comment ça va ?

Ah ! Comment allait-il ? Luke détestait cette question. Il ne pensait pas que qui que ce soit tienne vraiment à savoir comment il allait ; tout ce que les gens voulaient, c'était s'assurer qu'ils pouvaient cesser de se sentir mal à l'aise en sa présence, et il avait pris le parti de leur dire ce qu'ils souhaitaient entendre, quitte à mentir sur son moral plutôt que de supporter les silences embarrassés et les regards apitoyés. Comme il n'était pas suffisamment proche de Brian pour pleurer sur son épaule, il opta pour la réponse habituelle :

— Ouais, ça peut aller. Merci.

— Toutes mes condoléances.

Luke avait entendu cette phrase si souvent qu'elle s'était presque vidée de son sens.

— Je ne sais pas ce qu'Annie va faire sans elle, reprit Brian. C'est gentil de ta part de lui permettre de prendre soin de Clayton.

Il baissa la voix.

— Matt lui manque beaucoup, et maintenant que Natalie n'est plus là… Elle m'inquiète un peu.

Luke se dandina, gêné, et pensa que c'était plutôt à lui de les remercier :

— Elle nous rend service. Et tu connais Clayton : il adore tante Annie. Pas vrai, mon chéri ?

La réponse de Clayton fut largement étouffée par la cagoule qui lui recouvrait le visage. Le pauvre gosse était frigorifié, mais Brian ne sembla pas le remarquer. Pour briser le silence qui menaçait de s'installer, Luke changea de sujet :

— J'espère que ton dossier avance bien, bredouilla-t-il en se demandant comment Brian pouvait rester en T-shirt sur le pas de la porte sans paraître souffrir du froid.

— Mon dossier ? demanda Brian en plissant légèrement l'œil droit avant de se redresser, les bras croisés.

— À l'enterrement de Natalie, dit Luke qui se frottait les mains l'une contre l'autre pour tenter de se réchauffer, Annie a dit que tu ne pouvais pas venir parce que tu travaillais sur un dossier important.

— Ah oui, acquiesça enfin Brian. Pardon, tu as raison, mon dossier.

Le sourire retrouvé, il tapota ses biceps d'un air entendu.

— Tu n'as pas idée de ce dont les gens sont capables pour obtenir de la drogue, reprit-il. C'est dingue.

Brian se frottait les bras et Luke constata qu'il commençait enfin à avoir la chair de poule.

— Bon, vous rentrez ?

Luke respira un grand coup, cherchant quelque chose à répondre. Il espérait voir apparaître Annie derrière son mari. Il n'avait pas prévu de laisser Clayton à Brian, et l'idée ne lui plaisait pas trop. C'était un gars sympa pour discuter entre hommes, mais pas vraiment le genre à faire du baby-sitting.

— Tu sais quoi, dit Luke, une main sur l'épaule de Clayton, je ne suis pas sûr que ce soit une bonne idée pour aujourd'hui.

Sa tentative de fuite fut interrompue par les pas d'Annie qui résonnaient dans les escaliers. Elle se précipita vers eux, les cheveux encore humides.

— Bon sang, ce qu'il fait froid ! Brian, fais-les entrer au lieu de les laisser geler sur le pas de la porte.

— C'est bien ce que j'essaie de faire, chérie. Tu me prends pour qui ?

Il leva les yeux au ciel à l'intention de Luke, comme s'il s'attendait à ce que ce dernier comprenne à quel point une femme pouvait être agaçante.

— Tu ferais mieux de rentrer avant que je me fasse engueuler.

— Brian, écarte-toi.

Annie se faufila sous son bras en articulant en silence « *Désolée.* »

— Bon, ben, content de t'avoir vu, Luke. Tu devrais passer faire une partie de fléchettes chez *Willie's,* un de ces soirs. Je te dois bien une bière pour me faire pardonner d'avoir manqué... enfin, tu sais...

Il recula d'un pas et Annie leur fit signe d'entrer.

— Faut pas m'en vouloir, conclut Brian, mais je retourne me coucher. Je risque de travailler tard, ce soir.

— Pas de problème. À la prochaine, hasarda Luke qui avait l'impression d'avoir tout oublié de l'art de faire la conversation.

— Ouais, et n'oublie pas, je te dois une bière.

Brian se dirigea vers l'escalier.

— J'y compte bien, dit Luke avec un rire forcé, soulagé que Brian disparaisse à l'étage sans se retourner.

— Je suis désolée, Luke, s'excusa Annie avec un geste en direction du plafond. Il travaille de nuit en ce moment et il dort pendant la journée. Mais nous ne ferons pas de bruit, hein, mon grand ? ajouta-t-elle avec un sourire complice à Clayton, comme si garder le silence n'était absolument pas son intention.

Il hocha la tête, les yeux brillants.

Annie baissa la fermeture Éclair du blouson de Clayton d'un geste expert et l'aida à ôter ses bottes comme elle l'avait déjà fait des centaines de fois auparavant.

— Tu sais, j'ai sorti tous les vieux jouets de Matt. J'avais gardé les meilleurs pour le jour où je serai « mamie Annie ». Tu veux voir ?

Elle enfouit les gants de l'enfant dans les poches de son manteau, qu'elle suspendit à la porte d'un placard. Clayton sourit et partit en courant vers le bureau d'Annie, derrière une grande porte vitrée à deux battants.

— Tu n'es pas obligée de commencer aujourd'hui, tu sais, Annie.

Luke rajusta la bretelle du sac de toile sur son épaule. Il se sentait déjà épuisé par l'effort que lui demandait un comportement normal.

— Mon chef m'a pratiquement supplié de rester chez moi et de prendre quelques jours de plus, ajouta-t-il.

Annie fronça les sourcils :

— Non, je t'en supplie, laisse-le rester.

Elle glissa une mèche blonde et humide derrière son oreille et se pencha vers lui :

— C'est Brian qui t'inquiète ? Il va dormir toute la journée, je t'assure.

— Non, non, ce n'est pas cela.

Il pressa ses doigts sur ses tempes. Cela lui faisait du bien d'avoir quelqu'un à qui parler.

— C'est juste que je ne suis pas sûr d'être tout à fait prêt.

— Alors, pourquoi te précipiter ?

Elle posa une main sur son épaule. Il s'était habitué à ce que les gens recherchent le contact. C'était un de ces accords de société tacites : tout comme un parfait étranger pouvait s'autoriser à poser la main sur le ventre d'une femme enceinte, il était tout à fait acceptable de toucher un homme en deuil sans sa permission.

— Tu devrais attendre une semaine de plus, personne ne t'en tiendrait rigueur.

— Je sais.

Il mit la main dans la poche extérieure de son attaché-case et effleura les enveloppes de Natalie. Il ne se déplaçait pratiquement plus sans elles. Il allait y arriver. Pour elle.

— Je ne pars que quatre heures, aujourd'hui. Je serai de retour pour midi. Je préfère y aller doucement au début.

— Tu as raison, l'encouragea Annie, l'air peu convaincu.

Elle fit un pas en arrière, serra un bras contre son ventre et y appuya le second pour mieux se ronger un ongle parfaitement manucuré.

— Nous allons rester tranquilles aujourd'hui, mais j'ai déjà inscrit Clayton pour aller écouter des histoires à la bibliothèque une fois par semaine. Et nous trouverons d'autres sorties à faire. Quand la neige aura fondu, il y aura le parc, et puis nous irons nous balader et faire de la trottinette. Qu'en penses-tu ?

— De quoi faire le bonheur de n'importe quel petit garçon.

Bon, il devait bien admettre que Clayton serait mieux là qu'à la garderie, où il ne serait jamais qu'un gamin parmi tant d'autres, ou à la maison où il se gaverait de cochonneries toute la journée. Luke passa à Annie le sac contenant le bric-à-brac de jouets.

— Promets-moi quand même que tu m'en parleras si c'est trop de travail, d'accord ? Ou que tu me laisseras te payer ?

— Hors de question, refusa Annie. Natalie m'a fait promettre deux choses avant de mourir. La première, c'était de veiller sur les enfants.

Elle hésita, pencha doucement la tête et ajouta :

— OK, tu faisais aussi partie de la liste.

— Ah bon ?

Il n'y avait pourtant pas de quoi être surpris. Après tout, si elle s'était organisée pour faire envoyer des lettres posthumes, il aurait dû s'attendre à ce qu'elle ait aussi prévu une surveillance rapprochée.

— Attends, Annie. Tu ne serais pas au courant pour les lettres ?

Luke sortit le paquet d'enveloppes de son attaché-case et les écarta dans sa main comme un jeu de cartes. Elle les considéra un moment en faisant glisser un doigt le long de l'éventail, son ongle émettant un léger claquement au coin de chaque enveloppe.

— C'est la première fois que j'en entends parler. Enfin, mis à part l'autre jour, quand tu m'en as montré une.

Elle indiqua le nom de Luke, inscrit en lettres rondes :

— Mais c'est bien l'écriture de Natalie.

Elle leva vers lui des yeux écarquillés.

— Tu en reçois toujours ?

— Oui, confirma-t-il en alignant les enveloppes en une pile impeccable qu'il enfouit à nouveau dans son sac.

Annie l'observait intensément.

— Qui peut bien les poster ? murmura-t-elle si bas qu'elle aurait tout aussi bien pu se parler à elle-même.

— J'avais espéré que tu pourrais me le dire…

Luke haussa les épaules, frustré, avant d'ajouter :

— Mais ce serait sans doute trop facile.

Il était temps de prendre la fuite. Il lui coûtait trop de sauver les apparences devant d'autres êtres humains. Luke avait passé toute son enfance à faire semblant, mais après vingt-deux ans de mariage, il en avait perdu l'habitude. Il jeta un coup d'œil à sa montre, un cadran bleu nuit sur un bracelet gris que lui avait offert Natalie pour leur cinquième Noël. La plupart des objets qu'il possédait étaient associés à un souvenir, à un moment passé avec sa femme, et à la différence de ses lettres, ces rappels permanents le rendaient triste et malheureux.

— Il se fait tard, il faut que j'y aille.

— OK, pas de problème.

Leurs regards se posèrent un instant sur Clayton, occupé à empiler des cubes multicolores pour former une tour plus haute que lui, et Luke songea que Brian allait adorer le bruit que feraient les jouets en s'effondrant.

— Tu veux lui dire au revoir, ou tu crois qu'il va pleurer?

— Cela devrait bien se passer. Il se languissait de sortir de la maison, et de toute façon, il t'adore.

Clayton avait semblé regretter l'absence d'Annie au moins autant que celle de sa mère. Luke lui en avait tenu quelque rancune au début, mais de toute évidence, Clayton ne faisait pas la différence entre partir « pour toujours » et partir « quelque temps ».

— Et je le lui rends bien, répondit-elle en rougissant un peu sous le compliment. Bon, tu ferais mieux de filer, ce serait bête d'arriver en retard dès le premier jour, lâcha-t-elle, les mains sur les hanches comme pour le gronder.

Natalie lui manquait toujours terriblement, mais Luke trouva un certain réconfort à l'idée que quelqu'un d'autre se faisait du souci pour sa famille. Il récupéra sa clé de voiture au fond de la poche de son manteau.

— Clayton, Papa part travailler. Je t'aime!

Luke envoya un sourire à son fils et lui fit un signe de la main avant de s'éloigner. Inutile de s'éterniser. Clayton lui lança un regard en coin, répondit rapidement à son geste et entreprit d'ajouter un autre cube à sa construction.

— Tu vois, je t'avais bien dit qu'il n'y aurait pas de problème, fit Luke, la main sur le bouton cuivré de la porte.

Avec regret, il poussa la porte et se prépara à affronter le vent glacial de janvier qui traversait déjà le fin tissu de son pantalon à pinces.

— Bonne journée, et n'hésite pas à m'appeler si tu as besoin de quoi que ce soit.

— Oui, oui, murmura Annie, dont le visage s'était plissé devant le courant d'air qui s'infiltrait dans la maison.

Elle s'appuya contre la porte comme pour en faire un bouclier et glissa la tête par l'entrebâillement pour lui crier de passer une bonne journée.

Pendant le temps qu'il fallut à Luke pour regagner sa voiture dans l'allée, Annie avait rejoint Clayton qui entourait déjà ses jambes de ses petits bras. Luke tenta un dernier au revoir de la main.

Les grands étaient à l'école et Clayton était visiblement ravi de passer la journée avec Annie. Natalie avait peut-être raison : il était temps pour Luke de reprendre le travail. Une vague de panique le submergea alors qu'il s'installait au volant de sa voiture, où n'avait pas encore pénétré le froid. Tout arrivait trop vite. Natalie voulait qu'ils fassent comme si la vie était à nouveau normale, mais comment était-il possible de vivre normalement… sans elle ?

Rien n'avait été facile ces dernières années. C'était le moins qu'on puisse dire. Mais Natalie avait toujours été là : alors même qu'elle disparaissait à petit feu dans le lit d'hôpital aménagé au salon, elle avait toujours réussi à ouvrir les yeux et à lui sourire quand il passait à côté d'elle. Jusqu'au jour où elle n'en avait plus eu la force. Comment tout le monde pouvait-il retrouver son quotidien, les magasins ouvrir et fermer, les entreprises acheter et vendre leurs marchandises ? Comment la Terre pouvait-elle continuer de tourner alors que, chaque soir, à côté de lui, l'oreiller de Natalie restait vide ?

Luke appuya son front sur le cuir lisse et froid du volant, et envisagea de rentrer chez lui pour dormir. Personne n'en saurait jamais rien, ses collègues s'en moquaient ; ils seraient même soulagés de ne pas avoir à marcher sur des œufs en présence du type qui venait de perdre sa femme.

On frappa à la fenêtre et il se releva en sursaut.

Annie, tremblante de froid dans son pantalon de yoga et son T-shirt à manches longues en coton gris, tenait à la main une enveloppe qui ressemblait comme deux gouttes d'eau à celles qu'envoyait Natalie. Sa main plongea instinctivement dans sa poche pour vérifier que le compte y était mais, plissant les yeux pour distinguer les lettres à travers la vitre, il put lire le nom d'Annie inscrit sur l'enveloppe. Il chercha le bouton du doigt et la vitre descendit dans un petit bruit motorisé.

— À moi aussi, elle m'a écrit, lâcha Annie en s'appuyant d'un bras contre la voiture pour se baisser vers lui alors qu'elle serrait l'autre contre son ventre dans un futile effort pour se réchauffer.

— Elle me l'a donnée une semaine avant de… enfin, avant sa mort. Elle m'avait demandé de ne pas t'en parler, mais disons que je suis une rebelle…

Luke fit la grimace. Annie ne semblait pas faire cas du fantôme de Natalie, mais il n'en allait pas de même pour lui.

— Tu l'as ouverte ?

Il ne distinguait pas suffisamment l'enveloppe pour voir si celle-ci était décachetée.

— Ouais. Elle m'avait dit que je pouvais l'ouvrir après sa mort.

Le pli qu'elle agitait doucement semblait plus épais, comme s'il contenait de nombreuses épaisseurs de papier, ce qui piqua la curiosité de Luke. Que pouvait bien avoir eu à dire Natalie à Annie pour remplir tant de pages ? Et pourquoi Annie avait-elle tout reçu en même temps ?

— Désolée, Luke, elle m'a fait promettre de ne jamais te laisser la lire. Comme tu l'as dit toi-même, c'est personnel, expliqua Annie en reprenant les mots qu'il avait prononcés lors de la séance de crêpes.

Luke retira ses doigts et tourna la clé de contact avec un geste rageur.

— Dans ce cas, je ne vois vraiment pas pourquoi tu me l'as montrée, marmonna-t-il.

Il n'était pas dans ses habitudes de donner libre cours à sa colère. Il avait toujours fait en sorte de l'enfermer soigneusement, tout au fond de lui, de peur de devenir comme son père, et il était hors de question de la libérer maintenant. Les lèvres serrées, il s'efforça de contrôler ses émotions. Une séance de punching-ball lui ferait le plus grand bien ce soir.

— Je te la montre parce que… je ne voudrais pas que tu t'imagines que c'est moi qui suis derrière ces lettres.

Elle croisa les bras, la vapeur de son souffle formant comme un nuage autour de sa tête. Elle devait être frigorifiée mais elle ajouta :

— Ces lettres ont quelque chose de pas net, Luke. On dirait que quelqu'un cherche à jouer avec toi. Je ne sais pas qui, mais ce n'est pas moi. Si j'étais toi…

Sa bouche à demi voilée par son souffle, elle se mordit la lèvre, puis reprit :

— … je chercherais à savoir d'où viennent ces lettres avant de continuer à les ouvrir.

Il hocha la tête pour dissimuler à quel point il n'était pas d'accord. Naturellement, il s'était lui aussi demandé, entre autres choses, qui pouvait bien poster les lettres de Nat. Mais il était hors de question qu'il cesse de les lire. Elles étaient réelles et c'était tout ce qui comptait pour le moment. Aussi longtemps que l'expéditeur mystère les enverrait, Luke continuerait à les lire.

— Tu devrais rentrer, tu vas attraper froid, et Clayton est probablement en train de te retourner le salon, dit-il enfin avant de poser la main sur le levier de vitesse pour lui signifier qu'il était sur le point de démarrer.

Elle fixa son visage de ses grands yeux verts.

— Réfléchis-y, OK? conclut-elle en faisant claquer l'enveloppe sur la portière.

— Promis.

Il eut un sourire contraint et passa la marche arrière alors qu'Annie repliait la main qui tenait la lettre sous ses bras croisés.

— À tout à l'heure.

Elle recula de quelques pas, puis s'immobilisa, comme si elle attendait qu'il dise quelque chose. Mais il aurait été bien incapable d'ajouter quoi que ce soit sans s'énerver.

Elle dépassa l'avant de sa voiture et piqua un sprint vers la maison, un peu à la manière d'un coureur apercevant la ligne d'arrivée à la fin d'un marathon. La porte d'entrée l'avala et Luke enfonça l'accélérateur, tourna le volant d'un coup sec et prit la direction du bureau.

Février

CHAPITRE 4

Il fallut encore deux semaines à Luke pour trouver le courage de demander à Jessie, l'étudiante recommandée par Natalie, de se présenter à son domicile.

Jusqu'alors, il s'était contenté de se pelotonner dans son lit avec Clayton, sitôt sa demi-journée de travail terminée, alors que les deux aînés se nourrissaient impunément de pizzas surgelées et de fruits en conserve. Certes, ce n'était pas ce qu'aurait voulu Natalie, mais il estimait avoir le droit de pleurer sa femme comme bon lui semblait, quitte à ce que ses enfants mangent de la nourriture industrielle et des fruits au sirop.

C'est alors qu'il reçut une lettre imprimée. Les mots s'alignaient sur une épaisse feuille de papier rigide qui n'avait pas le caractère familier des pages de cahier précédentes et, au lieu de la sensation de réconfort qu'il avait connue jusque-là, il fut envahi par la panique. Était-il possible que cette lettre soit la dernière ? Qu'aucune enveloppe bleue n'arrive au courrier du lendemain ? Il laissa glisser ses doigts sur les caractères imprimés dont certains semblaient avoir été mouillés, peut-être par des larmes.

JOUR 34

Mon amour,

Ne sois pas déçu, mais je n'ai plus la force d'écrire à la main. Je suis lucide, je sais qu'il ne me reste plus beaucoup de temps. Je sais aussi que tu refuses cette idée, ce qui a quelque chose d'ironique quand on sait que tu ne crois pas aux miracles…

C'est la fin, je le sens. C'est pour cette raison que je dois faire certaines choses qui, je l'espère, te simplifieront la vie après mon départ. Je ne vais pas toutes te les expliquer aujourd'hui, ce serait trop long, mais il y a quelqu'un dont je voudrais te parler. Elle s'appelle Jessie Fraga. Je suppose que j'ai déjà dû évoquer Jessie, ainsi que le rôle que je voudrais qu'elle joue auprès de notre famille. Tu n'as pas idée de ce que l'on peut ressentir à la perspective d'être forcée d'abandonner ses enfants… Mon seul réconfort, c'est de savoir qu'il y aura des gens qui prendront soin d'eux quand je ne serai plus là pour le faire moi-même, et Jessie fait partie de ces gens.

Je l'ai rencontrée il y a un peu plus d'un an, quand j'ai repris la fac. Elle suit des études pour enseigner en primaire et nous avions tendance à réviser nos cours côte à côte, affalées sur les mêmes coussins de la bibliothèque. Je ne crois pas l'avoir jamais vue sans ses écouteurs vissés aux oreilles, ni vêtue d'autre chose que d'un T-shirt à l'effigie d'une comédie musicale de Broadway. J'ai d'abord cru qu'elle était en fac de cinéma, jusqu'au jour où elle a sorti sa méthode de maths ; je lui ai demandé si elle se destinait à l'enseignement, et nous sommes devenues amies.

Jessie est une jeune fille de vingt-deux ans tout ce qu'il y a de plus normale, hormis le fait qu'elle a vécu pas mal de choses et qu'elle est du genre à ne jamais baisser les bras. Oh, elle n'a pas de cancer, Dieu merci, mais elle sait ce que c'est que de lutter contre un problème de santé, en l'occurrence au niveau des reins. Jessie souffre d'une maladie rénale chronique depuis l'enfance, et s'il y a bien une chose qu'elle saura inculquer aux enfants, c'est qu'il faut toujours persévérer face à l'adversité.

J'ai beaucoup de choses à te dire au sujet de Jessie, mais pour le moment, sache simplement qu'elle compte beaucoup pour moi. Elle t'aidera, ne serait-ce que pour les devoirs et les repas. Je t'en prie, même si c'est le seul de mes conseils que tu décides de suivre, embauche Jessie. Elle en vaut la peine.

Je t'aime. Je ne voulais pas te quitter ainsi. La vie est injuste.

Tendrement,

Natalie.

Aujourd'hui, d'une minute à l'autre, il devait rencontrer la fameuse Jessie. À condition que l'entretien se passe bien, il était prévu qu'Annie continuerait à prendre soin de Clayton jusqu'à quinze heures et que Jessie se chargerait des fins d'après-midi, jusqu'à son retour du travail.

La sonnette résonna dans la maison. Trois heures, déjà… Bien sûr, il était tout à son honneur que cette jeune fille soit ponctuelle, mais Luke aurait aimé avoir quelques minutes de répit, le temps de ranger un peu. (Il aurait dû y consacrer les deux dernières heures, au lieu de relire une fois encore les lettres de Natalie. Il tombait fréquemment dans le piège, c'était fou le temps que pouvaient lui faire perdre ces courriers.)

Luke sauta de son lit, déposa soigneusement la lettre imprimée de Natalie sur la pile chancelante qui envahissait progressivement sa table de nuit et défroissa de son mieux sa chemise fripée. Il passa sur la pointe des pieds devant la chambre de Clayton en espérant que la sonnette ne l'aurait pas tiré de sa sieste, un événement qui se faisait de plus en plus rare. En bas de l'escalier, il marcha sur un pyjama Spiderman qui traînait par terre. Jurant dans sa barbe, Luke attrapa le vêtement et le lança dans l'escalier du sous-sol en se promettant de s'occuper du linge, plus tard.

Reprendre le travail et gérer les enfants n'étaient pas une mince affaire, contrairement à ce que prétendaient les lettres de Natalie. De toute évidence, Nat avait su s'y prendre mieux que lui, à moins que ces lettres aient été pour elle un moyen de se convaincre qu'il saurait s'adapter à la vie sans elle.

Pourvu qu'elle ne sonne pas une seconde fois, pria Luke en silence. Légèrement essoufflé, il agrippa le bouton de la porte qu'il ouvrit d'un coup sec. Une femme jeune, petite et mince, se tenait devant l'entrée. « Petite » était d'ailleurs un euphémisme : elle devait mesurer moins d'un mètre cinquante et peser à peine plus lourd que May. Ses longs cheveux noirs réunis en une queue-de-cheval lui donnaient un air d'adulte qui contrastait avec sa silhouette enfantine. Sur son front retombait une épaisse frange derrière laquelle brillaient deux grands yeux bleus.

— Bonjour M. Richardson. Je vous ai parlé au téléphone. Je suis Jessie. Enchantée.

Elle prononça ses mots d'une voix claire et rapide. Elle avait à la main l'une des lettres de Natalie, dans sa traditionnelle enveloppe turquoise.

— J'ai bien connu votre femme, ajouta-t-elle.

À l'instar de sa queue-de-cheval, son sourire semblait trop grand pour elle, mais Luke n'y prêta guère attention. Tel un chat à l'affût d'un canari, il ne songeait plus qu'à mettre la main sur l'enveloppe bleue qu'elle tapotait contre sa paume.

— Euh, entrez, je vous en prie.

Il ouvrit la porte et fit un pas en arrière pour la laisser passer tout en s'assurant de garder ses distances, de peur qu'elle ne remarque les plis que sa sieste avait laissés sur sa chemise.

— Vous préférez que j'enlève mes chaussures ? demanda Jessie en jetant un regard sur les panières qui avaient retrouvé leur place peu après l'enterrement et encombraient à nouveau le hall d'entrée.

— Nous demandons aux enfants d'ôter les leurs, mais vous n'êtes pas obligée d'en faire autant.

Jessie retira ses ballerines, révélant une paire de chaussettes noires si fines qu'elles devaient lui être d'une piètre utilité. Debout en chaussettes, avec son sac à dos, elle avait l'air plus jeune que jamais. D'ici une dizaine d'années, cela pourrait tout aussi bien être May qui se tiendrait là, exactement au même endroit : une May adulte, certes, mais qui, malgré son corps de jeune femme, resterait toujours à ses yeux sa petite fille. Natalie ne serait plus là pour la voir, et Luke se demanda comment elle avait supporté l'idée de passer à côté de tant de choses.

Jessie se balançait d'un pied sur l'autre et Luke comprit que, s'il continuait à la contempler en silence, il était probable que la jeune fille s'enfuie en courant, terrorisée par ce type bizarre qui semblait avoir oublié les règles de base de communication entre êtres humains.

— OK, dit-il en s'éclaircissant la gorge, venez vous asseoir, que nous puissions discuter un moment.

En se rappelant la montagne de vaisselle qu'il avait laissée s'accumuler dans l'évier, Luke hésita à lui indiquer la direction de la cuisine. L'espace d'un instant, il pensa l'inviter à entrer juste à côté, dans le salon où les enfants n'étaient pas autorisés à jouer et qui était élégamment meublé mais, songeant que c'était là que Natalie était morte, il opta pour la cuisine et le trop-plein de vaisselle :

— Par ici.

Il fit signe à Jessie de le suivre. Après tout, elle finirait par découvrir le désordre tôt ou tard… Autant qu'elle sache à quoi s'attendre.

En empruntant le couloir qui menait à la cuisine, Jessie se figea devant les cadres photos qui formaient une pyramide sur le mur :

tout en haut, Luke et Natalie, le jour de leur mariage, et les trois enfants alignés en dessous.

— Ouah, Natalie était si jolie !

Repoussant la mèche qui lui couvrait le front pour mieux observer la photo, elle ajouta :

— Vous aviez l'air tellement jeunes.

Elle avait raison, ils semblaient beaucoup plus jeunes. Ils « étaient » bien plus jeunes. Natalie avait relevé ses cheveux sombres en chignon, sa robe de satin blanc découvrait ses épaules nues et son corsage était couvert d'une myriade de perles minuscules qu'elle avait semées derrière elle tout au long de la journée. Ils avaient passé leur première danse à rire du fait qu'à chacun de leurs mouvements, une pluie de perles s'échappait du bustier pour atterrir sur la piste dans un concert de *cling!* sonore.

Sur la photo, Luke dépassait Natalie d'une bonne tête, le soleil d'été avait éclairci ses cheveux et son large sourire striait le contour de ses yeux de belles rides de bonheur. Il était loin de se douter qu'il enterrerait la femme pendue à son cou avant même d'avoir célébré leurs vingt ans de mariage.

— Quel âge aviez-vous ? demanda Jessie sans quitter le portrait des yeux.

— Euh, vingt et un ans, renifla-t-il. Nous nous sommes rencontrés au lycée, mais j'ai déménagé avant la terminale. Nous nous sommes retrouvés à la fac, quand j'ai été transféré à l'université du Michigan pour y passer ma dernière année d'études.

Il eut un petit rire et ajouta, comme pour lui-même :

— Je l'avais repérée dès ma première semaine : elle étudiait, assise dans la cour, et j'ai tout de suite su qu'elle était la femme de ma vie.

— Quelle belle histoire ! s'exclama Jessie, une main sur le cœur. Je n'en reviens pas que vous vous soyez rencontrés si jeunes. Et dire que je n'ai même pas de petit ami ! Enfin…

Elle s'arracha à la contemplation du mur, enfonça ses mains dans les poches de son manteau, d'où dépassait l'enveloppe bleue, et se tourna vers lui. Il sentit son regard l'étudier alors qu'il fixait résolument ses chaussettes.

— Pardonnez-moi, Monsieur Richardson. Je suis incorrigible. Mon père dit toujours que je parle trop vite. Il n'était pas délicat de ma part de m'éterniser sur vos photos de mariage. Cela ne doit pas être facile….

Il secoua la tête :

— Ce n'est rien.

Il ne supportait pas que cette fille ait de la peine pour lui. Qu'est-ce qu'elle pouvait bien connaître du chagrin que causait la perte d'un être cher ?

— Passons à la cuisine, nous pourrons discuter.

— OK, répondit Jessie avec un haussement d'épaules.

Elle lança un dernier regard à la photo de Luke et Natalie avant de s'éloigner.

Luke la dépassa, s'empressant de rassembler une pile de courrier et les devoirs de May pour faire un peu de place sur l'îlot de la cuisine. Jessie lâcha son sac et grimpa sur un tabouret. Si elle avait remarqué le désordre, elle n'en laissa rien paraître. Elle déposa la lettre de Natalie sur la table et Luke put y lire son nom, « Jessie », dans l'écriture si caractéristique de sa femme.

— Bon. Parlez-moi de vous…, dit enfin Luke, indécis.

Il ne savait pas trop par où commencer. C'était Natalie qui avait tout organisé : si Jessie était d'accord pour être leur nounou, il était censé lui offrir le poste, et cette entrevue faisait dès lors office de première rencontre plutôt que d'entretien d'embauche.

Jessie passa une main dans ses cheveux en un geste nerveux, et Luke put distinguer un bracelet argenté d'identification médicale, sous sa manche.

— Il n'y a pas grand-chose à dire. Je fais des études d'enseignement élémentaire, à l'université du Michigan Est. Je viens de commencer mon stage à l'école primaire de Wellbrooke. Je travaille avec les élèves de cours préparatoire, et j'adore ça.

Elle haussa les épaules, agitant les épaulettes trop larges de son manteau fourré vert pomme.

— Natalie m'a dit que vous étiez amies.

Luke avait posé les coudes sur le granit du comptoir et sentait le froid de la pierre sur sa peau à travers sa chemisette trop fine. Il ne serait sans doute pas très correct d'aborder les problèmes de santé de Jessie, et il décida de jouer l'ignorance.

— C'est vrai, je ne sais pas pourquoi, mais nous nous sommes tout de suite entendues, malgré la différence d'âge.

Jessie avait accroché son manteau, dont la coupe cintrée ne réussissait pas à la vieillir, au dos du tabouret, ce qui la faisait paraître encore plus jeune. Sa chemise noire, ornée d'un motif représentant une silhouette de femme et du simple nom « *Bette* » inscrit en lettres blanches, flottait autour de son corps maigre.

— C'est bien Bette Midler sur votre chemise ? demanda Luke, fier d'avoir identifié la référence.

Sa mère adoptive numéro trois avait nourri une véritable obsession pour les comédies musicales et, encore aujourd'hui, Luke changeait immédiatement de chaîne si la mélodie de *Wind beneath my wings* venait à se faire entendre à la télévision.

Le regard de Jessie s'éclaira :

— Oui ! Vous aimez ? demanda-t-elle en se penchant vers lui.

Il s'intéressait à peu près autant aux comédies musicales qu'à l'art abstrait contemporain.

— Pas du tout, navré. Mais j'ai l'impression que vous, en revanche…

— J'adore ! répondit-elle avec un grand geste de la main et une expression de visage si enthousiaste que Luke dut se faire violence pour ne pas rire. Je suis sa plus grande fan, littéralement. Je vais à tous ses spectacles à cinq cents kilomètres à la ronde. Et encore, c'est la limite que m'a fixée mon père, mais dès que je trouverai du travail, j'augmenterai à mille kilomètres.

— Vous n'êtes pas un peu jeune pour être fan de Bette Midler ?

— Il n'y a pas d'âge pour Bette. Franchement, vous l'avez bien regardée récemment ?

Jessie leva les sourcils en direction de Luke, comme pour vérifier qu'il était bien en possession de globes oculaires opérationnels.

— Sans blague, continua-t-elle, ce n'est pas seulement Bette, j'adore le théâtre en général, et les comédies musicales en particulier. Ma mère était chanteuse, elle me fredonnait tous les classiques quand j'étais malade.

À la façon dont elle disait « malade », on aurait cru qu'elle faisait simplement référence à quelques rhumes, mais Luke savait qu'il en allait tout autrement.

— C'est elle qui m'a transmis sa passion, je suppose, termina Jessie.

Luke remarqua qu'elle utilisait le passé, et comprit aussitôt pourquoi : c'était exactement comme cela qu'il s'efforçait de parler de ses souvenirs avec Natalie. Il n'insista pas, de peur que le décès de sa mère soit encore douloureux.

— Et vous, vous faites du théâtre ?

Avec un visage aussi expressif, elle devait être douée pour la scène.

— Non, dit Jessie en secouant la tête.

Un court instant, une ombre assombrit son regard.

— Croyez-moi, si j'avais ne serait-ce qu'un dixième du talent de Miss Midler, je serais sur scène du matin au soir. Vous savez, j'avais essayé d'emmener Natalie. Elle devait m'accompagner à la représentation de *Into the Woods* qui se donne au mois d'avril. Nous avions même prévu d'attendre à la sortie des loges pour demander des autographes aux acteurs !

Elle joua distraitement avec l'enveloppe posée devant elle avant d'ajouter dans un haussement d'épaules :

— J'imagine que j'irai avec mon père.

C'était tout à fait Natalie. Elle n'avait jamais eu de mal à se faire des amis. Luke, lui, se liait moins facilement.

— Bref, reprit Jessie. Revenons à Nat. C'est grâce à sa passion pour l'école que j'ai tenu le coup jusqu'aux examens, l'an dernier. Elle adorait les enfants, même les plus désobéissants. À chaque fois que nous étudiions un cas concernant un enfant maltraité ou malheureux en cours de psychologie de l'enfant, elle semblait toujours sur le point de pleurer.

— C'est bien elle, acquiesça vigoureusement Luke.

Il savait exactement ce que voulait dire Jessie.

— Elle avait même le cœur trop tendre parfois, reprit-il. Je me souviens de cet exposé sur lequel elle avait travaillé, au sujet d'une fillette disparue... Comment s'appelait-elle déjà ? La gamine de Witling ? Bref, quand elle en a eu terminé avec ça, elle était tellement bouleversée qu'elle a interdit à May de sortir seule, ne serait-ce que pour aller jouer dans le jardin, pendant au moins six mois !

— Je ne connais pas cette histoire, renchérit Jessie, mais ma mère avait dû en entendre parler : elle était un peu parano quand j'étais petite... Si je prenais le moindre risque, j'avais droit aux annales des enfants disparus depuis le siècle dernier.

— C'est plutôt mignon, sourit Luke.

Parler avec Jessie était plus facile qu'il ne l'avait imaginé : un peu comme de retrouver une vieille amie qu'il n'aurait jamais rencontrée auparavant.

— Vous êtes fille unique ? J'ai souvent pensé que l'obsession névrotique d'une mère était inversement proportionnelle au nombre d'enfants qu'elle élevait.

Luke s'interrompit en prenant conscience qu'envoyer des lettres post-mortem à son mari relevait bien un peu de la psychiatrie.

— J'avais des problèmes de santé, cela l'a rendue un peu paranoïaque. Je ne pouvais pas lui en vouloir…

Tout en jouant distraitement avec son bracelet, Jessie sembla se perdre dans ses pensées. Luke savait qu'elle avait raison. Être surprotégé par ses parents, ce n'était vraiment pas ce qui pouvait arriver de pire à un enfant.

— Bon… reprit-il en louchant vers l'enveloppe posée sur le comptoir, convaincu qu'elle contenait un dossier détaillé sur sa progéniture. J'imagine que Natalie vous a parlé des enfants ?

Avant que Jessie n'ait eu le temps de répondre, la voix stridente de Clayton résonna à travers le plafond. Selon toute vraisemblance, la sieste était terminée.

— C'est maintenant que les choses sérieuses commencent, dit Luke.

Il posa les mains bien à plat sur le comptoir, devant elle, remua les sourcils d'un air de conspirateur, et demanda :

— Vous voulez rencontrer Clayton ?

— Bien sûr. Je vous suis ? s'enquit-elle en serrant sa queue-de-cheval.

À ce moment-là, rien n'aurait pu mettre Luke plus mal à l'aise que de monter l'escalier et de traverser le capharnaüm qu'était la chambre de son fils en compagnie d'une étudiante qui avait la moitié de son âge. Il secoua la tête :

— Il n'est pas très agréable au réveil. Je reviens tout de suite.

Clayton ne dormait déjà pas beaucoup avant, mais c'était encore pire depuis que Natalie n'était plus là. Même s'il s'endormait assez facilement, il avait pour habitude de se réveiller en hurlant et en appelant sa mère. Le calmer pouvait prendre des heures ; cependant, en s'y prenant à temps, on pouvait encore éviter la catastrophe.

Alors que Jessie se laissait retomber sur son tabouret, Luke se précipita dans l'escalier :

— J'arrive, mon grand !

Luke ouvrit la porte en grand et découvrit Clayton couché sur le ventre, par terre, la tête enfoncée dans ses bras relevés, son petit corps secoué de gros sanglots d'enfant. Il savait très bien monter et descendre de son petit lit, au coin de sa chambre, et il était tout à fait capable d'ouvrir la porte – comme avait pu le constater Luke à plusieurs reprises quand son fils avait fait irruption dans le cabinet de toilettes –, mais depuis quelque temps, Clayton ne sortait plus de sa chambre tout seul.

— Viens vite, fiston, je voudrais te présenter une amie.

Les larmes de Clayton s'apaisèrent un peu.

— C'est Pete le Pirate ? demanda-t-il en levant les yeux vers son père.

Quelques boucles enfantines persistaient encore aux pointes de ses cheveux humides.

— Non, soupira Luke en se demandant qui pourrait bien rivaliser avec Pete le Pirate.

Il s'assit à côté du petit garçon qui reniflait bruyamment.

— C'est une amie de Maman. Maman lui a demandé de m'aider à prendre soin de vous quand elle serait… partie.

Clayton frotta sa lèvre supérieure d'un doigt, étalant le mucus qui y coulait déjà.

— Elle connaît ma maman ?

L'usage du présent, comme si Natalie allait arriver d'une minute à l'autre pour consoler son petit garçon en le prenant dans ses bras, fit à Luke l'effet d'une douche froide.

— Elle a connu Maman. Et elle est très gentille. Tu veux bien venir dire bonjour à l'amie de Maman ?

Clayton se mit à genoux et essuya son nez sur sa manche.

— J'ai une idée. Je vais lui montrer un jouet.

Il courut vers son lit, fouilla sous la boule que formait la couette pour en sortir un pirate en plastique à la tête ornée d'un bandana rouge. Son regard brillait comme cela n'arrivait plus que rarement, et Luke se demanda combien de temps son fils n'avait été que l'ombre de lui-même sans qu'il ne remarque rien.

— Excellente idée, mon petit bonhomme.

Toujours à genoux par terre, Luke se retourna et lança :

— Tiens, monte sur mon dos, je t'emmène à la cuisine.

Les bras de Clayton n'étaient pas encore assez longs pour faire le tour du cou de Luke et ses petites mains se rejoignaient à peine sur sa poitrine, mais ce dernier passa les avant-bras sous ses jambes et le hissa sur son dos. Il sentit l'haleine chaude et légèrement acide de l'enfant sur sa joue.

Tentant par tous les moyens de l'amuser, Luke descendit l'escalier au pas de course en le faisant sauter à chaque marche. Clayton s'esclaffait et pinçait la peau de Luke de peur de tomber, mais la douleur était négligeable comparée au bonheur d'entendre rire son fils.

À leur entrée dans la cuisine, ils étaient tous les deux hors d'haleine : Clayton d'avoir tant ri, et Luke de l'avoir porté jusqu'au bout. Il laissa tomber son fils sur le sol, non sans avoir auparavant vérifié qu'il tenait bien sur ses jambes. Dès que Clayton remarqua Jessie, son sourire disparut et il enfonça son index et son majeur dans sa bouche. Jessie releva les yeux de son smartphone et lui adressa son plus beau sourire, un de ceux qui donnaient l'impression que ses yeux occupaient la moitié de son visage.

— Tu dois être Clayton, dit-elle en s'agenouillant devant lui.

Elle tendit la main :

— Je m'appelle Jessie, et je suis ravie de te rencontrer.

Clayton retira ses doigts baveux de sa bouche et prit la main de Jessie dans la sienne. Luke fit la grimace, mais Jessie ne broncha pas.

— J'ai un cadeau pour toi.

Sans se relever, elle pivota sur ses talons pour fouiller dans son sac à dos vert olive *L.L. Bean* plein à ras bord. Quand elle eut trouvé ce qu'elle cherchait, elle garda la main dans le sac et tourna à nouveau les genoux vers Clayton. Elle était si proche que Luke pouvait compter les taches de rousseur qui ornaient son nez et ses joues.

— À en croire ta maman, tu aimes beaucoup les dessins animés de Pete le Pirate. C'est vrai ?

Elle leva les sourcils pour accentuer le sérieux de la question.

— Oui… murmura Clayton à travers ses doigts. C'est lui le plus fort.

— Le plus fort ? Je devrais peut-être garder ceci pour moi alors, dit-elle en sortant de derrière elle un bandana rouge imitant parfaitement celui que portait le pirate en plastique qui dépassait de la poche de Clayton. Qu'en penses-tu ? Il me va bien ? poursuivit-elle en faisant mine de l'attacher autour de son propre front.

Clayton poussa un petit cri :

— Oh ! C'est pour moi ? s'exclama-t-il en sautillant comme si des ressorts venaient subitement de pousser sous ses talons.

Au lieu de sucer ses doigts, Clayton offrait maintenant à Jessie son plus grand sourire. L'enfant était échevelé, son visage était mouillé de larmes et de sueur, et son comportement n'était pas franchement accueillant, mais malgré tout cela, Jessie faisait preuve d'affection envers le fils de Luke. Elle avait vraiment dû aimer Natalie.

— Papa, j'ai besoin de mon bateau. Je peux aller le chercher ? demanda Clayton en clignant des yeux derrière le bandana qui l'aveuglait presque.

— OK mon vieux, vas-y vite ! lança Luke.

Clayton détalait déjà dans le couloir quand Luke le rappela à l'ordre :

— Un instant ! Qu'est-ce que tu dis à Jessie ?

— Merci, Jessie… cria Clayton depuis l'escalier.

Luke haussa les sourcils, sérieusement impressionné.

— Ça s'est très bien passé, dit-il en tendant la main à Jessie pour l'aider à se relever.

— Il est adorable, répliqua-t-elle en acceptant sa main quelques secondes avant de se relever d'un bond, sa queue-de-cheval se balançant derrière elle. Nous allons être bons amis, j'en suis sûre.

— C'est un gosse sympa…

Luke cligna soudain des yeux pour ravaler les larmes qui menaçaient de s'en échapper et se concentra plutôt sur les marbrures du comptoir en granit, devant lui. Il fit glisser sa main sur la pierre et grimaça au contact des minuscules miettes collantes qui salirent ses doigts.

— Il ne comprend pas tellement ce qui se passe, continua-t-il en essuyant aussi discrètement que possible sa main sur son pantalon. Et j'ai bien peur qu'il finisse par devenir orange à force de manger des *Curly*…

— Ma foi, fit-elle en levant des yeux rieurs vers le plafond à travers lequel résonnaient les *boums!* réguliers des jouets de Clayton, on dirait que vous ne vous en tirez pas mal du tout.

Ce n'était pas l'image qu'il avait de la situation. En fait, il lui semblait plutôt qu'il ne s'en tirait pas « *bien* » du tout. Les seuls moments où il avait l'impression d'avoir pris la bonne décision étaient quand il suivait les directives envoyées par Natalie. Annie restait persuadée que ces lettres étaient malsaines, mais elles représentaient son unique bouée de secours, sa seule façon de jongler avec toutes les balles que la vie lui lançait sans les faire toutes dégringoler avant de s'effondrer avec elles. Pour supporter la pression de la vie de tous les jours, son père avait eu recours à l'alcool. Luke, lui, comptait sur les pages d'un vieux cahier à spirales douteux.

— Bref… articula-t-il, décidé à ramener la conversation vers quelque chose qui ressemblerait à un entretien d'embauche. Vous avez des questions?

— Monsieur Richardson, commença Jessie en rangeant la lettre de Natalie dans la poche arrière de son jean, avant d'aplatir une main grande ouverte sur le comptoir d'un geste décidé, je veux travailler pour vous. Je veux aider les enfants et la famille de Natalie.

Elle se mordit la lèvre, hésitante, avant de reprendre :

— Vous ignorez sans doute que j'ai perdu ma mère à l'âge de douze ans. Je sais ce que c'est, d'être orphelin. J'ai promis à Natalie d'être là pour eux.

Elle leva vers lui un regard empli de vraies larmes et ajouta d'un ton presque suppliant :

— Si vous voulez de moi.

Luke cligna deux fois des paupières.

— Qu'est-ce que je peux bien répondre à ça ?

Il lui tendit la main :

— Vous êtes embauchée.

Jessie lui serra rapidement la main, puis Luke arracha une demi-feuille d'essuie-tout sur le rouleau pendu au mur et le donna à la jeune fille. Elle s'essuya le visage, réussit à effacer autant que possible les traces de mascara qui dégoulinait sur ses joues, puis roula le papier en boule tout en cherchant quelque chose des yeux ; une poubelle, selon toute probabilité.

— Sous l'évier, dit Luke en tendant sa main ouverte. Je vais m'en occuper.

— Oh, monsieur Richardson, je m'en suis servie pour me moucher ! Il vaut mieux que je m'en charge, vous ne croyez pas ?

Elle traversa la pièce, ouvrit sans hésiter le placard malgré la sécurité enfant et jeta le mouchoir dans la poubelle. La lettre de Natalie dépassait de la poche de son pantalon.

La porte d'entrée claqua et la voix de May retentit dans la maison :

— Papa, je suis là. Tu es en haut ?

— Non, chérie, nous sommes dans la cuisine! lui cria-t-il en espérant qu'elle remarquerait le pluriel et s'abstiendrait de critiquer ses compétences parentales comme elle le faisait souvent. Viens faire la connaissance de Jessie.

May fit irruption dans la cuisine, ses longues mèches bouclées formant une crinière brune indisciplinée qui lui mangeait le visage. Elle laissa tomber son cartable sur la table, là où Natalie les aidait toujours à faire leurs devoirs et où Luke avait vaguement tenté d'en faire autant. Désormais, ce serait Jessie qui s'en chargerait, et ils n'auraient plus à vivre dans la crainte de l'exposé oublié ou des miettes de *Curly* dans leur lit.

Une fois encore, Natalie avait eu raison.

CHAPITRE 5

La Saint-Valentin arriva sans prévenir. Luke aurait pourtant dû se préparer aux immenses panneaux publicitaires à l'eau de rose qui envahissaient l'horizon à cette période, mais ce n'est que lorsque la supérette du coin entreprit de décorer ses rayons et ses catalogues de petits cœurs et d'images de Cupidon qu'il comprit. Ce n'était pas une fête que les Richardson célébraient en grande pompe romantique, mais ils aimaient aider les enfants à envoyer leurs cartes.

Natalie avait toujours proclamé haut et fort la médiocrité d'une fête dont la tradition consistait à n'offrir qu'une pauvre boîte de chocolats. Franchement, cela ne valait pas le coup. La première année de leur mariage, Luke lui avait acheté une petite boîte de truffes fourrées à la crème, mais ils eurent tôt fait de découvrir que, loin d'être romantiques, les sucreries étaient tout simplement immangeables. Qui avait bien pu avoir l'idée de remplir les chocolats d'un truc dont le goût rappelait vaguement celui des glaces à l'eau ? Ils avaient mordu dans toutes les truffes, une par une, avant de jeter la boîte à la poubelle. Depuis, le 14 février, il trouvait toujours sous son oreiller un paquet de chocolats de la marque *Russell Store*, auxquels il manquait à tous une bouchée.

Luke descendit chercher son courrier sur le paillasson, comme il le faisait tous les jours, et fut surpris d'y trouver une grosse enveloppe protubérante couverte des diverses étiquettes et tampons du coursier USPS. À l'intérieur, il découvrit une petite boîte de chocolats en forme de cœur, à laquelle était scotchée une enveloppe turquoise. La boîte était à peine plus grande que sa main et l'on pouvait encore lire le mot « *Promotion* » sur l'étiquette jaune à moitié arrachée du couvercle. Si c'était Nat qui les avait achetés, ces bonbons dataient de plus d'un an, et Luke pouvait presque entendre sa femme ricaner dans sa tête, de ce petit rire qu'elle avait quand elle pensait avoir fait une bonne blague.

La dernière lettre de Natalie remontait à la semaine précédente et Luke dut se faire violence pour ne pas déchirer l'enveloppe immédiatement. Au lieu de cela, il la détacha de la boîte de chocolats et remarqua le grand cœur rouge dessiné sur l'autre face. Qu'avait-elle donc encore inventé ? Il jeta les confiseries sur le guéridon du couloir et remonta l'escalier pour aller s'habiller.

Sans trop savoir comment, il réussit à rentrer dans sa chambre et à fermer la porte derrière lui avant d'ouvrir la lettre. Il n'avait pas atteint un niveau de *self-control* que l'on pourrait qualifier de particulièrement élevé, mais il avait pris certaines habitudes concernant les courriers de sa femme. D'abord, il serrait l'enveloppe entre ses doigts pour tenter de deviner le nombre de pages qu'elle contenait. Il se trompait rarement, et celle-ci était longue : au moins trois ou quatre pages.

Ensuite, il sortait de son tiroir le long coupe-papier doré que lui avait offert sa mère adoptive à la remise de son diplôme et qu'il n'avait jamais utilisé depuis. Après avoir déchiré les premières enveloppes, Luke avait compris l'importance d'être soigneux et le son étouffé de la lame séparant les deux pans de l'enveloppe appartenait désormais à un rituel qui le faisait frémir d'anticipation.

Enfin, il retirait les pages de cahier et les dépliait lentement, pour prendre le temps d'apprécier les courbes de son écriture, de vérifier la date, de compter les pages et de sourire quand il avait deviné juste. Aujourd'hui, il y en avait quatre et son écriture était toute ronde, comme si elle avait été d'humeur particulièrement joyeuse ce jour-là. Elle s'était même débrouillée pour transformer tous les points de ses « i » en petits cœurs. Luke rit à haute voix. Il l'aimait encore tellement.

Saint-Valentin

Mon amour,

Je vais changer un peu la donne aujourd'hui. Je ne peux pas me contenter de poster ma carte de Saint-Valentin parce qu'il y a de fortes chances pour qu'elle n'arrive pas le bon jour, alors je vais mettre les lettres prévues pour des dates importantes de côté, et je trouverai un moyen afin qu'elles arrivent le jour J.

Je disais donc, c'est la Saint-Valentin, et aujourd'hui nous sommes confortablement occupés à ne rien faire. Enfin, ce n'est pas tout à fait vrai, j'ai quand même piqué quelques sucreries dans les cartables des enfants et je suis en train de sucer des espèces de pastilles rouges et roses. Malheureusement, Will n'a rapporté ni bonbon ni chocolat cette année : il faut croire qu'ils deviennent trop grands pour la Saint-Valentin. Voilà un sacré problème… Même si je survis, je vais finir par être obligée d'acheter mes propres chocolats, et je parie que je tomberai toujours sur les plus mauvais du magasin.

Ceci dit, si je ne suis pas affalée sur le canapé à suçoter des petits cœurs en sucre, je te manque peut-être un peu. En tout cas, je sais que toi, tu me manques. Alors, quitte à faire dans la guimauve, j'ai décidé d'écrire une partie de notre histoire d'amour. Pardonne-moi si je m'offre une licence créative de temps à autre, mais voici, dans les grandes lignes, comment s'est passé le jour qui a changé ma vie pour toujours : celui de notre rencontre.

Trois jours avant mon quatorzième anniversaire, nous avons emménagé au 815 Winter Lane. Il faisait très chaud ce jour-là, mais cela n'avait rien à voir avec le climat lourd et humide du Mississippi. J'ai cependant trouvé cela surprenant. Dans ma petite ville côtière de Gulfport, tout le monde se moquait de ceux qui quittaient le Sud, après y avoir passé la majeure partie de leur vie, pour s'installer dans les contrées froides du Nord, et je crois bien que je m'attendais à trouver de la neige en sortant du camion, même en plein mois d'août.

En guise de neige, c'est toi que j'ai trouvé : un grand dadais de treize ans aux cheveux blonds tellement mouillés de sueur qu'ils collaient à ton front, et aux joues si rouges que j'ai cru qu'une insolation te guettait. Je suis sortie en m'étirant, et tu es resté planté là, à me regarder comme si j'arrivais tout droit de la planète Mars.

— Salut, jeune homme, es-tu notre nouveau voisin ? a crié mon père.

Il n'était pas du genre à mâcher ses mots, hein ? Mais toi, tu n'as rien répondu et tu t'es enfui en courant vers le 813 Winter Lane, juste à côté. L'espace d'un instant, j'ai oublié que j'avais quitté mes amis, mes plages au bord de l'océan et mon éternel été pour venir me geler dans le Michigan.

— Natty, viens m'aider dans la maison ! a appelé ma mère alors que les déménageurs déchargeaient déjà meubles et cartons pour les empiler dans notre nouvelle résidence : une grande bâtisse coloniale à deux étages et à la façade jaune moutarde.

— Maman, je peux aller voir le jardin ?

Ben était incapable de rester immobile, et s'il avait dû passer une seconde de plus à l'arrière du camion, il aurait probablement explosé.

— Bien sûr, Bennie. Nous mangeons à 18 heures. Tâche de ne pas te salir.

Comme toujours, Ben est parti jouer et je suis rentrée aider Maman à faire le ménage. C'était le côté sexiste de ma mère.

Dieu qu'il faisait chaud dans cette maison ! Et bien sûr, il n'y avait pas la climatisation ; je parie que mes parents n'en avaient pas vu la nécessité, puisque nous partions nous installer dans un climat soi-disant froid. Je me revois encore ouvrir la porte de la maison et prendre la chaleur en pleine figure, comme quand on ouvre la porte d'un four pour en sortir un gâteau. Ma première corvée a été d'ouvrir toutes les fenêtres – il y en avait dix-sept ! – et ma mère a insisté pour que je lave d'abord les carreaux. Elle a fouillé dans des cartons emplis de produits ménagers puis m'a tendu un pulvérisateur de nettoyant à vitre et un énorme rouleau d'essuie-tout.

« Le vent vient de l'est, commence donc par la façade avant de la maison ! » a ordonné ma mère.

À l'époque, pour s'occuper en travaillant, nous n'avions accès à rien d'autre qu'aux pensées qui fusaient dans nos têtes. Je me suis demandé comment serait ma nouvelle école, si tu serais dans ma classe, si nous prendrions le même bus, si nous deviendrions amis. J'ai passé plus d'une heure à astiquer les fenêtres de la façade, et la température de la maison a chuté d'au moins dix degrés quand je les ai ouvertes. Le temps passait avec une lenteur insupportable et j'étais trempée de sueur. Lorsque j'en ai enfin eu terminé avec les fenêtres de devant, je suis passée à celles qui donnaient sur le jardin, à l'arrière de la maison. Tu jouais avec Ben dans ce vieux cabanon bancal dont ma mère parlait déjà de se débarrasser. J'ai ouvert les fenêtres sans me presser tout en essayant de déchiffrer les bribes de conversation qui me parvenaient de l'extérieur.

J'ai passé plus d'une heure à vous épier depuis la fenêtre de l'étage, jusqu'au moment où ma mère m'a remis un flacon d'eau de Javel et un seau d'eau chaude avant de m'envoyer laver le fond des placards, ce qui a suffi à m'occuper jusqu'au dîner.

Ce soir-là, mon frère t'a invité à manger à la maison. Un après-midi de jeux vous avait laissés aussi sales l'un que l'autre, et j'avais bien du mal à comprendre ce que tu avais pu fabriquer tout ce temps, dans ce vieux tas de bois infesté de guêpes en compagnie de mon petit frère de dix ans, mais j'étais ravie que Ben soit soudainement atteint de politesse aiguë et te propose de rester dîner.

À table, j'ai essayé sans trop de succès de ne pas trop te dévisager. Ton large sourire me donnait envie de sourire en retour, et tes joues étaient tavelées de taches de rousseur qui ressemblaient tellement à des grains de sable que je mourais d'envie de les éparpiller du bout des doigts ; j'ai d'ailleurs appris, bien plus tard, que tu les avais en horreur, mais moi je les ai aimées dès le premier jour.

Le menu était simple – pizza à emporter et canettes de soda – et c'est comme ça que j'ai su que cette soirée ne serait pas comme les autres : c'était la première fois que ma mère ne nous forçait pas à avaler le moindre légume vert. Je me suis bien gardée de poser des questions, et j'ai simplement ingurgité autant de parts de pizza que ma bouche pouvait en contenir, tout en faisant de mon mieux pour ne pas paraître trop bizarre.

Tu nous as raconté ta famille : ton père, pêcheur saisonnier sur le lac Michigan, et ta mère, vendeuse au supermarché du coin. Tu ne nous as pas dit que le vrai métier de ton père, c'était de boire, ni que celui de ta mère, c'était de faire en sorte que personne ne s'en aperçoive, mais j'ai remarqué comme un air malheureux tout au fond de tes yeux. D'ailleurs, plus encore que ton sourire, c'est cette tristesse qui m'a donné envie de mieux te connaître. Alors, quand mon père m'a demandé de te raccompagner pour récupérer le double de nos clés auprès de ta mère, mon cœur a bondi dans ma poitrine. Il ne pouvait pas savoir ce qui en résulterait…

Le bruit de nos pas faisait comme un chuchotement dans les hautes herbes, les lucioles formaient des ronds lumineux autour de nous, et la nuit chaude et humide m'a donné l'impression d'être rentrée chez moi, dans le Mississippi.

— Je n'avais encore jamais vu de lucioles, ai-je murmuré en tendant la main pour tenter de toucher l'un des insectes lumineux particulièrement imprudent qui voletait tout près de mon visage.

— Jamais ? Pas possible !

C'était la première fois que tu t'adressais directement à moi.

— Les moustiques du Mississippi sont particulièrement agressifs et les gens utilisent beaucoup d'insecticides. Mais en tuant les moustiques, ils tuent aussi les lucioles. C'est ce que dit mon père.

— Ah ! Eh bien, il y a du rab ici pour ceux qui en veulent. Quand j'étais petit, on les attrapait pour les mettre dans des pots en verre après avoir percé des trous dans le couvercle. Je mettais le pot à côté de mon lit pour faire comme une lanterne.

— Ouah, je n'avais jamais pensé à ça ! ai-je répondu d'une voix traînante qui, en comparaison avec tes phrases nettes et précises, me fit soudain prendre conscience de mon accent du Sud.

Nous avons traversé la haie et nous sommes arrivés devant ta porte. Tu as poussé le paillasson du pied pour récupérer la clé métallique dissimulée dessous. Il n'y avait aucune lumière à l'intérieur et j'ai compris que tu rentrais dans une maison vide.

— Et alors, ça marchait ? Tu sais, la lanterne…

— Ça marchait.

Tu as tourné le bouton de la porte et la clé simultanément, puis tu as poussé sur la porte pour l'ouvrir avant de disparaître à l'intérieur, et j'ai cru un moment que tu avais oublié pourquoi je t'avais raccompagné. Mais tu es réapparu avec, à la main, une clé argentée où se reflétait la pleine lune. J'ai tendu la main, tu y as déposé la clé en haussant les épaules :

— Mais j'ai arrêté de les chasser.

— Pourquoi ? Ça a l'air marrant !

J'ai observé ton visage. Tu avais les mêmes taches de rousseur et le même nez retroussé que May et Clayton. J'aurais voulu que tu m'emmènes attraper des lucioles.

— Je ne sais pas, as-tu répondu en secouant la tête, le visage sérieux. À mon réveil, elles étaient toujours mortes. C'était du gâchis.

Sur ces paroles, tu as disparu dans l'obscurité de la maison.

C'est là que tout a commencé. Que je suis tombée amoureuse. Bien entendu, les choses ont évolué avec le temps, mais même quand tu as déménagé l'année suivante, je n'ai jamais oublié le garçon qui avait choisi de laisser vivre les lucioles.

Je t'aime. Joyeuse Saint-Valentin, et merci de m'avoir retrouvée.

Tendrement,

Natty (ha ha)

Pourquoi diable fallait-il qu'elle ait une si bonne mémoire? se demanda Luke en se frottant les yeux pour retenir ses larmes. Tout en lisant la lettre, il était tombé à genoux et il se trouvait dorénavant prostré au bord du lit comme pour dire une prière. Il se trouva bête. Il n'avait pas prié depuis son enfance, lorsqu'il s'abritait sous la couette pour étouffer les hurlements de ses parents qui s'insultaient mutuellement dans le couloir. Cela n'avait alors rien arrangé à la situation et cela ne changerait rien non plus aujourd'hui.

May fit irruption dans la chambre. Elle était déjà habillée d'une jolie robe rouge qu'elle avait enfilée par-dessus un pull à col roulé. Ses longs cheveux, qu'elle avait laissés libres, atteignaient le milieu de son dos, mais les mèches qui entouraient son visage étaient raccourcies par de trop longs séjours dans sa bouche.

— Bonne Saint-Valentin, Papa ! cria-t-elle, avant de sauter sur son dos et de refermer ses bras autour de son cou.

— À toi aussi, ma jolie.

Luke la fit glisser de son dos à ses bras, où elle se lova, telle une princesse qu'on viendrait de secourir.

— Tu as préparé des cartes ? interrogea-t-il en l'embrassant sur le front avant de la redresser pour l'asseoir sur ses genoux.

— Oui, Jessie m'a donné un coup de main et elles sont super. Elle a trouvé des idées sur Internet, dit-elle d'un ton détaché.

— J'espère qu'il y en a une pour ton vieux père ?

— Évidemment, Papa ! Je vais te montrer.

Elle se leva et fit un pas vers la porte avant de s'immobiliser :

— J'allais oublier…

Elle fouilla dans la poche de sa robe et en sortit une large brosse à cheveux, sur le manche de laquelle étaient entortillés plusieurs élastiques colorés.

— Tu veux bien me tresser les cheveux ?

Luke déglutit, anxieux. Combien de fois avait-il observé Natalie alors qu'elle coiffait leur fille ? Elle avait même essayé de lui apprendre une fois, mais il s'était montré incapable de reproduire le geste pourtant simple qui consistait à entrelacer les mèches, une par-dessous, une par-dessus. Cependant, il n'eut pas le courage de décevoir May.

— Disons que je veux bien essayer. Viens t'asseoir.

Il lui fit signe de s'installer en tailleur par terre, devant lui. Il passa la brosse dans ses longs cheveux une première fois, arrachant un cri à la fillette qui s'écarta de lui. Voilà qui était plutôt mal parti.

— Pardonne-moi. Je continue ?

— Oui. Deux nattes, une de chaque côté, exigea-t-elle, avant d'ajouter, comme si cela pouvait améliorer le résultat :

— S'il te plaît…

— J'ai une idée. Assieds-toi, je vais peigner tes cheveux et te raconter une histoire.

— Une histoire ! s'extasia-t-elle. C'est une histoire d'amour ?

— Oui, et elle est incroyablement romantique.

À son tour, Luke raconta leur histoire à May. Il prit le temps de préciser quelques détails et de supprimer les commentaires de Natalie. Elle ne bougea pas d'un cil, même lorsque son peigne rencontra une mèche particulièrement emmêlée et qu'il fut forcé de tirer plus fort qu'il ne l'aurait voulu pour en venir à bout. Il dut s'y prendre à trois reprises pour la première natte, mais réussit la seconde du premier coup. Il enroula le dernier élastique alors qu'il terminait son histoire, et May se précipita vers le miroir en pied dissimulé derrière la porte de la chambre. Elle sourit :

— Papa, c'est parfait ! Merci !

C'était loin d'être parfait. Luke pouvait distinguer des bosses irrégulières sur plusieurs mèches, et les cheveux tirés n'étaient pas aussi lisses que lorsque Natalie se chargeait du travail, mais ce n'était pas aussi catastrophique qu'il l'avait craint. Elle se retourna et lui offrit sa plus belle révérence, relevant sa robe rouge pour révéler de jolis collants à cœurs. Comme Natalie, elle adorait assortir ses tenues selon le thème de la saison. Il y avait, quelque part dans leur armoire, une caisse pleine de chaussettes illustrant toutes les occasions possibles et imaginables et dont il lui faudrait faire cadeau à sa fille quand ses pieds auraient atteint la bonne taille.

— Merci !

Elle lui sauta au cou et l'embrassa sur la joue.

Un Clayton à demi endormi entra alors dans la chambre, le téléphone de Natalie à la main :

— Le téléphone de Maman sonne.

En entendant la mélodie familière, Luke eut une désagréable impression de déjà-vu et son cœur se serra. On appelait sur la ligne de Nat, ce qui signifiait que quelqu'un ignorait encore son décès et qu'il allait devoir le lui apprendre. Il jeta un coup d'œil à l'écran et se sentit à la fois dérouté et rassuré par le fait que la série de chiffres affichés ne lui apprenait rien de plus. Il accepta l'appel, non sans avoir préalablement fait signe à chacun de ses deux enfants de garder le silence en portant un doigt à ses lèvres.

— Allô ?

Une voix de femme lui répondit :

— Bonjour, je cherche à joindre M. Richardson. Je suis Mme Mason, conseillère d'éducation au lycée *Shepard High*.

Pourquoi l'école de Will appelait-elle sur le portable de Natalie ? À moins qu'elle n'ait déjà tenté de le joindre sur la ligne fixe que Luke avait depuis longtemps réduite au silence ? C'était tellement plus simple.

— Luke Richardson à l'appareil, répondit-il. Vous pouvez patienter un instant ?

— Bien sûr.

Luke mit sa main sur le combiné et chuchota à l'intention de May :

— Veux-tu sortir des gaufres du congélateur et les glisser dans le grille-pain ? J'en ai pour quelques minutes.

— Mais Papa, Maman faisait toujours des crêpes roses pour la Saint-Valentin ! fit May avec une moue grincheuse.

Il n'avait aucune chance de répéter l'exploit des crêpes et d'être à l'heure à l'école.

— J'essayerai d'en préparer ce soir, à condition que tu te charges du petit-déjeuner de ton petit frère.

— Oui, oui, oui ! approuva May en hochant la tête avec enthousiasme. Viens, Clayton, c'est l'heure de manger.

Elle attrapa la main qui n'était pas enfoncée dans la bouche du garçon et s'envola vers la cuisine.

Luke porta à nouveau le téléphone à son oreille :

— Veuillez m'excuser.

— Je vous en prie, dit Mme Mason en marquant un temps d'arrêt. J'aurais voulu vous rencontrer pour parler de Will.

— Il y a un problème ? demanda Luke en se relevant, un peu étourdi.

— Je souhaiterais que nous discutions de la façon dont Will fait face au décès de sa mère. Il s'est passé plusieurs choses récemment qui ne lui ressemblent pas, et j'aimerais en parler avec vous. Pourriez-vous venir me voir vers 16 heures ?

Luke n'avait aucune envie d'aller à ce rendez-vous, ni aujourd'hui, ni jamais, mais il ne voyait pas comment il aurait pu refuser…

— D'accord, j'y serai.

— Merci, monsieur Richardson. Bonne journée. Ah, et bonne Saint-Valentin !

— Au revoir, bredouilla-t-il avant de raccrocher.

En effet, sa Saint-Valentin s'annonçait inoubliable…

CHAPITRE 6

Cela faisait bientôt trois quarts d'heure qu'il supportait l'inconfortable chaise qu'on lui avait offerte à son arrivée. Au bout de dix minutes, il avait sorti ses lettres de sa poche. Elles étaient rapidement devenues trop nombreuses pour qu'il puisse les garder toutes sur lui, et il se contentait désormais d'en choisir quelques-unes, chaque matin, dans la boîte à chaussures vide où il avait pris l'habitude de les classer, la plus récente sur le haut de la pile. Il était rare qu'il lise le courrier de sa femme en public – il n'avait aucune envie de répondre aux questions que cela pouvait soulever – mais ce jour-là, il préféra encore prendre ce risque plutôt que de lire un énième dépliant vantant les mérites de l'université du Michigan.

JOUR 44

Mon amour,

Alors que j'écris cette lettre, je suis sur le point de recevoir mon troisième traitement. Aujourd'hui, j'ai pensé à me munir d'un pull supplémentaire. Il est bien dommage qu'il soit impossible de réchauffer l'infusion avant de l'administrer, parce que la température ambiante est largement inférieure aux vingt degrés réglementaires. Brrr !

Je t'écris maintenant, parce que je souffrirai probablement trop pour le faire plus tard. Voilà qui m'apprendra à vouloir perdre du poids. Finalement, je préférerais encore grossir de vingt-cinq kilos plutôt que d'avoir à endurer cette saloperie. D'ailleurs, être mince, cela ne me va pas du tout. À moins que ce ne soit la calvitie ? Je ressemble à l'un de ces extraterrestres, dans tes films de science-fiction : le teint grisâtre, le crâne chauve, les yeux exorbités. Dieu merci, j'ai une perruque, des faux cils et un crayon à sourcils, sans quoi je n'aurais plus grand-chose en commun avec un être humain…

J'ai horreur de ce qui m'arrive. Je veux guérir. Tu crois que c'est possible ? Si tu lis ceci, la réponse est probablement non. J'ai beaucoup réfléchi à mon pronostic, ces derniers temps. Pourquoi moi ? Et pourquoi cette espèce de sarcome des tissus mous que personne ne repère jamais ? J'aurais pu me contenter de trouver cette grosseur sur mon omoplate avant que le cancer n'atteigne mes ganglions lymphatiques, mais non. Stade III. Il paraît que l'on en réchappe parfois. Moi, j'ai juste la trouille.

Même si je survis à deux autres séances de chimio, il me faudra ensuite supporter la chirurgie, puis les rayons, suivis de nouvelles séances de chimio. Et dire qu'il y a à peine un an j'enseignais encore tranquillement les soustractions à deux chiffres tout en comptant les jours qui me séparaient des prochaines vacances. L'année prochaine, et l'année suivante, je serai, selon toute probabilité, morte. Disparue. Pour toujours, d'après toi.

Je ne sais plus trop que croire, en ce qui concerne la mort. Il n'y a pas si longtemps, je comprenais ta façon de penser, même si je me raccrochais à l'idée que Dieu existe comme un enfant se cramponne à son dernier nounours. Mais aujourd'hui, j'ai besoin de croire qu'il y a autre chose.

> *Alors j'ai un plan. Si je meurs et que je découvre qu'il y a une vie après la mort, je reviendrai te hanter. Attention, je te ferai la totale, genre maison-construite-sur-un-cimetière-indien. Je viendrai te chuchoter des trucs dans l'oreille de ma plus belle voix de fantôme, comme : « J'avais raisooon, tu t'es trompéééé. »*

Il riait encore quand la porte du bureau en face de lui s'ouvrit en grand pour laisser sortir un groupe de gens. Luke replia la lettre et la glissa dans sa poche, agacé de ne pas avoir le temps de finir sa lecture.

Il reconnut immédiatement la conseillère de Will : elle était de loin la plus petite du groupe, malgré les vingt centimètres de talons qui rehaussaient ses chaussures rayées, et les pointes cuivrées de ses longs cheveux frisés contrastaient avec ses racines brunes.

Mme Mason avait assisté à l'enterrement et à la veillée qui avait suivi. D'après les souvenirs qu'avait Luke du lycée, les conseillers d'éducation se contentaient de vérifier que vos notes étaient en phase avec votre projet professionnel et de vous rappeler de remplir vos formulaires d'inscription à la fac avant la date butoir. Mais peut-être s'impliquaient-ils un peu plus auprès des gosses qui ne risquaient pas de changer de famille d'accueil – et donc d'école – tous les six mois.

Les deux adultes qui venaient de quitter le bureau de Mme Mason étaient manifestement mariés, leurs deux alliances scintillant gaiement au soleil comme pour annoncer « mari et femme ». Ils serrèrent prestement la main de la conseillère et insistèrent pour que leur fils, dont le nez était percé et la chevelure teinte, en fasse autant. Ken et Barbie se marièrent et eurent un fils gothique. Après une autre séance d'adieux interminables, Mme Mason se tourna enfin vers Luke.

— M. Richardson, je vous remercie d'être venu si rapidement. Je vous en prie, entrons dans mon bureau.

Son intonation avait beau être très professionnelle, sa chemise brillante, ses longues boucles d'oreilles et sa silhouette menue lui donnaient l'apparence d'une étudiante.

— Merci d'être venu me voir, répéta-t-elle en s'asseyant et en s'emparant d'un stylo argenté qu'elle tritura un long moment de ses longs doigts manucurés. Comment… vous en tirez-vous ?

Ils posaient tous la même question, comme si on avait distribué une circulaire intitulée « Que dire après un décès ». Et comme il était presque certain que personne ne souhaitait connaître la véritable réponse à cette question, Luke répondait invariablement :

— Oh, vous savez, il y a des bons et des mauvais jours.

Mme Mason hocha la tête plusieurs fois en signe d'assentiment :

— Bien sûr, c'est une période difficile. Difficile, répéta-t-elle en le regardant longuement dans les yeux, ce qui mit Luke mal à l'aise.

Devant son silence, elle poussa un grand soupir avant de continuer :

— Et Will ? Avez-vous remarqué des changements significatifs dans son comportement, récemment ?

— Il s'est un peu isolé depuis la mort de sa mère.

Bon, voilà, il l'avait dit. « *La mort de sa mère.* » Sans ciller. Cela devenait de plus en plus facile.

— Il ne me parle pas beaucoup, reprit-il, mais il entretient une assez bonne relation avec une amie de la famille, et d'après elle, il tient le coup, tout au moins autant qu'il soit possible de le faire dans de telles circonstances.

Mme Mason tapota son stylo sur le bureau avant de le serrer dans sa main, sur laquelle elle appuya son menton.

— Je suis navrée de devoir vous apprendre que les choses ne se passent pas très bien à l'école, dit-elle d'un air contrit.

— Je ne comprends pas. Vous voulez parler de ses notes ? s'enquit Luke en se penchant vers elle. Il prend des cours particuliers…

— Je suis au courant, et ses notes seront certainement très acceptables.

— Certainement ? Que voulez-vous dire ?

— Eh bien, il y a quelque temps qu'il ne rend plus ses devoirs, mais il a accepté que nous examinions ensemble le contenu de son casier, hier, et nous les avons tous retrouvés.

Ses sourcils roux se froncèrent et elle fit mine de chercher quelque chose parmi les documents empilés sur son bureau.

— Ce qui m'inquiète, c'est ce qu'il m'a dit lors de notre discussion, hier après-midi.

Luke déglutit et eut l'impression d'avoir avalé un caillou.

— Et qu'a-t-il dit ?

— Euh, c'est difficile à expliquer et, à vrai dire, j'espère que vous pourrez m'en apprendre un peu plus sur le sujet… J'ai demandé à Will de passer me voir après la découverte de ses copies dans son casier, et nous avons discuté.

Elle posa ses coudes sur la table, croisa les bras et se mit à tirer anxieusement sur une maille de son pull-over.

— Il m'a expliqué qu'il venait de découvrir qu'il avait été adopté.

— Je vous demande pardon ?

Luke ne put retenir un rire nerveux. C'était bien la dernière chose à laquelle il s'attendait.

— Mais, reprit-elle, visiblement soulagée, votre réaction semble indiquer que c'est faux.

— Absolument, il n'a pas été adopté.

Luke passa une main dans ses cheveux en bataille. Il ne savait plus quoi penser.

— A-t-il dit autre chose ? demanda-t-il.

— Il m'a expliqué qu'il avait fouillé dans une caisse remplie d'affaires ayant appartenu à sa mère et qu'il avait trouvé un dossier d'adoption. Cela m'a paru étrange, et c'est pourquoi je vous ai contacté.

Elle s'éclaircit la gorge avant d'ajouter, le visage de nouveau sérieux :

— Avez-vous envisagé de mener Will chez un spécialiste ?

Une caisse remplie d'affaires ayant appartenu à sa mère… La phrase résonnait dans son esprit tandis qu'il se la répétait plusieurs fois comme pour mieux en saisir le sens. Il avait remarqué une caisse sous le lit de Will en entrant dans sa chambre, un matin de la semaine dernière. Il aurait dû y prêter plus grande attention. Il aurait dû s'extirper de cette espèce de torpeur qui l'envahissait continuellement, sauf quand il s'asseyait pour lire les lettres de Natalie. Il aurait dû…

— Monsieur Richardson ? Vous m'entendez ?

Elle agita une main devant son visage avant de la laisser retomber bruyamment sur son bureau. Luke secoua vigoureusement la tête dans un effort pour reprendre ses esprits. *Concentre-toi. Concentre-toi sur ce que dit la conseillère d'éducation de Will.*

— Nous avons fait partie d'un groupe d'aide aux familles au début, après le premier diagnostic, dit-il enfin, le regard fixé sur un coin du bureau où l'on avait visiblement tenté de faire disparaître un graffiti. Mais non, pas depuis…

Mme Mason prit une feuille de papier sur le haut de la pile et la tendit à Luke :

— Prenez ceci. J'ai établi une liste de psychologues spécialisés dans le deuil. Il va sans dire que la décision d'envoyer Will consulter l'un d'entre eux vous appartient, mais je suis certaine que vous comprenez à quel point le comportement de Will nous inquiète.

— Bien sûr. Je comprends.

Luke secoua la tête en se demandant qui pouvait bien englober le « nous » employé par Mme Mason. Son gosse racontait qu'il avait été adopté. Même à travers le brouillard qui l'enveloppait depuis son deuil, il prenait parfaitement conscience de la gravité de la situation.

Il accepta la liste, qu'il plia en deux avant de la glisser dans la poche de sa chemise.

Après quelques minutes de conversation polie, Mme Mason l'accompagna vers la porte et lui serra la main en levant la tête – d'une manière qui ne pouvait être que très inconfortable – pour pouvoir le regarder dans les yeux.

— Je vous remercie de vous intéresser à Will. Il a besoin de tous les encouragements possibles, en ce moment.

— Je vous en prie, répondit-elle en gardant sa main dans la sienne plus longtemps que nécessaire, tenez-moi au courant. Je tiens à être là pour lui. C'est un bon gamin.

Elle semblait sincèrement concernée par le bien-être du jeune homme.

Dès que l'attention de Mme Mason fut accaparée par l'adolescente qui tripotait son smartphone dans un coin de la salle d'attente, Luke se précipita hors de l'école pour rejoindre le silence réconfortant de sa voiture. Il déplia la liste de psychologues, la parcourut rapidement, puis ferma les yeux et laissa son doigt en choisir un au hasard.

Parfait. Le cabinet se trouvait à cinq minutes de chez eux. Luke ne croyait pas beaucoup à la psychanalyse : le tribunal lui avait imposé un suivi psychologique pendant sa première année en famille d'accueil, et le Dr Tragenal, qui s'était occupé de lui, n'aimait visiblement ni son travail ni les enfants, et encore moins les enfants placés dont l'attitude laissait toujours un peu à désirer.

Durant cette période, le Dr Tragenal, tout comme les autres adultes impliqués professionnellement dans la vie de Luke, ne servit qu'à lui démontrer qu'il avait bel et bien perdu les deux seuls adultes qui attachaient de l'importance au jeune homme qu'il était alors. C'était ce qui l'avait retenu de consulter un psychologue plus tôt, pour ses enfants, mais maintenant que l'école s'en mêlait, il n'avait plus tellement le choix. Il serait plus sage de convaincre Will de se rendre aux séances, quitte à user d'un stratagème quelconque, que de faire sa tête de mule en refusant l'aide qu'on lui proposait.

Il battit des records de vitesse sur le chemin du retour, dépassa la Kia bordeaux que Jessie garait dorénavant dans l'allée et franchit la porte, non sans remarquer la bonne odeur de vanille et de cannelle qui semblait avoir repris sa place dans leur existence. Il appréciait de voir sa maison retrouver un peu de vie et de chaleur, mais aujourd'hui il n'avait pas le temps d'en profiter. Il devait parler à Will.

— Est-ce que Will est là ? cria-t-il en direction de la cuisine.

— Bonsoir, monsieur Richardson.

Jessie avait mis l'un des vieux tabliers qu'avait affectionné Natalie, celui qui portait des motifs cachemire noirs et sarcelle, et elle avait de la farine dans les cheveux.

— Will a fini ses devoirs, il est dans sa chambre, occupé à … Dieu sait quoi.

— Il faut que je lui parle. Je sais qu'il est presque 5 heures…

Luke consulta sa montre, et constata qu'il était en fait 5 heures passées.

— Vous voulez bien rester encore un peu ?

Il accrocha son manteau fourré dans la penderie et se retourna. Jessie le regardait, les mains sur les hanches, en se mordillant la lèvre d'un air inquiet.

— Est-ce que tout va bien ?

Il savait qu'elle ne posait pas seulement la question par politesse. Cette fille avait quelque chose qui démoralisait Luke. Elle cherchait à plaire au moins autant que May quand elle avait quelque chose à demander – généralement une nouvelle appli pour sa tablette. Il était convaincu qu'elle était le genre d'étudiante à toujours s'asseoir au premier rang et à fondre en larmes si les notes de ses copies d'examens n'étaient pas des « A ». Comment pouvait-il partager ses inquiétudes avec quelqu'un qui croulait déjà sous le poids de son propre désarroi ? Comment lui dire que Will refusait de reprendre goût à la vie, un peu comme un nourrisson qui refuserait de téter ? Comment lui avouer qu'il craignait que la mort de Natalie ait tellement marqué l'enfance de Will que sa vie risquait d'en être transformée à jamais ? Comment lui expliquer à quel point il était convaincu d'être un piètre père et que la seule raison pour laquelle ses enfants parvenaient à se comporter en êtres humains raisonnablement bien élevés était que leur mère avait toujours été là pour réparer les pots cassés ?

— Oui…

Il suspendit ses clés à l'un des crochets blancs prévus à cet effet, sur le mur, et elles tintèrent un instant contre la grosse chaîne qui portait encore celles de Natalie.

— Juste des problèmes avec l'école, reprit-il. La conseillère d'éducation a téléphoné : il a cessé de rendre ses copies, et elle a fini par tout retrouver en fouillant dans son casier. Il faut que je comprenne ce qui se passe.

— C'est une blague ? s'écria Jessie en croisant les bras. Il fait ses devoirs tous les jours et il travaille très dur. Je ne vois vraiment pas pourquoi il n'a pas rendu ses copies. C'est un gamin tellement intelligent. Je suis vraiment navrée, j'aurais dû vérifier, j'aurais dû…

— Non, interrompit Luke pour tenter de la calmer avant qu'elle ne se mette dans tous ses états. Ce n'est pas votre faute.

Il retira ses chaussures et les déposa docilement sur le paillasson, à côté des panières.

— J'ignore ce qui se passe, poursuivit-il, mais j'ai bien l'intention de le découvrir.

— Jessie, je crois que c'est prêt, lança May de la cuisine, avant d'ajouter, sans donner à Jessie le temps de répondre : J'ouvre le four ?

Les yeux de Jessie s'écarquillèrent de panique.

— Non ! J'arrive !

Elle fit un petit sourire à Luke.

— Je ferais mieux de surveiller les opérations. Prenez votre temps. Et bonne chance ! ajouta-t-elle en courant déjà vers la cuisine.

— Merci, grogna-t-il dans sa barbe avant de se diriger vers l'escalier.

Devant la porte qui menait à la chambre de son fils, Luke hésita un instant. Il envisagea de frapper mais décida qu'il valait mieux ne pas donner à Will le temps de dissimuler quoi que ce soit. Il vérifia que la porte n'était pas verrouillée, puis poussa d'un grand coup, non sans rencontrer quelque résistance créée par les piles de vêtements qui s'accumulaient sur le sol.

La pièce était un véritable capharnaüm : des habits recouvraient la moquette et les meubles et des assiettes, fourchettes, couteaux et cuillères sales s'empilaient sur toutes les surfaces planes disponibles. Voilà qui expliquait pourquoi ils manquaient toujours de vaisselle ! Luke, abandonnant tout espoir de mettre la main sur le reste du service, s'était finalement résolu à le remplacer par un lot de couverts en plastique. Il saurait où chercher, la prochaine fois.

Ses écouteurs aux oreilles, Will était allongé sur son lit et tapait un message sur son téléphone portable. Luke éprouva une certaine déception en constatant que son entrée dramatique n'avait pas eu l'effet escompté, mais il refusa de se démonter. Il tira d'un coup sec sur l'un des écouteurs qui, imperturbable, continua à émettre les basses.

— Mais enfin… ?

Will s'assit en tailleur sur son lit. *Quand était-il devenu si grand ?* Il avait hérité de la chevelure brune de sa mère, mais il tenait de Luke ses yeux d'un bleu cristallin, ses joues couvertes de taches de rousseur et sa morphologie de coureur d'endurance, tout en muscles, qui donnait toujours l'impression qu'il portait les vêtements de son grand frère.

— Papa, qu'est-ce que tu fous ?

Pas le temps de faire la conversation, Luke entra immédiatement dans le vif du sujet :

— J'ai eu une petite conversation avec Mme Mason cet après-midi.

Luke s'assit en équilibre sur le bord du lit et fit mine de passer un bras autour des épaules de Will mais au contact de son père, celui-ci eut immédiatement un mouvement de recul et se recroquevilla contre le mur, les genoux sur la poitrine.

— J'imagine que tu sais de quoi elle voulait me parler, n'est-ce pas ?

La voix de Luke était sévère : la voix d'un père.

— Euh, ouais.

Luke souhaitait tellement entendre des accents de remords dans la voix de Will qu'il fut presque tenté de tout laisser tomber. Presque. Au lieu de cela, il reprit :

— Will…

Il inspira à fond pour contenir la frustration et l'agacement qui menaçaient de s'emparer de lui.

— Est-ce que je peux savoir ce qui t'a poussé à lui raconter que tu avais été adopté ?

Comme Will ne répondait pas et se contentait de hausser les épaules en se triturant un ongle, il abattit le plat de sa main sur le lit défait.

— Ah non ! J'ai été plus que tolérant ces derniers temps, mais cette fois-ci, tu ne t'en tireras pas comme cela. Réponds-moi, tout de suite.

— Si tu y tiens.

Will mit un coup de poing dans les draps et balança sa tête en arrière contre le vieux poster de Metallica qui ornait le mur, avant de se laisser glisser vers le sol. Il fouilla un instant sous le lit et en extirpa enfin un carton de taille moyenne que sa couette avait dissimulé jusqu'alors. Sur un côté, Luke put lire le mot « *Souvenirs* », griffonné de l'écriture de Natalie.

Ce n'était pas la première fois que Luke voyait ce carton. Natalie l'avait amené avec elle après leur mariage, et elle en examinait le contenu, recroquevillée dans un coin, au moins une fois par an. S'il lui arrivait parfois de lui montrer un bout de papier ou un objet souvenir, elle n'en partageait généralement pas le contenu, et Luke n'avait jamais été tenté de fouiller derrière son dos ; il comprenait tout à fait qu'elle ait besoin d'un jardin secret. Après tout, Natalie avait toujours respecté sa vie privée et il tenait à en faire autant à son égard. À l'idée que Will ait pu trahir cette confiance tacite, Luke ressentit un mélange de colère et de jalousie.

— Ce carton appartient à ta mère ; ce qu'il contient ne te concerne pas.

Will avait déjà enfoncé son bras dans la caisse jusqu'au coude et remuait son contenu à la recherche de quelque chose de précis.

— Elle est morte, P'pa. Plus rien ne lui appartient, tu te souviens ? C'est toi qui m'as appris cela il y a très longtemps.

Il sortit enfin une enveloppe d'aspect officiel au dos de laquelle Luke distingua plusieurs lignes écrites à l'encre noire.

— Tiens. Il y a de quoi se poser des questions. À toi de me dire de quoi il retourne, maintenant.

Il se remit à genoux et écarta de la main la mèche qui lui retombait toujours sur le front.

À contrecœur, Luke prit l'enveloppe. Il lui déplaisait de trahir la confiance de Natalie en fouillant dans ses affaires, mais Will avait piqué sa curiosité et il lui tardait de comprendre ce qui le rendait si soupçonneux. Le désir de savoir ce qui causait le désarroi de son fils l'emporta finalement sur sa loyauté envers sa femme.

Le dos de l'enveloppe était couvert de noms et de numéros de téléphone – parfois seulement de prénoms, ou encore de noms d'entreprises ou d'hôpitaux – écrits avec des encres de couleurs différentes. Certains avaient été rayés ou soulignés. Il n'avait aucun moyen de savoir de quand datait cette liste ou dans quel but elle avait été établie, mais il était peu probable que ce soit elle qui ait poussé Will à mentir.

— Je ne vois pas. Je suis censé comprendre quoi?

— Tu la tiens dans le mauvais sens.

Will saisit l'enveloppe et la retourna. Elle était adressée à Mme Natalie Richardson et le cachet de l'expéditeur, dont la date coïncidait avec le mois de naissance de Will, indiquait qu'elle avait été envoyée par *Maranatha Adoptions, Chicago, Illinois*. Luke jeta un coup d'œil à l'intérieur : elle était vide.

— Que disait la lettre?

— L'enveloppe était vide quand je l'ai trouvée.

— Attends une seconde, que je comprenne bien, dit Luke en tentant désespérément de ne pas monter le ton et de contrôler ses nerfs.

Il sentait une grosse veine palpiter dans son cou.

— Tu as décidé d'inventer une histoire complètement extravagante selon laquelle ta vie entière aurait été un mensonge sur la base d'une enveloppe vide couverte de noms inconnus?

La voix de Luke était montée en décibels. Se rappelant à quel point Jessie et lui avaient pu percevoir les pleurs de Clayton depuis la cuisine lors de sa première visite, il prit une profonde inspiration avant de reprendre :

— Tu as vu les photos de Maman quand elle était enceinte de toi, quand elle te tenait dans ses bras à ta naissance, les films de ton arrivée à la maison… Qu'est-ce que tu t'imagines? Que c'était une mise en scène?

Will s'absorba de nouveau dans la contemplation de son pouce. Dans cette position, Luke ne voyait pas ses yeux mais ses reniflements étaient suffisamment explicites : son fils pleurait. Il rangea l'enveloppe dans la poche de sa chemise, à côté de la liste de psychologues puis, de son bras libre, il passa une main autour des épaules de Will et posa son front contre le sien.

C'était la première fois que Will pleurait devant son père depuis la mort de Natalie. Il arrivait bien à Luke d'entendre des sanglots derrière la porte de sa chambre, mais il avait toujours supposé que Will préférait être seul avec son chagrin. Il comprenait maintenant à quel point il s'était trompé. Ce dont Will avait besoin, c'était du réconfort de son père.

— Non, sanglota-t-il, je crois que j'ai toujours su que c'était impossible.

— Alors, pourquoi avoir raconté tout cela à Mme Mason ? demanda Luke d'une voix douce, en posant un baiser sur le front de son fils comme il le faisait quand il était petit.

— Parce que je voulais que ce soit la vérité, s'étrangla Will.

Ses aveux firent à Luke l'effet d'un poignard dans le cœur. Son fils avait souhaité ne plus faire partie de leur famille.

— Tu n'es pas à ta place avec nous ?

Will s'écarta de son père et s'assit, les joues sillonnées de grosses larmes.

— Ce n'est pas ce que j'ai dit, répondit-il en secouant la tête. Quand j'ai découvert le nom de l'agence d'adoption et la date du courrier, je n'ai plus pensé qu'à ça. Après tout, tu n'étais pas là le jour de ma naissance…

Il poussa un soupir, essuya son nez du revers de la main, puis reprit :

— Vous m'avez toujours dit que tu étais en Chine pendant toute la grossesse de Maman, et vous parliez souvent des difficultés que vous aviez eues pour qu'elle tombe enceinte. Et tu m'as souvent raconté que je suis arrivé avec un mois d'avance et que tu n'étais pas encore rentré. Alors j'ai supposé qu'il y avait une chance…

Luke posa une main sur l'épaule de Will :

— Mais ta grand-mère était là. Et je suis rentré à la maison le jour de ton retour de la maternité. Ta mère se remettait de la naissance, et même les infirmières avaient pris des photos Polaroid de toi, pour que je les voie. Et d'ailleurs, aucune agence d'adoption ne confierait jamais un bébé à une famille sans rencontrer le père.

Will acquiesça à chaque argument.

— Je sais bien tout ça, mais plus j'y réfléchissais, plus je voulais que ce soit vrai. Je me disais que si j'avais été adopté, cela signifiait que ma mère n'était pas morte, qu'elle m'attendait quelque part…

Will ravala un sanglot et Luke comprit pourquoi les gens avaient tant besoin de croire au paradis. Il aurait tant voulu y croire lui aussi, pour pouvoir répondre : *Ne t'en fais pas, ta mère t'attend, tu la reverras un jour.* Au lieu de cela, il était incapable de trouver les mots justes.

— Tu as toujours une mère, tu sais. Elle est réelle, elle a bien existé, tu as des souvenirs de tous ces moments passés avec elle.

— Ça me fait une belle jambe…

Will replaça le carton sous son lit et tira sur son jean baggy qui pendait sur ses hanches. Passant une main dans ses cheveux, Luke se gratta la tête d'un air pensif.

— Euh, si cette histoire d'adoption t'inquiète vraiment, je peux essayer d'en savoir plus sur cette agence Maranatha et tenter d'apprendre la raison pour laquelle quelqu'un de chez eux a écrit à ta mère.

Luke avait beau se dire que le seul but de sa proposition était de venir en aide à Will, il ne pouvait pas nier que cette histoire avait attisé sa curiosité. Il ne doutait pas une seule seconde que Will soit son fils, et ce malgré tous les arguments avancés par ce dernier un peu plus tôt, mais il fallait reconnaître qu'entre l'agence d'adoption et la liste d'hôpitaux, il y avait de quoi se poser des questions.

— C'est vrai ? demanda Will en lui lançant un regard soupçonneux. Tu ferais ça ? Mais tu as dit qu'il n'y avait aucun doute possible.

— Écoute, si tu montes encore une histoire de ce genre à l'école, cette pauvre Mme Mason risque de vraiment perdre la boule. Si cela peut t'aider à oublier cette enveloppe, je suis partant.

Will réfléchit longuement, comme s'il pesait le pour et le contre.

— Oui, je crois que ça m'aiderait.

— Très bien. Je vais effectuer des recherches et passer quelques coups de fil. En attendant, Mme Mason pense que tu devrais voir un psychologue.

— Ça va pas, la tête ?

Levant les yeux au ciel, Will s'éloigna de Luke :

— Il est hors de question que j'aille parler de ma mère à un inconnu.

Luke ne se sentait pas d'attaque pour une deuxième dispute, et il préféra tapoter gentiment mais fermement le dos de son fils.

— Je m'en doute, mais quand on raconte des mensonges, il y a toujours des conséquences. Tu vas consulter ce docteur pendant six semaines, tu rends tes copies dans les temps et tu fais en sorte que tes notes tiennent la route, et nous en reparlerons. OK ?

Will grogna, mais ne sembla pas trouver de répartie valable et finit par accepter l'accolade de son père en grommelant :

— OK.

— Et tant que j'y suis, tu vas me faire le plaisir de descendre toute cette vaisselle et de charger le lave-vaisselle. Et j'aimerais que tu arrêtes de manger dans ta chambre. Tu prends tes repas avec nous et tu rends tes devoirs d'école. C'est clair ?

— D'accord, j'ai compris, j'ai compris.

Will leva les yeux au ciel et attrapa une assiette enduite d'une sorte de film gras indéfinissable.

Pour la première fois depuis longtemps, Luke sortit de la chambre de Will avec la sensation d'avoir rempli son rôle de parent. Un coup d'œil à son poignet lui apprit toutefois qu'il aurait dû remplacer Jessie plus d'une demi-heure auparavant. Il dévala l'escalier en toute hâte et ce n'est que sur la dernière marche du palier qu'il sentit quelque chose tomber de sa poche. Il ne s'agissait pas, cette fois-ci, de l'une des lettres de Natalie (elles étaient restées dans la poche de son manteau), mais de l'enveloppe mystère trouvée dans la chambre de Will.

Il l'examina une nouvelle fois. Le recto, avec le nom de cette agence d'adoption à Chicago et le cachet de la poste datant de la naissance de Will, ne lui apprit rien de plus. Natalie avait dû chercher à venir en aide à une amie ou à une élève. *C'était bien d'elle*, s'efforça-t-il de penser. Quelques recherches et un ou deux coups de téléphone suffiraient à obtenir une explication logique qui rassurerait son fils et mettrait fin aux idées ridicules qui germaient dans son propre esprit.

Luke secoua la tête. Bien que Will soit trop jeune pour le comprendre, Luke et Natalie avaient été bien plus que de simples amants : ils étaient amis et confidents, ils s'étaient tout raconté tout au long de leur vie commune. Natalie et Luke n'avaient aucun secret l'un pour l'autre. Hormis le contenu de son carton… et les lettres.

Il retourna l'enveloppe et examina plus attentivement la liste de noms et d'hôpitaux. L'un d'entre eux retint soudain son attention : Docteur Neal… Il avait déjà vu ce nom-là quelque part. Sur le répertoire téléphonique de Natalie, se souvint-il. Il avait toujours pensé qu'il s'agissait de l'un des médecins traitants de Nat, mais à cet instant, il fut pris d'un doute. Il passa un doigt sur le nom en murmurant :

— Docteur Neal… Qui êtes-vous donc ?

Mars
CHAPITRE 7

Luke referma aussi discrètement que possible la porte de la chambre de Clayton. Ces deux derniers mois, il avait pris l'habitude de s'arrêter dans chaque chambre en allant se coucher pour veiller au sommeil des enfants. C'était en outre l'occasion d'extraire l'iPhone de Natalie des doigts collants de Clayton pour le remettre en charge.

Depuis le jour où Luke avait retrouvé le téléphone portable de leur mère dans la pile de draps gisant sur son lit d'hôpital resté abandonné, Clayton s'endormait chaque soir au son de la voix de Natalie lisant, sur l'appareil, ses histoires préférées. Elle avait enregistré ces clips audio, ainsi que quelques chansons et récits de ses souvenirs favoris de leur petite enfance, depuis le lit d'hôpital qu'ils avaient installé dans le salon, entre les visites des infirmières de l'hospice et celles de l'employé des pompes funèbres. Elle n'était plus alors que l'ombre de la jolie femme qui avait consulté le cancérologue pour la première fois un an plus tôt, et Luke trouvait ces enregistrements plutôt douloureux, mais cela ne paraissait pas gêner les enfants, et Clayton les chérissait particulièrement.

Certains soirs, Luke laissait le smartphone sur le lit de son fils, sachant qu'ainsi, s'il se réveillait au milieu de la nuit, il lui suffirait de presser un bouton pour entendre la voix de sa mère. Cependant, ce soir, c'était Luke qui avait le plus besoin de l'appareil. Sur la pointe des pieds, il entra dans la chambre qu'il avait partagée avec Natalie, ferma doucement la porte et jeta le portable sur le lit défait.

Au début, sa trouvaille lui avait été trop pénible – confronté à des situations douloureuses, Luke avait toujours choisi la politique de l'autruche – et, après avoir rapidement constaté que l'appareil contenait une quantité astronomique de photos, vidéos, e-mails et messages, ainsi que le nom du docteur parmi une bonne cinquantaine d'autres contacts, Luke avait simplement confié l'appareil aux doigts perpétuellement poisseux de Clayton.

Deux mois jour pour jour après la mort de Natalie, Luke reçut une nouvelle lettre, intitulée « Jour 60 » et nettement plus sérieuse et narrative que les autres. Dans cette lettre, Luke fit la connaissance de l'insaisissable Dr Neal, cet inconnu qui ne cessait de s'immiscer dans leur vie ; d'abord dans le répertoire du téléphone, puis sur la fameuse enveloppe, et enfin en tant que personne réelle et bien vivante, racontée par Natalie.

Jour 60

Mon amour,

J'ai passé une journée horrible. Je sais bien que l'idée de passer une journée agréable quand on suit un traitement contre le cancer a quelque chose d'ironique, mais franchement, en ce qui me concerne, ce n'est pas toujours le cas. Loin de penser à ma maladie toute la journée, j'ai toujours de quoi m'occuper, entre les enfants, toi, l'école, Annie, et c'est ce qui me permet de tenir le coup. Mais aujourd'hui…

C'est arrivé sur le campus de la fac : tu sais que, quitte à payer la garderie, j'aime arriver de bonne heure pour étudier loin du brouhaha de notre petite famille. Je vois souvent ce groupe de gamines (par « gamines », j'entends des filles à peine sorties de l'enfance qui aiment traîner dans le vestibule où je m'installe en attendant les cours). Elles ont tendance à m'agacer, avec leurs grands rires et leur vocabulaire plutôt vulgaire qui me fait penser à ton oncle Stan, mais ce matin, c'est leur odeur qui a attiré mon attention. Luke, elles fumaient des joints, dans un bâtiment du campus. Je n'en revenais pas !

Évidemment, mon côté institutrice, doublé d'un penchant à toujours faire respecter les règles, m'a d'abord poussée à vouloir les dénoncer à la direction. Mais comme je ne tenais pas à être responsable du fait qu'elles seraient sans doute renvoyées, et peut-être même appréhendées, je me suis contentée de remballer mes bouquins et de passer la tête dans le vestibule enfumé. Elles étaient trois : deux brunettes quelconques et une toute petite blonde qui semblait mener la danse. Elle portait des collants rose fluo avec un short tellement court qu'il aurait tout aussi bien pu lui servir de petite culotte. En février. Franchement, il fallait vraiment qu'elle ait besoin d'attirer l'attention pour sortir en sous-vêtements dans la neige !

Bref, revenons à nos moutons. Donc, la fille en short-culotte n'a même pas cherché à dissimuler son pétard, et à en croire le regard qu'elle m'a lancé, on aurait cru que je venais de m'introduire chez elle sans frapper. Elle m'a observée un moment, en s'arrêtant bien sur le foulard que je portais sur la tête, et la conversation qui a suivi ressemblait à quelque chose de ce genre :

La main qui tenait le joint encore immobilisée devant sa bouche, la fille en short a demandé ce que je voulais. Je lui ai fait le plus beau sourire dont j'étais capable, j'ai refermé les portes battantes derrière moi et je lui ai répondu de ma voix d'institutrice :

— Les filles, ça sent le cannabis jusque dans le hall principal. Je vous conseille de l'éteindre. Vous ne devriez pas être en classe ?

La blonde a pris un air agacé, a porté le joint à sa bouche, a inspiré goulûment, puis a soufflé la fumée vers moi avant de me répondre (j'ai supprimé les jurons, son langage était particulièrement coloré) :

— Qu'est-ce que ça peut te foutre ? T'es pas ma mère, même si t'es largement assez vieille pour avoir des gosses.

Une porte a claqué à l'étage et des bruits de pas ont résonné dans l'escalier. La plus grande des deux brunettes, celle avec des mèches décolorées, a soudain semblé mal à l'aise et elle a tenté de convaincre sa copine Tiff qu'il valait mieux qu'elles s'en aillent.

J'ai ouvert la porte en grand, et tout en m'écartant pour les laisser passer, j'ai répété :

— Je crois que tu devrais y aller, en effet.

La gamine qui répondait au nom de Tiff m'a fixée un moment avant d'écraser son joint et de glisser ce qu'il en restait dans la poche de son short-culotte, mais avant qu'elles n'aient le temps de disparaître, mon maître de conférences en méthodologie, le Dr Neal, est apparu derrière moi. C'est un homme déjà grand, alors debout sur la deuxième marche de l'escalier, il dépassait tout le monde d'au moins deux têtes.

Imagine une voix grave et autoritaire résonnant dans le couloir. Il m'a fichu la trouille au moins autant qu'aux pauvres gamines.

— Qu'est-ce que c'est que ce cirque ?

Il a mis les mains dans les poches de sa veste en tweed – un vrai veston de professeur, avec ses coudes rapiécés de cuir – avant de continuer :

— Ai-je besoin de vous rappeler qu'il est strictement interdit de fumer sur le campus et que nous ne tolérons pas non plus la consommation de drogues ?

L'une des groupies de la blonde l'a poussée dans le dos pour la faire avancer vers la porte, et c'est là qu'elle m'a montrée du pouce en disant :

— Vise un peu le foulard. Je parie qu'elle a le cancer. Il paraît qu'on leur donne de l'herbe gratuitement.

J'étais choquée qu'elle essaie de se tirer d'embarras en utilisant mon cancer comme excuse. J'aurais voulu les engueuler, ou téléphoner à leurs mères pour leur apprendre quel genre de princesses adorables elles avaient élevées, mais au lieu de cela, j'ai cherché à détendre l'atmosphère. D'une chiquenaude, j'ai ramené l'arrière de mon foulard sur mon épaule et j'ai dit :

— Tu n'y connais rien, la mode est aux foulards sur têtes chauves, cette année.

Tiff n'a pas saisi l'ironie ; elle a levé les yeux au ciel et elle m'a sorti quelque chose comme :

— OK ma vieille, laisse tomber la chimio, elle te monte à la tête. Tes fringues sont les plus ringardes que j'aie jamais vues.

Le Dr Neal a secoué la tête et j'ai su que Tiff avait été trop loin. Il m'a demandé d'aller en cours et d'informer la classe qu'il aurait quelques minutes de retard. Alors que je quittais l'escalier, j'ai entendu qu'il demandait aux filles de lui présenter leurs pièces d'identité.

Je me suis précipitée vers la chaise où j'avais abandonné mon sac – le laisser sans surveillance n'était d'ailleurs probablement pas une très bonne idée – mais une rapide vérification de son contenu m'a confirmé que personne n'y avait touché et je remontais la bride sur mon épaule quand quelqu'un m'a poussée dans le dos assez fort pour que je m'écrase sur le dossier de la chaise. Cette fois, je n'ai pas besoin de faire appel à mon imagination hyperactive pour me souvenir de ses paroles exactes :

— Merci, salope. J'espère que tu crèveras bientôt.

Tiff se tenait debout derrière moi. C'est à ce moment-là qu'elle a saisi l'arrière de mon foulard gris et noir et qu'elle a tiré. Il s'est détaché aisément, a glissé sur mon crâne lisse et s'est posé délicatement au sol en un petit monticule de satin. L'espace d'un instant, j'ai cessé de respirer. Le hall était plein à craquer, et tout le monde s'est immobilisé. Je sentais leurs regards sur ma tête chauve et je les entendais murmurer : « Elle doit avoir un cancer. »

Même Tiff a eu l'air choquée en découvrant la réalité de ma maladie. Elle a eu un mouvement de recul, puis a disparu dans la foule qui nous entourait au moment même où le Dr Neal s'approchait. Il a tout de suite compris ce qui se passait. Il a ramassé mon sac et mon foulard, il a passé un bras autour de mes épaules, et il m'a accompagnée vers la première classe vide.

Le temps de refermer la porte, et j'étais en larmes. Il a déposé mon sac et m'a tendu le foulard, puis il m'a demandé comment je me sentais.

Je ne savais pas quoi répondre. Physiquement, j'allais bien – les gens s'inquiètent toujours de ma santé physique – mais c'était mon âme qui souffrait. J'avais bien conscience que mon foulard ne dupait personne, que tout le monde savait exactement pourquoi je le portais, mais sans lui j'ai eu l'impression d'être toute nue, incapable de dissimuler ce qui se produisait en moi.

Alors j'ai menti, je lui ai dit que tout allait bien. J'ai essuyé mon visage avec le tissu glissant en espérant que mes faux cils tiendraient le coup.

— Ne vous en faites pas, je vais m'occuper de cette gamine. J'ai son nom, et je vous promets que les conséquences seront sévères.

Il avait le visage dur d'un professeur devenu geôlier. Il m'a encouragée à porter plainte pour qu'elle soit expulsée. Il était furieux. J'ai répondu que je ne voulais pas d'ennuis. J'ai d'abord craint qu'il ne s'efforce de me convaincre, puis il a reculé d'un pas, a consulté l'horloge au-dessus du tableau et constaté que nous étions tous deux en retard. Il m'a dit que j'étais dispensée, qu'il m'enverrait ses notes par e-mail.

J'ai essuyé mon nez sur ma manche, j'ai reniflé bruyamment, puis j'ai secoué la tête. Si je rentrais chez moi, Tiff aurait gagné. J'ai répondu que je voulais rester, mais que j'aurais besoin de quelques minutes pour réarranger mon foulard. J'ai même esquissé un petit sourire en lançant le foulard sur mon épaule.

À ma grande surprise, le Dr Neal a attrapé le tissu au vol et, tout en défaisant la large boucle qui nouait encore le coin du foulard, il m'a lancé :

— Ma femme avait coutume d'en porter aussi…

Sans finir sa phrase, il a offert de m'aider.

Je n'ai pas hésité longtemps. J'ai apprécié son soutien parce que son regard était différent des autres. Au lieu de me regarder comme une malade, il semblait me voir plutôt comme une personne réelle qui avait la malchance d'être atteinte d'un cancer. J'ai acquiescé en silence, il s'est approché de moi en deux pas et quand il a été suffisamment proche pour que nos deux nez puissent presque se toucher, il m'a dit doucement :

— Tournez-vous.

J'ai pivoté lentement sur un pied pour me retrouver face au tableau. La première fois qu'il m'a touchée, j'ai sursauté, toute tendue que j'étais encore par la confrontation avec Tiff.

Il a gentiment pressé mes épaules et j'ai enfin laissé échapper, dans un énorme soupir, tout le stress que j'avais accumulé. Je me suis détendue. J'étais avec quelqu'un qui était déjà passé par là ; quelqu'un qui avait déjà noué des foulards sur une tête chauve ; qui avait déjà pleuré en sachant que ses larmes ne changeraient absolument rien. Il a enroulé le tissu satiné sur mon crâne, attaché les deux coins en un simple nœud sous mon oreille droite, et j'ai ramené un pan de tissu sur mon épaule comme j'avais l'habitude de le faire avec ma queue-de-cheval.

J'ai soigneusement vérifié que le foulard était bien en place en faisant courir mes doigts sur le nœud et le reste de mon crâne. C'était parfait. Je l'ai remercié, il a quitté la pièce et quelques minutes plus tard, je suis retournée en classe et la vie a repris son cours.

Et maintenant, de retour à la maison, je ne trouve pas la force de te raconter ce qu'il s'est passé. D'abord, parce que je sais que je vais pleurer et que tu as déjà séché bien des larmes, mais aussi parce que je te connais : tu vas vouloir régler le problème, pour moi. Tu vas vouloir téléphoner à Brian pour porter plainte, ou monter dans ta voiture et te précipiter sur le campus pour retrouver ces gamines et les obliger à présenter leurs excuses. Alors j'ai préféré écrire mon histoire pour que tu puisses la lire après ma mort. Moi partie, il n'y aura plus de problème à régler. Ceci dit, si tu as un jour l'occasion de rencontrer le Dr Neal, je te saurai gré de le remercier de ma part.

J'espère que les enfants et toi avez passé une meilleure journée que moi. Embrasse-les tous de ma part. Je vous aime !

Tendrement,

Natalie

En lisant la lettre pour la première fois, la semaine précédente, Luke avait effectivement voulu sauter dans sa voiture et partir à la recherche de la fille au short-culotte pour lui mettre le nez sur une photo de sa femme décédée.

Ce n'est qu'en entrant sur l'autoroute qu'il avait pris conscience que Clayton était toujours sur le siège enfant, à l'arrière, engoncé dans son gros anorak bleu, attendant sagement que son père le dépose chez Annie. Luke avait fait demi-tour juste avant la bretelle et repris en trombe la direction de la résidence d'Annie et Brian. Ils s'en étaient tirés avec quelques minutes de retard.

Pendant les trois jours suivants, il avait lu et relu la lettre de manière quasi obsessionnelle, sans trop savoir s'il était plus choqué par la cruauté de Tiff ou troublé par la gentillesse du Dr Neal. Dr Neal. Ce nom… Ce ne pouvait être une coïncidence. Luke ne trouvait pas d'explication logique à la présence récurrente d'un professeur de Natalie dans sa vie. Ou du moins, pas d'explication qui lui convienne.

Il avait déjà comparé les coordonnées du Dr Neal trouvées sur l'enveloppe de Maranatha à celles du portable de Nat, et constaté que les numéros de téléphone étaient différents. Luke en avait d'abord déduit qu'il se faisait du souci pour rien, mais le doute persistait.

Il contempla l'écran noir du téléphone, où l'on distinguait de nombreuses traces de doigts. Il avait pris la bonne décision en refusant d'affronter l'appareil : tant que le portable gardait le silence, Luke pouvait prétendre que l'existence de Natalie était simplement sur pause, un peu comme les princesses endormies qu'on voyait dans les dessins animés télévisés de May. Il n'avait aucune envie de réveiller la princesse, mais sa liste d'excuses s'amenuisait au fur et à mesure que s'allongeait sa liste de questions.

Luke tapa le code, et les applis de Natalie s'affichèrent à l'écran, classées d'une façon qu'il n'avait jamais saisie. Luke n'avait pas succombé à l'attrait du smartphone ; il ne voyait pas l'intérêt de tous ces programmes inutiles qui servaient à passer le temps, comme si celui-ci ne nous était pas compté selon un processus inexorable.

Il cliqua sur le bouton vert libellé « *Messages* » et eut un accès de culpabilité en réalisant qu'il fouillait dans le téléphone de Natalie à la manière d'un amant jaloux. Le nom du Dr Neal apparaissait tout en haut en caractères gras, ce qui signifiait que le fameux docteur avait été la dernière personne à avoir envoyé un SMS à sa femme. Son doigt flotta un instant, hésitant, au-dessus du nom, et quand il le toucha enfin, ce fut avec la plus grande précaution, comme s'il était empoisonné.

L'appli « Messages » s'ouvrit immédiatement et une seule bulle bleue apparut, dans laquelle il put lire : « Je suis heureux que nous nous soyons connus. » Et puis… plus rien. Luke voulut faire glisser l'écran vers le bas, vers les autres messages, vers quelque chose qui expliquerait la présence récurrente de ce docteur dans la vie de sa femme, mais la bulle bleue revenait obstinément à sa place : « Je suis heureux que nous nous soyons connus. »

Qu'est-ce que cela signifiait donc ? Quel que soit le nombre de fois où il l'avait tirée d'un mauvais pas, ce n'était pas ce que Luke entendait par une correspondance normale entre un professeur et son étudiante. Et il était invraisemblable qu'il ne lui ait envoyé qu'un seul message, qui plus est, le jour de sa mort. Une idée le troubla alors : si les autres messages n'apparaissaient pas sur le téléphone, se pouvait-il que Natalie les ait tous supprimés ?

Luke s'intéressa alors aux appels récents. En lisant les quatre premiers noms qui apparurent en haut de la liste, il laissa échapper un soupir de soulagement qui embua l'écran. Voilà qui était plus conforme à ses attentes. Natalie communiquait régulièrement avec sa mère, Annie, Luke et Tammy, l'infirmière de l'hospice. Incapable toutefois de résister à la tentation de faire glisser la liste des appels vers le haut, il constata que le cinquième nom était celui du Dr Neal. Ils avaient parlé pendant près de vingt minutes une semaine avant sa mort. Bon Dieu…

Luke lâcha l'appareil comme s'il s'était agi d'un objet répugnant. Les poings serrés, il se frotta vigoureusement les yeux. Les larmes qu'il retenait depuis trois mois lui brûlaient méchamment les paupières. Allons, il n'allait pas remettre en question seize ans de vie commune à cause de quelques enveloppes, d'un tout petit message de rien du tout et de quelques coups de fil, hein ?

Luke était sur le point de récupérer le portable quand la porte de sa chambre s'ouvrit sans prévenir. Clayton, l'œil ensommeillé et le cheveu hirsute, clignait des paupières sous la lumière du plafonnier.

— Eh bien, mon bonhomme, qu'est-ce qui t'arrive? Il est presque…

Il jeta un coup d'œil au réveil numérique de sa table de nuit, où quatre zéros clignotaient, lui rappelant qu'il ne l'avait toujours pas remis à l'heure après la coupure de courant de la semaine précédente. Qu'aurait bien pu y comprendre un enfant de trois ans, d'ailleurs ?

— Il est très, très tard, mon grand. Tu as soif? Tu as envie de faire pipi ?

Clayton posa la couverture tout usée qui lui servait de doudou sur son épaule, et répondit en suçotant deux doigts de sa main :

— Je veux ma maman…

Il était si petit, debout devant la porte, que sa tête atteignait à peine la poignée. Luke ouvrit les bras et fit signe à son plus jeune fils de s'approcher.

— Je sais, mon chéri.

Clayton monta sur les genoux de Luke et s'y recroquevilla comme un chaton roulé en boule. Luke déposa un baiser sur sa tête et constata, non sans surprise, qu'il portait encore l'odeur du parfum d'Annie.

— Maman me manque, à moi aussi. Mais nous sommes là l'un pour l'autre. Tu peux dormir avec moi cette nuit, si tu veux ?

Clayton sortit précipitamment ses doigts de sa bouche et poussa un cri de joie : *Maman !* Il se jeta sur le lit et essuya ses doigts humides sur la coque bleue qui protégeait le téléphone de sa mère.

— J'ai trouvé Maman, dit-il en faisant glisser les applis d'une main experte. Il localisa rapidement celle qui permettait d'accéder aux vidéos et fit apparaître la liste de clips que Luke n'avait toujours pas eu le courage de visionner.

Ainsi, la maman de Clayton était désormais un téléphone portable. En entendant sa voix parler à travers le haut-parleur de l'appareil, Luke appuya sur le bouton pause en s'efforçant de ne pas regarder l'écran.

— Pardonne-moi, je n'aurais pas dû prendre ton téléphone. Voudrais-tu le garder dans ton lit ?

Clayton acquiesça et insista :

— Je veux dormir avec Maman ce soir.

— D'accord Clayton, tu peux dormir avec le téléphone.

Cet appareil en plastique n'est pas ta mère, aurait voulu expliquer Luke. Clayton avait eu une vraie mère, en chair et en os, dont les battements de cœur bien réels avaient rythmé les neuf premiers mois de sa vie, dont le sein l'avait nourri pendant dix mois, dont les bras l'avaient réconforté pendant trois ans. Comment pouvait-il oublier cela ? Comment pouvait-il si rapidement remplacer sa mère par un gadget technologique ?

Et pourtant Luke ne dit rien. Il prit Clayton dans ses bras et l'emporta vers son lit, remonta son drap décoré de pirates sous son menton, déposa un baiser sur son front, cliqua sur « *Lecture* » et s'éloigna rapidement. Alors qu'il refermait doucement la porte derrière lui, il entendit la voix de Natalie lisant les premières phrases de *Bonsoir Lune,* et celle de Clayton qui répétait ses paroles d'un ton ensommeillé comme il avait coutume de le faire quand sa mère était encore en vie.

Luke secoua la tête tristement. Sa colère n'était pas dirigée contre Clayton : l'enfant savait pertinemment qui était sa mère, et grâce à ses enregistrements, il conserverait quelques traces d'elle longtemps après que ses souvenirs d'enfant auraient disparu, emportant avec eux l'image de Nat. En revanche, il en voulait terriblement à Natalie : ses lettres l'avaient conduit à douter de sa femme, ce qui n'avait jamais été le cas de son vivant.

Peu importait que ce soit le milieu de la nuit, Luke avait besoin de réfléchir. Il fouilla dans la pile de linge sale qui s'accumulait dans un coin en attendant de rejoindre la machine à laver, en tira un short et un vieux T-shirt aux couleurs du Michigan, et quelques minutes plus tard, il avait rejoint le sous-sol où la température était considérablement plus basse que dans le reste de la maison. Une anticipation presque fiévreuse s'empara de lui, et il banda précipitamment ses mains, oubliant de compter le nombre de fois où il avait passé la gaze de coton autour de ses phalanges, refusant de tenir compte du fait qu'il ne sentait plus ses doigts.

Dans l'immédiat, tout ce dont il avait envie, c'était de cogner de toutes ses forces le sac de frappe qui pendait dans un coin de la cave et de donner libre cours à ses pensées. Sitôt eut-il arraché la dernière bande de coton avec ses dents que Luke s'élança à travers la pièce pour asséner un premier coup en plein milieu du lourd punching-ball rouge foncé. Sautillant d'un pied sur l'autre, il frappa encore et encore, jusqu'à ne faire plus qu'un avec le rythme familier des coups. Son front se couvrit de transpiration et ses cheveux furent rapidement aussi humides que s'il venait de prendre une douche, alors que chaque coup projetait de nouvelles gouttes de sueur à travers le débarras inachevé.

Luke ne s'interrompit que lorsqu'il ressentit la brûlure de ses poumons et prit conscience que ses doigts avaient perdu toute sensation. Il avait les idées un peu plus claires et, tout en essuyant son visage sur la serviette qu'il suspendait toujours à la tuyauterie du plafond, il sut ce qu'il lui restait à faire. Peu importait que ses inquiétudes soient légitimes ou non, qu'il se fasse des idées, il avait besoin de savoir ce que lui cachait Natalie au sujet du Dr Neal. Et s'il y avait une personne qui partageait tous les secrets de sa femme, c'était Annie.

CHAPITRE 8

Le temps de retirer les bandelettes gorgées de sueur qui protégeaient ses mains, Luke avait élaboré un plan simple et infaillible. Dès le matin, il frapperait à la porte d'Annie et demanderait… non, il *exigerait* qu'elle lui dise tout ce qu'elle savait sur le Dr Neal.

Mais la réalité fut tout autre. Quand la porte s'ouvrit sur Annie le lendemain matin, il manqua de courage, d'une part parce qu'il culpabilisait de suspecter Natalie, elle qui, vivante, ne lui avait jamais donné la moindre raison de douter de sa loyauté, et d'autre part parce que tout au fond de lui, il craignait d'avoir l'air d'un pauvre imbécile.

Ne sachant pas comment aborder un sujet aussi délicat, Luke n'accomplit rien de la mission qu'il s'était fixée et se contenta de passer le reste de sa journée d'une humeur distraite, grincheuse et préoccupée.

Il lui faudrait pourtant bien agir. Il envisagea de téléphoner au Dr Neal – ce nom qui semblait le narguer à chaque fois qu'il activait le smartphone de Natalie –, de recourir à ses connaissances d'ingénieur en téléphonie pour accéder aux messages qu'elle avait supprimés, d'accepter l'invitation à dîner qu'Annie et Brian réitéraient depuis des semaines, dans l'espoir qu'une occasion se présenterait de poser les questions qui lui brûlaient les lèvres. Pour finir, il opta pour la solution qui lui parut la plus sensée et accepta de sortir avec eux.

• • •

Embaumant l'eau de Cologne et habillé d'une chemise et d'un jean, Luke était assis en équilibre sur un tabouret bancal dans un bar sordide. Il avait laissé les enfants sous la responsabilité de Jessie. En théorie, Will était assez grand pour s'occuper de son frère et de sa sœur, mais Luke n'aimait pas les lui confier trop longtemps, et encore moins à l'heure du coucher. Luke lui-même avait du mal à mettre May et Clayton au lit, le soir ; il était hors de question qu'il demande à un gamin de quatorze ans de s'en charger. Il préférait payer Jessie pour le faire. D'ailleurs, il devrait peut-être envisager de la payer pour qu'elle le fasse tous les soirs...

Il but une gorgée de bière et constata, sans trop savoir si cela était dû à l'alcool ou au silence, qu'il se sentait détendu. Terrifié à l'idée de suivre l'exemple de son alcoolique de père, il buvait rarement, mais ce soir il était prêt à prendre le risque. Quelque part entre la bière et le désespoir, il espérait trouver le courage de parler à Annie du professeur de Natalie.

Luke était en avance et s'était assis au bar en attendant l'arrivée des Gurrellas. Ces derniers entrèrent dans l'établissement peu après lui. Luke observa le visage d'Annie. Elle avait remarqué la présence de José et Tanner, deux flics un peu plus jeunes que Brian, assis à une table devant deux chopes de bière et une assiette d'ailerons de poulet. Elle lâcha la main de Brian pour retirer son manteau fourré lie-de-vin sous lequel elle portait un haut légèrement transparent, au décolleté plongeant, rentré dans sa jupe noire. En voyant Brian se diriger vers ses amis avant même de saluer Luke, elle sembla déçue mais résignée.

— Salut ! articula Annie à travers le comptoir, tout en suspendant son manteau à côté de celui de Brian.

Luke lui rendit son geste et elle se dirigea vers le tabouret libre à côté de lui. Dans une vie antérieure, Luke aurait choisi de rejoindre Brian pour faire quelques parties de golf électroniques avec José et Tanner, sur les machines qui clignotaient au fond du bar, pendant qu'Annie et Natalie auraient bavardé autour d'un verre ou deux, mais ce soir, c'était Annie qu'il était venu voir. Elle lui donna un petit coup d'épaule amical en s'asseyant.

— Bonsoir, fit-elle en souriant, tandis qu'elle attirait un sous-verre vers elle et faisait signe au barman. Je suis contente que tu sois venu, ce soir.

— Ouais, c'est plutôt étrange, mais c'est gentil de me laisser m'incruster.

— Je crois c'est plutôt moi qui m'incruste, ce soir, répondit-elle avec un signe de tête en direction de Brian, Tanner et José, pris par leur jeu vidéo.

Le barman s'approcha d'Annie. Il portait un T-shirt noir moulant dont il avait remonté les manches pour mettre en évidence ses biceps. Luke trouva qu'il en faisait un peu trop, mais après tout, c'était peut-être comme cela qu'il obtiendrait les meilleurs pourboires. Le type regarda Annie dans les yeux, gonfla ses biceps de manière nettement perceptible et Luke leva les yeux au ciel.

— Qu'est-ce que je vous sers ? demanda le barman en forçant sur sa voix grave.

— Juste un Coca Light, s'il vous plaît, répondit Annie en tapotant des doigts sur le comptoir.

Elle ne semblait pas s'apercevoir des efforts du barman pour attirer son attention.

— Et si j'ajoutais quelques gouttes de rhum à ce Coca Light, qu'en dites-vous ? suggéra le barman en remuant les sourcils.

— Euh, non, je vous remercie, c'est moi qui conduis.

Elle se pencha devant Luke pour se saisir de la bouteille de liquide brun posée sur le sous-verre devant lui, la porta à sa bouche et but deux longues gorgées avant de la reposer en claquant les lèvres. Luke se souvint avoir vu Natalie et Annie partager leurs verres, mais il se demandait parfois si Annie se rendait compte qu'il n'était pas Nat.

Le barman eut un gros rire :

— Je ne crois pas que « *boire ou conduire* » fonctionne comme ça, mais c'est vous qui voyez. Va pour un Coca Light.

Il posa sa boisson devant Annie et y laissa tomber une paille transparente, avant d'ajouter :

— Je m'appelle Mick. Si vous voulez quelque chose de plus fort, n'hésitez pas à faire appel à moi.

— Merci.

Annie but longuement à la paille avant de se tourner vers Luke, sans accorder aucun intérêt à Mick.

— Alors, quoi de neuf? Tout se passe bien avec Jessie?

Luke acquiesça :

— C'est une sacrée originale! L'autre jour, en rentrant, j'ai trouvé May occupée à passer la serpillère en fredonnant *It's the Hard Knock Life* pendant que Jessie faisait office de chef d'orchestre. Elles chantaient aussi faux l'une que l'autre, à faire hurler tous les chiens du quartier.

— Je vois le genre, j'aurais donné cher pour être là.

— Oui, je ne crois pas avoir déjà vu pire technique pour ce qui est de passer la serpillère, mais May souriait jusqu'aux oreilles. Franchement…, commença-t-il en buvant une gorgée de bière et en repensant à la description que Natalie lui avait faite de Jessie, je ne m'attendais pas à cela. Il y a des jours où elle semble vivre sa propre comédie musicale, mais les gosses l'adorent. Même Will. Tu sais quoi? Will fait ses devoirs tous les jours!

— C'est vrai ? Quelle bonne nouvelle ! répondit Annie en remuant ses glaçons avec sa paille.

— Oui, et je n'ai même pas besoin d'insister : c'est déjà fait quand je rentre à la maison.

— Il semblait en forme la semaine dernière, quand nous avons échangé quelques textos. Je me suis dit que tu avais peut-être fini par l'emmener voir un psy…

Elle donna un nouveau coup d'épaule à Luke. Depuis le jour où les enfants avaient compris que Natalie ne guérirait pas, elle le harcelait pour qu'ils aillent voir un thérapeute.

— Ma foi, si ta psychologue s'appelle Jessie, alors je suis d'accord.

Il changea à nouveau de position, et les pieds du tabouret bringuebalant claquèrent contre le carrelage ciré.

— En fait, j'ai pris rendez-vous pour Will la semaine prochaine.

— Ah bon ? Bien joué. Tu fais bien ton travail de papa.

— Je n'irais pas jusque-là.

Il ne put retenir un sourire, et cela le surprit. Il se souvint alors de la raison de sa présence. Il jeta un coup d'œil en direction de Brian qui s'acharnait toujours sur le jeu vidéo et venait de se servir une deuxième ou troisième chope de bière.

— Écoute… fit Luke en baissant la voix, il faut que je te parle de quelque chose.

Annie pencha la tête et l'appuya contre son poing fermé. Toute trace de gaieté avait disparu de son visage.

— Que se passe-t-il ?

La nervosité s'empara à nouveau de Luke. Qu'est-ce qui le portait à croire qu'il gagnerait quoi que ce soit en parlant de sa découverte à Annie ? Il reprit une gorgée de bière dans l'espoir que l'alcool remplirait son rôle et lui délierait la langue, mais rien n'y fit. Il reposa la bouteille sur le comptoir, leva les yeux et croisa le regard vert et doux d'Annie, et toutes les phrases qu'il avait si bien préparées disparurent. Il se détourna et se concentra sur une étagère du bar où étaient alignées plusieurs bouteilles de sirop équipées de petits robinets dorés pour le service. Peut-être que s'il n'était pas obligé de la regarder, il réussirait à lui parler de ses inquiétudes.

— Est-ce que Natalie t'a déjà parlé d'un certain Dr Neal ? Un prof de fac, je crois…

Les mots s'enchaînèrent trop vite, et Luke se mit à écorner l'étiquette jaune et or de sa bière pour ne pas voir l'expression de son visage.

— Hmm… Dr Neal ? répondit Annie en tapotant ses dents comme elle le faisait fréquemment lorsqu'elle réfléchissait.

Luke trouva enfin le courage de la regarder. Par chance, elle avait levé les yeux – comme si la réponse se trouvait dans les carreaux jaunes et sales qui ornaient le plafond – et continuait à tapoter ses dents.

— Je ne me souviens pas d'un docteur, mais d'un révérend Neal.

— Révérend Neal ?

Luke arracha un morceau d'étiquette qui resta collé sous son ongle. Il s'en débarrassa d'une chiquenaude :

— Tu es sûre ?

— Oui, tout à fait. Je suis certaine que Nat a dit qu'il était pasteur.

Annie passa une main dans ses cheveux blonds coupés au carré et poursuivit :

— Je suis passée un matin, et il était là, assis sur son lit. Elle nous a présentés.

— Il était chez moi ?! s'étouffa Luke, le nez dans sa bière. Tu l'as donc rencontré ?

— Exact, fit Annie en lui tapant dans le dos pendant qu'il reprenait son souffle. Pourquoi ? Qu'est-ce qui ne va pas ?

Luke ouvrit la bouche pour répondre, mais il ne sut que dire. Qu'est-ce qui n'allait pas ? Que pouvait-il bien lui dire pour qu'elle ne s'imagine pas qu'il était devenu complètement parano, ou qu'il avait perdu toute loyauté envers sa femme qui se trouvait être la meilleure amie d'Annie ? Qu'un homme était venu chez lui en son absence, un homme qu'il n'avait jamais rencontré, dont sa femme ne lui avait même jamais parlé… jusqu'à aujourd'hui. Un homme qui réapparaissait sans cesse dans ce qui restait du monde de Luke.

Luke laissa tomber sa tête dans ses mains et se frotta les yeux avec la base du pouce. Annie cessa de lui taper dans le dos pour le masser en faisant de grands cercles.

— Oh Luke, pardonne-moi, c'est trop tôt…

— Non, ce n'est pas ça, expliqua-t-il en essuyant ses paupières humides pour empêcher les larmes de s'écouler. C'est l'alcool qui me rend émotif.

— Qu'est-ce qui t'inquiète donc tant au sujet de ce type ?

Annie s'appuya contre le dossier du tabouret et regarda Luke fixement.

Il termina ce qui restait de bière dans sa bouteille et la déposa, vide, sur le sous-verre, avant de répondre :

— Son numéro était dans son téléphone. Je n'avais jamais entendu parler de lui, et puis cette lettre est arrivée…

Annie secoua la tête, comme pour se retenir de lui livrer le fond de sa pensée.

— D'accord, d'accord, fit-elle mine de répondre en levant les mains en l'air. Alors, qu'a-t-elle bien pu écrire pour te mettre dans un état pareil ?

Luke ne savait pas comment lui expliquer. Ce n'était pas ce qu'il avait trouvé dans sa lettre, ni même dans son téléphone qui l'inquiétait, mais plutôt ce qu'il n'y avait pas trouvé.

— Rien de vraiment important. Il l'a sortie d'une situation difficile à l'école. Mais ce que j'ai du mal à concevoir, c'est que Natalie et moi n'avions aucun secret l'un pour l'autre, et je croyais qu'elle n'en avait également aucun pour toi. Et pourtant, elle n'a pas hésité à mentir sur son identité quand elle te l'a présenté. Pourquoi feraitelle cela ?

Annie fit tourner sa paille dans son Coca. Cette fois-ci, elle ne lui donna pas de réponse toute faite, pas plus qu'elle tapota gentiment son dos. Seul le bruit des glaçons dans son verre perçait le silence qui s'était installé entre eux.

— Écoute, je ne sais quoi te dire, mais franchement, Luke, tu t'inquiètes pour rien.

Elle posa une main sur ses bras croisés. Ses doigts étaient froids d'avoir tenu le verre givré.

— Natalie t'aimait. Elle n'aurait jamais rien fait qui soit susceptible de te faire de la peine. Qu'est-ce que tu vas imaginer ? Qu'il était son…

Elle fit une pause et vérifia que personne n'écoutait leur conversation, avant de terminer :

— … son amant ?

Luke sentit sa poitrine se serrer en entendant le mot amant, comme s'il avait la nausée. Croyait-il vraiment qu'elle l'avait trompé avec cet homme ? Il lui semblait quasiment impossible d'imaginer Natalie lui mentir pour aller coucher avec un autre. Toutefois, cela n'avait aucune importance : le lien mystérieux qui existait entre eux le mettait presque aussi mal à l'aise que l'idée qu'ils aient pu entretenir des relations intimes.

— Franchement, répondit-il, je ne sais plus quoi penser. C'est pour cette raison que j'ai voulu t'en parler.

Annie déplaça sa main sur son avant-bras. Il observa attentivement ses longs ongles vernis d'une délicate nuance de rose. Rien à voir avec les mains de Natalie, mais la sensation de réconfort était similaire, d'une certaine façon.

— Tu as réfléchi qu'elle n'avait pas tellement le temps de te tromper ? Qu'elle était déjà bien trop prise par les enfants et toi, sans parler de ses études et, accessoirement, de ce truc qu'on appelle le cancer ?

Annie avait raison. Comment pouvait-il s'inquiéter de savoir si Natalie avait couché avec un autre, alors qu'elle était si faible, nauséeuse, chauve, et chaque jour un peu plus terrifiée à l'idée de mourir ? Il comprit soudain le ridicule de la situation.

— Quel con je fais…

Il secoua la tête avec un petit rire.

— OK, merci Annie, je crois que j'avais besoin de me l'entendre dire.

— Ma foi, si tu y prends tant de plaisir, je peux aussi t'en mettre une la prochaine fois ?

Et, joignant le geste à la parole, elle claqua violemment son avant-bras de la main.

— Aïe !

— Tu l'as bien mérité.

— Admettons, fit-il en riant. Cela me pendait au nez. Maintenant, à moins que tu n'aies l'intention de recommencer, il faut que j'aille aux toilettes.

Alors qu'il se levait, la main d'Annie glissa de son bras et il l'attrapa au vol dans la sienne avant qu'elle ne se cogne contre sa jambe.

— Merci de toujours trouver les mots justes.

— Ce n'est pas bien difficile, je me contente de dire la vérité.

Elle serra un instant sa main dans la sienne avant de la retirer, puis demanda en indiquant sa bière vide du menton :

— Tu en prends une autre ?

— Je conduis, il vaut mieux que j'évite.

— Boire ou conduire, moi j'ai déjà choisi, et c'est pour permettre aux autres de s'amuser. Il serait dommage que Brian soit le seul à en profiter. Je te ramènerai, et nous pourrons venir chercher ta voiture demain matin.

Luke pesa le pour et le contre. Il se sentait libéré.

— D'accord, va pour une autre bière. Une seule, indiqua-t-il en levant un index avant de prendre la direction du voyant « *WC* » derrière le bar.

Il entra, ouvrit le robinet d'eau froide et s'aspergea le visage. Il renouvela trois fois l'opération avant de passer ses mains humides dans ses cheveux, et songea qu'ils n'avaient jamais été aussi longs. Peu importe, une visite chez le coiffeur ne faisait certainement pas partie de ses priorités en ce moment.

Que ce soit à cause de sa chevelure ou de la lumière phosphorescente, Luke fut surpris de se trouver l'air vieilli. Le bleu éclatant de ses prunelles contrastait avec ses yeux rougis et creusés, la barbe de trois jours qu'il ne rasait jamais complètement était si claire qu'il n'aurait su dire si elle était blonde ou blanche, mais c'était surtout les cernes noirs qui lui creusaient le visage et le vieillissaient. Natalie ne l'aurait pas reconnu.

Elle lui manquait tellement qu'il en ressentait une douleur physique. Il n'avait pas reçu de lettre depuis deux jours et elle lui semblait plus éloignée que jamais. Il arracha sept ou huit feuilles de papier toilette au distributeur, essuya son visage, se débarrassa du mouchoir de fortune dans la poubelle et se dévisagea un moment dans le miroir. Annie avait raison, il se comportait comme un idiot. Et ce n'était pas de bière dont il avait besoin ; il avait besoin de rentrer chez lui, d'ouvrir les dernières lettres de Natalie et de la ramener à la vie.

Il sortit des toilettes d'un pas déterminé, fouillant ses poches à la recherche de ses clés. Il allait remercier Annie, puis il prendrait poliment congé. Elle comprendrait, elle comprenait toujours.

Alors qu'il atteignait le bar, Luke remarqua le serveur, Mick, debout en face d'Annie. La bière qu'avait commandée Luke était ouverte sur le comptoir, et il fut agacé de voir que Mick gonflait de nouveau ses biceps tout en se penchant vers Annie, de toute évidence pour mieux apercevoir ses seins.

Luke chercha Brian du regard pour lui faire signe qu'il était temps d'aller au secours de sa femme mais, à sa grande surprise, il découvrit ce dernier à quelques mètres du bar ; confortablement installé avec ses potes, dont l'état d'ébriété était maintenant avancé, il observait distraitement la scène et ne semblait pas inquiet pour deux sous. Il avait même l'air de s'amuser de la situation.

Annie s'écarta du comptoir. Les bras résolument croisés sur sa poitrine pour décourager les avances de Mick, elle cherchait désespérément un endroit où poser son regard, mais le barman ne sembla pas remarquer son indifférence manifeste. Quand il tendit le bras par-dessus le comptoir pour faire glisser une mèche des cheveux d'Annie derrière son oreille, Luke décida qu'il en avait assez vu. Il traversa la salle en trois longues enjambées et fit bruyamment glisser son tabouret vers lui.

— Désolé, je me suis attardé. Tout va bien ?

Luke se laissa tomber sur son siège et fit mine de n'avoir pas remarqué Mick qui reluquait sous toutes les coutures la meilleure amie de Natalie. Annie rencontra le regard de Luke et ses épaules se détendirent instantanément.

— Tout va bien.

Elle sourit d'un air soulagé :

— Je suis contente que tu aies fini par trouver le chemin du retour, j'étais sur le point d'appeler les secours.

Luke força son rire en espérant que Mick se déciderait à les laisser tranquilles. Ce type ne comprendrait-il donc jamais ?

— Dis donc, ma jolie, j'ai presque fini mon service, lâcha le barman d'une voix qui se voulait de plus en plus grave – et Luke comprit qu'il se croyait sexy. Je peux t'offrir un verre ? Je n'habite pas loin, et mon bar est bien garni.

Derrière, Brian s'esclaffa. Le fait qu'il prenne tant de plaisir à voir un autre homme draguer sa femme sans vergogne commençait sérieusement à irriter Luke. Jusqu'alors, il avait pris Brian pour un type plutôt protecteur, par pour un rustre sans cœur.

— Merci, mais comme je vous l'ai déjà dit, je suis mariée.

— Et comme je te l'ai déjà dit, je n'en crois pas un mot. Toute seule au bar ? Sans alliance ?

Il saisit sa main et la souleva sous un faisceau de lumière pour illustrer ses soupçons. Annie se libéra immédiatement en rougissant.

— J'ai oublié de la remettre après avoir fait la vaisselle, expliqua-t-elle à Luke, comme si c'était lui qu'elle risquait d'offenser.

— Hein ? Tu es mariée avec ce type ?

Mick se redressa, comme pour prouver à quel point il valait mieux que Luke.

— Non, répondirent Luke et Annie à l'unisson.

— C'est le mari de ma…

Annie s'interrompit, et les rides de son front se creusèrent alors qu'elle regardait Luke.

— C'est mon ami, se reprit-elle.

Il n'avait jamais considéré Annie autrement que comme la meilleure amie de sa femme. Quant à lui, il avait de nombreux copains, mais sa seule véritable amie avait toujours été Natalie. Il avait grandi seul et isolé, d'abord pour des raisons de maltraitance puis à cause des nombreuses familles d'accueil qu'il avait connues, et il avait rapidement appris à ne compter que sur lui-même. Et pourtant, en y réfléchissant bien, ces trois derniers mois, Annie était devenue son amie. Il était même probable qu'elle soit sa seule amie.

— Aaaaah ! s'exclama Mick, interrompant les réflexions de Luke. J'avais donc raison, ajouta-t-il en désignant du regard l'emplacement vide où aurait dû se trouver le solitaire, sur l'annulaire d'Annie. Quand on travaille derrière un bar depuis aussi longtemps que moi, on finit par apprendre à décoder les gens. Je ne me trompe jamais.

— Ouais, vous devriez travailler pour le FBI, Mick, ironisa Annie en repoussant une mèche de cheveux de son visage avant de boire une gorgée de soda.

Luke se retint d'éclater de rire. Mick, comme à son habitude, ne remarqua pas le ton sarcastique de la remarque.

— Tu crois ? répondit-il en se passant la main sur la poitrine. C'est vrai que j'ai le corps idéal pour ce genre de boulot.

Luke décida qu'il avait perdu assez de temps en courtoisies et que ce pauvre type ne comprendrait pas tant qu'on ne lui aurait pas dit les choses clairement.

— Écoute, mon vieux, lâcha-t-il en claquant des doigts devant le visage de Mick. Tu ne l'intéresses pas. Laisse la dame tranquille.

— Euh, j'crois pas que ce soit à toi de décider si je lui plais ou non, alors dégage.

Annie s'éclaircit la gorge pour capter l'attention de Mick :

— Vous ne me plaisez pas. Je suis navrée. Et je suis vraiment mariée. Vous voyez ce gars, là-bas, qui joue au golf depuis une heure ? C'est mon mari, l'officier de police Brian Gurrella, avec ses collègues.

Luke surenchérit :

— Tu voudrais peut-être leur parler de tes ambitions dans les forces de l'ordre. Je peux les appeler si tu veux ?

Il se retourna et fit mine de faire signe à Brian et ses copains. Mick considéra le groupe de grands types musclés et la table couverte de bières vides :

— Non, non, fit-il en évitant de justesse les bouteilles d'alcool derrière lui, finalement assez intimidé pour battre en retraite. Ce n'est pas la peine. Euh, on dirait qu'il vous faut un autre verre. J'ai presque fini mon service, mais je vais demander à Stacey de vous servir.

— C'est sympa, merci Mick, répondit Luke, qui riait de voir la réaction du barman après ce râteau monumental.

Mick disparut derrière les portes battantes en marmonnant quelque chose de vulgaire à leur intention. Annie poussa un petit cri de joie et leva la main pour toper celle de Luke. Il tendit la sienne et elle frappa si fort qu'il en eut des fourmillements.

— C'était génial ! s'esclaffa-t-elle.

Un sourire lui traversait tout le visage et il ne restait pas grand-chose de la pauvre femme timide et craintive, à la rescousse de laquelle il était venu quelques minutes plus tôt.

— Je n'avais jamais eu le courage de faire cela jusqu'à ce soir, poursuivit-elle. Brian dit toujours que je suis une poule mouillée ; j'espère qu'il a vu ce qui s'est passé.

En entendant son nom, Brian passa la tête entre Luke et Annie. Il empestait la bière et le whisky.

— Ah ben merci bien, Luke, tu viens d'me faire perdre cinquante balles. J'avais parié avec les deux autres couillons qu'il ne lui lâcherait pas les baskets tant qu'elle ne partirait pas en pleurant.

Il donna une tape sur l'épaule de Luke et posa un baiser sur la tête d'Annie :

— Je crois que le pari devrait être annulé, ajouta-t-il, pensif, puisque c'est Luke qui est venu y mettre son nez et qui a éloigné le type…

— Oh ! protesta Annie, je trouve que je m'en suis très bien tirée, et sans une seule larme.

Elle se débarrassa du bras de Brian d'un mouvement d'épaule en prenant un air écœuré. Alors que Luke se préparait à ajouter ses propres piques aux taquineries – certes un peu étranges, qu'échangeait le couple –, il aperçut le reflet d'Annie dans le miroir : le visage fermé, les yeux durs et fixes, elle ne plaisantait pas le moins du monde, et la seule chose que Luke put lire dans son regard fut le désespoir.

Brian ne remarqua pas l'expression de sa femme. Il ne vit pas qu'il la mettait dans l'embarras. Il ne comprit pas qu'en laissant Mick draguer impunément Annie, il l'avait complètement dévalorisée.

— Je te mène la vie dure, Luke, continua Brian en se relevant pour leur asséner à chacun une grande tape entre les épaules. Allez les filles, profitez de votre soirée. Les potes veulent jouer aux fléchettes, et il faut que je récupère mon fric.

Il jeta un coup d'œil à Luke, comme pour le jauger :

— Tu peux venir, tu sais, mon vieux. On n'a rien contre les nouveaux !

Luke savait que Brian jouait mieux quand il avait bu, mais les deux autres visaient comme des gosses de douze ans. L'espace d'un instant, il se dit qu'il serait facile de leur mettre une raclée aux fléchettes et de gagner quelques dollars. Il regarda dans le miroir : l'expression d'Annie n'avait pas changé.

— Merci, continuez sans moi.

Il fit signe à Tanner et José, occupés à trier les fléchettes par couleurs.

— Je vous piquerai votre pognon un autre jour.

— Tu peux toujours rêver, lança Brian en s'éloignant.

Alors que Brian envoyait sa première fléchette sur la cible en plastique, Luke se tourna vers Annie. Il se demandait si elle et Natalie avaient parlé de leurs maris parfois. C'était probable, après tout, n'était-ce pas à cela que servaient les copines ? Luke et Annie étaient amis, maintenant, c'était officiel, mais Luke ne se sentait certainement pas prêt à dispenser des conseils matrimoniaux.

— Ça va ? demanda-t-il.

— Oui, oui, répondit-elle en respirant à fond avant de simuler un grand sourire que Luke trouva très convaincant.

Il lui vint alors une idée troublante : peut-être n'avait-il jamais vu le véritable sourire d'Annie ? Elle fit pivoter son tabouret pour observer la partie de fléchettes en prenant l'air de quelqu'un que le jeu intéresserait.

— Tu peux partir si tu veux. Je ne t'en voudrai pas.

Luke hésita. Avant d'être forcé d'interrompre le numéro de drague de Mick, il avait prévu de trouver une excuse pour sauter dans sa voiture et rentrer chez lui. Avec un peu de chance, il arriverait à temps pour le début du programme télévisé de fin de soirée, le *Late, Late Show*. Il n'était d'ailleurs venu que parce qu'il espérait soutirer des renseignements à Annie, et elle n'avait rien de plus à lui dire…

Il déplaça son tabouret pour regarder dans la même direction qu'elle, croisa les jambes et s'appuya contre le bar qui était désormais derrière lui. Annie n'était pas un objet qu'il pouvait prendre et laisser tomber quand il n'avait plus besoin d'elle. Il refusait de l'utiliser comme avait espéré le faire Mick, ou de la lâcher comme une vieille chaussette comme venait de le faire Brian.

— Non, je reste, dit enfin Luke en buvant une longue gorgée de bière tiède. Ceci dit, il me semble que nous allons avoir du mal à sortir Brian de son jeu à temps pour notre réservation au Bistro 16. Et si on commandait à manger ici ? Ils servent de la nourriture dans ce trou… pardon, dans ce restaurant de grande classe ?

— Bien sûr, répondit Annie en ricanant. Leur spécialité, c'est un mets gastronomique français qu'ils appellent je crois des « *pommes frites* », conclut-elle en forçant sur l'accent français.

Luke s'esclaffa.

— Voilà qui me paraît tout à fait exotique.

— De quoi transformer ton opinion de la cuisine française, je t'assure.

Annie fit signe à la jeune fille vêtue de noir qui avait pris la place de Mick. Alors que celle-ci se dirigeait vers eux, Luke observa les mains d'Annie.

— En tout cas… commença Annie avant de faire une pause comme si elle avait besoin de rassembler ses pensées, merci d'être venu à mon aide. Je suis bien contente que tu sois là, ce soir.

Annie avait une peau parfaitement lisse, des pommettes délicatement dessinées, un corps sculpté par des heures de sport qui avaient renforcé son naturel athlétique. Natalie disait souvent, sur le ton de la plaisanterie, qu'elle avait l'impression d'être un *Oompa Loompa* à côté de sa meilleure amie si grande et si mince. Luke avait toujours rejeté cette idée d'un grand rire avant de l'embrasser longuement et de donner une grande claque affectueuse sur ses fesses. Annie n'était pas du tout son genre et pourtant, ce soir, alors qu'elle était assise au bar, les coins de ses lèvres légèrement relevés en un doux sourire, il sentit quelque chose remuer en lui : il eut soudain très envie de toucher les fines ridules qui entouraient sa bouche.

— C'est à cela que servent les amis, plaisanta-t-il en détournant son regard.

Qu'est-ce qui lui prenait ? Natalie lui manquait trop, il ne voyait pas d'autre explication.

Tout au long de la soirée, Luke posa son regard sur de nombreuses autres choses : les lumières des spots clignotants, Brian qui gagnait aux fléchettes, le type, au jukebox, qui passait *Back in Black* en boucle, n'importe quoi, sauf Annie. Et pourtant, malgré tous ses efforts pour éviter son visage, Luke se surprit à espérer revoir son sourire délicat. Quand il la surprit, une fois ou deux, à sourire de ses blagues ou de ses histoires, il se demanda si sa réaction, cette fois-ci, était sincère.

Avril
CHAPITRE 9

— Pourquoi crois-tu qu'elle ait reçu cette enveloppe ? Et pourquoi la garder ?

Will suivait Luke et l'assommait de questions. C'était devenu leur routine matinale : Will énumérait les éléments censés prouver qu'il n'avait pas perdu la tête ; Luke rassurait de son mieux son fils, tout en tentant d'endiguer l'inquiétude qui menaçait d'envahir son propre esprit comme le feraient les mauvaises herbes dans un jardin mal entretenu.

— Elle m'a toujours dit qu'elle avait dû prendre des médicaments pour faire un bébé. D'ailleurs, l'as-tu déjà vue enceinte ? Pourquoi on n'a pas de photo ?

La liste de questions était interminable.

— Je ne sais pas pourquoi elle l'a gardée. Oui, je l'ai vue enceinte, mais nous n'avons pas pris beaucoup de photos, parce que j'étais loin et que personne n'avait encore inventé le *selfie.*

Comme chaque matin, Luke ânonna ses réponses. Les questions variaient, mais le ton d'angoisse mêlé d'espoir de Will ne changeait jamais. Ce n'était pas ce que souhaitait savoir son fils qui troublait Luke, mais la façon dont il le demandait.

Indépendamment de l'obsession de Will, il ne se passait pas une heure sans que les pensées de Luke ne le ramènent à l'enveloppe découverte dans le carton à souvenirs de Natalie, et au nom qui y était inscrit. Il était très perturbé par les événements, non qu'il doutait d'être le père de Will – son fils pouvait bien lui présenter sa théorie sous n'importe quel angle, Luke ne remettrait jamais en cause sa paternité – mais plutôt parce qu'il ne comprenait pas pourquoi Natalie ne lui avait pas tout raconté. Voilà la question qui taraudait Luke pendant l'interrogatoire quotidien : pourquoi tous ces secrets ?

Il avait bien envisagé de se débarrasser de l'enveloppe de Maranatha et de ne plus jamais y penser, mais une nouvelle lettre de Natalie était arrivée, dans laquelle elle racontait comment le Dr Neal lui avait fait cadeau d'une caisse de foulards ayant appartenu à sa femme. Il n'en fallut pas plus pour relancer Luke et, depuis, l'enveloppe était posée bien en évidence sur la commode de sa chambre.

— J'ai fait quelques recherches, si cela peut t'aider. L'agence d'adoption Maranatha se trouve à Chicago, et ils refusent de répondre à des questions concernant un dossier aussi ancien par téléphone, mais l'agence a une antenne à Kalamazoo qui s'appelle Maison Maranatha.

Bouche bée, Will s'exclama :

— Tu parles sérieusement ? Est-ce que ce n'est pas là que Maman a grandi ?

Il enfonça ses mains dans la poche avant de son sweat, aussi profondément que possible.

— Qu'est-ce que ça veut dire, P'pa ?

— Sans doute pas grand-chose, répondit Luke tout en glissant une pile de courrier dans la poche arrière de son attaché-case. Mais, continua-t-il en levant une main pour décourager Will de poursuivre la discussion, j'ai pris ma journée de jeudi pour m'y rendre. J'espère que mes démarches te paraissent suffisamment approfondies ?

— Je viens avec toi.

Will lança son sac à dos bleu sur son épaule. Il était couvert de dessins griffonnés au marqueur noir, que Luke avait d'abord qualifiés de graffitis, avant que Natalie ne décrète qu'il s'agissait d'art.

— Certainement pas. Il est d'ailleurs peu probable qu'ils acceptent de me recevoir. Est-ce que tu te rends compte à quel point il est difficile d'adopter un bébé, Will ?

Luke avait haussé la voix, luttant pour contenir son agacement. Il respira à fond en se dirigeant vers la porte d'entrée. Will lui emboîta le pas.

— OK, OK, d'accord, vas-y tout seul.

En traversant le couloir, Luke regarda résolument devant lui. Il n'avait toujours pas trouvé la force de contempler la photo de Natalie prise le jour de leur mariage – non pas, comme cela avait été le cas pendant longtemps, parce que le cliché lui rappelait des souvenirs heureux, mais plutôt à cause du doute qui s'était récemment insinué dans son esprit.

En arrivant dans le hall, Will, derrière lui, posa une main sur son épaule.

— Merci de faire tout ça, P'pa.

Il entoura les épaules de son père en une accolade rapide, et Luke tapota son dos en regrettant d'être obligé d'interrompre ce moment.

— Je ferais n'importe quoi pour toi, Will, dit-il, avant d'ajouter en reculant pour regarder l'adolescent droit dans les yeux. Tu es mon fils.

— Je sais, P'pa.

Luke lui donna une petite tape sur la joue et le tint un instant à bout de bras, devant lui.

— Bien. Maintenant, va chercher Clayton, et je te déposerai à l'école en allant travailler.

— OK, acquiesça Will, avant de crier : « Clay, c'est l'heure ! »

— Euh, j'ai dit : va le chercher. Je suis tout à fait capable de hurler depuis le couloir, le reprit Luke en indiquant l'escalier.

— D'accord, rechigna Will en roulant les yeux.

Son humeur d'ado grincheux refaisait surface tandis qu'il montait les marches.

•••

Luke roulait à vive allure sur l'autoroute I-94. Le long de la route, de minuscules pousses vertes faisaient leur première apparition au bout des branches d'arbres encore dénudées. Ils avaient beau être dans la première semaine d'avril, il était encore tout à fait probable qu'il neige, et cela ne suffirait pas à tuer les bourgeons. Curieusement, la végétation survivait toujours aux tempêtes de fin d'hiver et aux printemps tardifs. Si seulement les hommes ressemblaient un peu plus aux arbres…

Sur un large panneau routier vert, Luke lut l'inscription « *Kalamazoo, Sortie 72* ». Luke avait attendu ce moment toute la semaine. Il actionna son clignotant et jeta un œil dans ses rétroviseurs, tout en sachant que c'était une précaution inutile : il n'avait rencontré personne sur la route de toute la matinée. Pour parcourir le trajet qui séparait sa maison de cette ville de l'ouest du Michigan, il n'avait mis que deux heures, et il avait suffisamment matière à réflexion pour ne pas voir le temps passer.

Quand Luke avait expliqué à Annie qu'il était « en déplacement », elle avait proposé de prendre soin de Clayton chez lui pour faciliter la transition entre elle et Jessie. Clayton avait beau avoir immédiatement adopté Jessie, il lui préférait nettement Annie, ce qui se traduisait par des colères quotidiennes lorsque trois heures sonnaient et qu'il était temps de rentrer chez lui. Luke fut reconnaissant à Annie de lui ôter une épine du pied, même si ce changement de programme l'avait obligé à ranger les bols et les couverts du petit-déjeuner dans le lave-vaisselle et à s'assurer que Clayton avait bien tiré la chasse d'eau.

Depuis la soirée où il avait accompagné Brian et Annie au bar, elle le soutenait encore davantage. Il ignorait si c'était sa façon de lui prouver sa reconnaissance après l'épisode avec Mick, ou si elle s'inquiétait pour lui. Annie était quelqu'un d'incroyablement fidèle ; elle rappelait à Luke sa propre mère, ce qui était à la fois positif et négatif. La mère de Luke avait été incapable de voir le mal chez qui que ce soit et, dans le cas d'Annie, c'était particulièrement vrai en ce qui concernait Natalie. Loin d'oser envisager que sa meilleure amie décédée ait pu avoir une double vie secrète, elle préférait se convaincre que c'était Luke qui perdait la boule.

Comme il venait de quitter l'autoroute, il fit un effort pour ralentir. Tout en appuyant doucement sur la pédale de frein, il consulta la carte qui s'affichait sur l'écran de son GPS. Deux virages à droite, deux virages à gauche, puis un autre à droite, et il serait arrivé à destination : Maison Maranatha. Il avait soigneusement préparé son discours et son expression implorante. Le matin, avant de partir, il avait enfilé le costume qu'il avait porté à l'enterrement de Natalie, celui qu'il avait juré brûler et qui embaumait la mélancolie comme un après-rasage à l'eau de Cologne. Il avait besoin d'une tenue soignée aujourd'hui, et d'ailleurs, cela l'aiderait peut-être à se montrer plus convaincant.

Suivant les instructions de la voix qui sortait de son GPS, Luke guida sa voiture vers une petite route dont l'asphalte avait connu des jours meilleurs. Il évita soigneusement une motte d'herbe qui poussait au milieu de la surface goudronnée et progressa lentement le long de la chaussée, n'appuyant que faiblement sur la pédale d'accélérateur, déterminé à ne pas dépasser quinze km/h. D'après l'appareil, il lui restait un peu moins de deux kilomètres à parcourir, mais plus il s'approchait du point final noir et rouge qui indiquait sa destination sur l'écran, plus il ressentait une envie irrépressible de faire demi-tour et de rentrer chez lui.

La voix féminine du GPS lui annonçant qu'il était arrivé le prit par surprise et il enfonça la pédale de frein avec bien plus de force que nécessaire, projetant son corps vers l'avant et écrasant ses épaules sur le volant. Confus, Luke regarda autour de lui. À l'exception de branchages dénudés par l'hiver et de quelques fleurs précoces dont les pousses vertes pointaient sous la couche de feuilles mortes recouvrant le sol, il n'y avait rien à voir. Il jura. Il avait dû se tromper en tapant l'adresse dans le système.

Après un dernier coup d'œil dans le rétroviseur, Luke sortit la feuille de papier où il avait noté l'adresse pour la saisir une nouvelle fois dans le GPS. Pendant que l'appareil préparait son itinéraire, il observa les environs et repéra, à une trentaine de mètres derrière lui, quelque chose qui dépassait de la haie bourgeonnante. Luke enclencha la marche arrière et fit reculer sa voiture jusqu'à une boîte aux lettres grise qui marquait l'entrée d'un chemin en terre envahi par les ronces. Le drapeau rouge censé indiquer au facteur la présence de courrier à expédier était relevé, et sur le côté, on pouvait lire les initiales « SFM » en caractères noirs. SFM, pour « Service Familial Maranatha ».

L'endroit existait donc vraiment. Il avait été tellement distrait qu'il avait bien failli rater l'entrée, mais maintenant, tout désir de faire demi-tour sans aller jusqu'à la Maison Maranatha avait bel et bien disparu. Quelqu'un avait relevé le drapeau rouge de cette boîte aux lettres, ce qui signifiait qu'il y avait quelqu'un au bout de ce chemin de terre, quelqu'un qui pourrait peut-être lui répondre. Retenant son souffle, Luke quitta la route principale et sentit par deux fois ses pneus quitter le bitume pour s'engager sur la piste en terre. Il était trop tard pour rebrousser chemin. Will attendait des réponses… et Luke aussi !

Il dut insister sur l'accélérateur pour que son véhicule adhère enfin à la route, et il se félicita d'avoir choisi un utilitaire avec quatre roues motrices sans lequel il aurait certainement été forcé de finir la route à pied. Son costume d'enterrement aurait pris la poussière et la route était d'ailleurs bien plus longue qu'il ne l'avait cru au premier abord.

Luke se gara enfin sur une place libre, à côté d'une vieille Chrysler marron foncé dont les vitres, effrontément baissées, semblaient mettre les cieux au défi de faire pleuvoir. Luke passa la main sur la poche de son manteau pour vérifier que l'enveloppe s'y trouvait toujours. À l'intérieur, il avait glissé une vieille photo de Natalie, une autre de Will alors qu'il était bébé et une copie du certificat de naissance de son fils, au cas où. Il avait préparé une bonne douzaine de mensonges pour essayer de soutirer des renseignements à l'agence, mais pour finir, il avait décidé que la meilleure chose à faire était encore de leur dire la vérité. Quoi qu'il en soit, il était convaincu qu'ils ne lui donneraient aucune information : il existait trop d'implications légales, de contrats de confidentialité dûment signés

Une grande maison blanche entourée d'un perron trônait au centre d'une prairie verdoyante, un paysage plutôt incongru après la route en piteux état qu'il avait dû suivre pour y arriver. La vieille Chrysler était entourée par plusieurs autres véhicules poussiéreux, tous garés devant une vieille grange, à l'écart du bâtiment principal, où seul un écriteau en bois portant la mention ACCUEIL et accroché par une ficelle à la palissade blanche signalait que l'édifice n'était pas une résidence privée. Luke escalada les marches menant à une porte verte et brillante. Scotché à l'intérieur du panneau en verre, un morceau de papier jaune fluorescent, décoloré par le soleil, indiquait sous une illustration représentant des mains portant un bébé :

Refuge pour bébés.

Vous êtes désespérée ? Vous avez besoin d'aide ? Vous pouvez laisser votre bébé de moins d'un an ici, aux bons soins de notre personnel. Nous ne posons aucune question. En dehors des heures d'ouverture, veuillez sonner.

Un bouton blanc brillait à côté de la porte.

Moins d'un an. Comment une mère pouvait-elle abandonner un enfant d'un an ici, après toutes ces tétées, ces nuits sans sommeil, ces sourires et ces rires ? Et d'ailleurs, qui donc pouvait bien avoir envie de venir s'enterrer au bout de cette route oubliée ? Il secoua la tête, ouvrit la porte, et une cloche sonna pour annoncer son arrivée.

Il pénétra dans un vestibule relativement large pour une organisation en apparence plutôt médiocre. Les fauteuils étaient recouverts d'un tissu marron et rugueux, et formaient un demi-cercle devant un bureau en forme de L. Alors que la porte se refermait derrière lui, une femme l'interpella. Assise à son bureau, elle disparaissait presque complètement derrière son ordinateur et la seule partie de son corps encore visible était les faux ongles vernis de rose vif qu'elle remuait pour lui indiquer la salle d'attente.

— J'en ai pour deux secondes. Asseyez-vous.

Déboutonnant sa veste de costume, Luke s'installa sur le siège le plus près de son bureau pour éviter qu'on ne l'oublie.

La femme continua de taper bruyamment sur son clavier pendant plusieurs minutes avant de se lever pour venir déposer un porte-documents sur le comptoir. C'est alors que Luke comprit qu'en guise de femme, c'était plutôt une très jeune fille – elle ne devait pas avoir plus de dix-sept ou dix-huit ans – et que sa grossesse était très, très avancée.

— Oh ! Salut, dit-elle en souriant.

En constatant que Luke était seul, elle montra du doigt les symboles représentant un homme et une femme sur une large porte en bois.

— Votre fille est aux toilettes ?

Luke ouvrit la bouche pour répondre, mais elle le devança.

— Bon, moi c'est Lacey. Quand votre fille aura terminé, demandez-lui de remplir ce formulaire. Je vais demander à Mme Stephani de vous faire visiter les lieux.

S'emparant du combiné d'un téléphone brun clair, elle appuya sur plusieurs boutons dans un cliquetis d'ongles longs. Luke saisit le porte-documents et survola le formulaire :

Service Familial Maranatha – Maison de Maternité
Mode d'emploi à l'attention des postulantes
Ce centre d'aide familiale est une association caritative conçue pour apporter un soutien physique, émotionnel et spirituel aux femmes et aux familles pendant leur grossesse, et pour loger les femmes de douze à dix-neuf ans ayant choisi de faire adopter leur enfant, quels que soient leurs revenus.

La fille de l'accueil avait raccroché son téléphone et l'interpella :

— Lisez ce papier, et puis Mme Stephani vous emmènera dans son bureau pour remplir le reste. J'ai pas le droit d'y aller, c'est confidentiel et tout.

Elle avait chuchoté la fin de sa phrase avec une main conspiratrice devant la bouche. Les sourcils levés, elle jeta un regard vers la porte des toilettes.

— Vous croyez que tout va bien là-dedans ? Elle est peut-être malade en voiture ?

— Non, je ne crois pas que ce soit le problème.

Une grande femme dont les boucles blondes décolorées contrastaient avec des racines brunes apparut dans l'encadrement de la porte ouverte. Elle avait un sourire énorme, portait un chemisier bleu pâle boutonné jusqu'au cou, et ses gencives étaient les plus grandes que Luke ait jamais vues. *Il doit s'agir de Mme Stephani*, pensa-t-il.

— Vous devez être le père de Dana. Je suis ravie de faire votre connaissance.

Elle tendit la main et son enthousiasme était si contagieux que Luke se trouva presque gêné de ne pas être accompagné de sa fille enceinte, enfermée dans le cabinet de toilette depuis tellement longtemps que c'en était ridicule. Il secoua une fois sa main.

— J'ai bien peur qu'il y ait un malentendu. Je ne suis pas venu avec ma fille.

Mme Stephani retira sa main et pencha la tête d'un côté avec l'air d'un perroquet en pleine réflexion. Son comportement amical avait rapidement disparu.

— Oh ? Est-ce qu'elle a changé d'avis ?

Sans son sourire, elle semblait plus âgée ; la cinquantaine bien avancée, peut-être…

— Non. Ma fille a neuf ans et, à l'heure qu'il est, elle est à l'école primaire occupée à jouer, à découvrir la biologie des têtards et à apprendre à résoudre de longues divisions.

Dieu merci, aurait-il voulu ajouter, mais il se retint en pensant qu'il valait mieux ne pas donner l'impression de porter de jugement.

— Votre fille a neuf ans ? répéta Lacey en se penchant par-dessus son comptoir.

— Lacey, tais-toi et retourne dans la maison. Ceci ne te concerne pas.

Mme Stephani la chassa vers la porte restée ouverte en tapant des mains.

— Fais-le immédiatement si tu ne tiens pas à perdre ton poste à l'accueil et à te retrouver à la cuisine avec Daisy.

— D'accord, soupira Lacey en se levant et en se dandinant en direction de la sortie, non sans avoir jeté un dernier regard en direction de la porte des toilettes, comme si elle espérait malgré tout en voir sortir quelqu'un.

Lorsqu'elle eut disparu, Mme Stephani se tourna vers Luke, le visage froncé et soupçonneux.

— Je vous prie de me suivre dans mon bureau.

Derrière le comptoir d'accueil, le mot BUREAU était peint en caractères gras sur une porte coulissante. Un bureau derrière un bureau, voilà qui ne disait rien qui vaille. Luke se souvint de cette fois où, alors qu'il devait avoir onze ans, son professeur l'avait envoyé dans le bureau du principal après qu'il eut refusé de disséquer une grenouille en classe. À l'époque, il avait été à peine plus nerveux qu'il ne l'était aujourd'hui, vingt-six ans plus tard.

Luke ne savait pas à quoi s'attendre dans le bureau de la Maison Maranatha – sans doute plusieurs piles de livres poussiéreux et peut-être un chat ou deux, à en juger par l'apparence de Mme Stephani. Il fut en fait agréablement surpris. Il découvrit d'abord un large bureau en chêne massif, derrière lequel trônait un fauteuil en cuir à roulettes faisant face à deux bergères en tapisserie fleurie. Sur les murs simplement peints d'un jaune pâle bordé de blanc, les portraits de centaines de visages anonymes le contemplaient. Plutôt que de se trouver dans le bureau d'une mystérieuse agence d'adoption, il eut l'impression d'être assis dans le salon d'une ancienne ferme. Lorsqu'ils eurent tous deux pris place, Mme Stephani prit immédiatement la parole.

— Il vaut mieux que je cesse de faire des suppositions concernant votre identité ou la raison de votre visite. Avant que vous ne m'en disiez plus, sachez toutefois que nous respectons toujours la confidentialité de nos résidentes et que nous ne pouvons en aucun cas communiquer de renseignements concernant les occupants passés ou présents de notre établissement. Cela s'applique également à leurs enfants. Si vous êtes venu me réclamer des renseignements confidentiels, je suis navrée, mais je dois vous demander de vous retirer.

Sans prêter attention à sa remarque, Luke mit la main dans la poche de sa veste et en sortit la feuille de papier lisse et glacé où figurait la photo de Natalie. Il la posa d'un geste ferme sur le bureau de bois mordoré.

— Voici ma femme.

Le cliché de Natalie avait été pris deux ans auparavant, à Pâques. Sa mère était venue leur rendre visite et avait insisté pour que les enfants l'accompagnent à l'église. C'était bien avant que l'expression « *sarcome d'Ewing* » n'entre dans leur vocabulaire. Natalie portait une robe légère jaune au col et aux manches agrémentés de dentelle qui donnait à sa peau des tons de porcelaine. May, qui n'avait alors que sept ans et n'avait pas tellement changé depuis, en dehors du fait qu'elle semblait plus petite, portait une robe rose pâle ornée de petites fleurs. Will n'avait pas encore subi les effets de la puberté, et le jeune garçon aux cheveux parfaitement séparés par une raie et à la cravate légèrement de travers semblait à la fois familier et terriblement différent du fils qu'il avait laissé chez eux le matin même.

Mme Stephani ne fit aucun geste pour prendre la photo. Elle se contenta de se pencher en avant pour y jeter un œil distrait avant de déclarer :

— Elle a l'air très gentille, mais nous n'accueillons pas d'adultes ici. Le centre est réservé aux jeunes femmes de douze à dix-neuf ans.

— Elle n'est pas enceinte.

Il poussa le cliché vers elle.

— Son nom était Natalie Richardson. Elle est décédée.

Luke observa la réaction de Mme Stephani alors qu'il prononçait le nom de Natalie, mais son visage resta de marbre.

— En rangeant ses affaires, mon fils de quatorze ans est tombé sur une enveloppe expédiée par le Service Familial Maranatha, et dont le cachet de la poste remonte à quelques semaines avant sa naissance. Et maintenant, le gosse s'est mis en tête qu'il avait été adopté.

Mme Stephani, les bras résolument croisés sur son bureau, ne quittait pas Luke des yeux.

— Je ne vois toujours pas en quoi je peux vous être utile.

— Écoutez, je sais très bien qu'il n'a pas été adopté.

Avec quelques difficultés, il tenta d'extraire de sa poche l'enveloppe pliée qu'il y avait glissée auparavant et quand celle-ci céda enfin, un confetti de cahier à spirales s'échappa et flotta un moment devant lui avant de se poser sur sa cuisse. Luke le contempla silencieusement pendant un instant avant de le glisser dans la paume de sa main et de le laisser tomber, aussi discrètement que possible, dans la poche arrière de son pantalon qu'il tapota doucement, comme pour s'assurer que le minuscule bout de papier était en lieu sûr. Mme Stephani s'éclaircit la gorge, rappelant à Luke l'objet de sa présence dans ce bureau.

— Je veux dire, je n'étais pas là pendant la grossesse, mais enfin…

Luke déplia l'enveloppe et la tendit à Mme Stephani.

J'espérais que vous pourriez peut être me dire d'où venait cette enveloppe. Il m'est difficile de poser la question à Natalie.

Elle fronça les sourcils, ses cils lourdement maquillés se touchant presque.

— Il s'agit de la filiale juridique de notre établissement, à Chicago. Ils se chargent des adoptions concernant toutes les jeunes femmes qui résident dans l'une de nos six agences d'adoption en Illinois, Indiana et Michigan. Les adoptions sont généralement régionales. Mais à part cela, je ne peux rien vous apprendre de plus.

Elle s'adossa dans son fauteuil qui grinça bruyamment, comme si les ressorts étaient sur le point de lâcher.

C'était sans issue.

Irrité, Luke déglutit, récupéra le document et la photo qu'il avait déposés sur le bureau d'un geste sec et se leva. Vaincu et déçu, il fallait qu'il sorte de là rapidement, ou il risquait d'exploser.

— Je vous remercie de votre aide, cracha-t-il en forçant sur le ton accusateur de ses paroles. Sans trop savoir à quoi s'attendre, il avait espéré trouver autre chose qu'un mur immuable, incapable de faire preuve de la moindre compassion. Alors qu'il tournait les talons, le rouge aux joues et les dents serrées, la voix de Mme Stephani retentit une dernière fois par-dessus son épaule.

— Je vous présente mes condoléances. Natalie était quelqu'un de…

Sa voix se brisa, comme si elle retenait des larmes. Elle toussota et se reprit :

— Je suis convaincue que votre femme devait être quelqu'un de très bien.

À ces mots, Luke sentit la pièce tourner autour de lui. Il saisit l'encadrement de la porte et se retourna, bouche bée. Il allait insister cette fois-ci, obtenir des réponses. Mais le visage de Mme Stephani avait retrouvé cette expression qui laissait entendre que pitié et gentillesse n'étaient déjà plus de mise. Pour lutter contre cette Mme Stephani-là, il aurait besoin de plus de renseignements, et probablement d'un avocat.

— Je vous remercie.

Il s'éclaircit la gorge et posa la main sur le bouton de la porte, prêt à prendre congé. Il marqua une légère pause, le temps de se redresser et de se composer un visage de pierre avant de pénétrer dans le vestibule. Ce court instant lui suffit cependant à repérer un cliché parmi les centaines de visages qui ornaient le mur. On pouvait y voir, suspendu au-dessus de la porte, un groupe constitué de six couples radieux, tous vêtus de T-shirts mauves où l'on pouvait lire les mots « *Service Familial Maranatha* ». La photo était presque effacée par les rayons du soleil qui traversaient depuis des années les rideaux de la fenêtre, juste en face, et il était difficile d'estimer la date à laquelle elle avait été prise, mais Luke était certain d'une chose : l'un des visages qui rayonnaient sur la photo était bel et bien celui de Natalie. Les cheveux tirés en une longue queue-de-cheval brune, elle souriait tellement qu'on pouvait presque apercevoir ses molaires. Debout à ses côtés, Luke reconnut le visage familier d'un petit ami qu'elle avait fréquenté au lycée. Andy Garner.

CHAPITRE 10

Perdu dans une stupeur confuse, Luke chancela vers la sortie de la Maison Maranatha et poussa fort sur la porte d'entrée qui grinça sur des gonds préhistoriques. Alors qu'il descendait les marches de bois écaillé, une main lui tapa sur l'épaule. Il ralentit à peine quelques secondes, le temps d'attraper au passage le dépliant blanc cassé que lui tendait Mme Stephani.

Ce n'est qu'en enfonçant le bouton de déverrouillage de sa voiture que Luke se rendit compte qu'il ne s'était même pas présenté. Trop tard. Rien n'aurait pu le convaincre de retourner à l'intérieur. Il jeta la brochure sur le siège passager, se glissa dans le véhicule et claqua la porte.

Il fit hurler le moteur et força sur la marche arrière, laissant devant lui un nuage de poussière. Oubliant cette fois-ci toute précaution dans les virages ou à l'approche des nombreux creux et bosses de la route, Luke ne pensait qu'à s'éloigner – aussi vite que le lui permettait sa fourgonnette – de cet endroit et des secrets qu'il recelait. À peine ses pneus eurent-ils rejoint l'asphalte dans un raclement de châssis, qu'il alluma la radio, appuyant avec rage sur les boutons pour trouver un morceau approprié à son humeur : il lui fallait quelque chose de complètement confus, teinté de colère et d'un soupçon de trahison.

Au son tonitruant des basses résonnant si fort qu'elles en vrillaient ses tympans, il enfonça l'accélérateur jusqu'au plancher et rejoignit l'autoroute en quelques minutes. Il ne voulait pas penser. Penser ne pourrait qu'apporter la souffrance et faire jaillir ces larmes de colère qui lui brouillaient déjà la vue. Il ignorait ce que signifiait la photo qu'il avait vue, mais elle expliquait pourquoi Natalie avait gardé cette enveloppe de Maranatha dans son carton. Quoi qu'il en soit, il était hors de question qu'il en parle à Will… Bon sang, qu'allait-il dire à Will ?

Malgré la musique qui hurlait dans le véhicule, Luke ne cessait d'imaginer les scénarios les plus fous qui avaient pu conduire Natalie à apparaître sur cette photo en compagnie d'Andy. Il avait rencontré cet ami de sa femme à plusieurs reprises depuis qu'il avait renoué avec Natalie, à son retour à l'université du Michigan. Andy avait assisté à leur mariage et il avait continué de fréquenter le couple pendant les quelques années suivantes – il lui arrivait de venir dîner lorsqu'il était de passage en ville – mais Luke ne l'avait pas revu depuis au moins dix ans.

Andy n'avait pas fait d'études supérieures. Au lieu de cela, il était resté dans leur petite ville de Pentwater, au bord du lac, et avait repris l'entreprise immobilière de son père. Si les souvenirs de Luke étaient exacts, les bureaux de l'entreprise se trouvaient dans la rue principale, pas très loin de *One More Time,* la librairie où avait travaillé sa propre mère.

Parfaitement situé entre la station balnéaire de *Silver Lake* et la petite ville en pleine expansion de Ludington, Pentwater était un ancien village de pêcheurs devenu une véritable attraction touristique. Andy et son père, qui vendaient des résidences secondaires sur les dunes et des maisons familiales en ville, ne chômaient jamais.

Cela avait été particulièrement flagrant lors de la vague immobilière du début des années 2000.

Andy était venu à Ann Arbor deux fois pendant que Luke fréquentait Natalie, et encore une fois après leurs fiançailles. Ils avaient passé leur enfance ensemble, ils avaient grandi dans la même ville jusqu'au lycée, mais quand Luke avait revu Andy à Ann Arbor, il aurait tout aussi bien pu s'agir de leur première rencontre.

• • •

La première fois que Luke avait revu Andy à l'université du Michigan, le grand jeune homme dégingandé courait à travers la cour pour rejoindre Natalie. Il avait laissé tomber sa sacoche à mi-chemin pour mieux s'élancer vers elle et, quand il l'avait enfin rejointe, il l'avait serrée dans ses bras en une énorme embrassade qui aurait mieux convenu à un otage rentrant enfin chez lui ou à un héros revenant de la guerre.

Luke avait jaugé Andy : il était plus grand que dans ses souvenirs du lycée, mais Luke le dépassait d'au moins une tête et Andy n'avait pas encore adopté le style typique de l'agent immobilier. À cette époque, il croyait encore en ses chances de quitter Pentwater pour faire carrière dans la musique et arborait fièrement un look *grunge* : cheveux noirs aux épaules et mèche dans les yeux. Il était si maigre qu'on aurait pu croire qu'il n'avait pas fait un seul vrai repas depuis des mois, et son T-shirt trop grand dissimulait à grand-peine le caleçon que découvrait son jean *baggy*. Cette apparence avait rassuré Luke : Natalie préférait les mecs *clean*, en tout cas, c'est ce qu'elle avait toujours affirmé.

Après avoir fait tourner Natalie jusqu'à ce qu'elle le supplie de la lâcher, Andy l'avait déposée doucement sur ses jambes, non sans la maintenir à bout de bras quelques secondes de plus. Quand il l'avait enfin libérée, elle avait chancelé et avait dû s'agripper au bras de Luke pour retrouver l'équilibre, les joues roses de bonheur.

— Ton joli visage m'a manqué, Nats ! avait annoncé Andy en repoussant une lourde mèche noire tombée devant ses yeux. On ne te voit plus au bled !

Natalie avait baissé les yeux sur ses chaussures, traçant des cercles timides dans la terre.

— C'est la vie, j'imagine. Je suis occupée, et comme mes parents ont déménagé… je n'ai plus tellement de raisons d'y aller.

Andy avait serré ses mains contre sa poitrine comme si son cœur allait exploser ; sur chaque main, il avait verni un ongle en noir.

— Oh, comme tu sais blesser un homme dans sa fierté ! Plus de raisons de venir ? Ne suis-je pas une raison suffisante ?

— Arrête ton char, s'amusa-t-elle en lui lançant une petite tape. Bien sûr que si. Peut-être viendrai-je quelques jours avec Luke, aux vacances de printemps. Je sais que c'est un peu tôt pour toutes les fêtes de l'été, mais nous trouverons une chambre pour une bouchée de pain.

En entendant Natalie mentionner le nom de Luke, Andy avait semblé découvrir sa présence pour la première fois depuis leurs théâtrales retrouvailles. Andy avait scruté Luke, son polo et son jean sagement retenu par une ceinture d'un œil circonspect.

— Salut, Luke. Ça fait un bail.

Les deux jeunes hommes avaient fréquenté les mêmes écoles de la maternelle à la quatrième. Andy avait été un môme rondouillard, qui insistait pour apporter sa collection d'insectes à l'école chaque année, pour *Montre et Raconte*, ce qui ne l'avait pas aidé à se faire des amis. De son côté, Luke avait été le fils du poivrot du coin, ce qui ne l'avait pas rangé dans la catégorie des gosses *cool*, lui non plus. Andy avait secoué la main de Luke deux fois avant de la lâcher rapidement.

— Nats parlait de toi sans arrêt dans le temps. Tu sais, avant que tu te fasses la malle et que tu lui brises le cœur, dit Andy en ricanant pour déguiser sa pique en une bonne blague.

— Ouais, tout va bien maintenant. Je veux dire, à quatorze ans, on ne te demande pas tellement ton avis avant de déménager…, avait interrompu Natalie, sentant le courant hostile qui s'était installé entre son petit ami et son ex. Il y a longtemps que je lui ai pardonné.

Elle avait posé son second bras sur celui de Luke et s'était élevée sur la pointe des pieds pour embrasser tendrement sa joue.

Depuis ce moment-là, Luke ne s'était plus jamais préoccupé des liens qui pouvaient exister entre Andy et Natalie.

• • •

Luke n'était pas quelqu'un de jaloux et, bien qu'il ait trouvé la relation que Natalie entretenait avec Andy un peu immature et légèrement agaçante, celle-ci ne l'avait pas tracassé outre mesure. Aujourd'hui, Luke regrettait de ne pas avoir été plus méfiant. Comment, lui qui n'avait jamais posé la moindre question à sa femme de son vivant, avait-il pu en arriver à constamment la soupçonner, maintenant qu'elle était morte ?

Il parcourut les trois cents kilomètres qui le séparaient de chez lui dans un brouillard d'arbres nus et de petites villes floues et doubla la voiture de Jessie garée dans l'allée à 17 h 15. Parfait. Il prit quelques secondes pour réunir les documents qu'il avait jetés sur le siège passager – parmi lesquels se trouvait notamment la brochure de la Maison Maranatha qu'il envisagea de brûler plutôt que d'avoir à la regarder à nouveau – et fourra négligemment le tout dans la poche extérieure de son attaché-case.

Ce n'est qu'en entrant dans la maison où flottait une bonne odeur de tomates grillées à l'ail et au beurre qu'il songea qu'il n'avait rien mangé depuis le matin. Son estomac gargouilla bruyamment, mais il commença par ranger son attaché-case loin des regards indiscrets pour éviter que les secrets qu'il contenait ne soient la proie de petites mains trop curieuses. Il pénétra enfin dans le hall et retira ses chaussures cirées encore couvertes de poussière. Alors que le second soulier s'échappait une deuxième fois de la panière à chaussures trop pleine, des bruits de pas indiquèrent qu'on se précipitait hors de la cuisine.

— Papa ! cria May en courant vers lui, ses longs cheveux flottant derrière elle à l'exception de la mèche effilochée qui pendait devant son visage.

Elle se jeta dans ses bras et pressa une joue humide contre la sienne.

— Comment s'est passé ton travail ? pépia-t-elle gaiement sur le ton dont usait sa mère.

— Très bien ma chérie, répondit-il en l'embrassant sur le front.

— P'pa !

Luke aurait été incapable de dire à quand remontait la dernière fois que Will était venu l'accueillir au retour du bureau, ni même la dernière fois que son fils avait fait preuve d'un quelconque enthousiasme en venant à sa rencontre. La journée avait été longue, et le visage souriant de Will lui rappela le but de son voyage secret.

— Comment s'est passé ton voyage ?

— Un voyage ? demanda May en étirant les manches de son immense pull-over bleu et vert jusqu'à ce que ses doigts laissent de grands trous au bout des manches.

Luke était presque certain qu'il avait appartenu à sa mère.

— Je veux venir avec toi ! continua May. C'est pour le travail ? Je serai très *perfessionnelle*, annonça-t-elle fièrement en écorchant le nouveau mot. J'ai aidé à tenir la boutique de l'école, tu sais, Papa, et Jessie a dit que je pourrais avoir un stand au vide-greniers cet été, si tu es d'accord.

Debout dans le couloir menant à la cuisine se tenait Jessie, vêtue de son uniforme habituel constitué d'un jean, d'un T-shirt trop grand pour elle (celui-ci était imprimé de lettres multicolores) et d'une paire de ballerines. Elle était décidément à peine plus grande que May, et ses traits fins lui donnaient l'air d'une nymphe. Comme toujours, ses cheveux bruns étaient tirés en une haute queue-de-cheval qui retombait sur ses épaules, et Luke trouva ses yeux particulièrement cernés. Il se demanda si elle travaillait trop ou si les problèmes de santé dont avait parlé Natalie lui avaient mené la vie dure récemment. Ne sachant pas trop comment aborder le sujet, il décida de se passer de commentaires.

Jessie s'appuya contre le mur d'images, entre une photo de Luke prise le jour de la remise de son diplôme de fin d'études et un cliché pris par un professionnel quelques mois après la naissance de Clayton et sur lequel Luke et Natalie, tout de blanc vêtus, posaient ensemble, assis dans les hautes herbes.

— Désolée, fit-elle après l'avoir salué d'un geste avant de croiser les bras sur sa poitrine et de s'éclaircir la gorge. Je pensais que j'aurais tout le temps de vous en parler…

— Vous avez effectivement tout le temps. Je sais que nous sommes en avril, mais la neige n'a pas l'air au courant.

— Mes pâtes, Jessie! cria Clayton depuis la cuisine. J'ai faaaaaaim!

— Vous ne trouvez pas que cet enfant est bien élevé? demanda Luke en riant.

Il retira sa veste d'un mouvement d'épaules et May se précipita pour s'en emparer avant de s'élancer dans l'escalier en criant :

— Je m'en occupe!

Son comportement de petite maman était certes adorable, mais Luke s'inquiéta de la voir tenter de remplacer sa mère du haut de ses neuf petites années. Will, assis sur la dernière marche, semblait prêt à patienter aussi longtemps qu'il faudrait, tant que cela lui permettrait d'en apprendre un peu plus sur le voyage à Maranatha. Luke interrompit l'élan qui le poussait vers la cuisine, hésitant sur ce qu'il pouvait dire à son fils.

— Est-ce que tout s'est bien passé avec Annie ? Comment était le caprice, aujourd'hui ? demanda-t-il à Jessie en ébouriffant la chevelure de Clayton.

Impatient, le petit garçon était déjà à table, une fourchette dans une main et un couteau à beurre dans l'autre. D'un geste expert, Luke remplaça le couteau par une tranche de pain à l'ail qui refroidissait sur le plan de travail.

— Très bien, en fait. Je ne sais pas si c'est parce qu'il a fait une bonne sieste ou si c'est parce qu'il était chez lui aujourd'hui, mais il a été de bonne humeur toute la journée.

— En voilà une bonne nouvelle.

Luke observa la pièce impeccablement tenue autour de lui : il y avait une casserole de sauce tomate frémissante sur la cuisinière, une miche de pain sur la planche et une salade multicolore sur la table. La bouteille d'assaisonnement tout prêt qu'il avait l'habitude de servir avait été remplacée par un petit bol de vinaigrette faite maison. Pas étonnant que Jessie semble si fatiguée.

— Vous vous êtes surpassée, ce soir. Ce n'était vraiment pas la peine de vous donner tout ce mal…

— Ah non, je n'ai rien à voir avec le repas, aujourd'hui, l'interrompit-elle. C'est Annie qui s'est chargée de cuisiner, elle avait déjà tout préparé quand je suis arrivée. Je n'ai eu qu'à faire réchauffer la sauce.

Encore Annie.

— Disons que vous avez pensé à la faire réchauffer, c'est déjà ça.

Luke sortit quatre assiettes de son stock récemment renouvelé de vaisselle en carton et les posa sur la table. Il fit une pause et contempla Jessie, avant d'ajouter :

— Vous devriez rester dîner. Après tout, c'est vous qui avez fait tout le travail....

— Haha ! Très drôle.

Jessie fit mine de lui envoyer une tape et tordit sa bouche en une grimace qui lui rappela la réaction qu'avait souvent Natalie quand il la taquinait.

— En fait, j'ai rendez-vous ce soir, mais merci quand même.

— Un rendez-vous ? interrompit May, le souffle court après sa mission à l'étage.

Elle évita de justesse Will qui, appuyé contre le mur, écoutait toujours patiemment la conversation, et se lança dans un interrogatoire frénétique :

— C'est avec qui ? Vous allez où ? Tu y vas habillée comme ça ? ajouta-t-elle avec une petite moue déçue.

Elle était si excitée qu'on aurait pu croire que c'était elle qu'un garçon emmenait dîner. May leva les bras au-dessus de sa tête pour libérer ses mains des manches trop longues de son pull géant avant de les joindre devant elle, suppliante. Jessie secoua la tête, sa frange balayant ses sourcils.

— Oui, j'y vais habillée comme ça, répondit-elle avec un petit sourire provocateur tout en tirant sur le bas de son T-shirt pour mieux montrer le logo de *Joseph and the Amazing Technicolor Dreamcoat.*

May traversa la cuisine en courant pour rejoindre sa Jessie adorée, et cette dernière passa une main aux ongles vernis aux couleurs de l'arc-en-ciel dans les cheveux emmêlés de la fillette.

— Et je suis navrée de te décevoir, mais je vais dîner avec mon père.

— Oh, soupira May, terriblement déçue que Jessie n'ait pas rendez-vous avec le prince charmant. Il faut que tu te trouves un petit ami.

Le sourire de Jessie se raidit, et elle retira tant bien que mal ses doigts de la chevelure de May.

— Ce n'est pas si simple, ma belle.

May haussa les épaules.

— Mais Jessie, qui pourrait donc ne pas t'aimer, *toi* ?

Elle lança un regard chargé d'admiration à la baby-sitter devenue sa nouvelle idole. May n'avait pas remarqué les yeux humides et les lèvres serrées de Jessie, qui semblait cacher quelque chose.

— Plus de gens que tu ne le croies, ma chérie, dit Jessie en riant. Bon, mon papa m'attend.

— Ne pars pas tout de suite ! supplia May en retenant Jessie par le bras. Tu peux rester pour manger une pizza la semaine prochaine, alors ? C'est mon anniversaire !

— J'imagine que Jessie a mieux à faire que de passer son vendredi soir à manger des pizzas avec nous, intervint Luke en posant une casserole pleine de pâtes fumantes au milieu de la table, avant d'y ajouter une cuillère à spaghetti.

Will répartit les assiettes en carton et les couverts en plastique. Il n'était pas dans ses habitudes de se montrer aussi serviable. Le pauvre gosse devait mourir de curiosité.

— Vendredi prochain ? Je suis libre. Et si j'amenais de la glace pour accompagner le gâteau ?

— Oh oui ! Merci Jessie, on va bien s'amuser ! cria May en tirant sur le bras de Jessie pour la cinquième fois.

Jessie retira sa main doucement. Seule une minuscule ride sur son front trahissait une légère impatience.

— Je suis d'accord, dit Luke, si vous êtes certaine d'en avoir vraiment envie.

— Bien sûr, le rassura-t-elle.

Dissimulé derrière la porte du réfrigérateur dans lequel il cherchait la boîte verte contenant le parmesan, Luke les observait. May batifolait autour de Jessie en élaborant le programme de sa soirée d'anniversaire, tandis que la jeune fille ramassait ses affaires et sortait ses clés de voiture, prête à partir. La fillette n'avait pas encore appris à décoder les codes sociaux indiquant que quelqu'un devait prendre congé.

— May, laisse Jessie s'en aller. La journée a été longue, ordonna Luke en lui montrant le repas. D'ailleurs, il est temps de passer à table.

May obéit en tapant du pied, non sans avoir serré une dernière fois Jessie dans ses bras.

— Encore merci, dit Luke.

— Il n'y a pas de quoi, monsieur Richardson. Passez un bon week-end, lança Jessie par-dessus son épaule avant de disparaitre dans le hall d'entrée.

Elle semblait sincère, comme si tout ce dont elle avait envie était effectivement de passer son temps libre en compagnie des enfants, comme si elle ne voyait pas d'inconvénient au fait de travailler jusqu'à épuisement. Et pourtant, il ne pouvait se défaire de la désagréable impression que son dévouement n'était pas motivé par la compassion, ni même par l'argent, mais uniquement par sa loyauté envers Natalie. Quand cette loyauté arriverait à son terme, elle les quitterait, mais eux, que deviendraient-ils sans elle ?

CHAPITRE 11

Après le départ de Jessie, ils s'empiffrèrent de spaghettis et de sauce « à la *Annie* », puis Clayton s'installa sur le canapé pour regarder quelques dessins animés avant l'heure du coucher et Luke envoya May prendre un bain pour tenter de la débarrasser des traces de tomate qui souillaient ses vêtements et son visage.

Luke remonta les manches de sa chemise miraculeusement restée blanche pour s'attaquer à la corvée de vaisselle. Il remplit l'évier d'eau fumante, laissant volontairement le cumulus du sous-sol la chauffer au maximum de sa capacité. Il voulait sentir la brûlure du liquide sur sa peau, afin que la souffrance estompe le souvenir de cette journée, mais alors qu'il s'apprêtait à enfoncer ses mains dans l'eau savonneuse, Will l'appela depuis le salon.

— P'pa, qu'est-ce que tu as fait de la brochure dont tu m'as parlé ? Elle est dans ton cartable ?

Il avait brièvement raconté à Will sa visite à Maranatha en débarrassant les restes du repas, tout en prenant soin d'omettre certains détails dans l'espoir que son récit suffirait à satisfaire la curiosité de Will, du moins pendant quelque temps. En entendant Will s'acharner sur la fermeture Éclair de son attaché-case, il se souvint avoir glissé la dernière lettre de Natalie derrière la brochure. Voilà qui ne ferait que semer davantage de confusion dans l'esprit déjà embrouillé de l'adolescent.

— Attends, cria-t-il en s'écartant de l'évier.

Il rejoignit Will juste à temps ; le garçon fouillait le cartable du regard.

— Je vais la trouver, insista Luke en tendant la main.

— Oooookay…

Will rendit son sac à son père. Luke s'en empara, s'assit sur la deuxième marche de l'escalier et, quelques secondes plus tard, en sortit la brochure qu'il avait enfoncée derrière une liasse de courrier arrivé la veille et qu'il n'avait pas eu le temps d'ouvrir – il s'y trouvait, entre autres, une nouvelle lettre de Natalie.

L'enveloppe bleue à la main, Luke manqua de percuter son fils en se relevant. Avant de changer d'avis, il lui tendit la brochure de couleur sépia.

— Pardonne-moi, c'est tout ce que j'ai à te donner.

Will ne sembla pas lui en vouloir. Il saisit le document d'un geste impatient et contempla les mots qui en ornaient la couverture comme s'ils détenaient le secret de la vie éternelle.

— C'est parfait. Merci d'y être allé, P'pa.

L'espace d'un instant, Luke pensa que Will allait le serrer une nouvelle fois dans ses bras. Deux étreintes dans le même mois, ce serait un véritable record. Au lieu de cela, le jeune homme se contenta de lui lancer un demi-sourire avant de partir s'installer dans un fauteuil du salon pour lire.

Luke rejoignit son siège de fortune en bas de l'escalier et considéra la lettre de Natalie. Après les événements des derniers jours, il n'avait pas très envie de la lire, et songea qu'il serait peut-être préférable qu'il la range sans l'ouvrir, voire qu'il en fasse don au broyeur de documents du bureau, lequel aurait tôt fait de la transformer en confettis aussi minuscules qu'illisibles. C'était peine perdue…

Il tenait déjà l'enveloppe à la main, et ses doigts experts estimaient qu'elle devait contenir deux pages.

Il déchira le pli et constata, en ouvrant les deux feuillets, qu'il avait vu juste, ce qui ne lui fut d'aucun réconfort puisque la vue de son écriture lui était toujours aussi pénible. La première ligne le prit par surprise : « *Cher Luke, Tu vas être tellement en colère contre moi aujourd'hui.* » Il replia la page, terrifié par ce qui pouvait suivre. Ses mains tremblaient d'anxiété ; c'était trop pour une seule journée : le voyage à Kalamazoo, la photo d'Andy et Natalie lui souriant comme s'ils partageaient un secret, les questions et l'inquiétude de Will, et maintenant cette lettre. À travers le dos de la feuille, Luke suivit les lignes tracées par l'écriture de Natalie.

Cela peut difficilement être pire…, songea Luke. Même si sa femme confirmait l'un des millions de scénarios échafaudés par son imagination, la vérité, n'importe quelle vérité, vaudrait mieux que l'ignorance. Il lui fallait des réponses.

JOUR 103

Mon amour,

Tu vas être tellement en colère contre moi aujourd'hui. Avant tout, je tiens à te rappeler à quel point j'ai été gentille récemment. Je n'ai pas été très autoritaire ces dernières semaines, et je suis prête à parier que mes remarques et mes conseils te manquent. N'ai-je pas raison ?

Alors voilà. Nous avons beaucoup discuté hier soir. C'était l'une de ces conversations que tu détestes tant, parce que j'essaie de parler de ce que nous allons faire si je ne survis pas. Il me reste deux séances de chimio avant de savoir comment mon corps a réagi, avant de découvrir comment se passe ma lutte contre ces saletés de cellules cancéreuses qui germent dans mon organisme comme des graines dans la terre, prêtes à exploser sitôt la période d'hibernation terminée.

Comme toujours, tu ne tenais pas à parler de la possibilité – pourtant bien réelle – que les scanners que je dois passer après la chimio et les rayons, fin juin, ne soient pas porteurs de bonnes nouvelles. Je suppose que je ne dois pas t'en vouloir. Après tout, si j'étais à ta place, je réagirais certainement de la même manière. D'ailleurs, c'est pour cette raison que je prends la plume. Pour t'écrire ce que je n'ai pas réussi à te dire… même si je sais que tu vas m'en vouloir. C'est probablement un peu lâche comme mode de communication, mais cela vaut toujours mieux que de ne laisser que des non-dits, tu ne crois pas ?

Je te regarde souvent dormir. Pas de panique, ce n'est pas aussi bizarre que cela en a l'air. C'est juste que, par moments, l'angoisse m'empêche de trouver le sommeil, alors je m'imagine des choses dans ma tête. Le plus souvent, ce sont des fins possibles à ce cauchemar, mais la nuit dernière était différente. C'est quelque chose que tu as dit avant de t'assoupir qui m'a tenue éveillée.

J'étais recroquevillée contre toi tout en prenant soin de tenir à distance le cathéter qui distille la chimio dans ma poitrine. Tu m'as embrassée sur le front et tu m'as dit :

— Tu ne peux pas me quitter, je t'aime trop.

— Je sais, moi aussi, t'ai-je répondu, mon nez dans ton cou, mes lèvres blotties contre ta barbe naissante où subsistait une bonne odeur de savon. Hélas, le cancer n'a même pas peur de l'amour.

— Mmm, c'est malheureusement vrai.

Tu avais les yeux fermés et je me suis demandé si tu savais encore de quoi nous parlions, quand tu as repris :

— Mais notre amour à nous est différent. C'est un amour comme on ne peut le connaître qu'une seule fois. Je ne pourrai jamais aimer quelqu'un d'autre comme je t'aime, toi.

J'ai relevé la tête pour essayer de te regarder dans les yeux, mais tu dormais à moitié et tu ne t'es aperçu de rien.

— Non, tu te trompes. Bien sûr que tu peux aimer à nouveau. Il le faut.

J'ai attendu que tu te défendes, que tu m'expliques pourquoi tu ne pourrais pas te remarier, que tu me dises que je faisais fausse route. Au lieu de cela, tu as dormi et moi, j'ai pleuré, parce que je ne veux pas que tu sois seul.

Tu es un homme bon, Luke, mais tu es si réservé, je m'inquiète de te savoir trop isolé. Hormis quelques années entre le lycée et l'université, nous avons passé la majorité de notre vie d'adulte ensemble. Tu n'as pas d'autre famille que les enfants et moi, Brian, ainsi que quelques ingénieurs du boulot qui n'ont pas plus de personnalité qu'un rapporteur géométrique. C'est ton seul entourage, et ce n'est un secret pour personne que ma mère n'apprécie pas ta compagnie (tu m'en vois d'ailleurs navrée).

Il a dû se passer quelques mois depuis mon enterrement et je comprendrais que tu trouves prématuré de t'ouvrir à une nouvelle relation. Je ne te demande pas de te mettre en quête d'une compagne dès aujourd'hui, mais simplement de garder l'esprit ouvert à l'idée qu'il soit possible d'en rencontrer une.

Tu mérites le bonheur. Je sais qu'il ne suffit pas d'être en couple pour être instantanément heureux – je ne suis pas naïve à ce point – mais je me sentirais rassurée en sachant que tu es prêt à essayer. Voici un avertissement : je te donne deux mois pour inviter quelqu'un à dîner, après quoi j'ai quelques idées qui pourront t'aider, même si je ne suis plus là pour m'en charger moi-même.

J'espère que tu ne m'en veux pas trop. Heureusement que je ne peux pas voir ton visage, tu sais bien que je n'ai jamais pu résister à ton air grincheux.

Embrasse les enfants, dis-leur que je les aime. Quant à toi, ouvre les yeux, on ne sait jamais quand la providence peut mettre quelqu'un sur ta route.

Tendrement,

Natalie

À peine Luke eut-il fini sa lecture qu'il froissa la lettre dans la paume de sa main. Après seulement quatre mois de traitement… Que pouvait bien savoir Natalie de ce qui allait arriver, à ce stade de sa maladie ? Elle avait presque terminé la chimio ; ensuite, il lui restait encore une opération de l'épaule et cinq semaines de rayons avant les saloperies de scanners qui annonceraient que le cancer avait résisté au traitement. Elle ne pouvait pas savoir que les lettres qu'elle écrivait finiraient par devenir la réalité, ni qu'elle allait effectivement mourir en les abandonnant tous. En lisant ces lettres idiotes dans lesquelles elle bavassait au sujet d'une nouvelle compagne et même d'un possible remariage, Luke n'avait qu'une envie : en faire une boule et l'envoyer à l'autre bout de la pièce.

Il écrasa la feuille en une pelote si compacte qu'il sentit les bords s'enfoncer dans la paume de sa main, et une pensée troublante lui effleura l'esprit : était-il possible que Natalie puisse parler de rencontrer quelqu'un avec un tel détachement, parce qu'elle en avait déjà fait l'expérience ? Parce qu'elle savait qu'il était possible d'aimer à la fois sa famille et une autre personne ? Comme Andy, par exemple ?

Luke enfonça la boulette de papier dans sa poche, déterminé à s'en débarrasser lorsque les enfants seraient couchés. Il se rendait bien compte qu'il aurait dû hésiter avant de jeter l'une des lettres de Natalie à la poubelle, mais dans ce cas précis, il était convaincu que cela lui ferait du bien. Il avait trop à penser après sa visite à

Maranatha et la photo qu'il y avait découverte. Il secoua la tête et se rappela soudain l'évier plein de vaisselle et d'eau brûlante qui l'attendait toujours dans la cuisine. Il remonta ses manches d'un geste rageur, traversa le couloir et s'apprêtait à enfoncer ses mains dans la mousse quand Will interrompit son geste.

— P'pa, attends !

Il agita la brochure devant ses yeux.

— J'ai trouvé quelque chose !

Luke jeta un regard chargé de regret à l'eau chaude de sa vaisselle et se tourna vers son fils. Il prit le dépliant que lui tendait ce dernier.

— Qu'as-tu trouvé ?

Tout en ouvrant le prospectus, Luke regretta de ne pas l'avoir consulté lui-même avant de laisser son gosse de quatorze ans s'en charger.

Will repoussa une mèche de cheveux qui lui tombait dans les yeux et posa son index sur une minuscule photo dans un coin de la brochure de la Maison Maranatha. Le portrait en noir et blanc représentait un jeune homme souriant. Au premier abord, Luke l'avait simplement pris pour un modèle dans un cliché commercial, mais en regardant la photo de plus près, il reconnut son visage.

— C'est bien oncle Andy, non ?

Will avait reculé d'un pas et, les bras croisés, dévisageait son père.

— Euh, je n'en suis pas sûr. C'est vrai qu'il lui ressemble.

Luke ne pouvait pas raconter à Will ce qu'il avait découvert : la photographie d'Andy et Natalie, leurs T-shirts assortis, le bras de l'un passé autour des épaules de l'autre et souriant comme s'ils ne faisaient qu'un.

— Oui, mais il est super maigre, là. Il était comme ça quand tu as rencontré Maman ?

Luke acquiesça d'un hochement de tête avant de replier la brochure et de la tendre à Will, qui la déplia aussitôt pour se replonger dans la contemplation de la photo.

— On dirait un peu Andy, mais je te l'ai déjà dit : ils n'ont pas voulu me donner le moindre renseignement.

— Tu devrais l'appeler. C'est une piste. Peut-être qu'oncle Andy et Maman connaissaient quelqu'un là-bas. Ou peut-être que cela faisait partie d'un projet de service public au lycée. Ou peut-être qu'Andy est mon…

Will s'interrompit, et Luke sentit une sorte de boule lui bloquer la gorge. Ce n'était pas l'un des scénarios qu'il avait retournés dans sa tête toute la journée, mais cela s'en approchait drôlement. Il toussa, mal à l'aise.

— OK, j'essayerai de lui téléphoner d'ici quelques jours, dit-il enfin pour mettre un terme à la discussion, même si une conversation avec Andy Garner était la dernière chose dont il avait envie.

Luke remonta à nouveau ses manches jusqu'à les coincer autour de ses biceps.

— Mais pour le moment, je dois finir la vaisselle.

Will hésita, les épaules affaissées sous son sweat à capuche.

— Ou bien, on pourrait attendre d'en savoir plus.

Luke hocha la tête en signe d'assentiment et plongea ses mains dans l'eau. Will fourra la brochure dans la poche avant de son sweat et sortit une paire d'écouteurs blancs. Il enfonça le premier dans son oreille droite et s'arrêta un instant.

— Ouais, il vaut mieux attendre. On n'est même pas sûrs que le type de la photo soit bien oncle Andy.

Et sans attendre la réponse de son père, Will enfonça le second écouteur dans son oreille gauche, grimpa l'escalier d'un pas lourd et disparut dans sa chambre.

Luke arracha le bouchon de l'évier. Il était furieux. Furieux que l'eau ait refroidi, que son fils l'assomme de questions, mais surtout, il était furieux parce qu'il savait pertinemment que l'homme sur la photo était bien Andy Garner.

Le cliché avait été recadré pour isoler le visage et les épaules d'Andy, mais il n'avait pas été seul sur la photo. Sur son épaule gauche, on pouvait distinguer une main au doigt duquel apparaissait une bague : la bague de fiançailles de Natalie.

L'évier se vida rapidement et Luke laissa couler le robinet d'eau chaude jusqu'à ce qu'elle devienne bouillante, puis il laissa l'évier s'emplir à nouveau et y plongea ses mains en savourant la brûlure qui ne suffit cependant pas à le distraire cette fois-ci. Il aurait aisément pu mettre un terme aux questions de Will – il lui suffirait de faire un test de paternité et de montrer les résultats à son fils en lui disant : « Tu vois ? Je suis bien ton père ! ». Toutefois, même si le test pourrait satisfaire l'adolescent, il ne répondrait pas aux questions qui s'amoncelaient dans l'esprit de Luke, et il ne ferait certainement pas taire l'idée qui le torturait au point de ne pas apprécier les spaghettis et de ne pas rire devant le visage couvert de sauce tomate de Clay : et si l'oncle Andy était bien le père d'un enfant dont la mère aurait été Natalie ?

Mai

CHAPITRE 12

Luke étala ce qui restait de glaçage au chocolat au fond de la boîte sur le « *gâteau des anges* » qu'avait réclamé May pour son anniversaire. Il avait horreur du glaçage en boîte, mais il ne se sentait pas capable de le confectionner lui-même. Après avoir dissimulé les dernières miettes sous une autre couche de glaçage, Luke passa la tête par la porte du salon pour demander si quelqu'un souhaitait lécher la cuillère.

— Hé, tu n'as plus besoin de ça ?

Natalie apparut au coin de la porte et lui retira la cuillère en bois. Elle portait son jean favori, celui qui était troué au genou et qui lui moulait consciencieusement les hanches et les fesses, ainsi qu'un T-shirt cintré bleu à col en V qui faisait ressortir ses yeux.

— Stop ! Cela te coûtera un baiser, dit-il en riant tout en faisant mine de récupérer son ustensile.

Natalie essuya la cuillère d'un doigt avant de le porter à sa bouche.

— Miam, grogna-t-elle. Cela en vaut la peine.

— Paie ta facture, ma jolie, dit-il en se rapprochant d'elle.

Elle sentait le shampoing et son gel douche favori, et un reste de chocolat ornait le coin de sa bouche. Luke la nettoya d'un doigt et releva son menton de la main. D'aussi loin qu'il se souvienne, il avait toujours aimé ce visage qui n'avait fait qu'embellir avec l'âge : chacune des fines lignes qui ornaient son front, ses yeux et les contours de sa bouche étaient de subtils rappels de leur vie commune délicatement tracés sur sa peau.

— Je t'aime, Nat, murmura-t-il en contemplant ses lèvres.

Il mourait d'envie de l'embrasser, au moins autant que la première fois qu'il avait trouvé le courage de le faire alors qu'ils n'étaient encore qu'au collège. Il passa sa langue sur ses lèvres avant de les poser tendrement sur les siennes. Elles s'emboîtèrent parfaitement, la tête de Luke légèrement penchée vers la droite, celle de Natalie vers la gauche.

— Je t'aime aussi, dit-elle, tandis que ses paroles exhalaient un peu de leur chaleur sur les lèvres de Luke.

Il passa une main autour de sa taille et l'attira plus près, serrant son corps contre le sien. Elle entrouvrit la bouche et les doigts de Luke glissèrent dans les passants de son jean. Elle avait la saveur du chocolat.

La sonnerie de la porte d'entrée retentit au lointain. Luke poussa un gémissement alors que Natalie reculait, non sans avoir déposé un dernier baiser sur sa bouche frissonnante.

— Tu devrais aller voir, murmura-t-elle en faisant un second pas en arrière.

Sans trop savoir pourquoi, Luke se doutait qu'elle n'irait pas ouvrir elle-même.

— Cela peut attendre. Ne t'en va pas, la supplia-t-il, mais sa main glissait déjà dans la sienne et ses doigts lui échappèrent alors qu'elle continuait de s'éloigner.

La sonnerie se fit entendre une nouvelle fois. Luke n'en fit pas cas. Il voulait rattraper sa femme mais ses pieds refusaient de bouger.

Natalie fit un autre pas en arrière, puis un autre, et encore un autre, jusqu'à ce que l'obscurité de la salle à manger l'absorbe entièrement.

— Natalie, non!

Une sorte de noirceur tournoyait autour de lui, pénétrant jusque dans sa bouche alors qu'il aurait voulait reprendre son souffle. La pièce devint totalement obscure et la terreur serra sa gorge, l'empêchant de hurler.

Une main sur son épaule le secoua et Luke s'éveilla en sursaut. Il lui fallut un certain temps pour retrouver ses repères. Le salon, la cuisine, la porte qui menait à la salle à manger… Le gâteau à moitié recouvert de glaçage sur le plan de travail, et la lettre de Natalie sur sa poitrine.

— Papa, tout le monde est là.

May était assise à côté du canapé, vêtue d'une jupe de tulle bleue et d'un chemisier assorti orné de sequins. L'ensemble, un cadeau de Mamie Terry, n'était pas vraiment au goût de Luke, mais May trouvait les paillettes irrésistibles. Ses cheveux retombaient sur ses épaules en deux nattes à peu près convenables. Après des mois d'entraînement, Luke était devenu un véritable spécialiste.

— Pardonne-moi, je me suis endormi.

Il tira gentiment sur l'une de ses tresses.

— Tu peux ouvrir la porte.

— Will s'en occupe, piailla-t-elle en posant un baiser sur sa joue.

Le bruit en provenance du hall d'entrée se dirigeait maintenant vers l'arrière de la maison, et la tête d'Annie apparut dans l'encadrement de la porte.

— Salut. On m'a dit que tu dormais pendant les heures de travail?

Elle avait enfilé un cardigan beaucoup plus élégant que ce qu'elle portait d'habitude. Son jean coupe droite effleurait le sol à chaque pas et ses cheveux courts retenus par des barrettes dégageaient son visage. Elle remarqua immédiatement la lettre que Luke serrait contre son torse, et une légère ride marqua la commissure de ses lèvres.

— Ouais, ne m'en veuillez pas. J'ai dû goûter trop de glaçage au chocolat, et cela m'a rendu comateux.

Luke se réfugia dans un rire, tout en tentant d'oublier le rêve un peu trop réaliste dont on venait de le tirer.

— En parlant de glaçage, j'ai l'impression que tu ne refuserais pas un petit coup de main.

Cette fois-ci, ses sourcils se froncèrent d'un air taquin. Il jeta un coup d'œil en direction du gâteau blanc à demi recouvert de glaçage au chocolat auquel se mélangeaient de larges miettes.

— Je ne refuse jamais d'assistance gratuite, répondit Luke en repliant rapidement la lettre de Natalie avant de la glisser dans la poche de sa chemise.

— Gratuite ? Qui a parlé de travailler gratuitement ? rétorqua Annie en riant. Dis-moi, as-tu un tablier ? poursuivit-elle en désignant sa tenue soignée.

— Je crois qu'il en reste un dans le grand placard, je vais aller vérifier.

Luke traversa le salon en direction des hautes portes pliantes au fond de la cuisine. Il les ouvrit et se mit à fouiller dans une caisse contenant un amas de tissus, bavoirs et autres maniques, avant de tirer sur une longue ficelle qui semblait appartenir à un tablier.

— En voici un ! s'exclama-t-il en lançant la pièce de toile dans la direction d'Annie.

Elle le défroissa d'un large geste et s'immobilisa.

— Tu n'en as pas un autre ? demanda-t-elle d'une voix tremblante, comme si elle se retenait de pleurer.

Elle tourna le tablier pour que Luke puisse le voir. C'était le tablier que les enfants avaient offert à Natalie pour la fête des Mères : ils l'avaient préparé avec leur grand-mère, avant même que Clayton n'apprenne à marcher, et il était décoré de leurs empreintes de mains et de pieds. Luke se détourna avant de permettre au souvenir de leur dernière fête des Mères précédant le diagnostic, de remonter à la surface.

Il s'éclaircit la gorge et reprit ses recherches en se promettant d'être plus attentif cette fois-ci. Il choisit finalement le tablier qu'il utilisait pour les barbecues, sur lequel on pouvait lire une phrase idiote du genre « *Embrassez le cuisinier* ». Voilà qui était mieux. L'anniversaire de May serait la première vraie fête de famille depuis la mort de Natalie, et Luke savait que tous les convives feraient en sorte de donner le change, mais il n'était pas nécessaire de multiplier les rappels de son absence.

Luke éprouvait des difficultés d'un autre ordre. Un jour comme aujourd'hui, la Natalie qu'il avait connue – son épouse et la mère de ses enfants – lui manquait terriblement, mais pour ressentir ce manque, il avait besoin d'écarter toutes les questions qu'il se posait encore.

Quant à Andy Garner, Luke avait bien cherché à le retrouver sur Facebook, mais son compte était confidentiel. Il n'était pas venu à l'enterrement. Luke savait que Natalie emmenait parfois les enfants lui rendre visite mais, sur le réseau social, tout ce que Luke avait pu découvrir était la photo d'un homme qui aurait pu être Andy derrière son chapeau et ses lunettes et qui tenait à la main un gros poisson argenté. Le Dr Neal, de son côté, restait aussi mystérieux que jamais et les efforts de Luke pour en savoir plus sur lui avaient cédé la place aux préparatifs d'anniversaire de May.

Annie apparut tout à coup à ses côtés et posa une main entre ses omoplates. C'était devenu un geste habituel entre eux, et alors que l'affection qu'elle affichait ouvertement envers lui l'avait gêné au premier abord, il lui était désormais agréable d'être réconforté par un autre être humain. Même les pages de cahier ont leurs limites.

— Je vais ranger celui-ci à sa place. Il est précieux, il ne faudrait pas qu'on l'abîme.

Elle posa le tablier soigneusement plié dans la caisse et enfila l'autre modèle

— D'ailleurs, celui-ci me va beaucoup mieux, tu ne trouves pas ?

Elle défila devant lui, vêtue du tablier à carreaux rouges, une main sur la hanche.

Luke ricana.

— Oh oui, tu as raison, c'est très chic.

— Tu peux l'attacher, s'il te plaît ?

Elle avait fait plusieurs fois le tour de sa propre taille avec les ficelles de la ceinture avant de les nouer devant elle, mais celles du col étaient beaucoup trop longues et laissaient s'affaisser la bavette du tablier, exposant son chemisier. Annie se retourna et baissa la tête pour libérer la boucle sur son cou. Luke fit un pas vers elle et huma malgré lui son parfum fleuri. Essuyant une main sur la jambe de son pantalon, il s'apprêtait à toucher l'attache métallique quand la voix grave de Brian les interrompit.

— Où dois-je poser cette salade, chérie ?

Sans attendre la réponse, Brian jeta le saladier en plastique vert sur l'îlot de la cuisine. L'objet vint s'affaler contre le gâteau au maintien déjà approximatif.

— Joli tablier, s'amusa Brian en traversant la cuisine.

Il passa un doigt sous les mots qui ornaient le tablier démesuré pendant au cou de sa femme. « *Embrassez le cuisinier.* » Saisissant brusquement son menton entre le pouce et l'index, Brian chuchota :

— Excellente idée.

Et il posa un énorme baiser sur sa bouche.

Annie eut d'abord un mouvement de recul que Brian ne sembla pas remarquer. Il passa un bras autour de sa taille et l'attira à lui, exactement comme Luke l'avait fait avec Natalie dans son rêve. Luke tenait toujours à la main la boucle reliée au tablier d'Annie.

Il la lâcha soudainement et s'éloigna, la tête basse. Il s'en voulait de ressentir un pincement de jalousie et se répéta qu'il n'était pas troublé par le fait que Brian embrasse Annie, mais plutôt par l'idée que lui ne pourrait jamais plus étreindre Natalie.

Le souffle court, Annie repoussa Brian.

— Brian !

Elle lui frappa l'épaule.

— Il y a des enfants !

— Qui ça ? Luke ?

Brian caressa la joue d'Annie avec son nez.

— Je crois qu'il a passé le stade des choux et des roses.

Annie tourna la tête vers Luke d'un air inquiet, les joues roses et la bouche pincée. Luke reconnut cette expression. Il commençait à savoir lire le visage d'Annie. Plus il passait de temps avec elle et plus elle perdait son rôle de « meilleure amie de Natalie » pour devenir une personne à part entière, comme un puzzle en 3D très compliqué auquel il manquerait des pièces.

— Prends une bière dans le frigo, Casanova, cela refroidira tes ardeurs, hasarda Luke sur le ton de la plaisanterie en espérant apaiser Annie.

Les relations entre mecs, genre « *mon-frangin-mon-pote* », n'avaient jamais été son truc, mais depuis le temps qu'il faisait semblant, il se débrouillait plutôt bien.

— Annie m'a promis de m'aider à finir ce gâteau.

Brian fit tournoyer Annie avec quelques pas de rock, et son rire dut parvenir jusqu'à la chambre de Clayton : quelques secondes plus tard, les pas de l'enfant dévalant l'escalier se firent entendre.

— Annie !

Une petite tête blonde bondit à travers la cuisine pour se précipiter dans les bras d'Annie.

— Tu m'as manqué.

— Toi aussi, tu m'as manqué, bonhomme, répondit Annie en serrant Clayton tellement fort dans ses bras qu'on aurait pu entendre craquer ses os.

— Vous vous êtes vus ce matin, je ne crois pas que vous puissiez déjà vous manquer, grogna Brian dans sa barbe.

— Tu m'as manqué aussi, monsieur Brian, dit Clayton en enfonçant deux doigts fripés dans sa bouche.

Brian pencha la tête comme le ferait un chien en entendant un bruit inconnu.

— Hein ? s'esclaffa-t-il, avant d'ébouriffer affectueusement la chevelure de Clayton. Tu m'as manqué aussi, gamin.

Luke n'avait jamais vu Annie sourire à son mari comme elle le fit à ce moment-là. Il l'avait vue gênée, amusée, heureuse et agacée, mais ce soir, elle était fière. Elle étreignit Clayton et l'entraîna vers le gâteau.

— Tu veux m'aider à décorer le gâteau de May ? demanda-t-elle. Tu pourras lécher la cuillère.

Confortablement calé sur la hanche d'Annie, Clayton acquiesça avec enthousiasme.

Debout devant Luke, Brian laissa tomber son humeur de plaisantin.

— Bon, Luke, j'ai un gros service à te demander.

Il avait déjà décapsulé une bière trouvée dans le réfrigérateur et, à la façon dont il avait appuyé sur le mot « service », Luke se raidit.

— Pas de problème. Qu'est-ce qui t'arrive ?

— Je ne sais pas si Annie t'en a parlé, mais je passe des entretiens pour changer de boulot en ce moment.

— Un nouveau poste ? Tu veux dire une promotion dans la police ?

— Non, dit Brian en avalant une gorgée de bière. Rien à voir avec la police. C'est une entreprise de protection rapprochée.

Il se redressa et lissa sa chemise parfaitement boutonnée jusqu'au cou : comme toujours, il dégageait une allure élégante, organisée et efficace.

— Oh, c'est… super !

Luke leva les sourcils et fit semblant de comprendre en quoi pouvait consister un travail dans la protection rapprochée.

— Je ne veux pas me donner de faux espoirs, mais c'est une chance inespérée, avec de meilleurs horaires, plus de primes et d'avantages… et je serai mieux payé, termina-t-il plus bas.

Luke changea de position et essaya d'anticiper le but de la conversation. Il réussit à marmonner :

— Formidable.

— C'est super cool, genre services secrets pour les gens riches, tu vois ?

Il but le reste de sa bière en une seule fois.

— Bref, ils ont besoin de références et je peux pas demander à mes collègues. Du coup, je me demandais si tu accepterais que je leur donne ton nom. Ils t'appelleront peut-être pour te poser quelques questions. Tu serais d'accord ?

Brian posa une lourde main sur son épaule, et Luke comprit pourquoi l'officier de police était si efficace dans son travail. S'il avait été coupable du moindre crime, la simple présence de Brian, avec sa carrure, ses yeux sombres, ses gros bras et son petit sourire entendu aurait suffi à lui faire tout avouer. Le mari d'Annie n'était pas le genre d'homme à se laisser aisément contredire. Par ailleurs, ce nouveau poste avantagerait certainement Annie. Plus de travail de nuit, moins de risques, et un meilleur salaire.

— Bien sûr. N'hésite pas. Je serai ravi de te rendre service.

— Nickel.

Brian abattit une nouvelle fois son énorme paluche sur l'épaule de Luke.

— Ils ne t'appelleront peut-être même pas, mais s'ils le font, tu me tiens au courant, OK ?

Luke hocha la tête alors qu'Annie les rejoignait.

— Jessie vient d'arriver. On les commande, ces pizzas ?

— C'est déjà fait. Je n'ai plus qu'à aller les récupérer chez *Sammy*, j'ai même un coupon quelque part.

Luke chercha parmi les nombreux morceaux de papier en tout genre agglutinés sur la porte du réfrigérateur. Natalie avait l'habitude d'exiger de ses élèves qui partaient en vacances qu'ils ramènent un magnet en souvenir pour leur institutrice. Comme elle avait enseigné pendant douze ans, sa collection avait pris une certaine ampleur et elle était capable de raconter l'histoire de chaque aimant.

— Euh, tu sais quoi, donne-moi le coupon et je vais chercher les pizzas, lâcha Brian en saisissant le papier que Luke tenait à la main avant de sortir un large porte-clés de sa poche. Je ne vaux rien comme nounou.

— D'accord.

Luke sortit deux billets de vingt dollars de son portefeuille et les tendit à Brian.

— Voilà qui devrait suffire.

— Merci, je n'en ai pas pour longtemps.

Brian réajusta sa chemise dans la ceinture de son jean, fit un pas en direction de la sortie, puis se retourna avec l'air d'avoir oublié quelque chose d'important. Il attrapa Annie par un bras, la fit tourner devant lui et l'envoya valser vers le sol avant de la rattraper au vol d'un geste théâtral. Puis il l'embrassa.

Will et May, qui les observaient depuis la table, poussèrent à l'unisson un *beeeeurk!* qui ne fit qu'encourager Brian et Annie à en rajouter, comme dans les films. Quand leurs lèvres se séparèrent enfin et qu'Annie s'efforça de retrouver son souffle, les enfants éclatèrent de rire, ce qui ne leur était pas arrivé depuis des semaines. Quant à Luke, il n'était pas convaincu que le regard possessif que lui avait lancé Brian après avoir libéré Annie ne soit que le fruit de son imagination. Il semblait avoir voulu lui dire : « *Je peux faire cela, parce qu'elle m'appartient.* »

— C'est dégoûtant, dit May en riant toujours.

C'était son anniversaire, elle s'amusait et l'espace d'un instant elle ne pensait pas à sa mère, mais quand son regard croisa celui de son père, son sourire s'évanouit. L'ambiance était au rire et à la fête et c'était pour elle que tout le monde était là, mais dans ses yeux, Luke ne lut qu'une seule question : ai-je le droit d'être heureuse sans Maman ?

— Tout va bien. Amuse-toi, articula Luke dans sa direction.

Ses yeux s'emplirent de larmes qui dévalèrent ses joues quand elle sourit. Elle les essuya d'un geste rapide et fut soudain prise de fou rire en écoutant les bruits de baisers caricaturés par Will.

Jessie frappa un coin de table de ses phalanges pour attirer leur attention.

— Eh, tout le monde ! J'ai apporté des chapeaux en papier à colorier. Si on commençait en attendant les pizzas ?

— Oui ! cria May.

Will leva les yeux au ciel mais, beau joueur, il souleva Clayton pour l'installer sur son rehausseur à côté de Jessie, que May étreignait encore et encore en répétant :

Jessie, tu es la meilleure, la meilleure !

— Tu crois que Jessie est la meilleure ? demanda Annie en se détournant un instant de la table pour nettoyer du doigt ce qui restait de son rouge à lèvres.

Luke se tourna vers elle. Il était si proche qu'il pouvait distinguer la couleur de son ombre à paupières – un bleu clair brillant – et le grain de beauté qu'elle cherchait toujours à dissimuler sous son maquillage. Ce soir, il y avait autre chose. Luke remarqua une ombre noire sur la joue d'Annie, recouverte d'une forte épaisseur de fond de teint. Il s'approcha un peu plus près ; la couleur lui était familière…

— Ma foi, ce n'est peut-être pas tout à fait comme cela que je le formulerais, répondit-il d'un air distrait, mais effectivement, elle est super.

— Tu es au courant qu'elle a de gros problèmes de santé, n'est-ce pas ? demanda Annie en faisant rouler une serviette en papier entre ses mains. Will m'a dit qu'elle suivait un régime assez strict et qu'elle prenait des médicaments, et cela ne me regarde sans doute pas, mais elle a des réactions un peu immatures parfois. Tu es certain qu'elle est capable de prendre soin de ta famille ?

Elle croisa les bras et attendit la réponse de Luke.

Il pencha la tête pour mieux voir l'hématome, car il était maintenant certain que c'en était un. Puis son attention fut prise par autre chose : Annie ne critiquait jamais personne, et il était pour le moins surprenant qu'elle se permette de telles remarques à l'encontre de Jessie.

Il répondit lentement, sur un ton saccadé.

— Elle a parfois l'air fatiguée, mais elle sait s'y prendre avec les enfants. C'est vrai qu'elle peut être un peu immature. Elle est fille unique et sa mère est morte quand elle avait douze ans, mais c'est une adulte, je ne vais pas lui faire la leçon.

— Mmm. OK. Je n'ai rien contre elle, elle paraît honnête et sincère. Je m'inquiète juste pour les petits.

Annie se retourna pour regarder la marmaille qui entourait Jessie. Celle-ci avait sorti son T-shirt *Wicked* pour l'occasion. Elle avait fait asseoir les enfants autour de la table où s'entassaient cinq flacons de paillettes, deux tubes de colle et une pile de papier multicolore, et pendant qu'ils confectionnaient leurs chapeaux, Jessie décorait ses ongles de colle et de paillettes.

— D'accord, c'est vrai qu'elle plane un peu et qu'elle est un peu gamine, admit Luke. Mais, bon… Qu'est-il arrivé à ton visage ? demanda enfin Luke en tendant la main pour effleurer la marque sombre sur la joue d'Annie.

Elle sursauta.

— Rien du tout. J'ai glissé dans la douche. J'avais oublié le tapis en caoutchouc.

Elle couvrit le côté de son visage d'une main.

— Cela se voit beaucoup ?

— Non, répondit Luke en s'approchant pour inspecter la blessure d'un œil expert.

Et alors qu'il cherchait des traces d'ecchymose, les souvenirs qu'il avait enfouis tout au fond de sa mémoire luttaient pour remonter à la surface : la voix de son père, si tonitruante qu'elle en faisait vibrer la porte de sa chambre ; sa mère en larmes, le suppliant d'arrêter ; le grenat et la chevalière en or que son père portait à la main gauche et qui laissaient des marques sur les bras et les jambes de sa mère, et parfois même sur son visage…

Il laissa retomber sa main. Il évitait généralement de penser à son père, à la façon dont il avait détruit leur famille, dans cette petite maison de la rue de *Winter Lane*.

— C'est douloureux ? Et ta tête ? Tu as la migraine ? Tu y vois bien ?

Annie secoua la tête.

— Je vais bien, je t'assure.

Elle agita ses mains devant elle comme pour écarter des soucis sans intérêt et se détourna pour éviter le regard inquisiteur de Luke.

— Tiens, tu peux raccourcir cette bretelle ? demanda-t-elle en indiquant à nouveau le tablier qu'il n'avait toujours pas rajusté.

Cette fois-ci, Luke ne prit pas le temps de réfléchir et tira sur la boucle d'un coup sec. Déterminée à se soustraire à l'examen approfondi de son visage, Annie se retourna pour lui faire face, les sourcils froncés, les lèvres serrées et le regard accusateur.

— Au fait, ne va pas t'imaginer que je n'ai pas vu la lettre que tu serrais entre tes mains, tout à l'heure.

— J'ai bien vu que tu l'avais remarquée.

Luke ramassa la spatule qu'Annie avait utilisée pour le glaçage du gâteau et la jeta bruyamment dans l'évier avant d'ouvrir le robinet et d'attraper une éponge humide.

— Je ne cherche pas à te les cacher. Ces lettres m'apportent une aide précieuse, et je ne vois pas pourquoi je devrais en avoir honte.

— Ce n'est pas ce que je veux dire, rétorqua Annie en le rejoignant devant l'évier. Mais ne crois-tu pas que tu devrais essayer de savoir d'où elles proviennent ?

Luke inspira lentement. Ces discussions avec Annie ne lui plaisaient pas : elle avait beau répéter qu'elle ne portait pas de jugement, Luke était loin d'en être convaincu.

— J'ai posé la question à la poste, j'ai même parlé au directeur. Il n'y a aucun moyen de remonter à la source. Que veux-tu que je fasse de plus ? Je ne vais pas m'abstenir de les lire, si c'est ce que tu insinues.

Annie était venue dire ce qu'elle avait à dire, ce soir, et rien ne pourrait l'arrêter.

— Je ne veux pas être cruelle, Luke, mais je ne veux pas que tu souffres ou que tu finisses par t'imaginer que Natalie est encore parmi nous.

Elle prit une éponge verte et frotta la spatule, la rinça et la déposa sur l'égouttoir avant de s'attaquer au saladier incrusté de pâte à gâteau.

— Peut-être Natalie pensait-elle que quelques fantasmes ou illusions ne pourraient que faire du bien à un esprit aussi logique que le mien. Ces lettres ne me font aucun mal, conclut Luke sur un ton tranchant. Et pour ce qui est de souffrir, parlons plutôt de…

Annie ne le laissa pas terminer.

— OK, j'ai compris, l'interrompit-elle en lui passant le saladier pour qu'il l'essuie. N'en parlons plus.

Elle souffla sur une mèche de cheveux échappée de l'une de ses barrettes et redressa les épaules tout en continuant la vaisselle.

— À part ça, de quoi parlais-tu avec Brian tout à l'heure ?

— Il me demandait de le recommander pour son nouveau poste.

Comme elle gardait le silence, Luke leva les yeux pour voir son expression, se demandant si c'était l'emploi de Brian qui la mettait sur ses gardes.

— Eh bien ? Tu n'as pas l'air très enthousiaste ! J'ai compris : tu t'inquiètes de ne pas pouvoir faire annuler tes PV lorsque ton mari ne travaillera plus dans la police !

Luke lui envoya un petit coup de coude pour essayer de la dérider.

— Je te signale que je suis une excellente conductrice, rétorqua-t-elle avec un petit rire forcé tout en l'aspergeant de bulles de savon.

— Eh ! protesta Luke. Il y a des gens qui travaillent, ici !

— Je…

Redevenue sérieuse, Annie s'éclaircit la gorge.

— Je suis surprise qu'il t'en ait parlé hors de ma présence.

— Ce n'est pas bien grave, Annie. Nous n'en avons discuté que pendant quelques minutes. Il a l'air drôlement motivé à l'idée d'avoir ce poste.

— Il l'est, lui.

Elle sécha ses mains avec le torchon à vaisselle et le suspendit dans la poignée d'un tiroir. Quand elle releva la tête, Luke tenta de consulter son « dictionnaire » des expressions d'Annie qui devenait chaque jour plus complet, mais celle-ci ne lui dit rien.

— Ce n'est pas mon cas. Si nous déménageons, je romprai la promesse que j'ai faite à Natalie. Et je suis quelqu'un de parole, que mon mari décide brusquement de changer de métier ou non.

Luke sentit les poils se dresser dans son cou. *Déménager ? Brian n'avait pas parlé de déménagement !*

— Attends un peu, qu'est-ce que tu racontes ? Où se trouve cette entreprise ?

— Il ne te l'a pas dit ? Oh, quel numéro, celui-là.

Elle porta une main à son front, comme pour passer ses doigts dans ses cheveux mais, prenant conscience qu'ils étaient retenus par des barrettes, elle se ravisa et posa sa paume sur la partie enflée de son visage.

— À Washington, murmura-t-elle. Le poste est à Washington DC.

Luke sentit ses genoux trembler. C'était donc pour cette raison qu'Annie était si tendue ce soir, qu'elle s'inquiétait des compétences de Jessie et qu'elle cherchait à le mettre en garde contre les lettres de Natalie. Elle se préparait à partir.

Luke rétablit son équilibre aussi discrètement que possible – une main sur le comptoir, l'autre dans sa poche. Washington DC. Annie avait raison sur une chose : cela ne faisait pas partie du plan de Natalie. Comment avait-il pu s'autoriser à dépendre d'elle à ce point ? Était-ce parce qu'Annie l'avait supplié de la laisser les aider ? Était-ce parce qu'il avait besoin de quelqu'un dans sa vie, de quelqu'un avec qui partager le défi quotidien que représentait l'éducation de trois enfants en deuil ?

Bon sang. Clayton, qui dormait si mal chez lui, s'endormait sans problème dès qu'Annie était là. Et Will, qui ne faisait que de rares apparitions hors de sa chambre et ne prononçait jamais le moindre son ressemblant à un mot en présence de son père, communiquait quotidiennement avec Annie par texto, et son visage s'éclairait dès qu'elle était là. Et la pauvre May perdrait la dernière image maternelle qui lui restait. Vers qui se tournerait-elle pour parler de puberté et de garçons et de… toutes ces choses dont Luke n'avait pas la moindre idée ?

En vivant à cinq minutes de chez eux, Annie pouvait l'aider avec tout cela. Ce ne serait plus possible quand elle serait à DC, mais Luke ne pouvait pas le lui dire. Il ne devait pas y accorder d'importance. Même si Annie lui avait annoncé qu'elle partait pour la Mongolie, il aurait simplement dû se réjouir pour elle.

— Ne t'en fais pas pour nous, dit enfin Luke en reculant d'un pas et en se forgeant un visage dont l'expression signifiait « *Tout ira bien* ».

Il avait de l'entraînement, et il espérait la convaincre.

— Natalie aurait souhaité que tu sois heureuse, ajouta-t-il avec une petite tape sur le haut de son bras.

Elle secoua la tête.

— Tu plaisantes ? Toi aussi, tu vas me dire que ce n'est pas grave ? Je ne m'attendais pas à ce que Brian comprenne, mais toi ?

Elle serra les lèvres si fort qu'elles en devinrent blanches.

— Je lui ai donné ma parole, Luke. Je ne suis pas en train de suivre des instructions reçues dans une lettre, moi !

Son regard se fit perçant et ses paroles tranchèrent comme une lame de couteau :

— Sur son lit de mort, je l'ai regardée dans les yeux et je lui ai juré que je serais là pour vous.

— Natalie est partie, fit Luke avec un grand geste de la main.

Il avait beau jouer avec sa propre souffrance en s'autorisant le réconfort que lui apportaient les lettres, il ne voulait pas condamner Annie à la même prison. Il vérifia d'un coup d'œil que les enfants étaient toujours obnubilés par le projet artistique de Jessie et ajouta en baissant la voix :

— Elle est morte. Elle ne se soucie plus de nous, parce qu'elle n'existe plus.

Son ton était plus acerbe qu'il ne l'aurait voulu, et Annie eut un mouvement de recul. Luke jura en silence. Les yeux fermés, il se frotta la racine du nez et espéra que, lorsqu'il les rouvrirait, elle aurait quitté la pièce. Mais elle n'avait pas bougé. Elle le dévisageait comme si elle cherchait à savoir ce qui se passait dans son esprit.

Elle se pencha vers lui et murmura, des larmes dans la voix :

— Je n'en crois pas un mot. Elle veille sur nous tous. J'en suis convaincue.

Il sentait la chaleur de son bras sur le sien, et se fit la réflexion que ses biceps étaient moins solides qu'il ne l'aurait cru. Il ouvrit la bouche pour lui répondre que toutes les convictions du monde ne suffiraient pas à changer la réalité, mais la porte d'entrée claqua, arrachant un petit cri à May et faisant sursauter Luke.

— Pizza ! cria May.

La table se transforma en une ruche agitée qui envoya feutres, paillettes et autocollants voler vers leurs boîtes ou s'écraser au sol. Brian entra lourdement dans la cuisine et lâcha une pile de boîtes à pizza sur l'îlot.

— Je ne sais pas ce que vous en pensez, mais moi, je suis affamé ! dit Luke en se détournant d'Annie et en saisissant la spatule pour servir les pizzas.

Il sentait son regard dans son dos. Il se doutait que ses paroles l'avaient blessée ; elle voulait qu'il soit triste de la voir partir, qu'il soit déçu qu'elle rompe la promesse qu'elle avait faite à Natalie. Il ne pouvait pas lui montrer qu'elle avait raison.

Au lieu de quoi, il s'affaira à sortir sept assiettes de la pile, maintenant considérablement réduite, et à les placer sur la table. Il ne prit pas la peine d'essuyer les restes de paillettes collés sur le bois : cela donnerait un petit air de fête au repas qui plairait à May.

La pièce embaumait l'ail et le fromage fondu, et les convives prirent place autour de la table. Annie fut la dernière à se laisser tomber sur une chaise, à côté de Brian. Clayton grimpa sur ses genoux et ce comportement évoqua à Luke celui d'un chien en manque d'affection. Annie passa distraitement un bras autour de sa poitrine, et il laissa aller sa tête contre son épaule tout en tapotant le bras de Brian. Luke détourna le regard.

Tout au long de la soirée, Luke tenta de puiser un peu de réconfort dans les sourires de May. Il lui avait donné sa bénédiction, lui avait dit qu'elle avait le droit d'être heureuse ; il ne lui restait plus qu'à prétendre qu'il l'était aussi, même si c'était loin d'être le cas.

Bien sûr, une partie de la mélancolie qui l'envahissait était due à tous les souvenirs de Natalie, mais cette souffrance-là n'était pas aussi profonde qu'il l'avait craint ; un peu comme la vue s'adapte à l'obscurité, il avait l'impression de s'habituer à la douleur. Et derrière cette tristesse, somme toute compréhensible, bouillait une colère latente.

Cela faisait cinq mois. Cinq mois ! Il commençait tout juste à s'organiser, voire à revivre, tout au moins en partie, et Annie y était pour beaucoup. Natalie avait compris qu'Annie était la clé de leur survie, c'était la raison qui l'avait poussée à obtenir ces promesses, à envoyer ces lettres à Luke, à organiser ces projets. Comment Brian osait-il tout foutre en l'air en quittant la région ? Et Luke était encore plus en colère contre lui-même. Quelle idée avait-il eue de lui dire que son départ ne les affecterait pas ?

Enfin, il y avait autre chose qui l'inquiétait, quelque chose dont il n'arrivait pas à minimiser l'importance, quelque chose de lié à cette marque qui l'hypnotisait sur le visage d'Annie. Était-il possible que la réticence d'Annie soit liée à sa blessure ?

Du coin de l'œil, Luke vit Annie enfoncer une part de gâteau géante dans la bouche ouverte de Clayton. Le glaçage coula sur son menton et elle l'essuya rapidement avec une serviette en papier. L'enfant mâchait lentement, les joues gonflées comme celles d'un écureuil faisant le plein de noisettes avant l'hiver. Quand son visage fut propre, Annie posa un léger baiser sur sa tête et il se pelotonna contre son épaule en avalant bruyamment. Le bras de Brian était négligemment posé derrière Annie et il caressait distraitement son bras tout en lisant quelque chose sur son téléphone.

Annie leva les yeux vers Luke et lui sourit tristement. À ce moment-là, Luke sut qu'elle partirait. Même s'il lui demandait de rester, cela ne changerait rien. Peu importait combien Annie avait pu aimer Natalie et ses enfants, il était impensable qu'elle s'oppose à Brian. Impensable.

CHAPITRE 13

La bande de Velcro se décolla bruyamment quand Luke ouvrit la poche avant de son cartable pour y ranger soigneusement la liasse de courrier contenant la dernière lettre de Natalie. Il en recevait moins régulièrement mais il les étudiait toujours attentivement, à la recherche d'éléments susceptibles de faire avancer son enquête sur la Maison Maranatha, Andy Garner ou le mystérieux Dr Neal.

Ces deux dernières semaines, ses relations avec Annie avaient été tendues. Elle restait distante lorsqu'il déposait Clayton le matin – elle avait décliné son invitation à dîner après le concert de printemps de May – et après avoir emmené Will faire les magasins, elle l'avait simplement déposé dans l'allée sans même entrer les saluer.

Luke savait pertinemment ce que voulait Annie. Elle voulait qu'il lui demande de rester. Elle voulait qu'il refuse de recommander Brian à son futur employeur. Elle voulait qu'il lui confirme l'importance de sa présence dans leur famille. Mais comment aurait-il pu lui dire tout cela ? Brian était son mari, sa vie, et si elle ne souhaitait pas déménager, c'était à elle de trouver la force de prendre cette décision et de lui en parler, et comme elle ne le ferait probablement pas, il y avait fort à parier que leurs relations ne s'amélioreraient pas de sitôt.

Quand il déposa Clayton chez elle ce lundi matin, Luke et Annie récitèrent le dialogue auquel ils se tenaient religieusement depuis l'anniversaire de May.

Elle ouvrit la porte :

— Salut Clayton !

Elle s'agenouilla mécaniquement tandis que Luke guidait gentiment l'enfant vers le vestibule et qu'il laissait tomber son sac à dos sur le sol, à côté de lui. Clayton passa ses petits bras autour du cou d'Annie qui le souleva, et l'enfant lui dit :

— Tu m'as manqué, Annie.

Il avait cessé de l'appeler tante Annie plusieurs mois auparavant, et Luke n'y avait pas attaché d'importance.

Elle approcha le nez de Clayton du sien pour lui donner un baiser esquimau et murmura :

— Tu m'as manqué encore plus !

Elle fit semblant de le lâcher, puis le déposa doucement sur ses jambes. À peine eut-elle relevé la tête que Luke baissa les yeux vers ses chaussures.

— Bon, ben, merci, dit-il en jouant avec son trousseau de clés. Passez une bonne journée.

— C'est bien ce qui est prévu, claironna-t-elle d'une voix trop enjouée tout en refermant la porte derrière lui.

Luke se dirigea lourdement vers la voiture, espérant les apercevoir derrière la fenêtre, mais il n'y avait personne ; il n'y avait eu personne depuis près de deux semaines. Il secoua une fois la tête et remonta l'allée bordée de tulipes pour rejoindre sa voiture.

Personne ne l'avait encore contacté pour lui demander de recommander Brian, et il ne pouvait s'empêcher d'en éprouver un certain soulagement. En plus de ses propres motivations, totalement égoïstes, il existait un nombre croissant de raisons bien plus sérieuses qui le poussaient à vouloir garder Annie ici, et elles concernaient toutes Brian. Comment avait-il pu ignorer de tels signaux d'alarme pendant aussi longtemps ? Il avait toujours trouvé Brian méprisant et autoritaire vis-à-vis d'Annie, mais depuis quelques semaines, Luke avait également remarqué un hématome qui s'estompait sur la hanche de son amie alors qu'elle se penchait pour aider Clayton à enfiler ses chaussures, et un autre en haut de son bras, la veille, quand elle avait décidé de porter un T-shirt à manches courtes pour la première fois depuis plusieurs jours. Il avait essayé de se convaincre qu'elle avait pu se cogner lors d'une séance de musculation, ou qu'elle avait fait une mauvaise chute pendant son jogging quotidien.

Est-ce que ces signes avaient toujours été visibles et lui, aveugle ? Natalie avait-elle su ce qui se passait ? C'était peu probable. À chaque fois qu'ils étaient sortis avec le couple Gurella, Luke avait toujours su à quelle réaction s'attendre de la part de Natalie, après la soirée, parce que c'était toujours la même : « Brian n'est qu'un imbécile ». Luke était d'accord, Brian était un imbécile, mais était-il possible que cet imbécile use de violence physique ?

Luke se laissa tomber contre l'appui-tête. Peut-être souffrait-il de paranoïa. Brian était un ami de la famille et un officier de police ; si quelqu'un était au-dessus de tout soupçon, c'était bien lui.

Et si je me trompais ? Combien de gens s'étaient trompés au sujet de son père ? Combien de gens auraient pu intervenir plus tôt et sauver sa mère ? Luke n'hésita plus. À peine eut-il dépassé le premier feu tricolore qu'il fit demi-tour. Il ne pouvait pas laisser Clayton un instant de plus dans cette maison tant qu'il n'en aurait pas le cœur net.

Quelques minutes plus tard, Luke était de retour dans l'allée d'Annie. Ils atteignaient la mi-mai et l'herbe commençait enfin à retrouver une jolie couleur verte. Comme toujours, la pelouse de Brian était impeccable, et une rangée de tulipes aux pétales rouge et jaune contrastait superbement avec le terreau noir qui bordait l'allée pavée de briques. Il n'avait de cesse d'être impressionné par ces gens capables de préserver l'apparence d'une vie parfaitement nette et rangée, alors que le chaos régnait à l'intérieur. Accélérant le pas, Luke se précipita vers le perron et frappa plusieurs fois du poing sur la porte d'entrée. Annie apparut, les yeux écarquillés, Clayton pendu à sa jambe.

— Oh, Luke, c'est toi ?

Elle jeta le torchon qu'elle tenait à la main sur son épaule droite et posa une main sur sa poitrine, dévoilant les bleus de son bras.

— J'ai failli avoir une crise cardiaque !

— Oui, pardonne-moi de revenir aussi vite. Je… euh….

Dans sa précipitation, il n'avait pas tellement réfléchi à la suite des événements. Qu'était-il censé lui dire maintenant ?

— Je peux te parler ? lâcha-t-il enfin.

Annie fit un pas en arrière.

— Entre.

— Ce n'est pas la peine, je n'en ai pas pour longtemps. C'est juste que je viens de me souvenir que Clayton avait rendez-vous chez le docteur, ce matin.

Il prit appui contre le jambage de la porte et tenta de rester désinvolte de peur de faire fuir Annie comme un animal pris au piège. Elle fronça son nez couvert de taches de rousseur.

— Oh, soupira-t-elle, et son sourire contraint disparut. Je vais chercher ses affaires.

Annie suivit la longue traînée de jouets qui menait de la porte au salon où Clayton et elle passaient le plus clair de leur temps. Prenant conscience que leur départ serait soudain moins rapide que prévu, Luke entra et ferma la porte derrière lui.

— Laisse-moi t'aider, dit-il en ramassant un minuscule ours en peluche et un paquet de feutres pour les ranger dans le sac à dos de Clayton.

À son tour, Annie largua une brassée de jouets dans le sac, et une voix électronique à l'accent britannique retentit :

— « A » comme Alligator, Aaaaah….

— Je déteste ce jouet, grogna Luke en fouillant le sac à la recherche de la tablette alphabet.

Quand il la trouva, il ouvrit un couvercle situé sur le côté du jouet et pressa le bouton *off*.

— Cela fait six semaines que j'essaie d'éteindre ce truc ! Je ne sais pas quelles piles tu utilises, mais elles sont inusables ! s'exclama en riant Annie, accroupie à côté de lui.

— Cela ne marche que pour les jouets éducatifs les plus agaçants, expliqua Luke en souriant, tandis qu'il regardait Annie dans les yeux pour la première fois depuis deux semaines. Si tu mets les mêmes piles dans un jouet vraiment amusant, elles ne tiennent pas deux jours.

— C'est un complot.

— Tu as raison. Faisons un procès, il y a de quoi gagner des millions.

Luke jeta le jouet dans le sac, en ajouta quelques autres et remonta la fermeture Éclair. Le contenu du sac émit toutes sortes de cliquetis et de claquements alors qu'il se relevait. Les taquineries qu'il échangeait avec Annie lui avaient manqué.

Il tendit sa main à Annie pour l'aider à se relever. Elle fit glisser une courte mèche blonde derrière son oreille avant de l'accepter. Ses doigts étaient longs et frais, et si fins qu'il prit soin de ne pas les serrer trop fort de peur de les briser. Luke ne pouvait pas imaginer une seconde que quiconque veuille faire du mal à Annie.

— Annie, pardonne-moi… l'anniversaire de May…

Il bafouillait, cherchait ses mots.

— Je sais que ce que je t'ai dit t'a blessée.

— Ce n'est rien.

Elle retira sa main et jeta un coup d'œil par-dessus son épaule, en direction de Clayton.

— C'est toi qui avais raison. Ce n'est pas parce que Natalie a cru que vous auriez besoin de moi que c'est forcément le cas.

— C'est ce que tu as compris ? demanda-t-il en réajustant le sac sur son épaule.

En voulant protéger Annie, il n'avait réussi qu'à la faire souffrir.

— Mouais…, acquiesça-t-elle.

Luke secoua la tête et fit un pas vers elle, interrompant le geste qui le poussait à la toucher.

— Nous avons besoin de toi, Annie. Tellement besoin de toi.

Il déglutit, ne voulant pas trop en dire.

— Je ne voulais pas que tu culpabilises de nous quitter, cela m'aurait paru égoïste. Tu as droit au bonheur.

Elle entoura ses épaules de ses bras, et ses yeux bruns s'assombrirent comme pour refléter son humeur.

— Ah, le bonheur ! lâcha-t-elle comme si le mot lui était complètement étranger.

Luke s'approcha encore et saisit sa chance.

— Es-tu heureuse ?

Elle serra ses bras autour d'elle-même et mordilla une marque au coin de sa lèvre. Une vieille cicatrice. En se demandant d'où elle pouvait provenir, Luke perdit patience.

— Es-tu… en sécurité ?

Elle releva la tête et plissa les yeux.

— Attends. Pourquoi es-tu vraiment revenu, aujourd'hui ?

Un mur s'était dressé dans les quelques centimètres qui les séparaient.

— Clayton n'a pas plus rendez-vous chez le docteur que moi, n'est-ce pas ?

— Je ne vois pas ce que tu veux dire, répondit Luke en cherchant Clay du regard.

Il avait été trop loin, il avait commis une erreur de stratégie. Il se souvint du jour, peu après leur arrivée, où Terry était venue parler avec sa mère. D'un ton sans équivoque, Terry avait expliqué à la mère de Luke qu'ils entendaient les cris de son père et qu'ils s'inquiétaient de voir les bleus dont elle était si souvent marquée. Sa mère avait souri, puis elle avait raccompagné Terry à la porte sans même lui offrir de prendre le thé.

— C'est encore une de ces lettres, n'est-ce pas ? Que dit-elle cette fois-ci ? Dis-moi, Luke.

Il ne l'avait encore jamais vue aussi agressive. Elle se penchait vers lui au point de presque le toucher.

— Il ne s'agit pas d'une lettre.

Il se frappa la cuisse. Il aurait souhaité retirer ses paroles, mais il ne voulait pas se montrer faible ou lâche.

— Je suis inquiet, c'est tout. Je voudrais t'aider.

— M'aider à quoi, exactement ?

Elle lui lança un regard méfiant.

— Brian. J'ai peur qu'il…

Avant que Luke ne puisse terminer sa phrase, une porte s'ouvrit à l'étage. Brian apparut sur la mezzanine, l'air endormi. Annie laissa échapper un petit cri et recula d'un bond.

— Salut, Luke. Il me semblait bien avoir entendu ta voix.

Il se pencha sur la rampe, vêtu uniquement d'un pantalon de survêtement des services de police, et croisa les bras, faisant gonfler le tatouage représentant un fil de fer barbelé autour de son biceps droit. Il ne sembla pas remarquer la tension qui régnait. Luke nota qu'un autre tatouage traversait ses pectoraux, mais il était trop loin pour en lire les mots.

— Salut Brian, j'allais partir.

Luke remonta la bretelle du sac sur son épaule et fit signe à Clayton, qui s'amusait à empiler des rondins de bois en plastique dans l'escalier.

— Je veux pas aller au docteur. J'aime pas les piqûres, fit Clayton en se recroquevillant sur la marche où il était assis.

Luke prit la petite main de Clayton dans la sienne.

— Ne t'en fais pas, il n'y aura pas de piqûre. Mais peut-être une glace quand nous aurons fini.

— À demain ? demanda Annie.

Appuyée contre le mur, elle avait mis le plus de distance possible entre Luke, Clayton et elle-même.

— Euh… hésita Luke. Je t'appelle plus tard.

Elle pencha la tête d'un côté, comme si elle ne comprenait pas ce qu'il tentait de lui dire.

— Pas de problème, répondit-elle d'une voix incroyablement normale.

Alors que Luke se tournait vers la sortie en les saluant d'un geste de la main, Brian l'interpella.

— As-tu reçu un appel ? Ils m'ont dit qu'ils comptaient vérifier les références des candidats cette semaine.

Luke répondit sans se retourner, malade à l'idée qu'il laissait Annie sous le même toit qu'un homme qui, selon toute vraisemblance, la battait et à qui il avait accepté de rendre service.

— Non, toujours rien. Je te tiendrai au courant.

— Eh ! lança Brian alors qu'il franchissait la porte, ils ne t'appelleront peut-être pas du tout.

Espérons-le ! pensa Luke avec ferveur en claquant la porte.

Juin
CHAPITRE 14

S'assurant que Will et May étaient bien dans le cadre, Luke pressa le bouton, et son appareil photo numérique imita à la perfection le léger clic que produisaient les obturateurs d'antan en s'ouvrant et en se refermant.

Pendant leur enfance à Pentwater, Luke et Natalie réunissaient souvent leur argent de poche pour acheter des appareils jetables. Ils organisaient des séances photo dans le fort, au fond du jardin, posant chacun à tour de rôle en faisant des grimaces, mais ils n'avaient jamais assez d'argent pour les faire développer.

Luke appuya une seconde fois sur le déclencheur et se demanda ce qu'il était advenu de ces appareils. Il faudrait qu'il envoie Will demander à Terry s'ils étaient encore chez elle, emballés dans un vieux carton au grenier.

— P'pa, c'est bientôt fini ? On va être en retard, dit May sans cesser de sourire, les mains sur les hanches.

Will leva les yeux au ciel.

— C'est le dernier jour, tout le monde se fout qu'on soit en retard.

L'adolescent remonta la capuche de son sweat. C'était la première semaine de juin, il faisait vingt-cinq degrés, mais rien n'aurait pu le convaincre d'enfiler autre chose. Qui sait ? Peut-être finirait-il simplement par tomber en lambeaux, à force d'avoir été trop porté.

— Bon, sans déconner, on peut y aller maintenant ? C'est le dernier jour où je peux voir mes potes avant les vacances d'été.

Luke positionna l'interrupteur de l'appareil sur *off* et le posa sur une table dans le hall. L'idée de faire ces photos n'était pas de lui, c'était une lettre de Natalie qui le lui avait suggéré. Chaque année, elle prenait une photo des enfants lors de leur première et dernière journée d'école. Elle les insérait ensuite, côte à côte, dans des cadres qu'elle exposait sur la cheminée du salon. Chez les Richardson, on avait toujours considéré que le premier et le dernier jour d'école étaient des jours de fête, probablement à cause du métier de Natalie.

Dans sa lettre, celle qui parlait du dernier jour d'école, il y avait un passage qui avait particulièrement plu à Luke. Il l'avait d'ailleurs relu le matin même, avant de réveiller Will et May. Cela disait :

> *Je ne comprends pas pourquoi les parents pleurent quand leurs enfants débutent une nouvelle année scolaire. Pour moi, le premier jour est le meilleur jour, chargé d'anticipation et d'excitation à l'idée de ce qui les attend. J'en ai la chair de poule. Alors que quand mes élèves quittent ma classe de CP pour rejoindre leurs parents, c'est comme s'ils étaient déjà dans la classe suivante. C'est la fin qui marque le début de la prochaine étape, pas le premier jour.*

À chaque fois qu'il lisait ces mots, il ne pouvait s'empêcher de penser qu'elle ne parlait pas seulement de l'école.

— N'exagère pas, Will. Nous avons encore deux semaines.

May enfila son sac à dos mauve sur ses épaules, et Luke n'osa pas lui demander pourquoi diable son cartable semblait si lourd en ce dernier jour d'école. Il avait dans l'idée que les cailloux qu'elle avait décorés de peinture avec Jessie quelques jours plus tôt, n'y étaient pas pour rien.

— D'ailleurs, continua May, Mamie Terry a promis de nous emmener à Disney World, à la plage et voir les alligators et…

— Je me moque pas mal de tout ça, je veux juste rester ici avec mes potes et qu'on me foute la paix, rétorqua Will en tirant la ficelle de son capuchon, le refermant ainsi sur son visage. Clay, on y va !

— Dis donc, sois gentil avec ta sœur, prévint Luke en attrapant ses clés pendues près de la porte. Et cesse de hurler, Annie va finir par croire que nous vivons comme des sauvages.

Les pas lourds et maladroits de Clayton, qui les rejoignait en courant, se firent entendre sur le plancher de la cuisine. Annie marchait derrière lui à pas mesurés, prête à l'attraper au vol quand il tomberait. La présence chez eux d'Annie dès le petit-déjeuner était une nouveauté. Elle lui avait téléphoné quelques heures après le prétendu rendez-vous chez le médecin de Clayton. Sans la moindre allusion aux insinuations de Luke, elle avait proposé de prendre soin de Clayton chez lui. Elle avait aussi expliqué qu'elle avait changé d'avis, qu'elle était décidée à partir pour Washington DC avec Brian, et lui avait même demandé en feignant l'enthousiasme s'il était toujours prêt à recommander Brian pour le poste. Désireux de ne pas envenimer les choses, il avait accepté sans trop savoir ce qu'il dirait quand il prendrait le fameux appel.

Quoi qu'il arrive, leurs rencontres s'espaceraient bientôt. Quand Terry avait téléphoné à Luke pour lui demander de lui envoyer les enfants à Orlando pendant les six semaines de vacances d'été, Luke n'avait trouvé aucune raison de le lui refuser. La vie de parent isolé était éreintante. Il travaillait sur un nouveau projet et, bien qu'Annie leur ait apporté une aide incommensurable jusqu'alors, il trouvait déplacé de lui confier les enfants à plein-temps pendant tout l'été.

— Ne t'en fais pas, je suis déjà au courant que les gens d'ici sont des sauvages. Vous n'êtes pas si terribles que tu l'imagines.

Annie resserra la queue-de-cheval de May et se planta devant Will.

— Quoiqu'il suffirait à l'équipe du *National Geographic Explorer* de quelques minutes en ta compagnie pour tirer de quoi faire tout un programme sur les bêtes qui doivent grouiller là-dedans.

Elle écarta gentiment le tissu qui recouvrait le visage de Will et rabattit son capuchon. Il la dépassait déjà d'une bonne tête, et Annie dut se tenir sur la pointe de pieds pour discipliner quelques mèches rebelles. Elle lui sourit.

— Voilà qui est mieux, dit-elle en reculant pour rejoindre Luke. Tu as pris les photos sans la capuche, n'est-ce pas ?

Luke acquiesça et regarda sa montre : 7 h 45. Il était temps de partir.

— OK, tout le monde, venez dire au revoir à Clayton et à Annie, lança-t-il à la ronde en tapant des mains. Nous allons être en retard.

— Tu veux dire, « *tu* » vas arriver en retard à ton rendez-vous avec Mme Mason, rétorqua Will en levant les sourcils d'un air entendu. Est-ce la troisième ou quatrième fois en six semaines ?

— Je te ferai remarquer que c'est de *toi* dont nous parlons lors de ces réunions, et Dieu sait qu'il y a des choses à dire, répondit Luke pour essayer de dévier la conversation loin des insinuations de Will.

L'adolescent était convaincu que si Mme Mason invitait régulièrement son père au lycée, c'était purement et simplement parce qu'il lui plaisait.

— Allons, il faut y aller, conclut Luke en se penchant pour embrasser la joue collante de Clayton. Sois sage avec Annie.

— Je suis toujours sage, c'est Annie qui l'a dit.

Les mains sur les hanches, Clayton prit un air offensé.

— C'est tout à fait vrai, je t'assure, confirma Annie en enlaçant Will d'un bras et May de l'autre. Passez tous une excellente journée, et ne soyez pas si durs avec votre père. Vous allez lui manquer, vous savez.

— Tu parles…, grogna Will avec un haussement d'épaules.

Annie remua les doigts sous ses côtes et il s'écarta en retenant un éclat de rire.

— Eh!

— Quoi? demanda-t-elle d'un air innocent.

— Allez, ouste, tout le monde dehors! fit Luke avec un regard furieux tout en indiquant la porte du garage à Will.

Il prit la main de May et se tourna vers Annie.

— Quant à toi, tu ne fais rien pour arranger les choses.

— Dis donc, tu te souviens qu'il n'y a pas si longtemps, tu te serais contenté de le voir sourire!

— Je sais, je sais.

Il hésita. Il aurait voulu dire à Annie à quel point elle avait contribué aux progrès de Will, mais ils n'avaient pas eu de véritable conversation depuis des semaines.

— Bon, passez une bonne journée, vous deux.

— Entendu.

Annie serra les lèvres, comme si elle aussi avait voulu lui dire quelque chose qui ne parvenait pas à sortir.

Luke dut attendre derrière une longue file de voitures pour déposer May à l'école primaire. Quand il se gara enfin au lycée de Will, il salua ce dernier discrètement puis se dirigea vers le bâtiment principal. Il lui restait exactement quatre minutes avant son rendez-vous de 8 h 30.

Parfait. Il se réjouissait de revoir Mme Mason. Leurs deux dernières discussions auraient tout aussi bien pu se faire par téléphone, mais il appréciait sa compagnie et, puisque Natalie le poussait à rencontrer une femme, il préférait passer du temps avec quelqu'un qu'il connaissait déjà un peu plutôt qu'avec celles sur qui Natalie avait jeté son dévolu. Et si on ne pouvait pas vraiment parler de rendez-vous galant, c'était le mieux qu'il puisse faire pour le moment.

Il devait généralement attendre – assis sur l'une des chaises inconfortables alignées dans le couloir devant le bureau de Mme Mason – qu'elle en finisse avec son rendez-vous précédent, mais aujourd'hui, il la trouva debout devant la porte ouverte. Ses hauts talons rouge vif auraient été complètement inappropriés s'ils n'avaient si bien contrasté avec sa jupe noire et son chemisier gris flottant. Elle avait laissé ses cheveux libres pendre dans son dos en boucles serrées et les pointes qui lui effleuraient la taille étaient beaucoup plus claires que les racines brunes visibles en haut de sa tête. Luke n'aurait pas su de dire si c'était le résultat d'une vieille coloration ou si c'était le nouveau style en vogue. Natalie n'avait jamais été influencée par la mode. Elle avait son propre style et, s'il lui arrivait parfois de se pomponner pour aller travailler comme si un événement particulier devait avoir lieu, il avait vite compris qu'il ne servait à rien de lui poser des questions. S'il lui demandait – en la voyant enfiler une jolie robe et de grandes boucles d'oreilles – ce qui motivait sa tenue vestimentaire, elle répondait invariablement : « J'avais envie de porter une robe, aujourd'hui. »

Il faut que tu arrêtes, s'intima Luke. Il ne pouvait pas continuer à songer à elle en permanence. Si encore elle s'était contentée de mourir, il aurait pu se permettre de la laisser occuper ses pensées, mais les questions qu'elle avait laissées sans réponse à sa mort et qui concernaient deux autres hommes dans sa vie avaient rendu son souvenir encore plus douloureux.

Bien sûr, il continuait à lire ses lettres quand il en recevait, et il lui arrivait même de tout oublier et d'y prendre du plaisir, mais la principale raison qui le poussait à les ouvrir restait l'espoir d'y trouver un indice ou un secret – et pour compter le nombre de fois où elle mentionnait sans en avoir l'air le nom du Dr Neal (vingt-quatre) ou celui d'Andy (une seule fois).

Mme Mason était devant lui et lui faisait déjà signe d'entrer dans son bureau. Elle était aimable, professionnelle et intelligente et, bien que Luke refuse de l'admettre, Will avait raison quand il disait qu'il lui plaisait.

— Monsieur Richardson, bonjour.

Mme Mason lui dédia son plus beau sourire et décroisa nerveusement les bras.

— Merci de venir me voir d'aussi bonne heure.

Elle lui fit signe d'entrer. Sur son bureau, il aperçut deux pains à la cannelle gros comme le poing, accompagnés de deux cafés glacés.

— J'espère que vous n'avez rien contre le café glacé. Il commence à faire beau, et j'ai horreur de boire chaud quand le soleil brille.

— Un café glacé, c'est très bien, acquiesça Luke en souriant tandis qu'il tirait une chaise pour s'asseoir devant le bureau.

Il prit l'une des deux tasses transparentes et essuya la trace de condensation qu'elle avait laissée sur le dessus de table. Il but une gorgée et s'efforça de ne pas tousser ; en guise de café, cela avait plutôt un goût de lait sucré et de caramel. Mme Mason s'installa dans son fauteuil et croisa les jambes.

— J'ai du mal à croire que l'année soit déjà finie, commença-t-elle en détachant un petit morceau de pâtisserie pour le porter à sa bouche.

— Oui, acquiesça Luke qui cherchait ses mots.

Qu'est-ce qui pouvait bien le rendre si nerveux ? Il sentait des gouttes de sueur perler sur son front.

— C'est vraiment passé vite, cette année.

— C'est bien vrai, dit Mme Mason en hochant lentement la tête, comme si elle comprenait le sens caché de ses paroles, comme si elle savait qu'il avait voulu évoquer Natalie.

Un silence gêné s'installa. Luke remua dans son siège, mal à l'aise, et sentit une goutte de transpiration descendre dans son dos. Il toussa, but instinctivement une gorgée de café et, prenant trop tard conscience de son erreur, lutta pour ne pas recracher le liquide.

— Bien. Euh…

Il posa la tasse sur la table, déterminé à ne pas se laisser avoir une seconde fois.

— Vous vouliez me parler de quelque chose en particulier ? À propos de Will ?

— Ah, oui, marmonna-t-elle, la bouche pleine de gâteau.

Elle but une gorgée de café et s'étrangla.

— Oh, c'est bien trop sucré, non ?

— Peut-être un peu, oui.

— Je suis navrée.

Elle leva la tasse devant elle, comme si elle cherchait l'erreur.

— J'ai voulu essayer un autre café. Il y avait la queue chez Starbucks, alors j'ai acheté mes cafés chez *Java Joe's*. J'ai compris la leçon, je les mets sur ma liste noire.

— Votre liste ? Vous étudiez tous les cafés du coin ?

— Oh oui, je suis un agent spécial du Michigan, et ma mission consiste à recenser les mauvais cafés. C'est pour cela qu'on me paye, d'ailleurs.

— Voilà qui me paraît bien dangereux. Personne n'a jamais tenté de vous assommer à coups de moulin ?

— Pas encore, mais ne vous en faites pas pour moi. J'ai suivi un entraînement à base de pure caféine, je suis un véritable ninja.

Elle rit d'un rire insouciant et un peu trop sonore qui plut à Luke. Elle aurait pu faire partie des gosses qui remplissaient sa cour de récréation. Il l'imita, comprenant ce qui la rendait si efficace avec les adolescents. Son sens de l'humour était contagieux.

— J'ai peur, c'est officiel, répondit-il en se protégeant de ses mains comme si on l'attaquait.

— Ne vous inquiétez pas, je ne fais usage de mes super pouvoirs que pour lutter contre le mal. Vous ne craignez rien.

— Ouf!

Luke s'essuya le front d'un air soulagé et fut surpris de sentir l'humidité qui recouvrait sa main. Il fut tenté de reprendre une gorgée de café glacé, ne serait-ce que pour se rafraîchir. Une sonnerie retentit au loin. Luke se retint de consulter sa montre. Les cours étaient sur le point de commencer.

— Bien, je ne vais pas vous retenir trop longtemps. Passons aux choses sérieuses, si vous le voulez bien?

Mme Mason ouvrit la chemise cartonnée qui trônait sur son bureau et, comme à chaque fois qu'il venait la voir, il se prépara au pire.

— J'ai besoin de votre accord pour inscrire Will dans les cours d'approfondissement dont je vous ai parlé la dernière fois. Avec les résultats qu'il a obtenus aux derniers examens, il peut se spécialiser en anglais, chimie et histoire américaine. J'ai besoin de la signature d'un parent pour l'inscrire, et je voulais aussi m'assurer que, selon vous, Will sera capable de gérer le travail et la pression supplémentaires.

— J'ai regardé les programmes que vous m'avez envoyés, et je crois qu'il en est capable. Je sais qu'il a traversé une période difficile, mais il me semble qu'il va beaucoup mieux. Qu'en pensez-vous? s'enquit-il, les yeux plissés.

— Je suis d'accord, il a fait beaucoup de progrès, en grande partie grâce à vous. Je crois qu'il est prêt.

— C'est aussi grâce à vous. Alors c'est entendu. Je peux signer les documents maintenant, pour simplifier les choses.

— Bien sûr, répondit-elle avec un sourire qui creusa ses fossettes.

C'est vrai qu'elle est jolie, et elle a un caractère original, sans parler du fait qu'elle fait du bon travail, concéda Luke silencieusement.

Toutefois, Luke avait beau admettre que la jeune femme avait de nombreuses qualités, il n'était pas certain d'être prêt, lui.

— Comment se passe la thérapie de Will ? Il a l'air de bien s'entendre avec M. Cotton, demanda la jeune femme en poussant une page vers lui.

Le document glissa sur son bureau dans un bruissement de papier.

— Oui, cela lui a fait du bien, répondit-il, distrait par la lecture du texte devant lui. J'aurais mis ma main à couper qu'il interrompait le traitement dès la fin des six semaines, mais il semble y avoir pris goût. May est allée le voir une fois ou deux, elle aussi…

Luke s'interrompit, cherchant l'emplacement où signer. Il sentait le regard de Mme Mason sur son front.

— Tant mieux. Quelques séances chez un psychologue n'ont jamais fait de mal à personne.

— J'imagine que non, dit Luke en terminant le « *n* » de son nom.

Il lui rendit papier et stylo et se leva pour partir.

— Oh !

Son sourire s'affaissa, et Luke se sentit coupable. Avec Natalie, les choses avaient semblé tellement plus simples, mais ils n'étaient que des enfants quand ils s'étaient rencontrés.

— Pardonnez-moi. J'ai vraiment apprécié l'attention, ajouta-t-il avec un geste vers les cafés et pâtisseries. Mais je suis déjà en retard.

Une deuxième sonnerie résonna sur le campus et une voix se fit entendre dans les haut-parleurs du couloir.

— C'est moi qui devrais m'excuser. Je ne voulais pas vous mettre en retard. Vous… nous… je n'ai pas souvent l'occasion de rencontrer des pères qui s'intéressent à leurs enfants. Disons que je voulais vous remercier.

Elle se leva et rejoignit la porte, la main sur la poignée métallique.

— J'ai l'impression que vous me surestimez, lâcha Luke.

Il n'était pas ce qu'on appelle un bon père. C'était Natalie qui avait tout programmé. Le plus souvent, entre Annie, Jessie, et maintenant Will, à qui il arrivait occasionnellement de faire un effort, Luke avait l'impression de n'être guère plus qu'une sorte de marionnette dont le rôle principal était de rapporter un salaire.

— Vous vous trompez. Will m'a raconté toutes les recherches que vous avez faites pour en savoir plus sur cette lettre qu'il avait découverte. Je trouve cela extraordinaire.

Elle avait planté ses yeux d'un vert doré droit dans les siens, et Luke sentit les battements de son cœur s'accélérer. Il ouvrit la bouche pour rétorquer par un autre commentaire négatif concernant ses compétences en tant que parent, mais il la referma aussitôt. Il ne voulait pas paraître ingrat.

— Merci, madame Mason. Nous avons de la chance de vous avoir, dit-il enfin.

Plutôt par culpabilité que par envie, il prit son café et ajouta :

— Vous voulez bien que je l'emmène ?

— Bien entendu. Et prenez aussi le pain à la cannelle. Je viens d'en déposer une grande assiette en salle des profs, je crois que cela suffira pour aujourd'hui.

— Merci.

Luke, maintenant gêné dans ses mouvements, enroula un gâteau dans une serviette en papier.

— N'hésitez pas à m'appeler si vous avez besoin d'autre chose !

— C'est d'accord, dit Mme Mason.

Elle ouvrit la porte et s'appuya contre le chambranle.

Luke leva sa tasse et dit :

— J'imagine que je vous reverrai l'année prochaine.

— Euh, monsieur Richardson… commença Mme Mason en tapant nerveusement du pied alors qu'elle cherchait quelque chose dans la poche de sa jupe noire. Je voulais vous donner ma carte. Il est peu probable que je regarde mes e-mails professionnels pendant l'été, mais j'ai ajouté mon numéro de portable au dos.

Elle lui tendit la carte entre deux doigts parfaitement vernis d'un rouge assorti à ses chaussures.

Il savait que ce moment serait décisif. Il était bien obligé d'accepter sa carte, mais qu'en ferait-il ensuite ? Il pouvait la fourrer dans le vide-poches de sa voiture, ou la ranger soigneusement dans son portefeuille, attendre quelques jours ou quelques semaines et lui passer un coup de fil quand il se sentirait enfin prêt.

— Oh, vous êtes déjà bien chargé, remarqua-t-elle, et elle déposa la carte sur le paquet contenant la pâtisserie. Et je vous en prie, appelez-moi Félicité.

Son nom brillait effectivement sur la carte blanc cassé : Félicité Mason.

— Je vous remercie pour ce petit-déjeuner, Félicité. Nous avons de la chance de vous avoir – vous et vos compétences de ninja ! plaisanta Luke, et Félicité laissa éclater un nouveau rire. Je n'ai pas de carte sur moi, mais vous pouvez m'appeler Luke.

— Eh bien, Luke, fit Félicité en basculant sur ses talons sans pour autant perdre l'équilibre, je vous souhaite un très bel été, et j'espère avoir bientôt de vos nouvelles.

— À vous aussi.

Luke s'éloigna sans se retourner, de peur que Mme Mason…, que Félicité n'ait pas cessé de l'observer. Quand il atteignit enfin le parking, la chemise de Luke était trempée de sueur. Sur le trottoir, une poubelle pleine de papiers, d'emballages et de tasses en carton lui tendait les bras et il y jeta son café sans s'arrêter avant de se diriger vers sa voiture. Un coup de vent manqua d'emporter la carte de Mme Mason, forçant Luke à la tenir plus fermement. Il remarqua alors le message écrit à la main, au dos : « *Appelez-moi ou envoyez un SMS quand vous voulez* », suivi d'un numéro de téléphone.

Luke enfouit la carte dans la poche arrière de son pantalon en secouant la tête, incrédule.

Nom de Dieu, Natalie, dans quel pétrin m'as-tu encore entraîné? pensa-t-il.

CHAPITRE 15

— On est rentrés ! cria May en courant dans la maison, sa nouvelle poupée à la main.

Avec ses longs cheveux bruns et ses grands yeux bleus, le jouet ressemblait trait pour trait à sa propriétaire.

— J'ai choisi une poupée. Elle s'appelle Sally !

Luke pénétra dans le couloir en fermant la porte du garage derrière lui et fut surpris par l'odeur d'eau de Javel qui malmenait ses narines. Habituellement, quand il rentrait, il était plutôt accueilli par le fumet du repas du soir mijotant dans la cuisine, ou par celui du pop-corn que les enfants aimaient grignoter devant la télévision. Luke traversa le hall et la salle à manger et fut légèrement horrifié de constater que tout était immaculé.

— Annie ! gronda-t-il en secouant la tête. Je ne t'avais pas demandé de faire le ménage.

La cuisine était impeccable, elle aussi ; le salon avait été rangé, le meuble TV dépoussiéré, et Annie se tenait debout devant l'évier, ses gants jaunes remontés jusqu'aux coudes.

— Annie, soupira-t-il. J'espère que tu n'as pas passé la journée à nettoyer la maison ? Je t'en prie, ne te sens pas obligée de faire le ménage derrière nous, je vais finir par me sentir coupable.

Elle agita sa main gantée de jaune dans sa direction.

— Ne t'en fais pas, je n'étais pas seule. Will est très doué quand il s'agit d'enlever les traces de moisissure des carreaux de la salle de bains.

— Papa, j'ai fait les plumes ! lança Clayton en s'agrippant à sa jambe, l'air aussi fier que s'il avait construit la maison tout seul.

— Les plumes ?

Annie retira ses gants d'un coup sec.

— La poussière, chuchota-t-elle.

— La poussière !

Luke fit trois pas vers l'îlot, sans pour autant se débarrasser de son cadet.

— Toi, mon grand, tu es le meilleur « *dépoussiéreur* » que je connaisse !

— Je sais ! s'esclaffa Clayton.

— Alors, cet après-midi « entre filles », ça s'est bien passé ? le taquina Annie. May a l'air contente.

Ils se tournèrent tous deux vers May, qui avait installé sa poupée à table et lui expliquait qu'elle devrait manger tous ses légumes si elle souhaitait avoir du dessert.

— Ne te sens-tu pas un petit côté féminin, ce soir ?

— Oui. Nous avons pris le thé, minauda Luke en faisant mine de tenir une tasse par l'anse, le petit doigt levé. Je t'ai dit que je méritais le prix du super papa ?

— Tu n'as pas besoin de me le dire, répondit-elle en retirant le tablier « *Embrassez le cuisinier* » qu'elle avait pris l'habitude de porter, avant de le suspendre à côté du réfrigérateur. Je le savais déjà.

— Tu ferais bien de le rappeler à Terry, quand elle arrivera.

La main sur la hanche, Annie répondit :

— Je n'aurais pas hésité une seule seconde, mais je ne crois pas que je la verrai. Brian et moi avons prévu de nous rendre à Washington DC la semaine prochaine, pour visiter des… logements.

Inquiète d'aborder le sujet presque tabou, elle avait murmuré la fin de la phrase.

— Bien sûr, j'avais oublié.

Luke faisait de son mieux pour faire preuve de soutien.

— Vous avez des nouvelles ?

Elle secoua la tête.

— Toujours rien. Il est le « prochain sur la liste », mais va savoir ce que cela peut bien signifier…

Ils gardèrent le silence un instant. À chaque fois qu'ils abordaient le sujet d'un déménagement imminent, Luke ressentait une folle envie de la supplier de rester, et devait se retenir de parler, de peur d'en dire trop.

— Bon, merci d'avoir pris soin de Clayton pour que je puisse passer la journée avec May.

Luke avait pris quelques jours de congé afin de profiter de sa progéniture avant l'arrivée de Terry. La mère de Natalie avait prévu de rester chez eux une semaine avant de repartir un mois et demi en Floride, accompagnée des enfants.

Après avoir passé un peu de temps à la maison avec eux, Luke était plus convaincu que jamais d'avoir pris la bonne décision en les autorisant à passer l'été chez leur grand-mère. Ces derniers jours, il les avait emmenés à la piscine, au zoo, et ils avaient même réussi à meubler un jour de pluie par une partie mémorable de cache-cache dans la maison, mais c'était Natalie qui avait toujours fait des vacances d'été une vraie réussite, et il avait la tenace impression qu'ils faisaient tous un peu trop semblant.

— Tu n'as pas à me remercier de passer du temps avec tes enfants, je les adore.

Clayton avait finalement libéré la jambe de Luke et s'accrochait maintenant au pantalon de yoga d'Annie, ce qui ne semblait pas la gêner : elle caressait affectueusement sa tête blonde.

— En revanche, tu me dois des tonnes de remerciements pour avoir décapé ton frigo. Bon sang, Luke, ne me dis pas que c'est la première fois que quelqu'un le nettoie depuis Natalie ?

— Tu plaisantes…

Luke passa rapidement devant Annie et Clayton pour s'approcher du réfrigérateur et en ouvrir la porte en grand. Les étagères, presque vides, reluisaient, et la légère odeur de Javel était bien plus tolérable dans l'air frais du frigidaire.

— Annie…

Luke baissa la voix avant de continuer.

— Il faut que tu me permettes de te payer, tu travailles bien trop dur.

— Hors de question. Je ne veux pas de ton argent.

Ses doigts se frayèrent un chemin sous ceux de Luke, toujours serrés sur la poignée, et elle referma la porte.

— Je l'ai fait uniquement pour ne pas donner de munitions supplémentaires à Terry, la semaine prochaine.

— Oh… hésita-t-il. Natalie t'a parlé de nos relations ?

— Il ne m'a pas été bien difficile de deviner qu'elles n'étaient pas au beau fixe.

Elle lâcha la poignée du réfrigérateur.

— J'étais là presque tous les jours à la fin, et je dois dire qu'elle n'est pas une belle-mère facile à vivre.

Annie laissa tomber sa tête contre le frigidaire et croisa les bras sur sa large chemise bleu électrique. Luke s'appuya contre la porte.

— C'est vrai, mais j'ai l'habitude maintenant. Je ne fais aucun cas de ses remarques désobligeantes. Ceci dit, j'ai quand même eu une idée futée.

— Oh ! Raconte.

— Je me suis offert un smartphone.

— Non ! Incroyable ! dit Annie en lui tapant tendrement l'épaule. Tu peux envoyer des textos, alors ? Haha ! Tu pourrais bien le regretter, ajouta-t-elle en tapotant ses index d'un air conspirateur.

— Oui, je peux envoyer des textos, admit Luke en levant les yeux au ciel. Et je peux discuter avec Will par vidéo, et je peux même envoyer des clips sur le téléphone qu'utilise Clayton, le soir. Cela m'évitera de déranger Terry, et surtout d'avoir affaire à elle.

— Attends, tu continues de payer la facture de Natalie ?

— Oui, admit-il.

— Tu n'as pas peur que Clayton passe des appels ?

Elle passa à nouveau ses doigts dans la chevelure du petit garçon, ce qui sembla lui déplaire car il lâcha ses jambes et détala sans un mot vers le salon.

— Je le mets en mode avion avant de le lui donner. C'est juste que…

Gêné, il se sentit rougir. Il s'était promis de ne parler à personne de ces appels, mais il lui devenait de plus en plus facile de partager ses secrets avec Annie.

— Il m'arrive de me sentir seul, alors je lui téléphone.

Il s'interrompit avant de lui révéler que certains jours, quand il n'allait vraiment pas bien, il lui laissait des messages pour lui parler des enfants, ou lui dire combien elle lui manquait. Récemment, il lui avait aussi posé des questions et laissé éclater sa colère. Il se sentait toujours mieux après avoir parlé au répondeur de Natalie. C'était probablement ce que ressentaient les gens qui avaient recours à la prière.

— Mon Dieu, Luke !

Annie serra doucement sa main dans la sienne.

— C'est la chose la plus adorable que j'aie jamais entendue. Je peux l'appeler, moi aussi ? Je n'ai jamais pu me résoudre à effacer son numéro.

D'un geste qui se voulait désinvolte, Luke retira sa main et la glissa dans la poche de son pantalon.

— Bien entendu. Il y a longtemps que j'ai réglé la sonnerie sur silence. Je te suggère de le faire avant le départ des enfants, Dieu sait ce que Terry fera de ce téléphone quand elle le trouvera.

— J'aimerais tellement qu'ils restent.

Annie s'écarta du réfrigérateur pour se diriger vers le plan de travail où étincelait son propre smartphone blanc.

— Ils vont beaucoup me manquer. Tu te rends compte que tu vas devoir combler le vide avec de nombreux SMS, n'est-ce pas? Tiens, passe-moi ton beau téléphone tout neuf, ajouta-t-elle en tendant sa main ouverte.

Luke sortit l'appareil de la poche avant de son pantalon entre deux doigts. Il était toujours surpris par la taille et le poids plume du téléphone par rapport à la télécommande qu'il utilisait depuis des années. Annie se saisit du smartphone et se mit à faire défiler les applis du bout des doigts.

— Voilà. J'ai mis mon numéro en mémoire et je me suis appelée, comme cela, j'aurai tes coordonnées. Tu peux me contacter quand tu veux.

Alors qu'elle rendait son portable à Luke, la sonnerie de la porte d'entrée retentit. Elle leva les sourcils.

— Tu attends une livraison?

Luke jura en silence. Annie aurait déjà dû être rentrée chez elle.

— Euh, c'est Jessie.

Luke s'éclaircit la gorge pour mieux projeter sa voix.

— Will, tu peux ouvrir?

Un grognement suivi de bruits de pas leur parvint depuis l'étage. Luke savait pertinemment que Will ne quittait sa grotte pour personne à l'exception de Jessie ou Annie.

— Jessie ? répéta Annie en fronçant les sourcils. Si tu avais besoin d'une baby-sitter, tu aurais pu m'en parler, non ? Je suis déjà sur place.

Luke remit son téléphone dans la poche de son pantalon et soupira.

— Je vais rentrer tard et tu as déjà passé toute la journée ici. Je ne voulais pas abuser.

— Tard ? Où vas-tu ?

Jessie les rejoignit d'un pas nonchalant. Comme tous les habitants du Michigan, il lui tardait de voir arriver l'été : elle portait un short, un T-shirt orné de l'inscription *BroadwayCares.org* et des lunettes de soleil qu'elle fit glisser sur sa tête avant de s'approcher.

— Il a un rendez-vous, murmura-t-elle, aussi excitée à cette idée que ne l'avait été May à son sujet, quelques semaines auparavant.

Annie se redressa, une main sur la hanche, et pencha la tête. Luke ne savait pas si elle était surprise ou agacée.

— Un rendez-vous ? Avec qui ?

Et voilà. Il ne lui restait plus qu'à tout lui dire.

— Mme Mason. Du lycée.

— L'éducatrice ? Moi qui croyais que Will plaisantait.

— C'était une blague, mais elle m'a donné son numéro, et…

Et Natalie m'a dit de le faire. Mais cela, il ne pouvait pas le leur dire.

— Je trouve que c'est super, monsieur Richardson. Quand ma mère est morte, mon père a mis des lustres avant de rencontrer d'autres femmes.

Jessie s'efforçait d'être gentille, mais elle n'avait pas la maturité nécessaire pour prendre conscience que ses commentaires pouvaient mettre Luke dans l'embarras. Il aurait voulu expliquer que l'idée n'était pas de lui. Que, même s'il appréciait Félicité, il ne lui serait pas venu à l'esprit de voir en elle autre chose que l'éducatrice du lycée de Will si Natalie ne lui avait pas suggéré à plusieurs reprises de sortir de son célibat. Et si Jessie ne portait pas de jugement, il suffisait d'un regard à Annie pour savoir que ce rendez-vous ne lui disait rien qui vaille.

— Je ferais mieux d'y aller, dit Annie en saisissant son sac, qu'elle lança sur son épaule. Tu as besoin de temps pour te changer et je dois préparer le dîner de Brian. Passe un bon été, Jessie, et prends soin de toi.

— Vous aussi, lança Jessie à Annie, alors que celle-ci s'éloignait d'un pas rapide.

— Hé, attends !

Luke lui emboîta le pas pour lui donner des explications.

— Pardonne-moi, je n'ai pas eu le temps de te parler de Mme Mason. Je ne voulais pas le faire devant May, je ne pense pas qu'elle soit prête.

Annie enfonça ses pieds dans ses baskets colorées en s'aidant d'un doigt pour y faire glisser ses talons.

— Non, elle n'est pas prête.

Elle se releva, les joues rougies d'avoir eu la tête à l'envers, et écarta ses cheveux de son visage.

— Et je ne suis pas sûre que tu sois prêt non plus. Tu lis les lettres de Natalie comme si elles constituaient ta bible personnelle, et j'ai bien remarqué l'expression que prend ton visage à chaque fois que les enfants parlent de leur mère. Alors je suis un peu surprise d'apprendre que tu te jettes déjà dans une nouvelle relation.

— Une relation ?

Les genoux de Luke tremblèrent à cette idée.

— Ce n'est pas une relation, c'est un rendez-vous. Et je ne vois pas ce qui te fait croire que tu peux me juger de la sorte.

Frustré, il frappa sa cuisse du plat de sa main.

— D'ailleurs, cette idée stupide n'est pas de moi, mais de Natalie.

Annie en eut le souffle coupé et recula d'un pas.

— Il est vraiment étrange, Luke, que tu ne te rendes pas compte à quel point il est malsain que tu rentres dans ce petit jeu, avec ces lettres écrites par Natalie.

— Tu trouves que ma relation est malsaine ?

Ses oreilles sifflaient, les mots et la colère s'accumulaient en lui, et il ne put les retenir.

— Et toi, ta relation avec Brian ? Tu ne me feras pas croire qu'il n'a jamais posé la main…

Annie en resta bouche bée.

— Il faut que j'y aille.

— Non, Annie, pardonne-moi. Je t'en prie, ne pars pas.

Luke lui saisit la main, mais elle la retira immédiatement et ouvrit la porte d'entrée d'un grand geste qui fit claquer le rabat de la boîte aux lettres dorée.

— Passe une bonne soirée, siffla-t-elle avant de claquer la porte.

CHAPITRE 16

Seize années s'étaient écoulées depuis le dernier « premier rendez-vous » de Luke, et même alors, il ne s'était pas agi d'un premier rendez-vous au sens strict, puisqu'il avait déjà rencontré Natalie six ans plus tôt. À l'époque, ils s'étaient contentés de partager une pizza devant un film, assis sur le vieux canapé de son appartement, et il n'avait été question ni de vernissage dans une galerie d'art, ni de repas dans un grand restaurant.

Félicité lui avait téléphoné dès le lendemain de leur réunion au lycée pour lui faire une proposition : s'il acceptait de l'accompagner à l'expo de son frère, elle lui offrirait le dîner. Comme elle, Luke avait apprécié leurs conversations dans son bureau, mais son invitation représentait un grand pas en avant : non seulement ce serait leur premier rendez-vous, mais ce serait aussi le premier depuis son veuvage. Il lui avait répondu qu'il avait besoin de réfléchir. C'est alors qu'il avait reçu le premier e-mail.

Le message, très bien tourné, provenait d'une femme répondant au pseudonyme *JerseyPrincess*, dont la minuscule photo montrait un visage souriant encadré de boucles brunes. Elle lui expliquait que Natalie avait pris contact avec elle plusieurs mois auparavant (c'est-à-dire qu'elle avait dû le faire pendant les derniers mois de sa vie).

JerseyPrincess lui présentait ses excuses, mais elle venait de s'engager dans une relation sérieuse avec quelqu'un d'autre, ce qui ne lui permettrait pas de tenir la promesse qu'elle avait faite à Natalie, à savoir aider Luke à faire ses premiers pas sur les sites de rencontre.

Une histoire de fous.

Un peu plus tard dans la journée, Luke reçut un second e-mail. Cette fois-ci, il s'agissait d'une proposition. *StaceysMom* lui avait rédigé un long message où elle relatait sa correspondance avec Natalie ainsi que sa propre histoire illustrée avec force détails, et où elle lui dévoilait plusieurs photos un peu trop suggestives.

C'est à ce moment-là qu'il se décida. Il préférait sortir avec Félicité plutôt qu'avec l'une de ces étrangères présélectionnées par Natalie, même si, pour la rappeler, il lui fallut surmonter un embarras encore plus grand que celui qu'avaient provoqué les questions de May sur la puberté après un cours de biologie particulièrement explicite.

Il ne regrettait pas d'avoir accepté l'invitation de Félicité, mais il déplorait l'altercation qu'il avait eue avec Annie et l'humiliation qu'il avait lue sur son visage suite à ses paroles. Le vernissage, quoique un peu bizarre, se présentait plutôt bien. Toutes les pièces exposées dans la galerie avaient été créées à partir d'objets trouvés (ce que son esprit d'ingénieur avait immédiatement traduit par « *déchets* »*).* La contemplation de chaque œuvre semblait ramener ses pensées vers Annie, vers la façon dont leur amitié avait si facilement basculé vers le chaos, et il ne pouvait s'empêcher de consulter son téléphone, au cas où elle lui aurait envoyé un message.

Non, se reprit-il en s'astreignant à ranger le portable dans sa poche et à se concentrer sur la voix de Félicité qui commentait les œuvres.

Il avait toujours envisagé l'art avec une certaine ironie, mais une sculpture retint cependant son attention : créée à partir de capsules de bouteilles tordues ou aplaties, elle avait l'apparence d'un homme pleurant à chaudes larmes et comme elle n'était pas protégée par le traditionnel ruban de velours, Luke résista à l'envie de s'approcher pour la toucher. D'une certaine façon, il s'identifiait à cet homme de métal fait de vieux objets devenus inutiles : vieux, rouillé et vide à l'intérieur. Il était hors de question qu'il achète la statue mais elle le fascinait, comme une sorte de beauté émergeant du chaos, un chef-d'œuvre tiré de résidus. L'art n'était peut-être pas toujours aussi insignifiant qu'il l'avait cru.

La visite des trois étages qui composaient la petite galerie leur prit environ une heure – en marchant un peu trop lentement selon Luke. Les talons aiguilles argentés de Félicité claquaient sur le parquet en chêne poli et le tulle noir de sa jupe se froissait contre ses genoux à chaque pas. Elle portait un bustier à paillettes attaché autour de son cou, et ses cheveux étaient retenus en un élégant chignon bas.

Luke fit de son mieux pour ne pas remarquer les bouclettes qui tentaient de s'échapper de sa coiffure. Il refusa de s'attendrir sur le grain de beauté qui ornait sa joue, au coin de son œil droit, et qui montait et descendait au rythme de son sourire. Il maintint une distance prudente entre eux tout au long de leur visite, les mains soigneusement croisées dans son dos.

— Je vais saluer mon frère, et puis nous pourrons aller dîner. J'ai réservé une table juste à côté d'ici pour 19 heures, précisa Félicité en posant une main sur son épaule.

Il dut refréner un mouvement de recul ; après tout, elle n'était pas responsable de son cœur brisé.

— Une réservation ? On dirait que c'est un endroit chic.

— N'oubliez pas notre accord : vous m'accompagnez, je vous invite à dîner.

Elle franchissait chaque marche avec précaution, les mains serrées sur la rampe.

— Quand vous avez parlé de dîner, je m'attendais plutôt à un sandwich à emporter.

— Eh bien, vous êtes particulièrement facile à satisfaire, lança Félicité en lui souriant par-dessus son épaule.

Elle sauta courageusement la dernière marche et, la voyant tanguer sur ses hauts talons, Luke se précipita pour la retenir par la main.

— Attention !

Debout côte à côte, leurs pieds se touchaient presque. Elle entrecroisa ses doigts aux siens et Luke sentit un frisson remonter le long de son bras et envahir le bas de son ventre.

— Vous venez à mon secours une nouvelle fois ; je crois que vous venez de mériter votre dessert.

Elle l'entraîna par la main en indiquant du menton un grand brun dégingandé à lunettes dont la barbe lui donnait l'apparence d'un SDF.

— Allons prendre congé de Cole.

Elle pressa doucement ses doigts contre le dos de sa main, et sa paume semblait incroyablement petite contre la sienne. Il y avait quelque chose de bizarre, de presque irréel à donner la main à Félicité. Il la suivit à travers le plancher antique de la galerie. Cole manifesta peu d'intérêt pour la conversation que tentait d'avoir avec lui sa grande sœur, ce que Luke comprit aisément.

Luke devait bien reconnaître qu'il était troublé d'être la proie d'une jolie femme et que la façon dont elle caressait le dos de sa main avec ses ongles n'était pas pour lui déplaire, mais son cerveau – tout au moins la partie qui aurait dû l'autoriser à tenir la main d'une autre femme que la sienne et qu'il avait débranchée plus de seize ans auparavant – n'avait vraisemblablement pas été informé de la mort de Natalie.

Quand Félicité retira ses doigts pour arranger un châle en grosses mailles sur ses épaules, sa main lui sembla soudain froide et vide, mais le poids de la culpabilité qui comprimait sa poitrine disparut instantanément. Luke tint la porte de la galerie ouverte pour laisser passer sa compagne et enfonça ses mains dans ses poches pour les préserver de la fraîcheur du soir.

— Vous ne voyez pas d'inconvénient à ce que nous y allions à pied ? Le restaurant n'est pas très loin.

— Si vous pouvez marcher avec ces talons, mes mocassins devraient pouvoir vous suivre.

Luke observa les rues qui les entouraient. Les notes d'une guitare basse traversaient les murs de la discothèque avoisinant la galerie et, derrière la vitrine d'un bar à hot-dogs bondé, il entrevit des étudiants qui riaient et flirtaient gaiement. Le quartier au crépuscule avait un air vaguement familier, mais les arbres avaient poussé depuis la dernière fois qu'il avait dîné à proximité du campus et les groupes de jeunes gens qui arpentaient les trottoirs ne représentaient qu'une infime proportion de la population universitaire à ne pas quitter la ville pendant l'été. Ils tournèrent dans une rue, et Luke devina leur destination.

— Ashley Street ? Sans blague !

Bouche bée, il se tourna vers Félicité.

— Vous avez réservé une table à *The Earle* ?

Félicité leva le poing devant elle d'un geste victorieux et eut un petit rire :

— Yes ! Je me doutais que vous aimiez le jazz !

— Aimer, c'est beaucoup dire, mais *The Earle*, c'est un classique. Natalie et moi avions toujours dit que nous irions y fêter nos vingt ans de mariage.

Il s'étrangla.

— Pardonnez-moi, je n'aurais pas dû…

Luke avait pris trois pas d'avance sur elle quand il s'aperçut que les talons de Félicité s'étaient tus. *Eh bien voilà, c'est officiel*, pensa-t-il. *Tu es incapable de passer une soirée sans parler de ta défunte épouse.*

— Ne vous excusez pas, dit Félicité en s'adressant à son dos.

Trois claquements de talons plus tard, elle l'avait rejoint et passait son bras au creux du sien.

— Je vous en prie, n'imaginez jamais que vous ne pouvez pas me parler de Natalie. Elle fera toujours partie de vous.

Ne trouvant rien à ajouter, il garda les lèvres serrées, mais Félicité ne semblait rien attendre en réponse. En bonne éducatrice patiente et déterminée, elle le tira par le bras, regarda des deux côtés avant de traverser et le guida vers un large auvent bordeaux décoré de lettres blanches. Elle jeta un coup d'œil à la fine montre argentée qui ornait son poignet.

— Nous avons quelques minutes d'avance, mais l'hôtesse est la petite amie de mon frère, cela ne devrait pas poser de problème.

Ainsi, Félicité n'était pas étrangère à la méthode qui consistait à réagir aux problèmes personnels en prétendant ne pas les remarquer. Le bras de la jeune femme sur le sien le rassurait, un peu comme la tension d'une ceinture de sécurité.

— Ne vous en faites pas pour moi, je ne suis pas pressé, dit Luke.

Et il le pensait vraiment.

• • •

— À ce moment-là, le père me glisse une enveloppe sur mon bureau en disant : « Voilà qui devrait suffire », et je suis tentée de lui expliquer que je n'ai pas le pouvoir de changer les notes, et encore moins la moyenne d'examen, mais que même si c'était le cas, cela lui coûterait un peu plus que vingt-cinq balles !

Félicité riait, ses boucles rebondissant gaiement sur ses épaules et Luke se laissa aller à en faire autant. La cuisine était délicieuse, la musique allait au-delà de sa réputation, et la compagnie de Félicité lui était extrêmement agréable.

— Alors, en supposant qu'il soit en votre pouvoir de changer les notes, combien cela me coûterait-il de transformer un D en A ?

— Je n'ai pas mes tarifs en mémoire, mais laissez-moi faire une petite étude de marché et je suis sûre de pouvoir vous faire une offre défiant toute concurrence.

Elle finit presque son verre de vin en une gorgée. Luke se garda bien de l'imiter, peu désireux de donner libre cours aux nombreuses pulsions qu'il passait sa vie à refréner. D'ailleurs, il devait prendre le volant et emprunter l'autoroute, ce qui suffisait à le rendre nerveux même après un seul verre.

— Je ne crois pas avoir les moyens de me payer vos services.

Ses joues étaient douloureuses d'avoir trop souri, à moins qu'il n'en ait tout simplement perdu l'habitude. Elle reposa son verre sur la table et poussa un soupir, les yeux fixés sur les quelques millimètres de liquide cramoisi restant.

— Voulez-vous un dessert ? demanda-t-elle en battant des paupières, ses grands yeux vert et or levés vers lui.

Son cœur ne fit qu'un bond dans sa poitrine ; ses poumons et sa gorge se serrèrent. Si seulement elle avait été moins jolie, si seulement elle n'avait pas montré de manière on ne peut plus explicite à quel point il lui plaisait et à quel point elle souhaitait lui plaire aussi, les choses auraient semblé plus simples. *C'est trop tôt*, fredonnait une voix dans sa tête, et il savait que c'était vrai. Il n'était pas prêt à se lancer dans une nouvelle histoire. Il restait indéniablement et irrévocablement amoureux de Natalie, même s'il n'était plus tout à fait certain que cet amour ait été réciproque.

— Je vous remercie, mais ça ira, répondit-il en secouant la tête.

Il retira la serviette bordeaux de ses genoux pour la déposer sur la table.

— Je ferais bien de rentrer libérer Jessie avant qu'il ne soit trop tard.

Un coup d'œil à sa montre lui apprit qu'il n'était que 20 h 30. Le visage de Félicité se décomposa. Luke en était à se demander s'il ne devrait pas changer d'avis quand son téléphone se mit à sonner dans sa poche. Son achat était trop récent pour qu'il ait eu le temps d'en régler la mélodie, et l'appareil hurlait sa musique commerciale à plein volume tout en vibrant violemment. Parmi les couples qui le dévisagèrent depuis les tables voisines, Luke aperçut un homme aux lunettes sombres dont les cheveux gris entouraient un crâne dégarni, et il se fit la réflexion qu'il avait l'apparence d'un professeur. Le Dr Neal, peut-être ? L'appareil sonna une nouvelle fois, et « le professeur » secoua la tête. C'était une idée ridicule qui frisait la paranoïa. Lui était-il devenu impossible de passer une journée sans que cet individu ne s'immisce dans ses pensées ?

— Je suis navré, mais je crois que je ferais mieux de répondre. Jessie est la seule personne qui connaisse ce numéro…

Jessie, et une autre personne : Annie. Ah ! Annie. Le sentiment de culpabilité était de retour.

— Allez-y, je vous en prie, répondez. Je vais payer l'addition et je vous retrouve dans le vestibule.

La sonnerie se fit insistante et l'appareil reprit ses vibrations.

— Vous n'êtes vraiment pas obligée de m'inviter, vous savez.

— Je sais, mais cela me fait plaisir. Maintenant, prenez cet appel avant que le type de la quatre ne nous assassine tous les deux.

Les sourcils levés, Luke pencha la tête en direction du professeur, et Félicité s'esclaffa. Luke enfonça le bouton vert et porta le portable à son oreille.

— Allô ? demanda-t-il en se frayant un chemin entre les tables pour rejoindre le hall d'entrée.

— Bonsoir, je voudrais parler à Luke Richardson, s'il vous plaît.

La voix au bout de la ligne était masculine, et Luke consulta rapidement l'écran où était affiché le numéro de son interlocuteur.

Persuadé qu'il ne pouvait s'agir que d'Annie ou de Jessie, il n'avait même pas pris la peine de vérifier avant d'accepter l'appel.

— Euh oui, c'est moi-même. Qui est à l'appareil ?

Le cerveau de Luke se démenait pour deviner la provenance de l'appel, sans succès.

— Je m'appelle Dennis Bormet et je travaille pour une entreprise de protection rapprochée du nom de *Tanglewood Securities,* à Washington DC. L'un de nos candidats au poste de directeur de la protection rapprochée a donné vos coordonnées pour que nous puissions obtenir une recommandation. Il s'agit de l'inspecteur de police Brian Gurella. Je suis passé chez vous, ce soir, mais une jeune fille m'a expliqué que vous étiez sorti et m'a donné votre numéro de portable. Vous serait-il possible de répondre à quelques questions ?

Luke fit la grimace. Voilà qui n'aurait pas pu plus mal tomber, et il n'avait toujours pas pris de décision au sujet de Brian. Il lui fallait plus de temps.

— Ce n'est pas vraiment le moment, je suis au restaurant. Pourrions-nous reparler de cela plus tard ?

— Bien entendu, monsieur. Votre temps est précieux. Il n'y en a que pour quelques minutes, mais je peux passer vous voir demain si vous préférez ?

Le lendemain. Terry serait chez eux, et il ne tenait vraiment pas à la voir impliquée dans cette affaire.

— Ma foi, si vous n'en avez pas pour longtemps, alors allez-y, se résigna Luke.

Il était d'ailleurs plus prudent de répondre aux questions sur Brian par téléphone. Il lui serait plus facile de dissimuler le dédain que lui inspirait ce dernier si ce type, Dennis, ne pouvait pas voir ses gestes ni l'expression de son visage.

— Comme vous voudrez. Tout d'abord, sachez que ce contrôle a lieu dans le but d'accorder un certificat de sécurité à l'inspecteur Gurella, ce qui lui permettra d'accéder à des informations classifiées au sein de *Tanglewood Securities*. Nous voulons être informés de tout renseignement susceptible d'être utilisé contre lui dans le cadre d'un éventuel chantage ou d'une demande de rançon. Certaines de nos questions pourront vous paraître étranges ou très personnelles, mais l'inspecteur Gurella est au courant de la rigueur de cette enquête et attend de vous la plus grande honnêteté. Si vous n'y voyez pas d'inconvénient, je vais passer directement au questionnaire.

Luke distingua un bruit de papier et le léger cliquetis d'un clavier d'ordinateur.

— Depuis combien de temps connaissez-vous Brian Gurella ?

Luke remonta le cours de sa mémoire jusqu'à la première fois où Annie et Brian étaient venus dîner chez eux. Will avait cinq ans, Natalie était enceinte de May. Le fils de Brian et Annie, Matt, avait une dizaine d'années ; pelotonné contre sa mère, il n'avait quasiment rien dit de la soirée et n'avait presque pas touché à son assiette. Il avait fallu encore trois ou quatre visites avant que le garçon ne se déride en leur présence, mais on pouvait faire confiance à Natalie pour aider les gosses à sortir de leur coquille.

— Je dirais que j'ai rencontré Brian il y a environ dix ans, mais ils vivent à Farmington Hills depuis plus longtemps.

L'homme se tut et le cliquetis du clavier reprit. Le silence mit Luke mal à l'aise, comme si son interlocuteur s'attendait à ce qu'il en dise davantage, et Luke se demanda si c'était volontaire.

— Comment décririez-vous votre relation avec les Gurella ? Vous les connaissez bien ?

— Assez bien, oui, mais je connais mieux Annie que Brian. Annie était la meilleure amie de ma femme, et aujourd'hui elle garde souvent les enfants. Je ne vois pas Brian aussi souvent, mais nous sommes probablement ce qu'il est convenu d'appeler… des amis ?

Sa réponse avait l'intonation d'une question, mais au moins il était resté honnête.

— Est-ce qu'il a pour habitude de jouer, ou est-ce que vous lui connaissez des dettes ?

— Eh bien, hormis un crédit sur sa maison et sur sa voiture, comme tout le monde, non, je ne crois pas qu'il ait d'autres dettes.

L'entretien prenait un tour très différent de ce à quoi s'était attendu Luke. Il avait imaginé qu'on lui poserait deux ou trois questions générales, ou qu'on lui demanderait de faire une déclaration sur l'honneur recommandant Brian, mais l'interrogatoire de Dennis semblait beaucoup plus poussé.

— Vous arrive-t-il, à vous ou à votre épouse, de passer du temps au domicile des Gurella ? Avez-vous observé des comportements pouvant indiquer des problèmes de drogue ou d'alcoolisme ? Y a-t-il des difficultés au sein de leur couple qui pourraient nuire à l'inspecteur Gurella ?

Luke déglutit et se tourna vers le mur.

— Ma femme est décédée depuis peu.

Il prit une profonde inspiration avant de continuer.

— C'était elle qui passait le plus de temps chez Annie. Moi, je n'ai commencé à m'y rendre régulièrement que récemment. Elle a généreusement accepté de prendre soin de mon fils cadet chez elle, et je passais donc à leur domicile presque tous les jours. J'y ai souvent rencontré Brian, puisqu'il travaille de nuit et dort le jour.

Luke savait qu'il se perdait dans des détails sans intérêt, mais il était trop anxieux pour ralentir le rythme. Au bout du fil, l'enquêteur gardait le silence et Luke se creusait la cervelle pour lui fournir des renseignements susceptibles de l'intéresser.

— Euh, ces dernières semaines, c'est elle qui est venue garder mon fils chez nous pour permettre à Brian de dormir.

Ce fut le premier mensonge de l'entretien.

— Avez-vous autre chose à ajouter, concernant de potentiels problèmes de drogue ou d'alcool, ou encore au sujet de la relation entre M. et Mme Gurella ?

C'était la question qu'il redoutait. Devait-il dire la vérité et expliquer à l'officier que Brian abusait de l'alcool et battait probablement sa femme ? Ou devait-il accéder à la requête d'Annie et raconter à Dennis que tout était rose chez les Gurella, et que Brian était l'homme le plus intelligent qu'il connaisse ?

— Brian apprécie un bon verre de temps en temps, mais je n'ai pas remarqué d'abus. Quant à la relation entre Brian et Annie…

Debout dans un coin du vestibule, Luke décolla distraitement un morceau de papier peint de son ongle, cherchant un compromis entre le mensonge et la triste réalité.

— Ils me paraissent tout à fait normaux, termina-t-il.

Derrière lui, Félicité s'éclaircit la gorge. Il se retourna, le téléphone collé à l'oreille. Son sac sur l'épaule, un *doggy-bag* à la main, elle semblait prête à partir mais les questions de Dennis s'éternisaient. Il cherchait maintenant à savoir si Luke avait déjà observé des activités ou des visiteurs suspects chez les Gurella. Luke leva un doigt vers Félicité, quémandant une minute de plus. Il lui semblait que, si cette conversation devait se prolonger davantage, il risquait d'être pris d'envie de vomir.

— Monsieur Bormet, je n'ai rien remarqué de particulièrement douteux chez Brian ou sa famille. Si j'avais autre chose à vous dire, je vous assure que je l'aurais déjà fait. Je suis navré, mais comme je vous l'ai déjà dit, je suis au restaurant et il faut vraiment que je vous laisse. Avez-vous beaucoup d'autres questions à me poser ?

Dennis Bormet ne répondit pas tout de suite et Luke ne put deviner si son silence était de bon ou de mauvais augure. Il croisa le regard de Félicité et haussa les épaules.

« *Prenez votre temps* », articula-t-elle, mais il n'avait aucune envie de prendre son temps. Il voulait en finir avec cette conversation.

— Je comprends. Votre temps est précieux, ajouta-t-il, répétant la formule dont il avait usé au début de leur entretien, si bien que Luke se demanda s'il récitait un script. J'ai une dernière question.

« *Presque terminé* », articula Luke pour Félicité en prenant un air agacé. Elle lui adressa un de ces éblouissants sourires dont elle avait le secret et indiqua, derrière les grandes portes vitrées, la rue qu'éclairaient d'immenses lampadaires noirs couronnés de lustres dorés.

— Je vous attends dehors.

Il acquiesça d'un hochement de tête et reporta son attention vers l'enquêteur.

— Va pour une dernière question.

Luke contempla Félicité alors qu'elle poussait la grande porte de verre fumé et réajustait son châle sur ses épaules, et il se fit la remarque qu'il ne devait pas faire moins de vingt degrés.

— Monsieur Richardson, seriez-vous prêt à recommander personnellement l'inspecteur Brian Gurella pour l'obtention d'un certificat de sécurité lui donnant accès à des renseignements de nature confidentielle ?

La question le prit au dépourvu et il s'éloigna de la fenêtre. Il lui sembla soudain indécent de dépenser son énergie en frivolités telles que le jazz, le bon vin ou les rendez-vous galants. La question de l'enquêteur ramena Annie au centre de ses préoccupations – à bien y réfléchir, elle avait hanté son esprit toute la soirée – et son visage accablé lui apparut aussi vivement que si c'était son propre reflet qu'il contemplait dans les carreaux. Luke connaissait peu Brian, après tout. Annie, en revanche, était, après les lettres de Natalie, la raison qui le poussait à se lever le matin, à respirer, à vivre. Il ferait n'importe quoi pour elle, y compris mentir à Dennis Bormet.

— Oui, répondit-il fermement dans le combiné du téléphone. Sans hésitation.

CHAPITRE 17

Groggy, Luke descendit les marches derrière la petite tête échevelée de Clayton. Comment ce gosse s'y prenait-il pour invariablement le tirer du lit une heure plus tôt le week-end ? Avait-il un calendrier caché sous son lit ? Ou un réveille-matin dans le téléphone de Natalie ? Quel que soit le trait de personnalité qui réveillait Clayton aux aurores tous les jours, Luke comptait bien blâmer les gènes de sa mère, puisqu'elle ne risquait plus de le contredire.

Le hall était baigné du soleil du matin qui traversait déjà les vitraux semi-circulaires et les longues fenêtres encadrant la porte d'entrée. Les étés ensoleillés du Michigan avaient beau compenser l'obscurité interminable de ses longs hivers, aujourd'hui, la clarté matinale lui donnait mal au crâne, ce qui tombait plutôt mal pour recevoir Terry : s'il y avait au monde une personne dont la simple vue lui donnait des maux de tête, c'était bien sa belle-mère.

— Papa, tu as oublié tes lettres, hier, dit Clayton en lui tendant une pile de courrier. C'est Annie qui les a ramassées.

Distrait par sa journée avec May, sa dispute avec Annie et son rendez-vous avec Félicité, Luke en avait oublié le courrier.

— Merci, mon grand.

Luke accepta la liasse de factures et la lettre de Natalie que lui tendaient les petites mains.

— Que dirais-tu d'aller te pelotonner sur le canapé pour regarder quelques dessins animés pendant que je m'habille et que je nous prépare des crêpes ?

Tout en parlant, Luke tâtait l'enveloppe, estimant silencieusement le nombre de pages. Au moins cinq.

— Je peux avoir une barre de céréales maintenant ?

Clayton était un fin négociateur. Si son père voulait être tranquille, cela lui coûterait une confiserie.

— D'accord.

Luke prit le coupe-papier qu'il laissait toujours sur la petite table rectangulaire du couloir, le glissa sous le rabat de l'enveloppe et, après une seconde d'hésitation, cria à son fils :

— Seulement une !

— OK, répondit Clayton dans un froissement de papiers d'emballage.

Luke s'assit sur la dernière marche de l'escalier, désormais consacrée à la lecture des lettres de Natalie. Il déplia aisément les pages. À chaque fois qu'il ouvrait un nouveau pli, Luke imaginait Natalie assise dans le lit d'hôpital qu'ils avaient installé dans le salon, rabattant soigneusement les feuillets et les glissant dans l'enveloppe turquoise avant d'en humidifier le cachet de sa langue, ou peut-être à l'aide d'un chiffon humide. Le contenu des lettres ne lui faisait pas toujours plaisir, mais l'idée qu'elle ait fait tant d'efforts pour les lui faire parvenir lui réchauffait le cœur plus que n'avaient pu le faire toutes les condoléances qu'il avait reçues depuis sa mort.

Quand il découvrit la date de cette lettre et le temps qui s'était écoulé depuis la précédente, Luke eut un frisson. Oh non, nous y voilà !

JOUR 270

Lundi 9 septembre

Mon amour,

Les médecins sont des menteurs. Ils m'avaient dit que j'étais guérie. Que ma vie pourrait reprendre son cours, que mes cheveux repousseraient, que cet épisode, ce cancer, ne serait bientôt qu'un mauvais souvenir… Tous des menteurs.

Je me demande pourquoi j'ai cessé d'écrire ce journal quand les résultats du dernier scanner, il y a trois mois, se sont avérés positifs. Quel optimisme ridicule. Et pourquoi me suis-je rendue seule à ce rendez-vous ? Quelle naïveté. Ils ont trouvé des cellules cancéreuses dans mon cerveau, Luke. Dans mon cerveau ! Je ne suis pas un épouvantail : j'ai besoin d'un cerveau pour vivre.

J'ai tout de suite compris que quelque chose n'allait pas quand je suis entrée dans le bureau du Dr Saunders. Lui, toujours si bavard et souriant, ne m'a pas demandé de nouvelles des enfants, ni de mon travail, ou de toi. Au lieu de cela, il m'a regardée d'un air triste, comme un père sur le point d'expliquer à un enfant qu'il va faire endormir son chien. Il m'a saluée rapidement, s'est assis sur sa chaise à roulettes et, les coudes sur les genoux, il m'a dit avec un grand soupir :

— Natalie… La semaine dernière, nous avons évoqué les anomalies dans votre bilan sanguin et l'importance des scanners de routine à titre préventif.

En bonne élève que je suis, j'ai hoché la tête. La semaine dernière, il m'a dit de ne pas m'inquiéter, que ce ne serait probablement rien de grave. Alors j'ai jeûné ; j'ai bu leur mixture dégueulasse soi-disant aromatisée à l'orange ; j'ai docilement passé près de quarante-cinq minutes allongée dans le TEP-scanner. Et puis je suis allée manger une pizza avec Annie et j'ai englouti trois parts pour tenter de combler le vide sans fond de mon estomac. Était-ce prémonitoire ? Probablement non, parce que, quand il a prononcé les mots « métastase », « cerveau et poumons », et « Stade IV », j'ai manqué de souffle et ma tête s'est mise à tourner.

Je ne me souviens pas de ce qu'a pu me raconter le Dr Saunders dans les minutes qui ont suivi le verdict. Je crois qu'il m'a parlé de traitement et de pronostic. J'ai du mal à croire que mon arrêt de mort ait pu être signé par un amas de cellules microscopiques à l'intérieur de mon propre corps. Je m'étais mis en tête que la chimio et les rayons devaient être responsables de mes malaises, de la chute de mes cheveux, de cet état de faiblesse insupportable. Mais c'était le cancer depuis le début, invisible, latent. Pourquoi ? Qu'est-ce que j'ai bien pu faire pour que mon propre corps se retourne contre moi ? Ce cancer ne se rend-il pas compte que j'ai des enfants ? Qu'en me tuant, il va marquer leurs vies plus que n'importe quelle cicatrice qu'il laissera sur ma peau ?

J'ai voulu t'appeler en sortant du rendez-vous, mais tu n'étais pas à ton bureau et ton portable a sonné dans le vide. J'en ai d'ailleurs éprouvé une sorte de soulagement, parce que ce n'est pas le genre de nouvelle que l'on doit annoncer par téléphone. J'ai eu besoin de réfléchir avant de vous en parler, à toi et à Annie, alors j'ai garé ma voiture sur le campus de l'université et je suis partie faire un tour à pied. Oh, je ne suis pas allée bien loin… J'ai trouvé un banc abandonné au milieu de la cour où les étudiants de première année, dont beaucoup étaient encore accompagnés de leurs parents, découvraient, les yeux ébahis, cette nouvelle étape de leur vie. Et c'est là que j'ai craqué. Moi aussi, j'allais entamer une nouvelle étape. La dernière étape. Celle qui n'est pas censée débuter quand on a à peine trente-six ou trente-sept ans. Ce n'est pas juste. Pas juste. Pas juste ! Ce n'est pas juste !

Alors que j'essayais, sans grand succès, de dissimuler mes larmes derrière ma main, j'ai senti le banc bouger. Super, me suis-je dit, un ado qui n'a rien compris et qui vient m'empêcher de m'apitoyer sur mon sort. Mais quelqu'un a passé son bras autour de mes épaules.

— Natalie, que se passe-t-il ? a murmuré le Dr Neal dans mon oreille.

J'ai retiré ma main de mon visage ravagé par les larmes sans me demander une seule seconde si j'étais présentable. Il me souriait gentiment.

— Ce n'est pas Tiff et ses copines, j'espère ?

J'ai ri, ce qui m'a paru étrange dans un moment pareil.

— Non, je crois que je l'ai fait expulser, ce qui la condamne à répéter en boucle toute sa vie : « Bienvenue chez McDonalds, puis-je prendre votre commande ? » Comme quoi, on récolte ce que l'on sème…

Il m'a répondu qu'elle l'avait probablement mérité, puis il a pris un air sérieux et m'a demandé :

— Maintenant, vous voudrez bien m'expliquer pourquoi vous pleurez au milieu de la cour ? Vous faites peur à nos petits nouveaux.

J'ai secoué la tête, parce que je savais que si j'essayais de parler, j'allais fondre en larmes. Il a dû lire quelque chose sur mon visage, car il a compris tout de suite, Luke. Tout de suite.

— Le cancer est revenu, c'est cela ?

J'ai hoché la tête.

— Quel stade ? m'a-t-il demandé.

Et comme je refusais de répondre, il a répété sa question. Alors je lui ai dit. Stade IV. C'était la première fois que je prononçais le verdict à voix haute. Je lui ai dit que c'était fini pour moi. Je lui ai dit que le Dr Saunders m'avait donné quelques mois à vivre, un an tout au plus.

J'ai refermé les yeux pour retenir mes larmes, son bras a serré mes épaules, et j'ai soudain éprouvé une immense gratitude d'avoir trouvé un ami pour me réconforter. Un ami qui avait déjà entendu cette terrible nouvelle à une période de sa vie.

Le Dr Neal est resté un moment avec moi, et il m'a dit qu'il était tout à fait légitime d'avoir peur, mais que je n'étais pas obligée de vivre mes derniers mois dans la terreur. Il m'a raconté comment sa femme, Maria, n'avait pas eu peur de la mort, et qu'elle s'était même sentie plutôt zen, sur la fin. Il n'arrêtait pas de répéter que sa femme avait été forte et courageuse.

Cela m'a mise en colère. Et pourquoi n'aurais-je pas le droit d'avoir peur ? Avoir peur faisait-il de moi quelqu'un de faible ? Cela signifiait-il que je n'étais pas courageuse ? Je ne saisissais pas comment il était possible que Maria n'ait pas eu peur – peut-être avait-elle moins à perdre – mais j'étais furieuse qu'il ose me comparer à sa sainte épouse alors que je vivais la pire journée de mon existence.

À travers ma colère et ma panique, je l'ai entendu me poser une question.

— Est-ce la mort qui vous effraie, ou est-ce l'idée de quitter votre famille ?

J'ai bien réfléchi. Bien sûr, la douleur que j'allais devoir supporter m'inquiétait, ainsi que le fait d'avancer en terre inconnue, de ne pas savoir ce qui se passerait… après. Mais, plus encore que la jalousie que j'éprouvais à l'idée que vous alliez continuer à vivre sans moi la vie que nous avions préparée ensemble, c'était le fait de vous laisser seuls avec cette souffrance qui m'écrasait la poitrine et me serrait la gorge comme si on cherchait à m'étrangler. Le fait de partir. J'avais peur de partir.

Le Dr Neal m'a expliqué que Maria avait ressenti la même chose et qu'elle avait donc décidé d'écrire des lettres, de filmer des clips vidéo, de préparer des souvenirs. Que c'était ce qui l'avait aidée à lâcher prise, à trouver une sorte de détachement. L'idée me parut d'abord futile et ridicule. Jamais je ne pourrais me détacher de ma famille. Pas tant que j'aurai mon mot à dire. La mort allait m'arracher de force à cette vie que j'adore, à toi, à nos enfants. J'ai secoué la tête. J'ai pleuré plus fort que je ne l'avais jamais fait devant un étranger. J'ai demandé au Dr Neal comment on pouvait espérer se détacher sans la moindre garantie.

Il m'a répondu : « Il y a des moments, dans la vie, où il faut se constituer ses propres garanties. »

J'ai alors pris conscience que j'avais déjà un plan. Cela fait des mois que je t'écris : j'ai noirci deux cahiers de mes idées, mes histoires, mes instructions. Ce qui a commencé comme une sorte de filet de sécurité, un moyen de me protéger contre ce foutu cancer, est désormais en passe de devenir mon dernier acte, et j'ai besoin que tu me prennes au sérieux. J'ai tellement de choses à te dire avant de partir. Des choses que j'aurais voulu te dire il y a longtemps. L'un des avantages de mourir, c'est que je ne serai pas là pour voir ton visage quand tu découvriras toutes ces raisons de me détester. Disons que c'est mon dernier cadeau : je vais t'offrir tous mes secrets, et tu seras peut-être soulagé d'être débarrassé de moi.

Je suis dans ma voiture, garée sur le parking nord, et j'écris. Je n'ai pas encore décidé ce que je te dirai ce soir. Je suis tentée de ne pas te révéler les derniers scoops du Dr Saunders, de garder secrète sa dernière trouvaille pour que vous n'ayez pas à en souffrir avec moi.

Je t'aime.
Natalie

Luke relut attentivement les derniers paragraphes trois ou quatre fois, comme s'il espérait pouvoir deviner tous ces fameux secrets entre les lignes. Il était sur le point de retourner la lettre pour la reprendre depuis le début quand le rabat de la boîte aux lettres claqua et une page de papier pliée en deux atterrit sur le parquet.

La feuille ne provenait pas d'un cahier à spirales et elle n'était pas dans une enveloppe turquoise. D'ailleurs, il était bien trop tôt pour que le facteur distribue le courrier. Mais ce que Luke venait de lire au sujet du Dr Neal et des grandes révélations promises par Natalie avait eu raison de toute sa patience.

Il jeta la lettre de Natalie sur l'escalier, où ses pages se répandirent sur les marches, et rejoignit la porte en deux enjambées. Il tira un grand coup sur la poignée, oubliant que celle-ci était fermée à clé. Agacé, il s'acharna sur le verrou avant de réessayer. Cette fois-ci, la porte s'ouvrit d'un coup sec, laissant entrer une bouffée d'air estival que réchauffait le soleil levant.

Sans ses lentilles de contact, Luke distinguait mal la personne qui s'éloignait sur l'allée goudronnée, mais il put cependant discerner une femme grande et mince, vêtue d'un débardeur jaune et d'un short noir. Elle portait aux oreilles des écouteurs reliés à un appareil que protégeait un brassard et alors que Luke se précipitait dehors, mouillant ses pieds nus dans l'herbe humide de rosée, elle s'arrêta au bord de la route pour tripoter l'instrument.

Luke saisit la femme par le coude et, l'ayant forcée à se retourner pour lui faire face, il reconnut le visage d'Annie. Les yeux écarquillés, celle-ci poussa un cri et Luke laissa tomber sa main.

— Qu'est-ce que tu fais ici ?

Annie arracha les écouteurs qui lui pendaient toujours aux oreilles et posa une main sur sa poitrine. Des gouttes de sueur perlaient sur son visage rougi.

— Bon sang, Luke, j'ai failli avoir une crise cardiaque !

— Pardonne-moi ! J'ai vu une lettre arriver par la fente de la porte, et j'ai cru que…

— … Oh ! Tu as cru qu'il s'agissait d'une des lettres de Natalie… ?

Luke haussa les épaules, soudain conscient de son apparence. En caleçon et maillot de corps, il n'était guère présentable. Il passa une main dans ses cheveux ébouriffés, visiblement mal à l'aise.

— Oui. J'ai été idiot. Ce n'est pas la bonne heure, ni la bonne couleur, ni la bonne méthode de livraison. J'ai agi sans réfléchir.

— Alors, tu ne l'as pas lue ? demanda-t-elle en jouant nerveusement avec les boules en caoutchouc de ses écouteurs.

— Non, je n'ai pas eu le temps, je me suis juste jeté à ta poursuite comme un véritable dingue. Est-ce que j'ai dit que j'étais désolé… ?

— Ne t'excuse pas, tout est de ma faute. C'est pour te dire cela que je t'ai laissé un mot, ajouta Annie en rougissant.

Luke allait protester, mais elle l'interrompit d'un regard avant de continuer :

— C'était un peu lâche de ma part.

— Lâche ? demanda Luke, soudain tendu.

Que pouvait-elle bien avoir écrit dans ce courrier qu'elle ne se sentait pas capable de lui dire en face ?

— Écoute, je suis navré pour hier soir. J'ai du mal à croire que j'ai pu te dire de telles horreurs. Ce n'était vraiment pas sympa de ma part.

Luke passa sa main sur sa barbe naissante. Il aurait aimé qu'Annie le regarde en face pour savoir si elle était en colère contre lui ou seulement gênée.

— Ce n'est rien. Tu ne pourrais pas comprendre ma relation avec Brian.

Elle secoua la tête et une mèche de cheveux s'échappa de la barrette qui la retenait pour tomber sur ses yeux.

— Tout ce que je peux te dire, c'est que nous faisons tout ce qu'il faut pour y remédier.

Elle balaya l'espace devant elle d'une main, comme pour chasser les mauvais souvenirs de sa mémoire. Les dents serrées, Luke fit un pas vers elle et lui toucha le coude doucement.

— Écoute, je ne veux pas te forcer à en parler, mais je t'en prie…

Il s'interrompit pour s'assurer que sa colère ne transparaîtrait pas dans ses paroles.

— Si tu as besoin de moi, appelle-moi, de jour comme de nuit. Personne n'a le droit de te faire du mal.

— Cela fait longtemps que ce n'est pas arrivé, je te le jure.

Luke leva un sourcil. Il savait qu'elle mentait, il avait vu l'hématome en forme de doigts sur son bras à peine quelques jours auparavant. Annie fit mine de ne pas s'en rendre compte.

— Je sais que c'est difficile à comprendre. Natalie et toi, vous étiez le couple idéal. Ce n'est pas le cas de tout le monde, Luke.

— Ne dis pas de bêtise. Comment peux-tu savoir si notre mariage se passait bien ? Rien n'est parfait.

Pas même Natalie.

— D'accord, peut-être que les choses n'étaient pas toujours roses, mais vous étiez heureux et amoureux. C'était évident. Hier soir, en sortant d'ici, j'étais furieuse. Vraiment furieuse. Franchement, j'avais résolu de ne plus jamais t'adresser la parole. Et puis j'ai réfléchi, et j'ai compris que ma vie avec Brian devait paraître bien sombre aux yeux de quelqu'un qui n'avait connu que du bonheur.

Luke se mordit la langue pour ne pas laisser affluer les souvenirs d'enfance. S'il était effectivement terrifié pour la meilleure amie de sa femme, cela n'avait rien à voir avec son propre mariage avec

Natalie. C'étaient ses parents qui lui revenaient à l'esprit quand il imaginait Brian et Annie, mais cela, elle ne pouvait pas le savoir.

— Ouais, moi aussi, je croyais que nous étions heureux.

Il passa à nouveau ses mains dans ses cheveux, tout souci d'apparence oublié.

— Je n'en suis plus si sûr aujourd'hui.

— Tu ne penses pas ce que tu dis.

Affrontant enfin son regard, Annie laissa tomber ses écouteurs.

— C'est pourtant la vérité. Il ne suffit pas qu'une maison soit bien entretenue à l'extérieur pour en faire un foyer chaleureux et agréable à l'intérieur, tu sais.

— Mais enfin, de quoi veux-tu donc parler ? s'énerva Annie en tapant du pied.

— Je crois que… je crois que Natalie a eu un enfant avec quelqu'un d'autre, et qu'elle ne m'en a jamais parlé…, confessa-t-il enfin en appuyant sur chaque mot et en insistant sur « *quelqu'un d'autre* ».

Luke avait jusqu'alors gardé pour lui ses douloureuses conclusions, et le fait de les formuler à haute voix eut un effet cathartique. Sa colère remonta à la surface sous la forme de grosses gouttes de sueur qui perlaient par tous les pores de sa peau.

— Luke, dit Annie en saisissant son bras nu de sa main froide, que m'as-tu caché ?

— Il est possible…

Il secoua la tête.

— Non, il est probable que Natalie ait eu un bébé avec Andy Garner et qu'ils l'aient fait adopter.

— Attends, tu veux parler de son petit ami de lycée ? À Pentwater ?

Annie enfonçait ses ongles dans la chair de son bras.

— Qu'est-ce qui te fait croire cela ?

— Will a trouvé dans ses affaires cette enveloppe, envoyée par une agence d'adoption à Chicago. Le cachet datait de l'année de sa naissance. Will a rencontré des problèmes au lycée, et il a fini par raconter à Mme Mason… à Félicité que cette enveloppe était la preuve qu'il était un enfant adopté. Alors, pour le rassurer, j'ai rendu visite à l'une des cliniques de l'agence, à Kalamazoo.

— Et ils t'ont parlé d'Andy et Natalie ? Je croyais qu'ils n'en avaient pas le droit.

— Ils ne m'ont rien dit du tout, confirma Luke, tout en se demandant ce qui le poussait à tout lui raconter. Mais il y avait une photo d'Andy et Natalie dans le bureau de la directrice, et une autre dans le dépliant qu'elle m'a donné.

Annie garda le silence un moment. Elle avait recommencé à jouer avec ses écouteurs.

— Avant toute chose, je crois que tu devrais faire un test de paternité. Pour rassurer Will…

— Nous en avons déjà fait un, l'interrompit Luke. Quand je suis rentré de Kalamazoo, Will s'est mis à imaginer toutes sortes de scénarios aussi dingues les uns que les autres. Alors je me suis dit que ce serait le meilleur moyen d'en avoir le cœur net.

— Impeccable. Et alors ?

Annie avait envoyé ses écouteurs par-dessus son épaule, et Luke songea qu'elle semblait bien curieuse pour quelqu'un qui prétendait être convaincu de la fidélité de Natalie.

— Je n'ai pas encore les résultats, mais ce n'est pas cela qui m'inquiète. J'ai surtout peur que…

Luke haussa les épaules et laissa à Annie le soin de terminer sa phrase. Il n'avait pas le courage de formuler ses soupçons une seconde fois.

— Ce qui m'amène à mon deuxième point, annonça Annie en laissant glisser ses paumes sur les avant-bras de Luke – ce qui lui donna la chair de poule – avant de prendre ses deux mains dans les siennes et de le regarder droit dans les yeux.

— Nous allons nous rendre à Pentwater et nous y découvrirons la vérité sur ce soi-disant enfant naturel de Natalie et Andy Garner.

— Je ne peux pas, bredouilla-t-il. J'ai déjà pris tous mes congés, et de toute façon, je ne suis pas très doué pour les confrontations.

— Nous ne sommes pas obligés de partir tout de suite. Il nous faut un plan, réfléchit-elle en balançant les bras d'avant en arrière. Brian et moi devons nous rendre à Washington DC le 28 pour visiter des maisons, mais je dois revenir ici avant qu'il passe son dernier entretien. Je serai donc toute seule ici le week-end du 4 juillet. Andy travaille-t-il toujours dans l'immobilier ?

— Oui. Il a repris l'affaire de son père.

— Très bien. Je vais prendre rendez-vous avec lui pour visiter des logements à Pentwater. Nous irons en voiture, et quand il arrivera au rendez-vous, nous lui déballerons toute l'histoire. Ensemble.

Luke passa en revue le plan d'Annie tout en contemplant par-dessus son épaule les rayons jaune rosé du soleil levant qui striaient le ciel derrière les maisons d'en face. L'idée était bonne, mais il restait un problème à régler.

— Je ne suis pas tout à fait certain de vouloir savoir.

Il souhaitait à la fois connaître la vérité et rester dans l'ignorance. À l'idée qu'Andy pourrait confirmer qu'il avait eu un enfant avec Natalie, Luke avait envie de retourner au lit et de se cacher sous la couette pour toujours.

— Prends quelques jours pour y réfléchir, mais je crois que la meilleure solution est d'en parler avec Andy. Il y a probablement une explication bien plus simple.

Luke hocha la tête dans un soupir. Il n'était pas du tout convaincu que ce soit une bonne idée de se retrouver dans la même ville – en encore moins dans la même pièce – qu'Andy Garner.

— J'y verrai plus clair quand Terry sera rentrée chez elle.

Il lâcha la main d'Annie et chercha son téléphone dans ses poches. Réalisant qu'il était toujours en caleçon, il toucha du doigt l'écran du smartphone attaché au bras d'Annie : 6 h 30.

— Elle sera là dans deux heures. Il faut que je prépare le petit-déjeuner, que je fasse un peu de ménage et que j'essaie d'enfiler quelques vêtements à Clayton avant son arrivée. Je crois que je ferais mieux d'y aller.

— Terrifiant, lança Annie en réajustant la grosse barrette beige qui maintenait ses mèches rebelles et en resserrant sa minuscule queue-de-cheval. Quant à moi, je ferais bien de reprendre mon jogging.

— OK, conclut Luke, les bras croisés pour tenter de se protéger de la fraîcheur matinale. Encore toutes mes excuses. Je t'appelle dans la semaine pour reparler de Pentwater.

— Tu peux même m'envoyer un SMS, ajouta Annie en levant les sourcils d'un air taquin avant d'enfoncer ses écouteurs rose fluo dans ses oreilles.

Luke opina du chef en pensant qu'il serait effectivement plus facile de décliner son offre par écrit. Avec un dernier signe de la main, elle s'élança dans l'allée et descendit rapidement la rue baignée de soleil. Luke l'observa, bondissant d'un pied sur l'autre dans un mouvement fluide qui semblait aussi naturel que la marche. Il n'avait jamais éprouvé la moindre inclination pour la course à pied, préférant largement soulever des haltères ou taper dans un punching-ball, mais à regarder courir Annie, cela lui parut soudain presque agréable.

Annie disparut au coin d'une rue. Luke avait laissé la porte ouverte derrière lui et, comme il rentrait dans la maison, les pages éparpillées dans l'entrée se froissèrent sous ses pieds. Il claqua la porte d'un coup de coude et se baissa pour ramasser les feuilles. Les voix enfantines de personnages de dessins animés lui parvenaient du salon. Refrénant une envie quasi viscérale de relire la lettre de

Natalie depuis le début, il leva le pied pour parcourir le mot d'Annie, celui qui était plié en deux, et songea qu'il ne ressemblait décidément en rien aux missives de Natalie.

Luke déplia une feuille cartonnée qui lui parut bien étrange par rapport au papier quadrillé qu'il manipulait depuis des mois. En haut du papier à en-tête, le nom d'Annie était imprimé en caractères noirs et épais, suivi, juste en dessous, d'une seule phrase écrite à la main :

« *Tu avais raison.* »

CHAPITRE 18

— À qui envoyez-vous ces messages ? Est-ce encore à l'amie de Natalie ? Comment s'appelle-t-elle déjà ? demanda Terry pour la quatrième fois depuis que Luke avait garé sa voiture sur le parking de l'aéroport.

Dieu soit loué, le séjour de sa belle-mère tirait à sa fin, et la seule chose qui attristait Luke était qu'elle parte avec les enfants.

— Annie. Elle s'appelle Annie, lui rappela Luke pour la dixième fois depuis qu'Annie était venue dîner avec eux deux jours plus tôt.

Terry connaissait parfaitement le prénom d'Annie – elle l'avait vue pratiquement tous les jours pendant des semaines, avant la mort de Natalie – mais ces derniers temps, elle n'avait de cesse de l'oublier, ce que Luke soupçonnait de n'être rien de plus qu'une nouvelle forme d'agression passive à son égard.

— C'est ça, Annie.

Elle prononça son nom du ton dont elle aurait usé pour parler d'une vieille chaussette malodorante.

— Pourquoi ne demandez-vous pas plutôt à cette jeune fille, Jessie, de prendre soin de Clayton à plein-temps ? Je crois qu'un arrangement plus régulier lui ferait le plus grand bien, et cette Jessie m'a vraiment impressionnée. L'avez-vous entendue chanter ? Elle a organisé un karaoké avec les enfants, l'autre jour, au sous-sol. Elle chante complètement faux, mais si l'entrain faisait le talent, cette fille serait la star de Broadway.

Terry s'immobilisa devant les portes vitrées, comme si elle doutait de les voir s'ouvrir. Alors que celles-ci s'écartaient devant elle, elle fit signe aux enfants d'avancer et entra dans le terminal derrière eux, aux côtés de Luke.

— Si c'est un problème d'argent, je suis prête à participer.

Participer… La dernière fois que Terry avait eu à payer une nounou, les tarifs avaient dû se calculer en *cents* plutôt qu'en dollars. Elle se contenterait sans doute de lui envoyer chaque mois un billet de dix dollars et aurait l'impression d'être un modèle de générosité.

— Jessie est étudiante, elle veut être institutrice. Nous avons déjà de la chance de l'avoir à mi-temps.

Luke chercha des yeux le comptoir de la compagnie aérienne qui devait les prendre en charge.

— Cette fille, dans une classe pleine de gosses ? Mais elle est bien trop fragile pour cela. Elle attrapera tous leurs rhumes. J'ai bien vu son bracelet, ajouta Terry d'un air entendu, comme si cela expliquait tout. Pensez-y, conclut-elle avant de rejoindre la file d'attente à l'enregistrement des bagages.

Debout devant le comptoir, Luke ne manquait pas une occasion de serrer les épaules de May, de donner un coup de coude à Will, de passer un bras autour de Clayton. Six semaines sans les enfants, voilà qui allait sembler bien long, et il oscillait entre réticence et enthousiasme. D'un côté, il se réjouissait à l'idée de manger chaud, de faire la grasse matinée et de pouvoir aller aux toilettes en paix, mais il était parfaitement conscient du fait que, sitôt franchie la barrière menant aux contrôles de sécurité, ils lui manqueraient terriblement et que la maison allait lui paraître bien vide et silencieuse.

— Soyez sages avec Mamie Terry, dit-il en tentant, sans grand succès, de prendre l'air sévère. Et n'oubliez pas que vous pouvez me téléphoner quand vous voulez. À n'importe quel moment.

— On sait, P'pa, dit May.

Son ton se voulait agacé, mais elle le regardait de ses grands yeux admiratifs, et Luke lui planta un rapide baiser sur la joue.

— Ouais, c'est la sixième fois que tu nous le dis, lâcha Will en passant une main dans la haute poignée de sa valise avant d'avancer impatiemment vers la zone de sécurité. Tu as besoin d'aide, Mamie ?

Terry se débattait avec trois énormes sacs de voyage bien trop gros pour être autorisés en cabine. L'un d'eux était si lourd qu'elle avait dû payer une amende de cinquante dollars pour l'emmener à bord. Songeant qu'elle avait refusé à Will d'emporter sa guitare parce que c'était « trop compliqué », Luke se demanda comment sa belle-mère gérait ses priorités.

— Tu es adorable, dit-elle à Will avec un grand sourire.

Elle ne l'admettrait jamais, mais Will avait toujours été le favori de Terry. Du haut de son petit mètre soixante, la mère de Natalie ne ressemblait guère à sa fille, avec ses cheveux brun-roux striés de gris et coupés au carré, et ses yeux d'un gris délavé, mais quand elle sourit, Luke lui trouva un petit air de Nat qui lui rappela pourquoi il avait accepté que les enfants aillent passer l'été chez elle.

Terry tendit à Will un sac à main et une valise à roulettes. À ce stade du voyage, tout le monde avait quelque chose à porter, y compris Clayton.

— Merci, Willy. Tu auras droit à une boule de glace supplémentaire ce soir. Pense à me le rappeler.

— Je ne risque pas d'oublier une boule de glace, rétorqua Will sans ciller.

Mamie Terry était bien la seule personne à pouvoir user impunément d'un tel surnom.

— May, prends la main de Clayton et allez vous asseoir sur les fauteuils, là-bas, ordonna-t-elle en indiquant une zone d'attente qui faisait face aux contrôles de sécurité. J'ai besoin de parler à votre père un moment. Toi aussi, Will. Tu peux vérifier que nous n'avons pas oublié de liquides dans nos bagages à main ?

Will haussa les épaules, réajusta la bandoulière de son sac et suivit May et Clayton. Luke se tourna pour faire face à Terry. Elle le dévisageait d'un œil critique qui n'avait rien d'inhabituel, et plutôt que de la laisser cracher son venin, Luke décida de combler le silence.

— Bon, n'oubliez pas de donner du Benadryl à May si elle doit entrer en contact avec des animaux, mais sous forme liquide seulement car elle ne peut pas avaler les cachets. Et Will doit avoir son EpiPen sur lui pour toutes les activités d'extérieur en cas de piqûre d'abeille. D'ailleurs, ce n'est pas seulement valable pour les abeilles, il faut aussi qu'il se méfie des guêpes, des frelons, bref, des insectes volants à dard…

Terry leva une main pour l'interrompre sans remords.

— Luke, je suis au courant de tout cela. Ce n'est pas pour cette raison que je voulais vous parler.

— Bien sûr, dit Luke faiblement.

Il entreprit de dégager le bas de sa chemise du sac qui pendait à son épaule.

— Avant de partir, j'ai besoin de savoir quelque chose.

Terry croisa les bras et inspira profondément avant de poursuivre.

— Depuis combien de temps couchez-vous avec cette Annie ?

— Pardon ?? s'étrangla Luke en se demandant s'il était préférable qu'il se mette à hurler ou qu'il éclate d'un rire hystérique. Depuis combien de temps je… ? C'est pour cela que vous voudriez que je confie les enfants à Jessie ? Nom de Dieu, Terry, vous perdez la tête !

— Je ne m'attendais pas à ce que vous soyez honnête, mais ne me prenez pas pour une idiote. Que vous vous rendiez ridicule en vous affichant avec une femme mariée, cela vous regarde. Mais je dois savoir quand cette histoire a commencé. J'espère que vous avez réussi à vous abstenir assez longtemps pour laisser mourir ma fille en paix ?

Terry avait le rouge aux joues et sa voix montait dans les décibels, au point que les douaniers qui discutaient à une dizaine de mètres de là s'étaient tus pour les observer.

Luke la dévisageait, incrédule, tout en fouillant dans ses souvenirs pour tenter de comprendre ce qui avait bien pu conduire sa belle-mère à s'imaginer qu'il entretenait avec Annie une relation autre qu'amicale. Le voyage de Brian avait été reporté de quelques jours, Annie s'était jointe à eux pour dîner un soir et pour saluer les enfants et Terry, mais tout avait semblé normal. Terry et Annie avaient passé quelques heures à partager leurs souvenirs de Natalie et, quand le moment de les quitter était venu, Annie avait serré Terry dans ses bras comme si les deux femmes avaient finalement trouvé un terrain d'entente. Deux jours plus tard, Annie était repassée dire au revoir avant de partir pour Washington DC avec Brian. Certes, elle avait aussi pensé à serrer Luke dans ses bras, peut-être un peu trop longtemps, mais c'était parce qu'elle savait qu'il traversait une période difficile. Quant aux textos… il fallait bien admettre qu'il lui en envoyait beaucoup.

— Terry, je ne vous le dirai pas deux fois : Annie et moi ne sommes pas, et n'avons jamais été amants.

Le mot arracha une grimace à Luke, mais il le prononça d'un ton neutre. Il ne tenait pas à ce qu'elle sache que ses accusations l'avaient offensé. La respiration de Terry était si saccadée que Luke crut qu'elle allait s'évanouir, ce qui le dispenserait certes de cette discussion ridicule mais gâcherait aussi le voyage des enfants.

Il continua avant que Terry ne puisse répondre et ne le force à dire quelque chose qu'il pourrait regretter.

— Annie et moi sommes de très bons amis, c'est Natalie qui l'a voulu. Je n'aurais jamais trahi Natalie, pas plus que je n'encouragerais Annie à tromper son mari.

Luke avait bien plus de raisons de remettre en question la fidélité de Natalie que Terry n'en avait de l'accuser, lui, et si Natalie avait eu un bébé avec Andy Garner, il était fort probable que Terry soit au courant. Quelle hypocrite !

— Maintenant, si vous le permettez, je crois que vous avez un avion à prendre.

D'écarlate, le visage de Terry devint pâle. Luke avait déjà fait demi-tour pour rejoindre les enfants et échapper à d'autres accusations sans fondement quand il l'entendit : un murmure si bas qu'il fut certain qu'elle ne s'attendait pas à ce qu'il le perçoive.

— J'ai toujours su que vous finiriez comme votre père.

Luke s'immobilisa, un pied en l'air. Comme son père ? Comme l'alcoolique violent et abusif qui avait détruit tout ce que son enfance aurait pu connaître de beauté et d'innocence ? Qui lui avait volé sa mère, sa sœur, son foyer ? Son sang ne fit qu'un tour, il se retourna brusquement et bouscula involontairement Terry, dont les lunettes cuivrées s'écrasèrent sur son nez.

— Si j'apprends que vous avez raconté quoi que ce soit à mes enfants au sujet de Walter Samuel Richardson, vous ne reverrez plus jamais vos petits-enfants. Est-ce que je me fais bien comprendre ? gronda-t-il.

Luke tremblait comme une feuille et il était à deux doigts d'annuler le voyage en Floride. Clayton accourut vers eux, mais Terry ne remarqua pas ses efforts pour déplacer sa valise. Elle dévisageait Luke d'un regard qui en disait plus long que n'importe quels mots.

— Mamie, vite ! Will dit que nous allons être en retard.

Luke baissa les yeux sur son fils qui trépignait d'impatience. La fossette de sa joue droite se creusait comme à chaque fois qu'il était vraiment excité, et Luke sentit toute sa furie le quitter d'un coup, comme quand on retirait le bouchon d'une baignoire.

— On arrive, mon grand. Personne ne va manquer l'avion. N'est-ce pas, Mamie Terry ? conclut-il avec un regard lourd de sous-entendus.

— Non, bien sûr que non, mon chéri, nous avons tout le temps. Va vite chercher ton frère et ta sœur, et mettons-nous en route.

Clayton traîna vaillamment son sac bleu marine qui devait pourtant peser au moins autant que lui.

— Au revoir, Luke, dit Terry froidement et sans faire le moindre effort pour regarder Luke en passant devant lui.

Les roulettes de sa valise lui écrasèrent les orteils. Luke dut faire un effort surhumain pour ne pas envoyer Terry sur les roses, ramener sa famille dans sa voiture et ne plus jamais rien avoir à faire avec cette femme. La seule chose qui le retint fut le souvenir de Natalie et les enfants eux-mêmes.

Alors il donna le change de son mieux. Il fit ses adieux aux enfants – Clayton et Will semblaient peu préoccupés par la séparation mais leur sœur versait de chaudes larmes, comme si elle partait pour le front. Il consola May, se contraint même à faire un petit geste poli à l'intention de Terry, puis il attendit calmement qu'ils passent les contrôles.

La file d'attente n'était pas suffisamment longue à son goût et, trop vite, ils en eurent terminé avec le détecteur de métaux et l'appareil à rayons X. Il essaya de ne pas les regarder disparaître dans le couloir menant à leur porte d'embarquement. Il en était à envisager de s'acheter un billet pour qu'on l'autorise à franchir la barrière qui le séparait de ses enfants et quémander un dernier baiser, quand son portable vibra. Un message.

Il sortit de sa poche le smartphone qu'il s'était finalement décidé à équiper d'une coque noire et d'un film protecteur après avoir fait tomber l'appareil pas moins de trois fois la semaine précédente, et laissa échapper un sourire en consultant l'écran. C'était Annie :

J'espère que les adieux se sont bien passés.

Luke rédigea sa réponse du bout de l'index. Il maintenait que les textos étaient bien lents et laborieux.

Luke : Pas trop mal. Quelques larmes.

Annie : Toi ou May ? Haha.

Luke : Les deux !

Annie : Concentre-toi sur le fait que Terry est maintenant hors de ta vue. Et n'oublie pas que je rentre demain : on part en voyage !

Luke avait retourné le problème maintes fois dans sa tête et n'avait toujours pas trouvé le moyen d'avouer à Annie qu'il avait changé d'avis, qu'il n'avait aucune envie de passer son premier week-end de repos à affronter Andy pour lui arracher des confidences. Félicité l'avait d'ailleurs invité à aller voir les feux d'artifice du 4 juillet. Ils avaient correspondu par e-mail depuis leur dernier rendez-vous, mais Luke n'avait pas eu le courage de lui proposer de sortir tant que Terry était dans les parages.

Ceci dit, c'était peut-être sa seule chance de jamais connaître la vérité, et si Terry devait continuer à prendre son petit air supérieur pour lui faire la morale tout en lui cachant le passé de sa femme, Luke avait besoin de certitudes. Et d'ailleurs, il n'avait aucune chance de se construire un avenir avec quelqu'un s'il ne pouvait se défaire de cette obsession du passé. Il devait découvrir ce qui s'était vraiment passé entre Natalie et Andy Garner, et le plus tôt serait le mieux.

Luke : C'est d'accord.

CHAPITRE 19

— Tu veux un *Twizzler* ? demanda Annie, le bras enfoncé jusqu'au coude dans le sac en papier qui renfermait leurs casse-croûte. Luke tenta d'apercevoir le contenu du sachet, mais il fut distrait par les deux bâtonnets de réglisse aromatisés à la fraise que lui faisait miroiter Annie.

Ils n'étaient plus qu'à une vingtaine de minutes de Pentwater et, durant les trois heures qu'avait duré le trajet, Luke avait avalé un demi-sachet de bretzels, un tube entier de Pringles, deux tranches de viande fumée et une bouteille de Coca. Il se promettait régulièrement de ne pas accepter une seule bouchée de plus, jusqu'à ce qu'Annie fasse apparaître une nouvelle gourmandise de son sac magique à laquelle il ne pouvait résister.

— Tu as dévalisé le rayon sucreries, ma parole !

— Ouvre la bouche, fit-elle en agitant, taquine, les confiseries devant son nez.

Luke obéit et Annie enfonça une barre sucrée dans sa bouche. Il en croqua un morceau et retira sa main du volant juste assez longtemps pour attraper au vol l'autre moitié du bonbon. Les *Twizzlers* lui rappelèrent les après-midi passés dans le jardin de Natalie à mâchouiller des barres de réglisse piquées dans le placard « *interdit aux enfants* » de Terry.

— Avec Natalie, nous croquions les deux extrémités et nous nous en servions de paille pour boire nos sodas. Cela leur donnait un goût dégueulasse mais nous nous en moquions complètement.

— Hum… c'est parfaitement répugnant, commenta Annie en ricanant. Je trouve génial que vous vous soyez rencontrés quand vous n'étiez que des gamins. Tu me feras visiter la ville si nous avons le temps ?

Luke n'éprouvait pas tellement d'attirance pour Pentwater. Il y avait vécu avec ses parents jusqu'à l'âge de quatorze ans. Il aurait pu retrouver les itinéraires des meilleures balades à vélo les yeux fermés, et il saurait encore dire quels jours de la semaine il était possible de traverser le jardin de Mme Sterling sans qu'elle n'aille se plaindre à votre mère, mais il savait aussi que s'il laissait ces souvenirs remonter à la surface, les autres suivraient : les pas lourds et les bruits de bouteilles qui lui faisaient si peur, alors qu'il n'était qu'un petit garçon ; le sang qui recouvrait le visage de sa toute petite sœur quand il l'avait découverte morte dans les bras de sa mère. Luke secoua la tête, comme si cela pouvait suffire à le débarrasser des horreurs qui hantaient son passé.

— Tu as de la chance, c'est l'été, la ville est pleine de touristes et les chalutiers sont au travail. Si nous ne tardons pas trop, nous devrions arriver à temps pour les voir rentrer avec le produit de leur pêche.

Quand le père de Luke ne buvait pas, il était l'un de ces hommes quittant le port avant l'aube pour en revenir plusieurs heures plus tard, empestant les entrailles de poisson, la bière et la sueur.

Plus jeune, Luke avait souvent rejoint son père sur le port pour le regarder vider et écailler ses prises. Il était si habile de ses mains que Luke avait été longtemps persuadé qu'il ne serait jamais aussi précis et rapide que lui. Il s'était avéré qu'il n'en aurait pas l'utilité :

la simple odeur de la mer suffisait à lui rappeler une vie qu'il préférait prétendre n'avoir jamais vécue, et la seule habitude qu'il eut gardée de cette époque était d'éviter le rayon poissonnerie comme la peste.

— Une chose à la fois. Nous avons rendez-vous avec Andy au 813, *Winter Lane* dans un quart d'heure. Tu crois que nous serons à l'heure ?

Ils avaient quitté l'autoroute quelques kilomètres plus tôt. La lumière du soleil jouait dans l'épaisse verdure qui formait une voûte au-dessus de la route à deux voies. Un panneau vert en forme de flèche indiquait PENTWATER – 5 MILES, et les mains de Luke serrèrent le volant un peu plus fort. C'était réel : ils étaient presque arrivés et il n'avait même pas préparé ce qu'il allait dire. Et si Andy l'avait complètement oublié ? Il serait contraint de lui expliquer qui il était et ce qu'il voulait, au lieu de passer directement aux questions et aux accusations.

— Oui, nous y sommes presque. Regarde, c'est la vieille maison MacTarlton.

Il indiqua un terrain vague où s'entassaient en vrac vieilles voitures et ordures en une sorte de colline rousse non identifiable.

— Même avant que ce soit la mode, chez eux, on ne jetait jamais rien, expliqua-t-il.

— Bravo, tu as une sacrée mémoire.

— Ce n'est pas tellement difficile quand on a vécu quatorze ans quelque part.

— Mais tu n'étais qu'un gamin. J'ai oublié les trois quarts de ce qui a bien pu m'arriver avant l'âge de douze ans. Ceci dit, nous déménagions sans arrêt et je n'ai aucune idée de ce que c'est que de vivre dans une petite ville.

— Pourquoi ces déménagements ?

Il jeta un coup d'œil à Annie. Il lui paraissait nettement préférable de l'écouter raconter son enfance que de penser à la sienne.

— Je suis fille de militaire, dit-elle en remontant ses genoux contre sa poitrine, la ceinture de sécurité tendue contre son épaule. J'avais l'habitude. C'est quand j'ai rencontré Brian et qu'il a fallu rester au même endroit que j'ai eu du mal.

— C'est drôle, j'ai vécu exactement l'inverse. J'ai pas mal bougé entre mes quatorze et mes dix-huit ans. Il n'a pas été facile de traîner mes valises d'un coin à l'autre alors que je n'avais connu jusqu'alors que cette petite ville.

Sur leur gauche, le lac de Pentwater apparut brusquement entre les arbres et Luke espéra qu'Annie ne remarquerait pas ses doigts crispés sur le volant. Ils étaient sur le point de tourner dans la rue où il avait grandi. Il négocia le virage avec précaution, vérifiant plusieurs fois que la voie était libre à gauche, puis à droite, tout en s'efforçant de paraître détendu.

— Tiens, voilà *Hexagon House*. C'est toujours un *Bed & Breakfast.*

Luke mordit fort dans son bâton de réglisse jusqu'à ce qu'il se casse en deux. Il avait soudain une envie irrépressible de tourner à droite et de garer sa voiture dans la longue allée pavée de la haute maison hexagonale jaune. Il inviterait Annie à boire une limonade sous le grand perron et ils partiraient dîner en ville à pied en contemplant le phare de *Pierhead* dans le soleil couchant, ou prendraient une glace à la Maison des Saveurs de Pentwater.

— Cela doit être le vingtième propriétaire depuis mon enfance, mais c'était magnifique quand j'y ai séjourné avec Natalie, il y a seize ans.

— Tu n'es pas revenu ici depuis seize ans ?

— Je n'avais aucune raison de le faire. Les parents de Nat ont déménagé après son départ à la fac, et je n'avais personne à qui rendre visite. La dernière fois, c'était…

Bon sang… pensa Luke, le regard fixé sur les lignes pointillées qui séparaient la route en deux.

— … c'était pour venir voir Andy, termina-t-il.

Il eut du mal à prononcer son nom et, ne voulant pas s'épancher sur cet épisode, il s'abstint de continuer.

Luke aurait voulu pouvoir se cacher dans le *Bed & Breakfast* pour y apprécier en toute quiétude la bouée de sécurité que lui prodiguait l'amitié d'Annie, mais il lui suffisait de repenser à Andy, à la façon dont il contemplait parfois Natalie quand il la croyait trop occupée pour s'en apercevoir, à cette manie qu'il avait de toujours garder sa main dans la sienne un peu plus longtemps que nécessaire, pour éprouver un sentiment de jalousie qui lui avait été parfaitement inconnu jusqu'alors. Il enfonça l'accélérateur et dépassa l'édifice doré pour ne pas succomber à la tentation de se réfugier à l'intérieur.

— Ah, pardonne-moi Luke, je n'avais pas l'intention de parler d'Andy.

Elle mordit dans le bâtonnet de réglisse avait lequel elle jouait distraitement.

— Ouah, regarde les poissons ! s'extasia-t-elle.

La limitation de vitesse les força à ralentir à l'approche de la rue principale de Pentwater. À leur gauche, deux chalutiers d'un blanc immaculé étaient amarrés. L'un d'eux était plus haut qu'une maison, et les deux bateaux de pêche étaient visiblement équipés de technologies de luxe dont son père n'aurait pas osé rêver.

Autour de la criée, un groupe d'hommes travaillait à habiller la pêche du matin, faisant tournoyer leurs grands couteaux tranchants d'une main habile sous les yeux ébahis de leurs clients et des touristes. Il y avait très, très longtemps – avant qu'il n'apprenne à haïr son père –, Luke était souvent venu admirer son travail, lui aussi, caché derrière l'un des grands piliers bordeaux.

— C'est là que travaillait ton père ? demanda Annie.

Elle ne pouvait pas se douter qu'il lui était dix fois plus difficile de parler de Walter Richardson que d'Andy Garner.

— Oui. Il était pêcheur, mais il a aussi travaillé sur un bateau de tourisme pendant quelque temps.

Ils accélérèrent et les poissons formèrent une traînée floue et argentée à la périphérie de son regard.

— Tu as déjà fait ça ? s'enquit Annie en indiquant le port de pêche de son pouce levé.

Luke avait au moins dix ans quand son père s'était décidé à faire cas de sa présence sur le port. Il lui avait parfois demandé de lui passer un outil, ou d'ouvrir l'eau pour rincer la table. La halle empestait les abats de poissons et son père la bière, mais c'était l'un des seuls bons souvenirs que Luke avait gardés de lui.

Après avoir passé tout un été à aider son père et les autres pêcheurs qui travaillaient à la halle, Luke était devenu plutôt débrouillard et on lui donnait souvent une pièce ou deux en remerciement de ses services, et parfois même un billet. Son père lui tapotait alors gentiment la tête et ses doigts odorants collaient à ses cheveux, mais Luke le laissait faire.

— Une fois, grommela-t-il, l'humeur assombrie pas les souvenirs. J'avais dix ans.

• • •

Un matin qu'il avait fait une très bonne pêche, Walter Richardson avait appelé son fils pour lui demander de le rejoindre à la criée. Luke avait attrapé la dernière bière du frigo avant de se précipiter vers son père et de lui remettre son offrande. Walter avait accepté la bière que lui tendait le jeune garçon et l'avait ouverte de son couteau sale. La mousse avait coulé le long de son bras.

— Tiens, fiston, tu veux essayer ?

Il lui avait tendu le couteau en désignant l'un des poissons suspendus derrière lui, avant de boire une longue gorgée d'alcool.

— Il est grand temps que tu apprennes.

C'était la première fois que le père de Luke s'adressait à lui avec confiance et fierté. Pour lui plaire, l'enfant aurait fait n'importe quoi, y compris planter un couteau dans le ventre d'un poisson pour en sortir, sans sourciller, ses entrailles encore chaudes. Luke avait pris le couteau. Le manche était collant et l'outil pesait plus que ce qu'il avait imaginé.

— Avant toute chose, il faut bien choisir son poisson. Je crois qu'un petit saumon fera l'affaire.

Walter avait décroché un petit poisson argenté du poteau et l'avait jeté sur l'étalage devant Luke. La bête le dévisageait de ses yeux blancs accusateurs, mais Luke avait courageusement ravalé la bile qui lui montait dans la gorge. Reprenant une gorgée de bière, son père avait enfilé son index dans les branchies de l'animal. Ses ouïes, dont l'apparence évoquait des tentacules gluants et râpeux, avaient toujours répugné Luke, et il n'avait pas très envie d'y mettre les doigts.

— Bordel !

Son père avait écrasé son poing sur l'évier en métal et d'instinct, Luke avait protégé son visage de ses bras, mais Walter était trop préoccupé par le poisson étalé devant eux pour remarquer le geste de son fils.

— Glenn ne l'a pas saigné. C'est comme ça qu'on fout en l'air le poisson !

Luke avait vu trembler les ouïes, comme si le poisson cherchait encore à respirer : la bête suffoquait devant lui, se noyant lentement dans l'oxygène – son père avait toujours dit qu'une mort lente abîmait le goût d'un poisson – et s'il n'avait pas su que l'animal était déjà presque mort, Luke aurait été tenté de le remettre à l'eau sans réfléchir à la réaction de son père.

Walter avait finalement haussé les épaules.

— On aura qu'à garder çui-là pour nous. Ta mère s'fiche qu'il ait pas bon goût, et peu importe que tu fasses un sale boulot en le vidant, elle te prend pour un saint. Prends le couteau, et coupe là.

Du bout du doigt, il avait tracé une ligne invisible entre les branchies et la mâchoire du poisson.

— Tranche d'un coup.

Luke avait serré plus fort le couteau qui glissait dans ses paumes en sueur. Il avait vraiment voulu vider le poisson, le « saigner », comme disait son père, mais à peine eut-il posé la lame pointue contre la peau molle de l'animal mort qu'il avait été pris de nausées et avait dû s'agripper au métal froid de l'étal.

— Allez, on perd du temps, avait insisté son père en regardant autour de lui.

Le port était presque vide, les autres pêcheurs avaient terminé de préparer leurs prises depuis longtemps, et le saumon devait rejoindre la glacière rapidement pour ne pas se gâter.

— Luke, tu me fais honte. Arrête de faire ta fillette. Tranche ce poisson ! gronda son père.

Cela n'avait rien de très compliqué. Il lui aurait suffi d'appuyer un peu plus fort pour en finir, pour mettre fin aux souffrances du poisson et rendre son père fier de lui avant de courir se cacher. Malgré tout cela, la main de Luke avait refusé de bouger.

Son père avait posé sa cannette sur l'évier d'un geste rageur, et le liquide ambré avait débordé et formé une petite flaque dorée au fond de l'évier.

— Dégage de là.

Il avait arraché le couteau de la main de l'enfant, l'avait planté dans la gorge du poisson et fait glisser la lame des ouïes à la mâchoire de la bête d'un geste net. Après un dernier soubresaut, le poisson avait cessé tout mouvement et s'était vidé de son sang. Walter s'était alors retourné vers son fils, pointant vers lui le grand couteau qu'il tenait toujours à la main.

— C'était pas bien difficile, hein ? avait-il hurlé, attirant l'attention d'un groupe de touristes qui le connaissaient pour avoir participé à une sortie en mer sur son bateau.

Sans les remarquer, son père s'était rapproché de Luke, le couteau levé.

— Tu coupes les ouïes et tu tranches d'un coup, comme ça.

Comme pour illustrer ses paroles, il avait pressé la lame contre la mâchoire du jeune garçon. Au contact du métal, Luke avait sursauté et s'était coupé la joue. Un filet de sang chaud avait coulé le long de son cou, et il n'avait pu retenir des larmes de douleur. En les voyant, son père l'avait jeté à terre.

— Ta mère a fait de toi une mauviette. Hors de ma vue, rentre à la maison.

— Walt !

Une voix familière avait retenti à travers le port. Alex Klerks, l'un des propriétaires de l'entreprise de charters *Klerks Charters*, se tenait debout derrière Luke.

— Mais enfin, qu'est-ce que tu fous ? avait-il murmuré et crié à la fois, avant de se baisser pour mieux observer Luke. Tu t'es fait mal ?

Il avait promené ses mains sur l'enfant comme un projecteur de police à la recherche d'un criminel dans la nuit.

— Ça va aller, avait répondu Luke en couvrant sa joue d'une main pour qu'Alex ne voie pas le sang qui coulait. J'ai trébuché. Sur un seau, avait-il ajouté en indiquant un container noir qui gisait par terre, bien trop loin pour avoir pu causer sa chute.

Incapable de regarder son père, il s'était relevé et avait essuyé son visage avec l'intérieur de son T-shirt. Alex le dévisageait de ses grands yeux sombres, le regard plein de questions : Luke avait-il besoin d'aide ? Était-il trop effrayé pour le dire ? Pourquoi couvrait-il son père ? Et maintenant, que fallait-il faire ?

— Cours vite chez toi chercher un pansement, avait finalement dit Alex en lui tapotant l'épaule.

Luke avait ravalé la boule qui lui bloquait la gorge en se disant qu'il n'avait aucune envie de rentrer chez lui, parce que son père saurait où le trouver, parce qu'après ce qui venait de se passer, la coupure de sa joue ne serait rien en comparaison de la raclée qu'il était sûr de prendre.

— Je vais aider ton père à terminer le poisson.

— Oui, m'sieur, avait grommelé Luke, les yeux rivés au sol, avant de décamper.

Il avait détalé le long de la route 31, était passé en courant devant la Chambre de Commerce, l'agence immobilière du père d'Andy, le magasin de jouets, la Maison des Saveurs et le bureau de poste. Alors qu'il rejoignait *Lowell Street*, il avait senti le sang qui coulait le long de son visage et de son cou s'accumuler lentement dans le creux de sa clavicule.

Ce n'est que lorsque les dunes avaient remplacé l'herbe sous ses pieds qu'il avait enfin ralenti et qu'il avait pu apercevoir les barricades, de chaque côté du fleuve. Sans prêter attention au sable qui alourdissait ses tennis, il avait marché sur la plage. Il y avait quelques familles installées sous des parasols, et Luke avait remarqué un bébé à la couche gonflée, occupé à vider son seau plein de sable sur les pieds de son père et à rire aux éclats quand ce dernier défaisait son travail en remuant les orteils. Luke avait allongé le pas, autant pour échapper aux cris de bonheur de l'enfant qu'à la furie de son propre père.

Un peu plus loin sur la plage, il y avait une vieille maison abandonnée. Pour la rejoindre, on devait gravir un escalier en planches de près de deux cents mètres de long. Luke aimait la vue qu'on y avait sur l'horizon, sur les oiseaux cherchant leur proie et sur les bateaux qui montaient et descendaient au gré des vagues. Il aimait s'asseoir sur les marches, tout en haut, pour regarder le soleil couchant loin des cris de son père et des larmes de sa mère. Jusqu'à ce jour-là, il avait toujours fait en sorte de rentrer avant que l'obscurité ne l'empêche de retrouver son chemin, mais ce soir-là il était resté, et quand le soleil avait disparu et que le monde était devenu sombre et froid, Luke s'était recroquevillé sur une marche en bois et s'était demandé s'il reverrait jamais sa maison.

Il avait pourtant bien dû rentrer chez lui quand un officier de police du nom de Granson l'avait ébloui de sa lampe torche en annonçant dans son talkie-walkie : « On a retrouvé le gamin. » Apparemment, après qu'Alex eut congédié son père et appelé le commissariat pour rapporter l'incident, toute la ville s'était lancée à sa recherche. Le policier l'avait emmené à l'hôpital qui se trouvait à une trentaine de kilomètres au nord de Ludington, où on lui avait fait deux points de suture avant de le renvoyer dans les bras de sa mère. Leur famille avait été confiée aux soins d'une assistante sociale qui leur avait rendu visite une fois par mois pendant deux ans, et son père n'avait plus jamais levé la main sur lui.

• • •

— C'est là ?

Annie interrompit le cours de ses pensées. Elle montrait du doigt une résidence grise à un étage, à gauche de la rue *Winter Lane*. Quand il avait quitté cette maison vingt-deux ans auparavant, il avait juré ne jamais y remettre les pieds, et jusque-là, il avait tenu parole : il s'autorisait rarement à penser à ce qui s'était passé entre ces murs, et envisageait encore moins de s'y rendre en personne. À l'époque, le ranch aux murs blancs et aux volets rouges, sur la toiture de laquelle manquaient plusieurs bardeaux, était le symbole de tout ce qu'il avait perdu ce jour de juillet où on l'avait forcé à déménager.

Aujourd'hui, la maison semblait vierge de tout péché. Le dernier propriétaire avait repeint la façade en gris, et Luke supposa que ce n'était pas la première fois qu'elle changeait de couleur. Le toit avait été refait, des volets blancs flanquaient les fenêtres et une petite extension avait remplacé le frêne à droite du bâtiment principal. Luke comprit aisément pourquoi ils s'étaient débarrassés de cet arbre qui, l'automne venu, avait l'habitude de perdre une quantité astronomique de feuilles. Parmi tous les changements apportés à la propriété au fil des ans, le plus imposant restait l'immense pelouse au milieu de laquelle trônait un grand panneau blanc et vert portant les mots À VENDRE, suivis de GARNER IMMOBILIER inscrit en caractères gras.

À droite de la maison d'enfance de Luke, celle des parents de Natalie avait subi le sort de tant d'autres vieilles demeures de la région au début des années 2000 : elle avait été remplacée par une de ces maisons de luxe en série prévues pour accueillir les touristes qui venaient de plus en plus nombreux chaque année.

Le regard d'Annie alla d'une maison à l'autre avant de s'arrêter sur celle où avait vécu Luke.

— C'est une jolie petite maison. Je me demande si c'est une résidence principale, ou juste une maison de vacances.

— De nos jours, je n'en sais rien, répondit Luke en secouant la tête, alors qu'il garait la voiture le long du trottoir d'en face. Quand j'étais enfant, c'était un quartier familial.

— Qu'est-ce qui t'a fait choisir celle-ci ?

C'était Annie qui avait pris le rendez-vous avec Garner Immobilier, mais c'était Luke qui lui avait envoyé l'annonce correspondant à la propriété de *Winter Lane*. Il avait été surpris que le hasard place son ancienne résidence au milieu des annonces de maisons de vacances et de terrains à bâtir, mais c'était l'endroit idéal pour leur petite conversation.

— J'ai bien connu les gens qui habitaient ici, il y a longtemps.

Incapable de détacher son regard de la bâtisse, Luke en recensait toutes les modifications. Était-il possible qu'il ait été un peu comme elle ? Qu'il se soit assez transformé au fil des années pour que ce qui s'était passé à l'intérieur n'ait plus la moindre importance ? Il lui semblait plutôt qu'il lui faudrait suivre l'exemple de la maison d'enfance de Natalie, à côté, et tout raser pour recommencer à zéro.

— Je me suis dit que ce serait plus agréable de m'arrêter dans un quartier que j'ai connu.

Annie passa une main dans ses cheveux et se baissa pour enfiler les ballerines noires qu'elle avait ôtées au début du trajet. Elle portait un pantalon de tailleur noir et un chemisier de soie bleu marine dont la couleur rappelait les eaux du lac Michigan. Elle se retourna pour attraper son sac à main qui avait voyagé sur le siège arrière, le suspendit en bandoulière sur son épaule et en sortit un tube de brillant à lèvres.

— Tu crois que c'est sa voiture ? demanda-t-elle avec un geste du menton en direction de la Mercedes grise garée dans l'allée, tout en faisant glisser l'applicateur le long de sa lèvre inférieure.

— On dirait.

De toute évidence, les années *grunge* d'Andy étaient révolues.

— Nous avions rendez-vous il y a dix minutes. Il doit se demander où nous sommes passés.

Annie pinça les lèvres pour répartir le gloss, rangea le tube dans son sac et regarda Luke droit dans les yeux.

— Tu ne m'as pas répondu. Tu es prêt ?

S'il était prêt ? Il était certain que non, mais plus il réfléchissait au plan d'Annie, plus il se rendait compte qu'il n'avait pas le choix.

— Ouais.

D'un même mouvement de poignet, Luke coupa le contact et retira la clé, puis il se tourna vers Annie. Elle avait les sourcils levés et les joues rouges d'excitation. Luke lui sourit une dernière fois avant de la laisser sortir.

— Merci. Je ne serais jamais venu jusqu'ici sans toi.

— Ne me remercie pas encore, rétorqua-t-elle en lui serrant l'épaule. Rejoins-moi à l'intérieur dans cinq minutes, d'accord?

— D'accord.

C'était leur plan. Elle devait entrer la première et mettre Andy à l'aise. Luke la rejoindrait quelques minutes plus tard. Ils comptaient sur l'effet de surprise.

— Bonne chance.

Réajustant la lanière de son sac, Annie se pinça les lèvres une dernière fois.

— Bonne chance, fit-elle à son tour, avant d'ouvrir la portière et de traverser la rue d'un pas rapide.

Il l'observa alors qu'elle frappait à la porte où pendait le cadenas de l'agent immobilier, et distingua une ombre venue l'accueillir. Annie pénétra dans la propriété et Luke souffla doucement. Il était maintenant impossible de faire marche arrière.

CHAPITRE 20

Luke fixait les chiffres verts et brillants qui défilaient lentement sur l'horloge digitale de son smartphone. Pour se distraire, il essaya de regarder les clips vidéo que lui avait envoyés Will ces deux dernières semaines. Les enfants n'étaient partis que depuis une quinzaine de jours, mais ils lui manquaient déjà tellement que Luke était souvent tenté de prendre le prochain vol pour la Floride afin de les embrasser encore une fois. Immanquablement, il se souvenait alors que rejoindre ses enfants signifierait revoir Terry. Or, il n'avait pas encore digéré la conversation de l'aéroport.

Le téléphone afficha enfin 10 h 15 et Luke poussa la portière du côté de la route, sans même prendre le temps de vérifier que la voie était libre. L'allée de ciment qui montait vers la maison avait été réparée par endroits, laissant apparaître plusieurs raccords de béton plus sombres. Il s'amusa à sauter par-dessus les anciennes fissures comme il le faisait étant enfant, et fut surpris par ce souvenir agréable.

Luke atteignit la porte qui brillait sous une nouvelle couche de peinture bleu marine, et il levait la main pour frapper quand il reconnut le heurtoir. L'objet avait perdu de sa dorure mais, même usé et taché de noir, Luke l'aurait reconnu entre mille. Il connaissait cette porte : c'était la sienne. Cette maison était la sienne et il était hors de question qu'il frappe avant d'entrer. Il fit tourner le bouton de la porte, se glissa à l'intérieur le plus silencieusement possible et referma sans bruit derrière lui.

Le salon était plongé dans l'obscurité, mais il distingua la ligne tracée par le joint entre la moquette et le carrelage du couloir. La maison avait une odeur inconnue, un mélange d'oignons et de pot-pourri, et un épais tapis de sol avait remplacé la moquette à grosses boucles serrées de son enfance, mais les abat-jour en verre dépoli du plafonnier-ventilateur n'avaient pas changé. Le rire d'Annie éclata dans la cuisine et un autre, plus grave, lui fit écho. S'éloignant du lustre, Luke se dirigea vers les voix. Il sentait ses pieds s'enfoncer dans la nouvelle moquette et son pouls résonner dans ses tympans.

La cuisine se trouvait de l'autre côté de la salle à manger. Pour y accéder, il fallait d'abord traverser le hall menant aux chambres, à l'étage. La dernière fois que Luke avait vu ce couloir, il était taché de sang, et même s'il n'en restait aucune trace visible, il dut détourner son regard. Ses jambes avançaient lourdement, comme pour l'encourager à faire demi-tour, mais la voix d'Andy le ramena à la réalité.

— C'est une maison idéale pour une famille. Elle a été complètement rénovée à l'intérieur et à l'extérieur. Toute la plomberie a été refaite il y a cinq ans, toutes les moquettes ont été changées récemment et même l'électroménager est encore sous garantie.

— Super. Vous connaissiez les anciens propriétaires ? demanda Annie d'une voix distraite, probablement préoccupée par le retard de Luke.

— C'est une petite ville où tout le monde se connaît, mais ces dernières années, nous vendons de plus en plus de propriétés à des gens d'ailleurs qui les retapent et les transforment en maisons de vacances. J'ai grandi à Pentwater, et j'ai bien connu la famille qui vivait ici avant que cette bâtisse ne soit mise en location. En fait, j'allais à l'école avec le fils.

— C'est vrai ?

Annie était visiblement intéressée par cette histoire, même si elle ignorait l'identité de l'enfant en question.

— Oh oui !

Il baissa la voix, comme s'il s'apprêtait à révéler un secret.

— C'est une histoire bien triste. Le père était alcoolique, il battait sa femme et son fils. Un jour, alors que la mère était enceinte, le père est rentré chez lui bourré et…

Refusant d'entendre sa propre histoire de la bouche d'Andy Garner, Luke força ses jambes à reprendre leur marche. Il franchit les trois pas qui le séparaient de la cuisine et découvrit Annie, appuyée contre le plan de travail en bois stratifié blanc. Debout au centre du carrelage gris, Andy, chemise bleue ajustée soigneusement rentrée dans son pantalon à pinces de couleur fauve, n'avait pas grandi d'un seul centimètre depuis leur dernière rencontre, et il mesurait toujours une tête de moins que lui. En revanche, il avait beaucoup changé : son crâne s'était dégarni, il avait pris au moins dix kilos et portait désormais des vêtements à sa taille.

— Mon chéri ! Te voilà ! lança-t-elle d'une voix extrêmement gaie en se redressant pour faire signe à Luke de s'approcher.

Andy tourna sur ses talons, le bras tendu prêt à serrer la main de son futur client. Il fit deux pas vers Luke et s'immobilisa.

— Luke ? Luke Richardson ? Qu'est-ce que tu fabriques ici ?

Il semblait sincèrement heureux de le voir.

— Tu veux racheter ton ancienne maison ? Je croyais que tu détestais cet endroit…

— Peut-être que je veux la racheter pour mieux la détruire, rétorqua Luke.

Il fut le premier surpris par la colère qui transpirait à travers ses paroles. Annie s'éloigna du comptoir, sur le qui-vive.

— C'est ta maison ? chuchota-t-elle, stupéfaite qu'il ne l'ait pas mise dans la confidence plus tôt.

Andy jeta un coup d'œil à Annie avant de reporter son attention sur Luke.

— Attends, tu t'es remarié ? demanda-t-il.

La question avait tout d'une accusation, et Luke n'eut aucun mal à préciser mentalement la phrase d'Andy. *Tu t'es déjà remarié ?* Il abandonna le plan d'Annie. Il était hors de question qu'il laisse Andy Garner lui donner des leçons de morale.

— Non. C'est une amie.

Andy lança un autre regard en coin à Annie ; debout, les bras croisés et serrés sur sa poitrine, elle était livide.

— Elle m'a téléphoné, fit Andy en indiquant Annie d'un geste de la tête. Elle m'a dit que tu t'appelais Charlie Fairbanks. Qu'elle était ta femme. Luke, qu'est-ce que c'est que ce cirque ?

La voix de l'agent immobilier avait perdu toute sa curiosité affable, et Luke sortit d'instinct les mains de ses poches. Il n'avait jamais cogné sur personne, mais il ne serait pas dit qu'il aurait laissé Andy Garner lui mettre son poing dans la figure sans réagir, qui plus est dans sa propre maison. Il ne laisserait plus jamais personne le frapper dans cette maison.

— J'avais besoin de te parler, dit simplement Luke.

— Et il ne t'est pas venu à l'idée de téléphoner à mon bureau ?

Derrière son apparence professionnelle, le talent sarcastique qui faisait toute la personnalité d'Andy dans sa jeunesse resurgissait aisément. L'espace d'un instant, Luke s'imagina debout dans la cour de la fac, et revit les cheveux huileux, les fringues trop grandes et les yeux d'acier d'Andy.

— Cette conversation devait avoir lieu en personne.

Luke fit une pause pour tenter d'évaluer la réaction d'Andy, mais à en juger par son expression dure et moqueuse, ce dernier ne s'attendait pas à ce qui allait suivre.

— Parle-moi de la maison Maranatha.

Il fallut quelques secondes à Andy pour encaisser les paroles de Luke, mais leur impact fut évident. Andy laissa échapper un profond soupir et s'affaissa d'au moins dix centimètres, un peu comme un ballon de *Thanksgiving* crevé.

— Natalie m'avait promis de ne jamais en parler, souffla Andy avec ce qui lui restait d'oxygène.

Il prit une nouvelle inspiration, bruyante et saccadée, et porta une main à son front, avant d'ajouter, la voix chargée d'émotion :

— Même ma propre femme n'est pas au courant.

Il leva soudain la tête, les yeux emplis de panique.

— Tu ne comptes pas lui en parler, si ?

Luke avait la bouche complètement desséchée. Ainsi, c'était donc vrai. Comment était-ce possible ? Il avait réussi tant de fois à se convaincre que ce moment, le moment où il aurait confirmation que Will n'avait pas été le premier enfant de Natalie et que sa femme lui avait menti toute sa vie, n'aurait jamais lieu !

Il se souvint à quel point Natalie détestait le mensonge. Une fois, alors qu'ils n'étaient encore que des gamins, un distributeur de *Bubble Gum* lui avait servi deux boules de chewing-gum au lieu d'une et elle était allée payer la seconde à la caisse de la supérette. Le marchand, époustouflé, avait même imprimé une photo d'elle portant la mention « *Ma plus honnête cliente* » et l'avait affichée sur son comptoir. Comment avait-elle pu garder un tel secret, elle qui n'avait jamais été arrêtée pour excès de vitesse, qui n'avait jamais triché à un examen, ou même fait entrer des bonbons en douce dans un cinéma ?

Annie, toujours debout devant l'évier, s'éclaircit la gorge. Luke avait du mal à s'exprimer à travers la fureur qui l'envahissait et réduisait son champ de vision.

— Luke, murmura-t-elle. Ça va ?

Il ne répondit pas, concentrant toute son attention sur Andy qui était resté planté au milieu de la pièce, les mains devant la bouche. Luke fit un pas vers ce qui restait de l'agent immobilier.

— Peut-être que nous devrions lui dire, grogna-t-il, les dents serrées.

— Luke, intervint Annie d'une voix prudente, il n'a jamais été question d'en parler à sa femme.

Luke serra et desserra les poings, encore et encore. Il voulait cogner quelque chose, ou quelqu'un. Lui qui avait passé sa vie à refréner toute forme de violence, à garder en toutes circonstances un comportement aimable et doux, à ne jamais donner libre cours à sa colère, de peur de devenir comme son père, était finalement sur le point de céder la place à l'homme qui, même depuis sa tombe, hantait encore et toujours ses souvenirs d'enfance.

— Je crois qu'elle a le droit de savoir, non ?

Andy se fit suppliant.

— Je t'en prie, tu ne peux pas faire ça.

À ce moment-là, Luke était incapable de la moindre compassion.

— Est-ce que tu as tenu le bébé dans tes bras ? As-tu embrassé sa tête ? Et ma femme ? L'as-tu embrassée, elle aussi ?

— Attends…

Andy tira sur le col de sa chemise.

— Je ne comprends pas. Nous parlons bien de Natalie ?

Retrouvant tout son aplomb, Andy se redressa et son nez toucha presque l'épaule de Luke.

— Écoutez-moi bien, tous les deux. Si vous n'êtes pas là pour visiter la maison, je dois vous demander de vider les lieux avant que je n'appelle les flics.

Andy avait déjà son smartphone à la main.

— Tu te fous de moi ?

Luke réprima une furieuse envie d'envoyer l'appareil voler à travers la pièce.

— Qu'est-ce que vous cachiez tous les deux, Andy ?

Le menton en avant, Andy secouait la tête d'un air incrédule.

— Je n'arrive pas à croire qu'elle t'ait choisi, toi, murmura-t-il comme pour lui-même. J'ai pourtant essayé de la prévenir que tu étais complètement taré, comme ton père.

Luke sentit un grondement monter de ses poumons à sa gorge et, avant même qu'il s'en aperçoive, ses pieds s'étaient rapprochés d'Andy, réduisant l'espace qui les séparait à quelques centimètres. Il avait les poings serrés, comme s'il se préparait à entamer une séance de boxe dans le sous-sol, chez lui. Il suffirait d'un uppercut du droit suivi d'un direct du gauche dans le ventre, et peut-être d'un coup de coude dans le dos d'Andy, pour qu'il s'écrase au sol.

Annie s'interposa soudain entre les deux hommes, une main posée doucement mais fermement sur la poitrine de Luke et l'autre sur celle d'Andy. Luke laissa retomber le long de son corps ses bras endoloris par la tension. Il avait été sur le point de frapper quelqu'un et cette pensée l'écrasa lourdement, comme s'il avait soudain fait siens tous les péchés de son père.

— Arrêtez ! intervint Annie en poussant sur l'épaule de Luke. Luke, explique-lui pour la photo. Dis-lui.

— Quelle photo ? Et qui êtes-vous ? demanda-t-il en faisant un pas en arrière.

La main d'Annie retomba.

— Je vous l'ai déjà dit. Je suis une amie.

Elle arracha la brochure qui dépassait de la poche de Luke et l'ouvrit d'un geste. D'un doigt à l'ongle impeccablement verni, elle montra la photo d'Andy, bien plus jeune, avec plus de cheveux et un sourire jusqu'aux oreilles, la main de Natalie posée sur son épaule.

— Parlez-nous de cette photo, Andy. Que s'est-il passé à Maranatha House. Que faisiez-vous là-bas avec Natalie et que signifient toutes ces photos de vous deux ?

Une main sur la hanche, Annie brandissait le dépliant devant Andy.

— Où avez-vous trouvé cela ? demanda-t-il, troublé.

— Le fils de Luke a trouvé une enveloppe adressée à Natalie, avec le cachet de l'agence d'adoption Maranatha, et qui datait du mois de sa naissance.

Elle dressa la liste des faits comme autant d'accusations.

— C'est ce qui a mené Luke à la maison Maranatha. OK ? À vous, maintenant.

Andy s'approcha pour s'emparer de la brochure qu'Annie tenait à la main et fit un pas en arrière, les yeux fixés sur le dépliant. Il toucha du doigt l'image aux tons sépia, et l'ombre d'un sourire passa sur son visage, comme s'il se remémorait de bons moments.

— Je n'ai jamais eu d'enfant avec Natalie, expliqua enfin Andy, un regard rêveur rivé sur la photo. Mais j'ai une fille. Elle s'appelle Jill, et elle vit en Caroline du Sud avec ses parents adoptifs, Carol et Jim Fletcher. Elle fréquente l'université de Davidson. Ses cheveux sont noirs et frisés, comme les miens, et elle a les yeux clairs de sa mère.

— Hein ? cracha Luke, dont la colère se calmait un peu. Une fille ?

Annie s'écarta et les deux hommes se firent face.

— Oui. Je l'ai rencontrée l'an dernier. Natalie m'a aidé à la retrouver avant de…

Les mots s'étranglèrent dans sa gorge.

— Luke, tu connais la mère de Jill, reprit-il, toute arrogance disparue. Nancy Gillingham. Elle était assise entre nous en cours moyen. J'en étais fou amoureux. Au collège, elle faisait partie des majorettes et moi… j'étais devenu un mec cool parce que j'avais appris à jouer de la guitare. Nous sommes sortis ensemble quelque temps. Et puis elle est tombée enceinte et le monde s'est effondré autour de moi, mais Natalie a tout de suite su quoi faire. Elle nous a recommandé cet endroit où travaillait le pasteur de sa paroisse, cette sorte de maison pour filles-mères, comme ils l'appelaient à l'époque. Nancy a vécu là-bas jusqu'à la naissance du bébé, à l'insu de tous hormis ses parents, moi et Natalie. Nous avions raconté qu'elle était partie vivre chez sa tante, à Indiana. Natalie m'a souvent conduit à Maranatha pour lui rendre visite. Ils organisent une réunion et une collecte tous les ans, et cette année, j'y suis allé sans Nat pour la première fois.

Andy soutint le regard de Luke.

— J'ignorais qu'elle te l'avait caché. Je suis navré. Il ne s'est jamais rien passé entre nous. Enfin, j'ai été longtemps amoureux d'elle, mais comme elle n'a jamais pu t'oublier…

Il ricana, comme s'il venait de raconter une bonne blague.

— J'avoue que je n'ai jamais vraiment cru que votre couple irait bien loin, mais j'ai fini par cesser d'attendre qu'elle te quitte et je me suis trouvé une autre vie – une belle vie !

Repliant la brochure pour la rendre à Luke, il sortit un portefeuille noir de la poche arrière de son pantalon. Il glissa son index derrière une pile de cartes bancaires et sortit de sa cachette improvisée une photo d'identité qu'il tendit à Annie et Luke.

— C'est une photo de Jill au lycée. Elle me l'a envoyée pour son dix-huitième anniversaire, après que Natalie m'a aidé à la retrouver. Nat disait qu'elle ressemblait à Minnie Driver en plus jeune.

Luke prit la photo et la retourna. Une écriture féminine avait griffonné le nom « Jill Fletcher » au dos, ainsi qu'un numéro de téléphone que Luke s'efforça de mémoriser. Il n'était pas complètement convaincu qu'il pouvait faire confiance à Andy, mais son histoire semblait tenir la route. La jeune fille n'avait rien en commun avec Natalie, et ce n'est qu'en sentant le poids de l'angoisse le quitter enfin que Luke comprit à quel point il avait été rongé d'inquiétude. Il passa le cliché à Annie.

— Elle est superbe. Et elle vous ressemble.

Elle rendit sa photo à Andy et prit son sac à main, raclant bruyamment la boucle en métal sur le plan de travail.

— Nous devrions y aller, soupira-t-elle en ajustant la bandoulière sur son épaule. Merci, monsieur Garner. Nous allons vous laisser tranquille.

Annie frôla Andy, dont les mains avaient rejoint ses poches. Luke observa le petit trentenaire chauve à qui il avait souhaité casser la figure quelques instants plus tôt. L'histoire d'Andy était-elle crédible ? Il imaginait sans mal Natalie aidant un ami et il comprenait même qu'elle ne lui en ait pas parlé : elle n'était pas du genre à trahir une promesse faite à un ami.

— Désolé pour ce malentendu, fit Luke en tendant la main vers Andy.

Celui-ci la serra brièvement.

— Je suis navré d'avoir dit ces horreurs sur ton père, grommela-t-il en réponse.

Ce qui consternait Luke, c'était surtout que ces horreurs aient été véridiques.

— Ma foi, nous disons tous des choses que nous ne pensons pas vraiment.

Andy acquiesça et suivit Annie vers la sortie.

Seul dans le salon, Luke regarda une dernière fois autour de lui. La maison n'était plus que le spectre de celle où il avait grandi, mais aucune peinture, aucun papier peint ne pourrait jamais éradiquer le terrible crime qui flottait encore dans ce couloir où il avait vu mourir sa sœur. Luke effaça le souvenir d'un mouvement de tête. Ce n'était que des murs de brique.

Alors qu'Annie et Andy discutaient poliment sur le perron, pressés d'en finir avec ce rendez-vous qui les mettait mal à l'aise, Luke compta les pas qui séparaient la cuisine de la porte d'entrée. Douze. Presque deux fois moins que ce soir où un officier de police l'avait escorté hors de la maison, vingt-deux ans plus tôt. À l'époque, il était sorti en pleurant ; aujourd'hui, il était soulagé.

— J'ai du mal à croire ce qui vient de se passer, fit Annie en traversant la pelouse à ses côtés.

Andy était resté derrière pour verrouiller la maison.

— Je ne t'avais jamais vu dans cet état, précisa-t-elle.

— Je… Je n'avais pas prévu que cela se passerait ainsi, s'excusa Luke. Et je pourrais en dire autant de toi. Tu as fait preuve d'un sacré courage en t'interposant ainsi entre nous deux.

Quelques mois auparavant, Annie avait été incapable de tenir tête à un serveur dans un bar, et Luke n'aurait jamais dit d'elle qu'elle était courageuse. Aujourd'hui, elle n'avait pas hésité à tenir tête à la fois à Luke et à Andy.

— Je sais.

Elle s'arrêta pour regarder des deux côtés de la route avant de traverser, ce qui fit sourire Luke, non seulement parce qu'il était manifeste qu'aucune voiture ne circulait dans le quartier, mais aussi parce que l'un des anciens résidents, M. Slattery, était un fanatique de la sécurité routière qui limitait strictement la vitesse à quinze km/h. S'il était encore en vie, il n'aurait pas manqué de signaler à la police n'importe quel véhicule manifestant ne serait-ce que l'intention de rouler un peu trop vite. Toutefois, Luke n'était pas d'humeur à plaisanter et il se contenta de suivre son exemple en tournant lui aussi la tête à gauche, puis à droite de *Winter Lane*.

— Quand vous avez commencé à vous disputer, je me suis dit qu'Andy devait forcément en savoir plus, et je n'ai pas hésité. Je ne m'attendais pas à cette histoire, et toi ? Le révérend de Natalie qui aide Andy et sa copine ? Et la photo de cette gamine qui est son portrait craché ?

— Je ne sais toujours pas si je peux y croire.

Alors que Luke posait un pied sur l'asphalte, il entendit le *bip* de la voiture d'Andy, derrière eux. Quelque chose le gênait dans cette histoire. Quelque chose qui n'avait rien à voir avec le fait que Nancy se soit cachée à Maranatha, ni qu'Andy n'en ait jamais parlé à sa femme, ni même que Natalie les ait mis dans cette situation embarrassante. Luke sortit sa clé de voiture de sa poche, la tendit à Annie en bredouillant un vague « Je reviens tout de suite », et s'éloigna en courant sans attendre sa réponse.

Andy était déjà dans sa voiture, ceinture attachée et vitre fermée. Il venait d'enclencher la marche arrière quand Luke atteignit sa portière. La musique hurlait dans la Mercedes et Luke dut s'y reprendre à trois fois pour capter son attention. Andy le remarqua enfin, gesticulant derrière la vitre, et baissa la fenêtre dans un bruit de petit moteur électrique, laissant échapper une bouffée d'air climatisé.

— Euh, tu as oublié quelque chose ?

Luke remarqua ses mains serrées sur le volant et l'alliance qui brillait au soleil.

— Une dernière question.

À bout de souffle, Luke fit une pause, mais comme Andy semblait sur le point de prendre la fuite, il fit un effort pour se ressaisir. Il passa la tête à l'intérieur du véhicule et lâcha enfin :

— Le pasteur dont tu nous as parlé, celui que Natalie t'a présenté…

Andy fit un signe de tête.

— Comment s'appelait-il ?

— C'était il y a très longtemps. Natalie l'a contacté au moment où nous cherchions une solution pour Jill. Il répondait au nom de… Townsend, je crois, fit Andy en se grattant la tête.

Luke expira et réussit à esquisser un petit sourire. Il était idiot de s'imaginer qu'Andy et Natalie avaient monté cette histoire d'adoption de toutes pièces. Complètement idiot.

— Oui, c'est bien cela, confirma Andy en remontant sa vitre. Révérend Neal Townsend, mais Natalie l'appelait simplement Révérend Neal.

CHAPITRE 21

Luke pressa le bouton d'arrêt de son téléphone et glissa l'appareil dans la poche de son jean, bien décidé à ne plus consulter Internet. Il n'y avait vraiment aucun intérêt à relire continuellement les quelques miettes d'informations glanées sur le Web. Il avait recherché toutes les dénominations possibles – Révérend Neal Townsend, docteur Neal Townsend, docteur Townsend, et bien sûr, le fameux docteur Neal. Toutes l'avaient mené au même individu, celui-là même dont le numéro de téléphone apparaissait dans le répertoire de Natalie.

Malheureusement, on ne trouvait en surfant que très peu de renseignements sur l'ancien pasteur devenu professeur d'université. Une vieille photo un peu floue dénichée sur le site de l'université du Michigan, une biographie brève et obsolète concernant le Dr Neal Townsend, maître de conférences. Poussant l'obsession à son paroxysme, Luke avait même payé pour consulter les antécédents du docteur, mais le type était un saint : pas la moindre amende ni la plus petite contravention.

Le mystère qui pesait sur la Maison Maranatha était quasiment résolu, mais Luke n'en avait pas fini avec ce Neal. Il aurait été bien incapable d'expliquer pourquoi, mais il restait convaincu que quelque chose ne tournait pas rond.

Luke chercha Félicité dans la sandwicherie. Ils avaient convenu de se retrouver pour manger un morceau avant d'aller voir un film, et il était si nerveux qu'il était arrivé en avance à ce qui constituerait leur troisième rendez-vous officiel, sans compter le petit-déjeuner pris dans son bureau. Luke n'avait commencé à se sentir à l'aise en tête-à-tête avec Félicité qu'au cours de leur deuxième rendez-vous. Certes, il avait passé beaucoup de temps avec Annie, mais leur relation était bien différente. Luke et Annie étaient amis depuis longtemps. Ils avaient déjà bouclé les phases qui consistaient à faire connaissance, puis à accepter de se montrer sous son plus mauvais jour. Luke pouvait passer une heure dans la même pièce qu'Annie sans ressentir le besoin de parler, mais paradoxalement, il se passait peu de soirées sans qu'ils ne s'envoient quelques textos à propos de tout et n'importe quoi. Elle était sa principale complice dans la chasse à l'homme virtuelle qu'ils avaient lancée après Neal (et dont les résultats étaient d'ailleurs quasiment nuls ; ses liens avec la Maison Maranatha devaient remonter au-delà de l'ère du numérique). Bien qu'ils n'aient aucune raison de se revoir après le voyage à Pentwater (et c'était probablement mieux ainsi), ils avaient communiqué presque tous les jours depuis leur retour. Le nouveau poste de Brian à Tanglewood se présentait bien ; ils avaient trouvé une maison de rêve à Virginia et leur propriété était entre les mains d'un agent immobilier du Michigan. Luke espérait qu'ils ne déménageraient pas avant le retour des enfants.

Tout en s'efforçant de ne pas penser à son départ imminent, Luke était reconnaissant de l'amitié que lui portait Annie. Les lettres de Natalie s'étaient faites plus rares et plus courtes, récemment. Son écriture était moins soignée, comme si elle manquait de force pour guider son stylo sur la page. Ces lettres, qui avaient d'abord illuminé ses semaines, ne lui servaient plus désormais qu'à revivre le déclin de sa femme, qu'à lui rappeler comment elle s'était doucement éteinte, exactement comme elle l'avait craint à son retour de sa première séance de chimio.

JOUR 294

Mon amour,

Je suis enfin rentrée de l'hôpital. J'ai eu peur de ne jamais revoir ces murs. Je veux être parmi les miens, ceux que j'aime, quand mon heure viendra. Tu prends si bien soin de nous. Je sais maintenant que j'aurais dû te dire la vérité il y a bien longtemps. Et maintenant, c'est peut-être trop tard.

Tendrement,

Natalie

Plus la mort approchait, plus elle parlait de son fameux secret. S'il ne s'agissait plus de Will et Andy, Luke restait persuadé que le mystérieux Dr Neal était au cœur de l'énigme. Toutefois, Annie l'avait presque convaincu que, quoi qu'ait bien pu cacher Natalie, cela n'avait aujourd'hui plus d'importance.

Plus belle que jamais, Félicité poussa la lourde porte vitrée de la sandwicherie. Aujourd'hui, elle avait dompté ses boucles sauvages en de jolies bouclettes qui dépassaient d'un foulard imprimé assorti aux bretelles de sa robe.

— Salut !

Elle le salua de loin et Luke repoussa sa chaise pour l'accueillir. Félicité traversa le café, passa ses bras autour des épaules de Luke et se haussa sur la pointe des pieds pour l'embrasser sur la joue.

— Tu es très élégante, complimenta Luke en se creusant la cervelle pour se souvenir de la meilleure manière de parler aux femmes.

— Toi aussi, répondit-elle en reculant pour mieux le regarder, avec un grand sourire.

Il ne voyait pas tellement comment on pouvait qualifier un jean et un polo d'élégants… Mais il s'était aspergé d'après-rasage, et peut-être son sens de l'odorat avait-il pris le pas sur sa vue !

— Tu es prêt à passer commande ? demanda-t-elle. Le film commence dans une heure.

— Oui, je suis prêt. Je suis même affamé. Qu'est-ce qu'ils font de bon ici ? demanda Luke en jetant un coup d'œil vers le comptoir, où un panneau indiquait de « *Commander ici* ».

Alors qu'il plissait les yeux pour mieux lire le menu, Félicité passa sa main fluette dans la sienne, entrelaçant ses doigts avec les siens. Son pouls s'accéléra, et il n'aurait su dire si c'était d'excitation ou de terreur.

Un groupe d'adolescents passa la porte, et Félicité le poussa gentiment vers la file d'attente devant la horde de jeunes gens. Qu'il le veuille ou non, il allait devoir prendre sa décision rapidement. Elle ne se contenterait pas éternellement de lui tenir la main et de l'embrasser sur la joue. Félicité réclamerait bientôt une vraie relation, et il appartenait à Luke de savoir s'il se sentait prêt à laisser les lettres et les soupçons derrière lui pour entamer une nouvelle étape de sa vie.

Une demi-heure plus tard, ils étaient assis l'un en face de l'autre autour d'emballages vides et de fonds de sodas. Les plaisanteries allaient toujours bon train entre Luke et Félicité, mais alors qu'il buvait les dernières gouttes de son Coca Light, elle passa aux vraies questions.

— Alors, ce test de paternité ? Tu as reçu les résultats ?

Elle avait demandé cela le plus naturellement du monde, et Luke aurait voulu avoir une réponse simple à lui apporter. Il ne lui avait pas parlé d'Andy, ni de Maranatha ou de Pentwater.

— J'ai eu les résultats.

— Ah bon ?

Elle se pencha vers lui par-dessus son verre, la bouche entrouverte.

— La mémoire me fait-elle défaut ? Tu me l'as déjà dit ? Ou est-ce que tu viens de les recevoir ?

— Je les ai reçus il y a quelques jours. Pardonne-moi, je voulais que Will soit le premier informé. Nous avons ouvert le pli ensemble sur *FaceTime*.

Son portable vibra dans sa poche et il plaqua une main sur sa cuisse dans l'espoir d'étouffer le son.

Félicité ne sembla pas le remarquer. Elle but une gorgée de soda et fit tourner le liquide dans sa bouche quelques secondes avant de l'avaler.

— Alors ? demanda-t-elle avec un petit sourire en coin. Je peux savoir ?

Le portable vibra à nouveau. Des notifications irrégulières qui ne pouvaient provenir que de messages SMS. En cas d'urgence, Terry aurait téléphoné. Luke tenta de se concentrer sur la conversation.

— Oh oui, c'était ce que nous savions déjà. Il a 99,9999 % de chances d'être mon fil.

Nouvelle vibration. Luke jura en silence.

— Voilà une excellente nouvelle ! Et tu crois qu'il a accepté le verdict ?

— J'en suis certain. Je crois qu'il n'en a jamais douté au fond. J'en aurai le cœur net quand il sera rentré à la maison, le mois prochain…

Il fut interrompu encore une fois par le buzz du smartphone, et Félicité se pencha vers lui, appuyée sur les coudes comme elle le faisait souvent sur son bureau, pendant leurs réunions, quand elle était sur le point de suggérer quelque chose qui risquait de le mettre mal à l'aise.

— Luke, tu devrais lire ces messages. Je t'assure que cela ne me gêne pas. C'est peut-être ta belle-mère.

Elle aplatit de la main une mèche de cheveux rebelle qui s'était échappée de son foulard et chatouillait ses sourcils.

— Ce n'est rien. Terry ne sait pas utiliser les textos, et Will a cassé son téléphone. La seule autre personne à m'envoyer des messages, c'est…

Annie. Il termina sa phrase dans sa tête. Les messages devaient provenir d'Annie. Il sortit précipitamment l'appareil de sa poche, les épaules nouées d'anxiété. En règle générale, il s'attendait à trouver un message le taquinant sur le fait qu'il s'était enfin décidé à sortir de l'âge de pierre et à rejoindre le monde moderne, ou une photo idiote représentant un chat endormi dans un bol de café, mais elle savait qu'il était avec une femme. Si c'était bien Annie, elle devait avoir de bonnes raisons de lui envoyer ces textos frénétiques.

Sa messagerie débordait tellement qu'il dut faire glisser l'écran pour lire tous les SMS. Le premier disait simplement : Appelle-moi. Il passa au suivant : J'ai besoin d'aide. Vite.

Que cela pouvait-il signifier ? Annie n'appelait jamais à l'aide. Elle préférait aller chercher elle-même un escabeau plutôt que de demander à Luke ou à Will d'attraper quelque chose en haut d'un placard. En lisant le troisième message, il sentit ses poils se dresser sur sa nuque : J'ai peur !

Cette simple phrase réveilla tous ses souvenirs : le sang sur la moquette ; sa mère en larmes, les mains serrées sur son ventre ; son père jetant sa bouteille vide sur le carrelage de la cuisine avant de quitter la maison sans prendre la peine de fermer la porte derrière lui.

• • •

— J'ai peur, avait dit sa mère, une main tendue vers son fils de quatorze ans.

Ses longs cheveux blonds étaient maculés de rouge et elle était particulièrement mal en point – il ne l'avait jamais vu aussi amochée. D'où pouvait provenir tout ce sang ? Il examina son corps, cherchant une autre blessure, mais il ne trouva rien. Elle porta ses mains à son ventre sous le coup de la douleur.

— Le bébé arrive.

— Quoi ? fit Luke en s'agenouillant à côté de sa mère pour faire l'inventaire de ses ecchymoses. Mais c'est trop tôt !

— Elle arrive, gémit sa mère, tandis qu'une larme roulait sur sa joue rouge de sang.

Luke sentit peser toute l'horreur de la situation sur ses jeunes épaules. Le bébé n'était prévu que dans deux mois et demi. Si sa mère accouchait maintenant, que devrait-il faire ? Il s'empara des clés de voiture posées dans une coupelle, sur le comptoir.

— Je peux te conduire à l'hôpital. J'en suis capable.

— Non, non, dit-elle en secouant la tête. C'est trop dangereux.

Sa famille avait toujours pris le parti de ne jamais parler à personne des crises d'ivresse de son père, mais ce jour-là, il avait tout de suite pensé à Natalie. Ses parents étaient des gens raisonnables. Ils sauraient quoi faire.

— Je vais chercher Mme Egart. Elle saura t'aider, elle a eu des bébés. Moi je ne sais pas… Je ne peux pas…

Le visage de sa mère se durcit, son regard se fit sévère.

— Non, pas elle.

La douleur perça son masque et elle laissa échapper un cri.

— Plus personne ne peut rien pour nous.

• • •

— Luke ? Luke, tout va bien ?

La voix de Félicité le ramena à la réalité. Luke relut les messages d'Annie.

Un serveur s'approcha de leur table.

— Vous avez terminé ? Je peux débarrasser ?

— Merci, répondit Félicité sans quitter Luke et son téléphone des yeux.

— Je peux vous servir autre chose ?

Luke cligna des yeux.

— Non, je vous remercie.

Le serveur s'éloigna enfin.

— Que se passe-t-il ? demanda Félicité en fixant le smartphone, comme si elle pensait déchiffrer les mots affichés sur l'écran en les regardant suffisamment longtemps.

Il ne sut que répondre. Son instinct protecteur lui dictait de quitter la table, de courir à sa voiture, de se précipiter chez Annie et de cogner à la porte jusqu'à ce qu'on lui ouvre. Et si, derrière cette porte, il trouvait la moindre trace de sang ou d'hématome, ou quoi que ce soit indiquant qu'on avait pu faire du mal à Annie, il ne répondrait plus de rien, et il risquait de regretter sa visite.

— Je suis vraiment navré… Je dois partir.

Luke rangea son téléphone dans sa poche et vérifia qu'il avait bien ses clés.

— Oh non, ce sont les enfants ?

Félicité mit son sac sur son épaule, prête à le suivre.

Il secoua la tête.

— Non, cela n'a rien à voir avec les enfants. C'est une amie. Elle… elle a besoin d'aide.

Félicité s'immobilisa et pencha la tête.

— Une amie ?

Debout, Luke prit conscience trop tard de son erreur.

— Oui. Ne m'en veux pas. C'est la meilleure amie de Natalie. Elle dit que c'est urgent. Elle ne m'aurait pas dérangé s'il n'était pas arrivé quelque chose de grave.

— OK, fit Félicité d'un air soupçonneux en réajustant son sac.

Luke n'avait pas de temps à perdre en explications. Il s'éloigna de la table, gêné.

— Je te remercie de m'avoir rejoint ici, fit-il en indiquant le restaurant et leur table. J'ai passé un très bon moment. Je suis vraiment désolé, mais je t'assure que c'est une question de vie ou de mort. On reporte le film ?

Félicité acquiesça doucement, libérant de son foulard une nouvelle mèche derrière son oreille.

— Il n'y a pas le feu, répondit-elle.

Au ton de sa voix, Luke comprit qu'il n'était pas près de voir ce film.

— C'est moi qui t'invite, et on ne discute pas.

— Oh, tu m'emmènes au McDo ?

— Je ne sais pas si j'irai jusque-là, rétorqua Luke en esquissant un sourire.

Sa main était déjà dans sa poche, serrée sur son portable.

— Fais attention sur la route.

— Toi aussi.

Luke courut vers la porte en la saluant de la main.

CHAPITRE 22

En conduisant dans l'obscurité, Luke s'efforçait de ne pas revivre la naissance de sa sœur, mais la lueur de ses phares dans la brume et la fraîcheur de la brise qui s'engouffrait dans sa voiture par la vitre baissée lui rappelaient cette lointaine nuit d'été.

• • •

Une heure après avoir supplié son fils de ne pas appeler à l'aide, Abigail Richardson avait accouché d'une toute petite fille. Mort-né, le bébé était tout bleu et si petit que Luke aurait pu l'envelopper dans le torchon à vaisselle qu'il tenait encore à la main. Aussi inachevée et pâle qu'elle soit, Luke avait trouvé qu'elle ressemblait à une poupée miniature.

Sa mère avait demandé à Luke de tenir le bébé pendant qu'elle nettoyait le hall. Elle avait refusé son aide. La petite fille dans les bras, Luke l'avait imaginée vivante, avec de jolies joues potelées et un sourire qu'il ne verrait jamais. Alors, il avait fermé les yeux et il avait prié. Il avait prié avec plus de ferveur qu'il ne s'en croyait capable.

— Je vous en prie, mon Dieu, faites que Violette soit vivante ! avait-il supplié.

Il avait serré les paupières et demandé à Dieu de revenir quatre heures en arrière pour changer le cours des événements, pour qu'il puisse empêcher son père de leur faire du mal, une bonne fois pour toutes.

Mais la mère de Luke avait changé ses vêtements souillés de sang et, avec Violette à ses côtés, elle s'était réfugiée dans son lit. Luke l'avait implorée de le laisser l'emmener à l'hôpital, mais il savait d'expérience qu'elle ne changerait pas d'avis.

Il n'avait pas pensé à lui demander ce qui se passerait quand viendrait l'aube, comment elle expliquerait le fait qu'elle n'était soudain plus enceinte. En fait, il n'avait pensé à rien du tout. Il avait éteint la lumière, il avait refermé la porte de la chambre de sa mère et il était sorti en courant, ses pieds nus claquant sur le béton du porche.

Les mauvaises herbes qui envahissaient leur jardin avaient meurtri la plante de ses pieds, mais il n'y avait pas prêté attention. Il n'avait pensé qu'à s'éloigner de cette maison et des horreurs auxquelles il avait assisté. Sa petite sœur était morte, et tout était de sa faute. Il n'avait pas pu arrêter son père. Il n'avait pas su convaincre sa mère d'aller à l'hôpital. Il était un incapable.

En quelques secondes, Luke avait rejoint le jardin de Natalie, glissé son doigt entre le poteau en bois et le portail, et soulevé la clenche. Il n'avait eu qu'une chose en tête : s'éloigner de tout ce que son père avait souillé de sa présence. Or, le seul endroit où il se sentait encore en sécurité était le cabanon de Natalie, ce vieux refuge en tôle au toit percé. Le père de Natalie en avait installé un neuf à leur arrivée mais n'avait jamais pris la peine de démonter l'ancien. Quand les enfants avaient commencé à y jouer, M. Egart avait cloué une planche en bois sur le toit et prétendu qu'il manquait de temps pour s'en débarrasser.

La porte était constituée d'une plaque d'aluminium peinte en blanc et maintenue fermée par du fil de fer enroulé autour d'un vieux clou. Dans le noir, les mains tremblantes, Luke avait eu du mal à l'ouvrir. Une bouffée d'air rance l'avait finalement accueilli au chaud, loin de la brise du soir. Le cabanon avait une odeur rassurante et il était souvent venu s'y réfugier pour échapper aux cris et à son impuissance face à la situation.

Natalie ne l'avait pas rejoint. Il ne s'était pas attendu à la trouver (elle était tranquillement endormie, dans son lit, comme n'importe quelle autre personne saine d'esprit) mais il s'était surpris à espérer qu'elle serait là. Ils auraient mangé des réglisses aromatisés ; elle se serait recroquevillée contre lui et lui aurait tapoté gentiment la poitrine ; elle lui aurait embrassé le cou, et son souffle aurait dégagé une légère odeur de fraise, et tout le reste n'aurait plus eu aucune importance.

• • •

Luke rejoignit la maison d'Annie à toute allure, sans le moindre égard pour la limite de vitesse autorisée. Il éteignit ses phares et consulta son portable pour la énième fois. Annie n'avait pas répondu à ses appels ou à ses textos depuis près de quarante minutes. Il avait deux messages de Félicité : le premier pour le remercier de la soirée, et le second pour vérifier que tout allait bien. Il répondrait plus tard. Pour le moment, il était incapable de penser à autre chose qu'aux sombres fenêtres de la maison d'Annie.

Il ne savait pas s'il devait avoir peur ou se mettre en colère : les deux émotions couraient dans ses veines, et il ne pouvait prédire laquelle des deux aurait raison de l'autre. Prudent, il tapa le numéro d'urgence, 9-1-1, dans son téléphone, au cas où, et le glissa dans sa poche. Cette fois-ci, personne n'allait mourir, parce qu'il n'hésiterait pas à appeler à l'aide.

Il contourna la maison et constata immédiatement que la porte d'entrée n'était pas complètement fermée. D'après ce que lui avait raconté Natalie, c'était exactement comme cela que M. Egart avait trouvé la porte des Richardson, le lendemain de la mort de Violette.

Luke frappa doucement à la porte, espérant contre toute attente qu'Annie apparaîtrait dans l'obscurité et lui expliquerait qu'il ne s'agissait que d'un terrible malentendu. Il écouta attentivement, mais ne put distinguer ni voix ni bruit de pas. Tout était plongé dans le silence.

— Annie ? murmura Luke en poussant lentement la porte de son index.

Il enjamba le seuil et sentit quelque chose craquer sous ses mocassins. Plissant les yeux, il tenta d'identifier la matière qui scintillait sous ses pieds. Du verre. De longs fragments de verre recouvraient le sol, comme si l'on avait laissé tomber un miroir depuis l'étage.

— Annie ? appela-t-il encore.

Jamais elle n'aurait laissé la maison dans cet état : du verre brisé partout, la porte grande ouverte. Tout au moins pas de son plein gré.

Luke sortit son portable, supprima le numéro d'urgence pré-composé, trouva le nom d'Annie dans le répertoire et porta l'appareil à son oreille. À la première sonnerie, une lueur bleue éclaira l'étage, juste derrière la rampe du palier. Luke laissa tomber la main qui tenait le téléphone le long de sa jambe et suivit la lumière. Le bruit du verre brisé craquant sous ses pas fut bientôt remplacé par le chuintement de ses chaussures sur la moquette qui recouvrait les marches de l'escalier.

Le portable continuait de sonner contre sa cuisse. Quand la voix enjouée du répondeur d'Annie se fit entendre et que la lueur disparut à l'étage, Luke pressa le bouton de rappel. La lumière bleue réapparut alors qu'il atteignait la dernière marche. Le portable était posé par terre, à côté d'une silhouette allongée. Annie.

Luke tomba à genoux près d'elle. Il l'entendait respirer. Elle était vivante, mais ses yeux étaient fermés, et elle ne sembla pas s'apercevoir de sa présence. Il tendit le bras et toucha doucement son épaule.

— Annie, c'est moi. Ça va ?

Il la secoua légèrement, et ses cils blonds rendus bleus par l'éclairage du portable remuèrent. Elle ouvrit les yeux.

— Luke. Tu es venu.

L'espace d'un instant, un petit sourire flotta sur ses lèvres.

— Bien sûr que je suis venu. Je t'ai dit que je répondrais toujours présent si tu avais besoin de moi.

Elle hocha la tête. Son répondeur prit le second appel, et Luke appuya sur l'appareil pour raccrocher.

— Que s'est-il passé ?

Luke essaya d'examiner Annie mais ne put distinguer aucune blessure visible dans l'obscurité du palier.

— Où est Brian ? Sa voiture est dehors…

Annie remua et s'éclaircit la gorge.

— Il est là-dedans, répondit-elle en indiquant la porte fermée d'une chambre, au bout du couloir.

Une main sur l'épaule d'Annie, Luke posa enfin la question qui lui brûlait les lèvres.

— Est-ce qu'il t'a fait mal, Annie ?

— Ce n'est pas pour moi que je t'ai appelé, Luke.

Elle avait la voix enrouée et, même dans le noir, Luke distingua ses yeux rougis.

— C'est pour Brian.

— Pardon ?

Luke lâcha l'épaule d'Annie et perdit l'équilibre. Il avait abandonné Félicité, traversé toute la ville et pénétré par effraction chez Annie pour aider Brian !

— Il y a quelque chose qui ne va pas chez lui. Il boit de plus en plus ces temps-ci, et ce soir, quand je suis rentrée des courses, il m'attendait devant la porte du garage. Il était complètement fou, il racontait n'importe quoi : qu'il fallait que je fasse le ménage parce qu'il avait trouvé des acariens dans notre chambre.

Annie grimaça en répétant les accusations de son mari. Luke ne voyait toujours pas en quoi tout cela pouvait le concerner, même si Brian se prétendait son ami. Annie appuya sa joue contre le dos de sa main et sa respiration s'accéléra alors qu'elle continuait son récit :

— Il s'est mis à hurler et je savais ce qui allait suivre, alors j'ai voulu m'échapper et il a commencé à jeter des choses. Le miroir est passé à quelques centimètres de ma tête. C'est à ce moment-là que je me suis enfermée dans la salle de bains, ajouta-t-elle d'une voix rapide, comme pour illustrer la scène. Il s'est tellement acharné sur la porte qu'il en a arraché un morceau.

Elle frémit à l'idée de ce qui aurait pu se passer si Brian avait réussi à entrer dans la salle de bains.

Essuyant son nez avec son poignet, Annie poursuivit :

— Après, tout est devenu silencieux et je suis sortie de ma cachette. La maison était sens dessus dessous et la porte grande ouverte. J'ai pensé qu'il était sorti se calmer, et je suis remontée prendre une douche et récupérer mes affaires avant qu'il rentre, mais la porte était fermée à clé. J'ai réussi à déverrouiller la serrure avec un cintre, mais il a mis notre armoire devant, de l'autre côté, et je n'ai réussi qu'à la déplacer de quelques centimètres. Il est allongé sur le lit, mais je ne sais pas s'il est en vie…

— Nous devrions appeler la police.

— Non !

Tant bien que mal, elle se remit sur pied et repoussa la main de Luke qui serrait le téléphone.

— Il ne faut en parler à personne. Il est flic, Luke ! Ils le connaissent. Il pourrait perdre son emploi.

— Il pourrait aussi être mort. Qu'est-ce qui est le plus important ?

Luke alluma son portable et commença à saisir le code PIN, en se disant qu'il aurait dû appeler les flics dès qu'il avait remarqué les débris de verre dans le hall d'entrée.

Annie mit ses mains autour de l'appareil et de celle de Luke, enfonçant ses ongles dans sa chair.

— Si tu appelles la police, il me tuera.

De grosses larmes coulaient le long de sa joue. Son visage était si proche qu'il pouvait distinguer les minuscules coupures laissées par le miroir en tombant et la salive qui débordait à la commissure de ses lèvres tremblantes.

— Il en est capable, je le sais.

D'instinct, Luke savait qu'il devait appeler les secours ; il n'avait pas oublié ce qui était arrivé la dernière fois, alors qu'il ne l'avait pas fait. Cependant, des années de maltraitance avaient laissé sur Annie des traces bien plus profondes que les cicatrices visibles, et il ne voulait pas qu'elle ait peur.

— D'accord.

Il lâcha le téléphone et extirpa sa main de la poigne solide de la jeune femme.

— Je vais aller vérifier qu'il va bien. Toi, tu restes là.

Il pencha la tête pour la regarder droit dans les yeux.

— S'il y a le moindre problème, je veux que tu passes ce coup de fil.

Elle tenait toujours le téléphone entre ses deux mains serrées, comme en prière.

— C'est promis.

— Ça ira ? demanda-t-il encore.

— Oui, fit-elle en haussant les sourcils d'un air impatient. Vas-y.

Luke se leva trop vite et dut attendre que l'effet de vertige s'estompe. Annie était absorbée en elle, ses bras enroulés autour de ses jambes, sa tête posée sur ses genoux. Elle ne sembla pas remarquer son malaise ni rien de ce qui l'entourait. Luke se souvint de vérifier qu'elle n'était pas blessée quand il y verrait plus clair.

Et dire qu'en début de soirée, il s'était inquiété à l'idée que Félicité veuille l'embrasser ! Au lieu de cela, il s'apprêtait à enfoncer la porte d'une chambre pour se confronter à un homme violent qui portait une arme de service. Luke s'avança audacieusement vers la porte de la chambre à coucher, arracha le cintre tordu qui pendait sur le bouton en bronze et grimaça au grincement produit par le métal.

Plus rapidement cette fois-ci, Luke se jeta de tout son poids sur la porte. Elle s'ouvrit à peine et il rencontra immédiatement une forte résistance. *Tu parles d'un effet de surprise*, se dit-il. Décidé à en finir, Luke retira sa veste et la jeta au sol, derrière lui. De son épaule droite, il asséna un grand coup dans la porte qui s'écarta un peu plus. Il inspira fortement et recommença. Une fois, deux fois, trois fois. L'espace entre la porte et le chambranle fut enfin assez large pour qu'il puisse s'y faufiler. Il rentra le ventre et se glissa dans l'interstice, accrochant tous ses boutons de chemise à la poignée de porte.

Luke observa la pièce autour de lui. Bien qu'il n'ait jamais mis les pieds dans la chambre d'Annie et Brian, il était quasiment certain qu'elle n'était pas dans sa configuration habituelle. La lampe de chevet avait perdu son abat-jour et l'ampoule nue projetait une lumière glauque sur le mur du fond. À sa gauche, le cabinet de toilette semblait avoir régurgité tout son linge sale par la porte entrouverte. À sa droite, Luke identifia ce qui ressemblait à un grand placard à vêtements vide, dont le contenu avait été jeté au sol et formait une immense pile de tissus et de chaussures. La maison aurait eu meilleure allure après un cambriolage, et Luke ne put imaginer ce qui avait mis Brian dans une telle rage. Renonçant à comprendre, il se concentra sur l'officier de police.

Il était vivant, c'était certain. Allongé sur le lit, vêtu seulement d'un slip noir, Luke voyait son dos monter et descendre au rythme de sa respiration. Après avoir fait quelques pas, il entendit les légers ronflements de Brian et distingua l'oreiller taché de salive où s'écrasait son visage. Étalé de tout son long sur le grand lit, Brian était bel et bien endormi, mais en s'approchant plus près, Luke comprit qu'il ne s'agissait pas d'une simple sieste.

Sur la table de nuit peinte en noir, Luke discerna plusieurs objets à la lueur glauque de la lampe de chevet. Il ne les identifia pas immédiatement, mais finit par reconnaître un flacon de produits pharmaceutiques non étiqueté. Plissant les yeux pour les accoutumer à cette semi-obscurité, il découvrit, éparpillées sur la table de chevet, plusieurs pilules multicolores et une demi-douzaine de bouteilles de bière vides.

Un mélange de médicaments et d'alcool. Il n'était pas étonnant que le pauvre type ait perdu connaissance. Il devait sortir Annie de là. Le reste pouvait attendre.

— Luke, chuchota la voix d'Annie derrière la porte. Il va bien ?

Après tout ce qu'il lui avait fait, comment pouvait-elle encore s'inquiéter du sort de Brian ?

— Oui. Il dort.

Luke s'empara de la corbeille à papier coincée entre le lit et la table de chevet. À l'exception de quelques Kleenex, elle était vide. D'un large geste de la main, il balaya la table pour envoyer bières et pilules au fond de la poubelle dans un grand bruit de bouteilles vides et noua les ficelles du sac. Il n'avait pas l'intention de venir en aide à Brian, mais il ne pouvait pas le laisser continuer à s'intoxiquer.

Luke jeta un dernier coup d'œil dans la chambre. Annie ne pourrait pas tout nettoyer seule. Elle avait besoin d'aide, peut-être même devrait-elle embaucher un professionnel, mais cela devrait attendre le lendemain. Pour ce soir, il fallait mettre Annie en sécurité. Il allait la ramener chez lui.

CHAPITRE 23

— Je vais te trouver des vêtements. Tu veux un pyjama ?

Luke éclaira le plafonnier cylindrique du hall d'entrée. Après l'obscurité de la voiture, l'ampoule était trop vive pour les yeux d'Annie, qui eut un mouvement de recul. En la voyant enfin au grand jour, Luke retint son souffle.

Ses cheveux, d'ordinaire impeccablement coiffés, étaient tout emmêlés. De fines lignes de sang séché sillonnaient sa joue et sa clavicule droites, sans doute causées par le bris du miroir que Brian avait jeté derrière elle et qui avait explosé en mille morceaux. Son avant-bras droit portait une grosse marque rouge due à une probable chute sur un objet long et dur. Quant à ses yeux... Rougis de larmes, enflés, injectés de sang, ils disaient sa peine et sa douleur bien plus clairement que toutes ses ecchymoses.

— Oui, c'est une bonne idée, fit-elle en montrant son chemisier déchiré au niveau des côtes.

— Tu devrais t'allonger sur le canapé. Je vais te chercher de quoi t'habiller, et puis je t'apporterai quelque chose à manger.

Annie obtempéra. Elle retira les tennis qu'elle avait tenu à emporter en quittant sa maison. En se contorsionnant pour sortir de la chambre où gisait Brian, à demi nu et complètement inconscient, la seule pensée de Luke avait été de sortir Annie de là. Comme celle-ci était trop hébétée pour exprimer longtemps sa réticence, il l'avait rapidement convaincue de le suivre. Il lui paraissait plus avisé de lui parler de drogues et de maltraitance quand il aurait mis quelques kilomètres entre elle et Brian, plutôt que quelques mètres.

Alors que Luke se dirigeait vers l'escalier, Annie releva soudainement la tête, comme si elle s'était souvenue de quelque chose d'important.

— Je ne veux pas des fringues de Natalie, OK ? Un de tes vieux joggings fera parfaitement l'affaire.

— OK, répondit Luke en se demandant s'il serait plus étrange qu'Annie mette ses vêtements à lui ou ceux de sa défunte femme.

Il pensa d'abord fouiller dans l'armoire de May, mais comprit rapidement son erreur. Il rejoignit sa chambre et dénicha son plus beau pantalon en flanelle ainsi qu'un T-shirt qui avait rétréci au lavage lors de ses premières tentatives en solo. Il les posa sur une commode et en profita pour retirer sa tenue élégante qu'il jeta dans le panier à linge. Il avait l'habitude de dormir en caleçon, l'été, mais ce soir il opterait pour quelque chose de plus classique. Il choisit un survêtement en coton et un T-shirt identique à celui qu'il avait prévu de donner à Annie, en plus grand.

— J'espère que cela ira, fit Luke en remontant le couloir.

Assise sur le canapé, Annie lui tournait le dos et ne semblait pas s'être aperçue de son retour. Il posa les vêtements sur le comptoir de la cuisine et s'approcha. Le visage entre les mains, les épaules secouées de sanglots, elle pleurait. Il mit une main sur son dos et frotta le tissu côtelé de son chemisier.

— Hé ! chuchota-t-il. Tout va bien. Tu es en sécurité maintenant.

Annie releva la tête. Les flots de larmes qui s'écoulaient de ses yeux se rejoignaient en un véritable fleuve qui faisait briller son visage sous la lumière du plafonnier. De ses mains tremblantes, elle essuya ses joues et se redressa. Luke s'empara d'un mouchoir en papier dans la boîte qui occupait la table basse. Si le stock de produits d'appoint en carton et en papier n'était pas toujours bien garni chez les Richardson, on n'était jamais à court de Kleenex.

— Merci.

Elle accepta le mouchoir, essuya ses yeux et son nez. Sa respiration était encore saccadée et Luke fut certain d'avoir interrompu une crise de nerfs largement justifiée. Il se dit alors que la dernière chose dont elle avait besoin était probablement sa présence lui rappelant que son secret n'en était plus un désormais.

— Si tu préfères rester seule, je comprendrai, bredouilla-t-il. Ton pyjama est sur le plan de travail.

Il recula et retira sa main du dos d'Annie. Ils auraient l'occasion de discuter le lendemain, ou la semaine prochaine, ou quand elle se sentirait la force d'en parler sans que chaque mot ne lui inflige plus de douleur que de réconfort.

— Si tu as besoin de quoi que ce soit, n'hésite surtout pas.

Alors que Luke se levait pour sortir de la pièce, Annie prit sa main dans les siennes.

— Attends.

Elle se décala vers sa gauche pour lui faire une place et tira sur son bras.

— S'il te plaît, reste.

Il hésita. Elle avait toujours été là pour lui depuis des mois, et il voulait vraiment lui venir en aide, mais il savait que ce qu'il devait lui dire ne lui apporterait que souffrance. Annie serra ses doigts et Luke, toutes résolutions envolées, s'installa à côté d'elle, surpris qu'elle n'ait pas lâché sa main. Au lieu de cela, elle la pressa contre elle.

La main d'Annie était très différente de celle de Félicité. Félicité avait une main menue et douce qui lui procurait une sensation de réconfort et de camaraderie qui lui manquait depuis la mort de Natalie. Mais Annie… Ses doigts longs et frais lui brûlaient la peau, lui donnaient à la fois envie de s'enfuir et de rester près d'elle pour toujours. À l'idée de la toucher, il était plus terrifié que réconforté. Son cœur battait à tout rompre, comme pour lui répéter : « Sauve qui peut! »

— Merci d'être venu me chercher. Tu es la seule personne en qui je peux avoir confiance.

Sa voix s'étrangla et elle s'interrompit pour s'éclaircir la gorge.

— Je n'ai pas oublié ce qu'a dit Andy au sujet de ton père. Tu sais ce que c'est que de voir quelqu'un que tu aimes chercher à te faire du mal.

Elle s'attendait à ce qu'il exprime son approbation, mais il serra ses doigts plus fort et répondit :

— Mon père ne m'aimait pas. Annie, ce qui s'est passé ce soir, ce n'était pas de l'amour.

Annie se raidit, et Luke s'attendit à ce qu'elle se montre sur la défensive, à ce qu'elle se renferme sur elle-même.

— Non…, fit-elle enfin en expirant longuement. Je suppose que non.

Elle se blottit contre lui, laissant tomber sa tête sur son épaule. Luke était trop soulagé pour en éprouver de l'embarras.

— Tu me raconterais ce qui est arrivé, pour ton père?

Luke s'humecta les lèvres. Raconter… Il n'avait jamais raconté son histoire à personne d'autre que Natalie, et c'était il y a plus de vingt ans, dans leur cabanon. À chaque déménagement, sa nouvelle famille d'accueil avait tenté de lui tirer les vers du nez; ils savaient très bien ce qui s'était passé, c'était dans son dossier, mais ils semblaient tous persuadés qu'il serait plus sain pour lui d'en parler. Avec Annie, les choses étaient différentes. Il connaissait son secret, et il lui parut juste de lui rendre la pareille.

— Tu as entendu ce qu'a dit Andy. Il était alcoolique. Pendant toute mon enfance, ma mère m'a expliqué que c'était parce qu'il nous aimait trop qu'il devenait fou. J'y ai cru, jusqu'à ce que j'aie une dizaine d'années et que je commence à remarquer que j'étais le seul gosse à ne pas sortir pendant la récréation, parce que mon dos était trop douloureux là où mon père m'avait frappé avec la boucle de son ceinturon.

Annie grimaça. Il se demanda si elle connaissait cette douleur, ou si Brian avait déjà frappé leur fils. Était-ce pour cette raison que Matt n'avait pas remis les pieds chez eux depuis le début de l'année scolaire?

— Ce qu'il me faisait à moi n'était qu'une bagatelle en comparaison de ce qu'il a pu faire subir à ma mère. Il rentrait tard et se mettait à l'insulter. Les bons jours, cela s'arrêtait là. D'autres fois, si elle n'avait pas rangé chaque chose à sa place, ou si elle disait quelque chose qui ne lui convenait pas, ou s'il en avait décidé ainsi, il la battait. Chaque soir, je priais pour que Dieu vienne à notre secours, pour qu'il terrasse mon père, mais malheureusement, mon père restait en vie.

Luke secoua la tête. Il ressentait encore de la colère à l'idée d'avoir pu croire en Dieu, d'avoir pu s'imaginer qu'Il s'intéresserait au sort d'un pauvre gosse parmi des millions.

— Le pire, continua-t-il en posant une main distraite sur la tête d'Annie, c'est que toute la ville était au courant. Terry savait, elle me l'a dit. C'était comme une immense famille qui le laissait faire. Personne n'a jamais appelé les flics, et surtout pas ma mère. Je crois qu'elle était encore plus terrifiée à l'idée que mon père soit arrêté que par tout ce qu'il pourrait bien lui faire. Quand j'avais quatorze ans, elle est tombée enceinte. Ma naissance avait été difficile et elle avait dû subir une césarienne en urgence. On lui avait dit alors qu'elle n'aurait probablement pas d'autre enfant. Violette représentait un véritable miracle, et pas seulement à cause de la grossesse. Mon père avait arrêté de frapper ma mère, il buvait moins et passait plus de temps à la maison. Quand elle a été enceinte de six mois, il a passé un entretien d'embauche pour obtenir un meilleur job. On aurait dit que le bébé avait remis tout le monde sur les rails, et pendant cette période, j'ai vraiment cru que nous allions enfin former une vraie famille.

— Je ne savais pas que tu avais une sœur, murmura Annie.

— Je n'en ai pas.

— N'as-tu pas dit que Violette était ta sœur ?

Annie posa leurs mains enlacées sur ses genoux pour mieux se blottir contre Luke.

— Elle l'était, répondit-il, redoutant les paroles qu'il devait prononcer ensuite. Elle est morte, maintenant.

— Oh, fit Annie doucement. Pardonne-moi de te faire revivre tout cela. Tu peux arrêter, si tu veux.

— Je ne veux pas arrêter. Je veux que tu saches pourquoi je suis si inquiet pour toi.

Comme elle gardait le silence, il reprit son récit.

— Mon père n'a pas eu le poste, et il a filé directement au bar pour y noyer sa déception. Il y a rencontré Alex Kerks, qui avait été son chef dans son emploi précédent. Ce dernier a commis l'erreur de lui demander comment il allait, de lui dire qu'il avait appris la grossesse de ma mère. Je ne sais pas comment il en est arrivé à cette conclusion, mais quand mon père est rentré, il était persuadé que ma mère l'avait trompé et que l'enfant n'était pas de lui. Je n'oublierai jamais le bruit qu'a fait la porte en claquant, ce soir-là. Toute la maison a tremblé, et j'ai tout de suite compris que tout allait recommencer comme avant. Il n'en a pas eu pour longtemps… Quelques cris, plusieurs gifles bien placées suivies d'un grand coup de pied ont suffi. Ma petite sœur est née cette nuit-là, dans le couloir. Elle était déjà morte.

Luke sentit une boule monter dans sa gorge. Jusque-là, il avait réussi à raconter cette nuit d'enfer d'un ton neutre et monotone, comme s'il résumait un film. Annie n'avait pas bougé et il perçut la chaleur de son corps à travers son T-shirt.

— Tu étais là, ce soir-là ? demanda-t-elle dans un frémissement.

Il sentait ses yeux fixés sur lui mais refusait de la regarder de peur de se laisser aller à pleurer.

— Mmm, grogna-t-il, tout en refoulant de son mieux les larmes qui montaient derrière ses paupières.

Il devait continuer. Il fallait qu'elle comprenne les risques qu'elle prenait en restant.

— Je suis parti après la naissance de Violette, j'ai pris la fuite et je me suis réfugié dans le cabanon, au fond du jardin de Natalie. C'est là qu'elle m'a trouvé, le matin. Toute la ville nous recherchait, mon père et moi.

— C'est ta mère qui a appelé la police ?

Luke secoua doucement la tête et se tourna enfin vers Annie. L'ecchymose sur son visage s'était résorbée, et ses yeux n'étaient plus rouges. En revanche, plusieurs lignes écarlates striaient sa joue, comme tracées au crayon de couleur, et Luke enleva délicatement un morceau de verre empêtré dans ses cheveux en bataille.

— Elle n'a pas appelé la police, répondit-il en promenant son regard sur son visage, alors qu'elle fixait l'éclat brillant qu'il venait de retirer de sa chevelure.

— C'est le père de Natalie qui l'a fait. Il a remarqué que la porte d'entrée était restée ouverte, au matin, et quand il a pénétré dans la maison, il a découvert le sang qui tachait la moquette. Il a suivi les traces jusqu'à la chambre de ma mère et il les a trouvées, elle et Violette, sur le lit… Puis il a appelé les secours.

Annie prit le morceau de verre qu'il tenait encore entre les doigts.

— Ta mère devait être terrifiée…

— Non, Annie, elle n'était pas terrifiée.

— Ah ? s'étonna-t-elle.

— Elle était morte.

— Quoi ?

Il fallut quelques secondes à Annie pour comprendre, et son visage prit soudain une expression bouleversée.

— Elle a fait une hémorragie dans son sommeil.

— Quelle horreur ! s'exclama Annie en laissant tomber l'éclat de verre sur le sol comme s'il l'avait coupée.

— Tout le monde me croyait mort, moi aussi, mais Natalie a tout de suite su où me trouver. Le baiser qu'elle m'a donné dès qu'elle est entrée dans ce cabanon en disait plus que toutes les paroles qu'elle aurait pu prononcer. Nous sommes restés cachés là tous les deux, pendant des heures. Un policier a fini par venir me chercher, et je n'ai jamais revu ma maison.

— Et tu as peur que cela m'arrive à moi ?

Elle avait les larmes aux yeux, mais au lieu de s'écouler à gros sanglots comme un peu plus tôt, celles-ci s'accumulaient au bas de ses paupières, comme une flaque.

— Je n'ai pas peur que Brian te tue.

Alors qu'il prononçait ces mots, il se rendit compte qu'il n'était pas certain de vraiment croire ce qu'il disait.

— Ce n'est pas ça. Après ce qui s'est passé ce soir, j'ai peur de te perdre, mais ce qui me terrifie le plus, ce n'est pas que tu meures comme ma mère, mais que tu vives comme elle.

Il sembla à Luke qu'Annie avait retenu son souffle pendant plus d'une minute. Quand elle battit des paupières, deux grosses larmes coulèrent le long de ses joues, et l'une d'elles vint rouler contre sa lèvre. Il l'essuya du bout du doigt. Annie ferma les yeux et se pelotonna contre lui. La respiration de Luke s'accéléra. Il n'avait jamais remarqué à quel point ses lèvres semblaient douces ; il ne s'était jamais demandé ce qu'il ressentirait en posant sa bouche contre la sienne, en enlaçant sa taille, en l'attirant contre lui pour ne plus jamais la laisser partir.

Oh non, non, non ! Il ne devait pas avoir de telles pensées à l'égard d'Annie. Non seulement elle restait dévouée à son mari, même si celui-ci était violent, mais elle était aussi la meilleure amie de sa femme et sa seule véritable amie. Luke retira sa main d'un coup sec et se leva d'un bond. Annie s'affala sur le canapé et sa tête manqua de cogner l'accoudoir. Elle essuya les traces humides de ses joues et lui lança un regard ahuri.

— Ça va ?

— Il se fait tard, et tu dois être fatiguée. Nous en reparlerons demain matin.

Ses pieds nus claquèrent bruyamment sur le carrelage de la cuisine. Indiquant la pile de vêtements, il reprit :

— Voilà un pyjama, et je te conseille de prendre la chambre de May plutôt que la grotte de Will.

Il attendit qu'elle rît de sa plaisanterie, mais se rendit compte un peu tard que le rire n'était pas de mise ce soir.

— Je vais sortir une brosse à dents et une serviette dans la salle de bains des enfants. Tu as besoin d'autre chose ?

Annie se redressa et passa une main dans ses cheveux. Luke remarqua que son carré habituellement impeccable frisait un peu ce soir.

— C'est très bien, répondit-elle, mais si cela ne te gêne pas, je préfère dormir ici.

Elle fit bouger sa tête d'avant en arrière pour étirer son cou et Luke en contempla la courbe ainsi que l'arrondi de ses épaules. Il devait absolument réduire au silence la voix qui lui trottait dans la tête. La seule solution était de s'éloigner, et il lui parut effectivement plus sage qu'elle passe la nuit au rez-de-chaussée. Il espérait que cela suffirait. Il fallait que cela suffise. Il se dit qu'il était éreinté, dépassé par les événements, que les choses rentreraient dans l'ordre dès le lendemain et qu'un dimanche matin tranquille à la maison leur ferait le plus grand bien.

— Oui, pas de problème.

Il fit un pas en arrière, impatient de retrouver le confort rassurant de son propre lit.

— Fais comme chez toi.

— N'est-ce pas ce que je fais toujours ? rétorqua-t-elle avec l'ombre d'un sourire.

Elle se leva, tangua un peu et s'aida du dos du canapé pour retrouver son équilibre.

— Je dois être plus fatiguée que ce que je crois.

Elle contourna le sofa et Luke lui fit un signe de la main tout en battant en retraite vers la porte d'entrée, à l'autre bout du couloir.

— À demain.

— OK.

La pile de vêtements qu'elle portait sous le bras sembla soudain bien masculine par rapport à son pyjama rose et noir au col orné de dentelle.

— Luke ?

— Oui ?

— Merci de m'avoir raconté ton histoire.

Luke ferma les yeux et sentit une nouvelle émotion l'envahir. Du remords… Ou était-ce du soulagement ?

— De rien, dit-il simplement.

Et sans attendre sa réponse, il vérifia que la porte était bien fermée avant de la verrouiller dans un *clic* satisfaisant. Il en fit autant avec la porte du garage. Peut-être n'avait-il pas su protéger sa mère de son père, ni Natalie du cancer, mais il comptait bien assurer la sécurité d'Annie sous son propre toit. Il vérifia une dernière fois, et monta enfin l'escalier.

Il ferma rapidement la porte de sa chambre et se précipita vers la haute commode au pied de son lit. Il ouvrit le tiroir du haut, fouilla parmi les T-shirts et sous-vêtements et trouva enfin ce qu'il cherchait : une pile de vieux tickets de caisse et de cartes de visite en haut de laquelle trônait celle qu'il avait reçue au courrier, quelques semaines auparavant.

Dennis Bormet, Tanglewood Sécurité.

CHAPITRE 24

Luke se réveilla en sursaut. Derrière la fenêtre de sa chambre, le soleil brillait déjà haut dans le ciel et un coup d'œil à sa montre lui apprit qu'il était 10 h 30. Un record. Se remémorant soudainement les événements de la veille, il se redressa d'un coup. Annie devait être réveillée depuis longtemps et se demandait certainement ce qu'il fabriquait. Il rejeta le drap et chercha des yeux son peignoir. Il le portait rarement mais, inexplicablement, la matinée qui s'annonçait lui parut requérir le port du peignoir. Il venait de repérer l'épais tissu bleu derrière une pile de serviettes propres qui attendaient patiemment de rejoindre leur placard, quand on sonna à la porte.

La première personne qui lui vint à l'esprit fut Brian. Comment avait-il su qu'Annie était ici ? Ou peut-être était-il simplement parti à sa recherche au hasard, auquel cas Luke devait absolument ouvrir la porte lui-même et éviter qu'il ne tombe nez à nez avec elle. Il tira sur sa robe de chambre d'un coup sec, renversant du même geste toute la pile de serviettes, enfonça de son mieux ses bras dans les manches et se précipita sur le palier.

La voix familière qui lui parvint du hall d'entrée n'était pas celle de Brian.

— Bonjour, je cherche Luke Richardson. Je suis navrée, j'ai dû me tromper d'adresse.

Aucune erreur possible, c'était bien Félicité.

— Non, c'est bien ici, répondit Annie d'une voix enjouée alors que Luke apparaissait en haut de l'escalier.

Entre les barreaux en chêne de la rampe, il distingua la silhouette d'Annie flottant dans le T-shirt gris et le pantalon vert trop grands empruntés la veille. Elle tenait la porte grande ouverte pour laisser entrer Félicité.

— Ah, merci, répondit Félicité d'un ton interrogateur. Veuillez m'excuser, mais je ne crois pas que nous ayons fait connaissance.

— Je suis Annie.

— Bien sûr. Annie ! opina Félicité comme si elle venait de découvrir la réponse à une question d'examen particulièrement simple.

Posant ses pieds nus sur le plancher en bois que chauffait le soleil entrant par la porte ouverte, Luke s'éclaircit la gorge.

— Bonjour, la Belle au bois dormant, le taquina Annie.

Malgré la soirée terrifiante qu'elle avait vécue et la nuit passée sur le canapé, elle avait l'air plutôt en forme, ce matin. Luke ne l'avait jamais vue sans maquillage. Elle avait un teint lisse et crémeux et il se demanda pourquoi elle prenait la peine de se farder. Même les coupures sur sa joue semblaient avoir été dessinées au pinceau.

— Je vous assure qu'il vient de se lever, expliqua Annie.

Félicité ne parut par apprécier l'humour de la situation. Elle triturait nerveusement le coin de la coque de son téléphone. Elle portait un short kaki et une chemise blanche transparente sur un débardeur de la même couleur, et elle avait relevé ses cheveux en une queue-de-cheval serrée. Luke n'eut aucun mal à imaginer le cours de ses pensées.

— Pardonnez-moi. Je devais être fatigué.

— Tu as dû te coucher tard, ironisa Félicité, tandis que son regard oscillait entre Luke et Annie et leurs T-shirts assortis.

Excuse-moi si je t'ai réveillé. J'étais inquiète parce que tu ne répondais pas à mes messages, et j'ai donc voulu m'assurer que tout allait bien après « *l'urgence* » d'hier.

Elle insista sur le mot « urgence » en désignant Annie du regard, puis reprit :

— À première vue, vous allez aussi bien l'un que l'autre, je vais donc vous laisser.

— Oh… Oh ! Félicité ! Vous êtes l'éducatrice de Will ? s'exclama Annie en levant un sourcil en direction de Luke.

— Oui, répondit-il. Félicité, je te présente Annie. Elle prend soin de Clayton pendant que je travaille et que les grands sont à l'école.

— J'étais très amie avec Natalie, expliqua Annie en offrant sa main tendue à Félicité.

Celle-ci la serra brièvement.

— Ce n'est pas ce que vous croyez, poursuivit Annie.

— Absolument pas, confirma Luke, soulagé de voir qu'Annie avait enfin compris la situation.

Félicité glissa sa jambe droite derrière la gauche. Pour la première fois depuis que Luke l'avait rencontrée, elle ne portait pas de talons, et ses sandales de plage en plastique lui donnaient une apparence vulnérable à laquelle il n'était pas habitué.

— Il y a eu une grosse fuite d'eau chez moi, hier soir. Mon mari…

Annie marqua une infime hésitation.

— Il est officier de police, et il ne pouvait pas venir à mon secours, et c'est pour cela que j'ai appelé Luke. Je suis vraiment navrée d'avoir gâché votre soirée. La prochaine fois que tu as rendez-vous, préviens-moi, ajouta-t-elle avec une petite tape taquine sur le bras de Luke, ce qui en l'occurrence ne lui parut pas très judicieux.

Quoi qu'il en soit, le ton de la conversation changea de manière radicale. Félicité observa longuement Annie comme si elle venait d'activer le détecteur de mensonges qu'elle réservait d'ordinaire à ses adolescents.

— Après tout, cela ne me regarde pas, dit-elle enfin.

Elle n'était visiblement pas dupe. Elle rangea son téléphone dans le sac à main qui pendait sur sa hanche et en sortit une clé de voiture.

— Il faut que j'y aille. Bon appétit, le petit-déjeuner sent drôlement bon.

Distrait par cette situation inattendue, Luke n'avait pas remarqué la délicieuse odeur de bacon qui régnait dans la maison. Félicité tourna les talons et descendit l'allée pour rejoindre la Nissan verte garée devant la maison.

— Rattrape-la, intima Annie, le regard implorant. Dépêche-toi !

Les épaules de Luke s'affaissèrent. Il n'était pas du tout certain de vouloir retenir Félicité. Certes, il tenait à ce qu'ils restent en bons termes, ne serait-ce que vis-à-vis de Will, et il ne voulait absolument pas la faire souffrir. D'un autre côté, il n'était pas convaincu d'être prêt à se lancer dans une relation sérieuse avec elle. Annie enfonça son index dans son épaule et lui lança un regard entendu.

— D'accord, d'accord.

Luke sortit de la maison et s'élança vers Félicité. En l'entendant crier son nom, celle-ci s'immobilisa sans se retourner.

— Laisse-moi partir, tu veux ? Je n'ai aucun droit sur toi : nous sommes sortis ensemble deux soirées et demie, je t'ai pris la main une demi-douzaine de fois et tu as toléré une sorte d'accolade gênée, un soir. Je suis bien loin d'être pour toi ce qu'il est commun d'appeler une « petite amie », et je n'ai pas à te juger, récita-t-elle de sa voix d'éducatrice.

Le ton calme et posé de son argumentaire ne fit rien pour améliorer les états d'âme de Luke.

— Je t'assure, Annie n'est qu'une amie.

— Ouais.

Elle se retourna pour lui faire face, ses yeux verts brillant de colère.

— Mais elle, tu donnes suite à ses appels. J'étais inquiète, Luke. Tu n'as pas répondu à un seul de mes messages, hier soir. T'est-il seulement venu à l'idée de me donner des nouvelles ?

Luke ouvrit la bouche mais aucun son n'en sortit. Il n'avait aucune excuse valable à lui donner. Il avait bien vu ses messages sur l'écran de son smartphone en quittant la maison pour ramener Annie chez lui, mais il n'avait pas touché à son téléphone depuis. Félicité avait raison. Dès le premier SMS désespéré qu'il avait reçu d'Annie, c'était elle qui avait occupé toutes ses pensées.

— C'est bien ce qu'il me semblait, conclut-elle.

Elle souleva la lourde masse de cheveux qui cascadait sur son cou depuis sa queue-de-cheval, comme pour se rafraîchir, puis la lâcha à nouveau et réajusta une nouvelle fois la bandoulière de son sac avant d'ajouter.

— Je n'ai vraiment pas l'impression que tu sois prêt à vivre une relation en dehors de l'ombre de Natalie. Et pour le moment, Annie est tout ce qu'il te reste.

— Félicité, tu me plais beaucoup. J'admire ta façon de prendre soin de tous ces gosses, et tu me fais rire, bon sang, ce que tu me fais rire !

Il rougit, embarrassé par ces aveux désordonnés.

— Mais… ? ajouta-t-elle avant qu'il n'ait le temps de le faire lui-même, tu n'es pas prêt.

Pour autant qu'il lui en coûte de l'admettre, il savait qu'elle avait raison.

— Non, je ne suis pas prêt, fit-il en secouant tristement la tête.

— Je sais.

Elle tendit le bras vers lui et serra brièvement sa main.

— Appelle-moi quand tu le seras. Qui sait ? Peut-être pourrons-nous réessayer.

— C'est promis.

Il lui rendit son geste, lâcha sa main et la regarda s'éloigner sans l'ombre d'un regret.

Luke patienta jusqu'à ce que la voiture de Félicité ait disparu sur la route avant de retourner chez lui. Le soleil d'été lui chauffait les épaules à travers le peignoir et son T-shirt léger collait à sa peau. Celui que portait Annie faisait deux tailles de moins que le sien et pourtant, elle avait l'air d'une gamine qui aurait emprunté les vêtements de son père.

Annie. Il constata avec embarras qu'elle occupait une fois de plus le centre de ses pensées. C'était comme si tout son monde convergeait vers un seul élément ; il ignorait si l'attraction était due à la douceur persuasive de la gravité ou aux dangereux courants d'un tourbillon, mais il n'avait aucun doute sur l'identité de la personne qui se trouvait au cœur de la spirale.

Il franchit le seuil de sa maison et la douceur de l'air climatisé doublée d'une bonne odeur de bacon le firent sourire. Quand Annie était là, il se sentait chez lui, mais il aurait été bien incapable de dire si ce sentiment n'existait que dans l'ombre de Natalie, comme l'avait si bien dit Félicité, ou s'il était récent et réel. Quoi qu'il en soit, là n'était pas la question pour le moment. Aujourd'hui, sa mission était de l'aider à démarrer une nouvelle vie loin du martyre qu'elle avait vécu jusque-là, et il était soulagé qu'elle se soit enfin décidée à accepter son aide.

— Petit-déjeuner ? proposa Annie depuis la cuisine.

À peine l'eut-il rejointe qu'elle déposa deux larges assiettes couvertes de bacon, de pain grillé et de délicieux œufs brouillés sur le comptoir, l'une en face de l'autre.

— J'ignorais que j'avais du bacon dans la maison, interrogea Luke en s'asseyant sur l'un des hauts tabourets.

Annie glissa un verre de jus d'orange devant lui.

— Ou même du jus d'orange… Tu as fait les courses ?

— Bien sûr, dans cette tenue, le comble de l'élégance, répondit-elle en indiquant le survêtement trop large pour elle. Non, tout était dans ton frigo, et même pas périmé. Le jus de fruits sort du congélateur. N'oublie pas que j'ai tout nettoyé il n'y a pas si longtemps, je sais où sont les choses.

Luke planta sa fourchette dans les œufs brouillés et la porta à sa bouche. Dès la première bouchée avalée, son estomac se mit à gargouiller furieusement. Il n'avait rien mangé depuis près de seize heures et le goût de la nourriture réveilla ses papilles et son appétit. Dans le temps qu'il fallut à Annie pour rejoindre son propre siège, il avait englouti la moitié de son copieux petit-déjeuner.

— Alors, tu t'es réconcilié avec Mme Mason ?

— Je crois que Félicité a fini par accepter le fait que toi et moi ne vivions pas une liaison torride, répondit Luke en tentant d'adopter le ton de la plaisanterie, mais nous avons tout de même décidé de ne pas nous voir pendant quelque temps.

Annie haussa deux sourcils surpris dont l'un, traversé par une coupure de miroir, prit une forme tordue.

— Ah bon ? Pourquoi ?

Luke posa sa fourchette.

— Elle trouve que c'est trop tôt. Que je ne suis pas prêt.

Il contempla un instant son assiette, songeant à la dernière fois qu'Annie avait cuisiné un petit-déjeuner tardif dans sa cuisine, le lendemain de l'enterrement de Natalie.

— Elle a sans doute raison, conclut-il.

— Mmm…, fit-elle, la bouche pleine de pain grillé.

L'excuse tombait à point, et elle s'abstint de lui révéler le fond de sa pensée.

Luke goba deux autres bouchées d'œufs brouillés, et un silence inconfortable s'installa entre eux. Ils avaient tant de choses à se dire, et il ne savait pourtant pas par quoi commencer.

Et maintenant? aurait-il voulu lui demander. Devaient-ils se rendre chez Annie pour faire ses valises ? Était-il préférable qu'il la dépose dans un foyer d'accueil, ou dans un hôtel, ou qu'elle passe une seconde nuit sur son canapé ? Et lui, comment pourrait-il jamais regarder Brian en face maintenant qu'il savait ? Qu'il savait tout ?

Le portable d'Annie sonna, transperçant le silence et interrompant les pensées de Luke. L'appareil vibrait sous l'un des coussins du canapé. Annie sauta de son tabouret et sa fourchette s'écrasa bruyamment sur le carrelage en projetant des œufs brouillés sur le comptoir de granit. Elle s'empara de l'appareil mais le fixa des yeux sans répondre.

— C'est lui ?

Elle opina du chef. Évidemment, c'était Brian. Qui d'autre aurait pu la rendre aussi blanche que le téléphone qu'elle tenait à la main ? Annie écrasa du doigt le bouton d'arrêt du smartphone, réduisant ainsi le portable au silence avant de le laisser tomber sur le canapé. Elle couvrit son visage de ses mains, et ses épaules se mirent à trembler.

Luke s'écarta du comptoir. Ses pieds nus ne firent aucun bruit sur le sol carrelé et Annie sursauta quand il l'enlaça, mais elle se tourna vers lui, pressa son visage contre son épaule et passa ses deux bras autour de son torse. Interprétant sa réaction comme un signe d'assentiment, Luke la serra contre lui en un geste protecteur.

Le contact physique avait toujours rendu Luke nerveux et mal à l'aise, et seule Natalie avait su briser cette barrière. Cependant, même s'il en ressentit une étrange sensation, la présence d'Annie au creux de ses bras lui parut naturelle. Elle laissa couler ses larmes dans son T-shirt qui fut bientôt aussi trempé qu'un champ labouré après une averse. Avec douceur, il posa sa main dans son dos et la fit glisser de haut en bas, espérant lui apporter un peu de réconfort et partager sa douleur.

— Je peux répondre, si tu veux, la prochaine fois ? murmura-t-il en embrassant le haut de sa tête. Tu n'es plus obligée de lui parler, jamais.

Annie laissa tomber ses bras dans le dos de Luke, et il sentit une chaleur gênée remonter le long de son cou et résonner à ses oreilles. Il avait été trop loin, trop vite. Il l'avait touchée trop facilement, l'avait réconfortée trop violemment. Luke s'éclaircit la gorge et fit un pas en arrière, les yeux rivés sur son gros orteil, incapable de la regarder en face.

— Je rentre chez moi, avoua Annie. Il téléphonait pour me dire qu'il arrivait.

— Pardon ? s'exclama Luke en clignant exagérément des paupières.

Elle glissa son téléphone dans la poche du pantalon en flanelle.

— J'ai jeté mes vêtements, ils n'étaient pas récupérables. Tu ne vois pas d'inconvénient à ce que j'emprunte les tiens ? demanda-t-elle en indiquant sa tenue.

— Tu retournes là-bas ? s'indigna Luke sans répondre à sa requête.

Elle croisa les bras sur sa poitrine et se mit à jouer nerveusement avec l'ourlet de son T-shirt.

— Ce n'était qu'une engueulade stupide. Il… Il n'était pas lui-même. Il…

— Il se drogue, Annie. J'ai vu les pilules. Médicaments et alcool. Cesse de le couvrir.

— C'est l'alcool, je le sais. C'est ce qui le fait changer. Et après, il prend des cachets pour se calmer. Il va se faire soigner. Il me l'a promis.

Annie entoura un fil gris autour de son index.

— Il ne m'avait jamais touchée avant le départ de Matt.

Luke en avait le souffle coupé – comme si un mari idéal pouvait se changer en monstre violent du jour au lendemain ! – mais il ne la contredit pas. Si elle avait quoi que ce soit en commun avec sa mère, il savait qu'elle préférerait mille fois se cacher plutôt que d'affronter la vérité. Comme elle, il lui semblait plus facile de pacifier sa brute de mari que de trouver le courage de le détruire.

— Annie, dit-il doucement en s'efforçant de garder un ton neutre, comment peut-il se faire soigner s'il refuse de parler de son problème ?

— Je ne sais pas. Je… Je ne vois pas ce que je peux faire d'autre.

Elle leva vers lui ses yeux mi-clos.

— D'ailleurs, où irais-je, moi ?

— Dans un foyer, rétorqua Luke. Ou bien je pourrais t'emmener loin d'ici, tu pourrais te cacher. Tu pourrais…

— Non, l'arrêta Annie en balayant ses propositions d'une main. Il me retrouverait. Tu le sais très bien.

— Et c'est une raison suffisante pour rester avec quelqu'un qui te fait du mal ?

Ayant perdu tout son sang-froid, Luke se tapait la tête du doigt comme s'il venait de buter sur un problème mathématique particulièrement délicat.

— Tu ne peux pas comprendre, fit-elle en s'asseyant. Ce que tu as connu avec Natalie…, je ne l'ai jamais vécu, moi. Je n'ai personne sur qui compter, personne qui m'aime, qui me chérisse. Je l'ai accepté, maintenant. Si je pars avec toi, il ne se contentera pas de me retrouver, moi. Il te fera du mal à toi, à ta famille. Je ne peux pas laisser faire ça.

Luke secoua la tête, incrédule, et fut soudain pris d'un accès de fureur. Abandonnant toute retenue, il se jeta vers Annie et, gentiment mais fermement, lui saisit les bras. Elle le dévisagea d'un air surpris, mais dénué de frayeur.

— Tu ne peux pas retourner là-bas. Je t'en empêcherai.

Sa voix s'étrangla.

— Tu n'as pas à vivre ainsi.

Annie détourna le regard, secoua la tête, et Luke vit un rempart se dresser entre eux comme entre un château fort et son assaillant.

— Laisse-moi t'aider, la supplia-t-il en lâchant son bras d'une main pour repousser une lourde mèche de cheveux humides que ses larmes silencieuses avaient collée à sa paupière. Je n'ai rien pu faire pour ma mère, laisse-moi t'aider.

— Je ne suis pas ta mère, fit Annie, amère.

Luke retira sa main. C'était fini. Elle allait partir, et il ne pouvait rien dire ou faire pour la convaincre de changer d'avis.

On sonna à la porte. Annie tourna vivement la tête et son visage prit un air terrifié, comme si, au lieu de la note unique d'une simple sonnette, elle venait d'entendre exploser une bombe. Alors qu'elle passait devant lui pour rejoindre l'entrée, Luke serra brièvement ses doigts.

— N'hésite pas à m'appeler quand tu seras prête à le quitter.

Il fixa longuement ses doigts fins aux ongles soigneusement vernis de rose pêche. Il ne pouvait pas continuer à faire semblant, à ignorer la souffrance qu'il portait en lui depuis son enfance. La douleur avait trop longtemps fait partie de sa vie. Il prit une profonde inspiration et ajouta :

— Mais en attendant, je préfère que tu ne donnes plus de nouvelles.

— Si c'est ce que tu souhaites…

Elle lui retira sa main d'un coup et lui lança un regard noir. Pour protéger Brian, elle se mettrait désormais hors de portée de Luke.

— Au revoir, Luke.

— Au revoir, Annie, chuchota Luke.

Elle disparut au coin du couloir sans se retourner, laissant Luke anéanti sur le canapé. Il couvrit ses oreilles de ses mains pour ne pas entendre l'ouverture de la porte, ni l'écho du timide salut que lançait Brian à sa femme.

CHAPITRE 25

Allongé sur son lit, Luke se demandait comment il en était arrivé à se retrouver tout seul le jour de son dix-septième anniversaire de mariage. Natalie, les enfants, Félicité et maintenant Annie : ils l'avaient tous abandonné.

Depuis une semaine, il se repassait en boucle les adieux d'Annie. Il y pensait tout le temps et partout : au bureau, en réunion, seul dans sa grande maison vide. Qu'avait-il donc fait de mal ? Comment aurait-il dû s'y prendre ? Mais quel que soit le scénario qui se jouait dans sa tête, il se terminait toujours de la même façon : Annie sortait de chez lui pour n'y plus revenir, et le fait que cela avait finalement été lui qui en avait pris la décision, lui était un piètre réconfort.

Quelques heures après le départ d'Annie, Luke avait réuni tout son courage pour aller dénicher la carte de visite cachée dans son tiroir : celle de Dennis Bormet, l'enquêteur responsable du nouveau poste de Brian. Anxieux, mais déterminé, il avait composé le numéro. La sonnerie avait résonné une, deux, trois fois, et Luke se préparait à laisser un message quand une voix d'homme s'était finalement fait entendre.

— Allô ?

— Allô, avait immédiatement réagi Luke. Euh…

Il s'était éclairci la gorge et avait tenté de se remémorer ce qu'il avait prévu de dire.

— Si cela peut vous simplifier les choses, je sais déjà qui vous êtes, avait grogné Dennis Bormet.

Luke avait eu la nette impression qu'il interrompait quelque chose d'important et avait pris conscience, un peu tard, qu'il appelait en plein dimanche après-midi.

— Luke Richardson à l'appareil. Vous m'avez contacté il y a quelques semaines au sujet d'une recommandation pour l'inspecteur Brian Gurella… afin de vous assurer qu'il était un… un homme de confiance…

— C'est exact, et alors ?

Il mastiquait. Luke avait dû le déranger en plein repas. Pour s'encourager à poursuivre, Luke avait visualisé les coupures sillonnant le visage et les pieds d'Annie, et songé à la façon dont Brian avait perdu tout contrôle. Cette fois-ci, il avait été trop loin.

— Je voudrais retirer ma recommandation. Je viens de découvrir de nouveaux faits, et je…

Luke avait hésité, persuadé que, loin de l'adulte sûr de lui qu'il aurait voulu incarner, sa voix devait sembler plutôt hésitante et juvénile. Comprenant que les tergiversations n'étaient plus de mise, il avait inspiré profondément avant de se lancer :

— Brian Gurella est un alcoolique. Je ne sais pas si vous faites des tests de dépistage, ni même si c'est important pour vous, mais je tenais à ce que vous soyez au courant.

Dennis Bormet n'avait pas répondu immédiatement, et Luke avait un instant cru que l'enquêteur avait raccroché. En écoutant attentivement, il avait décelé le bruit qu'on fait en avalant, suivi d'une éructation qu'on s'efforçait d'assourdir.

— Et quelles preuves avez-vous de l'alcoolisme supposé de l'inspecteur Gurella ?

Un bruissement de papier avait indiqué à Luke qu'il avait enfin retenu l'attention de l'enquêteur.

— Je l'ai vu. Il était plongé dans un coma éthylique. J'ai aussi trouvé des médicaments non identifiés chez lui, et puis…

Il avait hésité à parler des blessures d'Annie.

— Il y avait aussi des traces de violence à son domicile. Des meubles renversés, du verre brisé, entre autres.

Dennis Bormet était resté muet pendant une longue minute, et Luke avait reconnu dans son silence la tactique dont avaient si souvent usé les policiers qui avaient enquêté sur la mort de sa mère. Il était toujours tentant de combler les pauses par des renseignements supplémentaires.

— Monsieur Richardson, je voudrais en savoir plus sur ce que vous venez de m'apprendre. Est-ce que je peux passer vous voir lundi matin pour inclure toutes ces informations dans le dossier de M. Gurella ?

— Vous voulez dire que vous allez m'enregistrer ?

— Oui monsieur, mais dans la plus stricte confidentialité. Personne ne saura jamais que vous nous en avez parlé.

Luke avait été saisi par un frisson d'excitation à l'idée que justice allait être rendue. S'il révélait la véritable personnalité de Brian, celui-ci ne serait probablement pas embauché et Annie resterait près d'eux. Cela lui permettrait de faire appel à Luke la prochaine fois que son mari deviendrait violent. Et cette fois, il n'hésiterait pas à faire venir la police.

— Je serais ravi d'en parler avec vous. Pardonnez-moi de vous avoir dérangé un dimanche.

Luke avait pressé le bouton rouge et lancé le téléphone sur son lit en un geste victorieux. Mais pendant qu'il était occupé à se féliciter, un grain de sable avait interrompu le fil de ses pensées ; ce n'était pas seulement pour aider Annie qu'il avait passé ce coup de fil. C'était pour l'empêcher de partir.

Luke s'était débarrassé de cet accès de culpabilité d'un haussement d'épaules. Son appel à Dennis Bormet n'avait peut-être pas été motivé par des raisons entièrement charitables, mais cela n'en avait pas moins été une décision légitime.

Le lendemain matin, sur le trajet du bureau, Luke avait longuement discuté avec Dennis Bormet, puis avec son supérieur le jour suivant. Depuis, Luke attendait, son portable toujours à portée de main, même dans son sommeil, certain qu'Annie, désespérée, prendrait contact avec lui tôt ou tard (et le plus tôt serait le mieux).

Ce jour-là, il ne trouva pas le sommeil et pourtant, il n'avait aucune envie de quitter son lit. Il lui faudrait pourtant bien se lever et se connecter au réseau du bureau, ne serait-ce que pour faire acte de présence puisqu'il était censé travailler de son domicile, mais il ne comptait pas trop s'éloigner de la maison. Il recevrait une lettre de Natalie aujourd'hui, il en était convaincu. Une lettre qui parlerait du jour de leur mariage. Il la connaissait bien, elle raconterait toute la journée avec force détails. Elle lui rappellerait comment ils avaient rédigé leurs vœux ensemble, la veille au soir, comment ils avaient pris conscience, à minuit passé, qu'il avait donc vu la mariée avant les noces. S'il fut une période, au cours de son deuil, où cette lettre aurait été la bienvenue, où elle l'aurait peut-être aidé à survivre quelques jours de plus sans elle, aujourd'hui, l'idée de revivre par courrier l'une des plus belles journées de sa vie ne servit qu'à souligner le contraste avec sa situation actuelle et à la lui rendre encore plus déprimante.

Ce fut sa vessie plutôt que son estomac qui finit par le sortir du lit, et il éprouva soudain le besoin de prendre une douche, de rejoindre le monde des vivants, de retrouver une odeur fraîche et propre. Il frotta sa peau jusqu'à en avoir des fourmillements, et s'observa un instant dans le miroir, hésitant à se raser ou à conserver la barbe de deux jours que Natalie le suppliait toujours de laisser pousser. Il fit un pas vers le lavabo et attrapa un rasoir neuf dans la boîte en plastique où s'entassaient tous leurs accessoires de salle de bains et qui semblait plutôt dépouillée sans les produits de beauté de Natalie.

Luke ferma le robinet d'eau brûlante avant que le lavabo ne déborde. Une sonnerie se fit entendre au rez-de-chaussée, suivie du bruit sourd de coups frappés à la porte.

— Bon Dieu ! grogna-t-il.

Il n'avait pas prévu de recevoir de visiteurs aujourd'hui. Le vacarme cessa enfin et Luke, se penchant par-dessus le lavabo fumant, trempa ses mains dans l'eau chaude et en savoura la brûlure avant de s'asperger le visage.

La sonnette retentit à nouveau. Luke soupira, ouvrit la bonde du lavabo, reposa la bombe de mousse à raser à sa place et extirpa une serviette humide de la panière à linge sale pour s'en essuyer le visage. Il attrapa un vieux T-shirt qui traînait sur son lit et, son téléphone à la main, se précipita dans les escaliers. Il venait de passer la tête dans l'encolure du T-shirt quand les coups reprirent contre la porte. De sa main libre, Luke l'entrouvrit pour découvrir, debout sur le seuil, un grand jeune homme dégingandé portant d'épaisses lunettes noires au design moderne. Il portait au creux de son bras un vase en porcelaine bleue contenant au moins deux douzaines de tulipes.

— B'jour, c'est Luke Richardson ?

Le gamin lisait son nom sur une facture jaunie.

— C'est bien moi, répondit Luke en ouvrant la porte.

Il plissa les yeux, ébloui par le soleil.

— C'est pour vous. Voilà.

Il lui tendit les fleurs, déplia la facture d'une chiquenaude et ajouta, en proposant le stylo calé sur son oreille :

— Signez en bas, siouplaît.

— Euh, OK, fit Luke.

Il tenta de tenir en équilibre dans une main le bouquet de tulipes et son téléphone, mais sans succès.

— Attends, je vais poser le vase.

Peu concerné, le livreur haussa les épaules. Son badge indiquait qu'il s'appelait Kal. D'un coup de coude, Luke repoussa la pile de courrier qui s'accumulait sur le guéridon pour faire de la place au vase. La céramique émit un bruit sourd en touchant la table et une enveloppe turquoise se détacha du bouquet.

Quelle qu'elle soit, la personne qui avait expédié ces fleurs s'était aussi chargée de lui faire parvenir les lettres de Natalie. Sans perdre de temps à tâter l'épaisseur de l'enveloppe ni à deviner combien de pages elle contenait, Luke retourna précipitamment vers le porche d'entrée où l'attendait le livreur.

— Tu peux me donner ton papier, maintenant.

Le gosse déplia maladroitement la facture et Luke dut se faire violence pour ne pas simplement la lui arracher des mains. Il parcourut le document jaune et chiffonné que lui tendait enfin Kal sans trop savoir ce qu'il cherchait.

Adresse de livraison : 9317, allée d'Orlando

Détails de la commande : 2 douzaines de tulipes

Règlement : espèces.

C'est alors qu'il repéra le nom de l'expéditeur tout en bas de la page. Le bordereau avait été copié au traditionnel papier carbone, et l'encre était presque effacée.

Expéditeur : N. Townsend

En guise de correction, on avait simplement tracé une croix sur le patronyme et inscrit, à côté :

Anonyme

Les fleurs, les lettres, les chocolats… C'était donc le fameux Dr Neal qui était derrière tout cela. Au fond de lui, il s'en doutait depuis le jour où il avait découvert son nom dans le téléphone de Natalie, mais en en voyant la preuve écrite, griffonnée par un fleuriste distrait, Luke serra le poing sur le stylo qu'il avait emprunté pour signer la facture. Pourquoi ? Pourquoi cet homme avait-il eu tant d'importance dans la vie de Natalie ? Pourquoi apparaissait-il si souvent dans sa propre existence ? Qui pouvait-il bien être ? Il sentit la colère qui l'avait poursuivi toute sa vie bouillir dans son ventre, courir dans ses bras, monter dans son cou. Il avait besoin de cogner sur quelque chose.

— Euh, faut signer ici, fit Kal en montrant le bas de la page d'un geste vague.

Luke leva la main pour signer, et il lui vint une idée.

— Est-ce que je peux avoir une copie de la facture ? demanda-t-il, le stylo en l'air.

Il savait que, dès qu'il aurait signé, Kal n'aurait plus aucune raison de lui rendre service.

— J'ai besoin du bordereau signé pour être payé, fit Kal, les mains dans les poches. Mais rien ne vous empêche de le photographier, ajouta-t-il.

Bien sûr. Son smartphone. Tenant le document à bout de bras devant lui, Luke fit un rapide cadrage et écouta avec satisfaction le *clic* de l'appareil prenant la photo. Il avait enfin une preuve. Il vérifia que le cliché était suffisamment net, griffonna son nom en bas de la page et tendit la facture à Kal.

— Merci, dit-il en refermant la porte derrière lui.

Sur son téléphone, l'image était assez précise pour lui permettre de lire chaque ligne.

Luke jeta un coup d'œil au bouquet de fleurs. Sur la carte rectangulaire du fleuriste, une écriture inconnue disait :

30 Juillet

À Luke, pour notre anniversaire de mariage. Mon amour pour toi reste infini.

Tendrement,

Natalie

— Menteuse, murmura Luke.

Voilà ce qu'elle était. Il ne savait pas ce qu'elle lui avait caché avec la complicité du Dr Neal, mais cela faisait des années qu'elle lui mentait. Peut-être même des décennies.

— Menteuse, répéta Luke plus fort, et l'écho de sa voix retentit dans l'escalier.

Une sorte de brume rouge envahit la pièce autour de lui et sa respiration s'accéléra, comme s'il venait de piquer un sprint. Il saisit le vase empli de tulipes, et chaque fleur sembla représenter autant de mensonges, autant de cachotteries.

— Menteuse ! hurla-t-il.

Le contact du lourd vase de porcelaine lui parut soudain insupportable. Donnant libre cours au démon qui montait en lui, il envoya vase et bouquet voler à travers la pièce. La porcelaine rebondit contre le mur avant de s'écraser au sol et d'exploser en mille minuscules morceaux turquoise qui se répandirent par terre en une hémorragie d'eau, de céramique et de fleurs.

— Bon Dieu ! s'énerva Luke en frappant le guéridon du plat de la main.

Ses genoux plièrent sous son poids et il s'affala sur le parquet. Il ne savait plus qui il était, ni ce qu'il était advenu de la vie soi-disant parfaite qu'il avait menée jusqu'alors. Tout était détruit, exactement comme ce vase, et il ne restait plus en lui que l'homme qu'avait été son père, celui qu'il s'était efforcé pendant si longtemps de tenir à distance.

La nappe d'eau s'élargissait lentement sur le sol, millimètre par millimètre, et s'approchait dangereusement de la lettre qu'il avait laissé tomber un peu plus tôt. Il la regarda progresser, une partie de lui espérant qu'elle s'arrêterait avant d'atteindre l'enveloppe encore scellée, tandis qu'une autre souhaitait qu'elle l'engloutisse. Quand la flaque toucha enfin le papier, il tendit la main pour sauver le pli. Il voulait la lire, la mettre de côté, en sécurité avec les autres. Non. Serrant le poing pour résister à la tentation de la sauver, il se releva d'un bond et tourna le dos au drame qui se jouait sur son carrelage. Les belles paroles de Natalie pouvaient bien se noyer, il n'en avait cure.

Août
CHAPITRE 26

Luke s'empara d'une autre poignée de vêtements dans l'armoire, parmi lesquels il reconnut la robe en soie que Natalie avait achetée pour une croisière et la robe à fleurs qu'elle portait sur la photo de famille prise à Pâques. Il tira d'un coup sec et les cintres cédèrent dans un grand *crac!* Ce n'était pas le premier qu'il cassait, comme en témoignaient, à ses côtés, la montagne de plastique brisé et les sacs-poubelles noirs pleins à ras bord, et il s'en moquait éperdument.

Il prit une profonde inspiration en s'intimant de respirer par la bouche pour ne pas sentir son odeur, pour se forcer à aller de l'avant. Encore deux robes, et il passerait aux chaussures. Il entasserait tous les sacs pleins au grenier. Il avait d'abord pensé faire don de tous ces vêtements à l'association caritative *Goodwill*, mais alors qu'il en dressait la liste pour la déduire de ses impôts, il s'était rendu compte qu'il n'était pas encore prêt à se débarrasser des affaires de Natalie ; pas parce qu'il avait soudain été pris de sentimentalisme, ni parce qu'il espérait qu'elle revienne un jour, mais parce qu'il savait que May ne le lui pardonnerait jamais. Il avait donc opté pour le grenier, songeant que May pourrait faire le tri elle-même quand elle serait assez grande.

Il faisait une chaleur étouffante dans les combles, et après s'être contorsionné pour faire passer six gros sacs dans une trappe à peine assez large pour une personne, Luke était en nage. Il décida de faire une pause et de finalement s'attaquer à une tâche qu'il n'avait de cesse de remettre à plus tard, depuis la veille. Il laissa l'échelle déroulante remonter vers l'espace qui lui était réservé, sur la trappe, essuya son visage avec le bas de son T-shirt, puis descendit l'escalier. Il fit un détour et passa devant le thermostat pour rejoindre la cuisine, évitant ainsi d'avoir à regarder le vase brisé et les fleurs desséchées toujours éparpillées dans le hall d'entrée.

Fouillant sous l'évier, Luke en sortit un sac-poubelle, une paire de gants en caoutchouc jaune et de vieux torchons. Ainsi armé de ses outils de « rédemption », il se força à avancer dans le couloir où gisaient, intacts, les vestiges de son accès de rage. Des éclats de porcelaine bleue parsemaient le parquet. Les articulations de Luke craquèrent alors qu'il s'agenouillait devant la porte de la cave, et les gants jaunes et rigides faisaient transpirer les paumes de ses mains, mais il entreprit malgré tout de ramasser, un à un, les débris de céramique pour les jeter dans le sac-poubelle. En entendant le cliquetis de tous ces petits morceaux les uns contre les autres, Luke s'imagina le vase brisé comme un puzzle impossible à reconstituer.

Il eut bientôt mentalement réuni toutes les pièces de sa mosaïque. Toutes, sauf une. Luke fouilla la pièce du regard, à la recherche du dernier éclat de porcelaine. Il parcourut le sol, les marches de l'escalier, la porte d'entrée, avant de le trouver enfin : un petit fragment turquoise et blanc, qui dépassait de l'enveloppe froissée et desséchée contenant la lettre abîmée de Natalie.

Luke se jeta sur le rectangle de papier et s'efforça de l'écarter, de le mettre hors de sa vue, mais rien n'y fit, il était fermement collé au parquet. À genoux par terre, il glissa un ongle sous un coin de l'enveloppe et tira. Celle-ci céda enfin, s'arrachant au sol dans un bruit de papier déchiré et laissant sur le parquet un morceau d'adhésif bleu sous lequel était coincé le dernier éclat de porcelaine. S'emparant de la dernière pièce du puzzle entre deux doigts, Luke le tendit devant lui pour mieux l'observer à la lumière du soleil. C'était bien le bon morceau et, rasséréné, il le laissa tomber dans son sac-poubelle. Il s'apprêtait à envoyer la lettre de Natalie prendre le même chemin quand il aperçut quelques mots qui retinrent son attention : « *C'était notre petit secret…* »

Luke posa le sac contenant les fragments de vase sur le comptoir et saisit l'enveloppe. Sans prendre le temps de chercher à savoir ce qu'il trouverait dans la lettre ou d'estimer son épaisseur, il décortiqua le papier fragilisé par l'eau, prenant garde de ne pas le laisser se dissoudre entre ses doigts.

Une fois les pages libérées et dépliées, il put constater que Natalie n'y parlait pas tellement de leur mariage, mais qu'elle s'épanchait plutôt sur un souvenir qu'il aurait largement préféré effacer de sa mémoire. Parcourant rapidement les formules de politesse et autres vœux d'anniversaire, Luke commença sa lecture à la première mention de l'autre date symbolique qu'elle évoquait.

> *Je suis en forme aujourd'hui, et je vais donc en profiter pour enfin écrire cette lettre. J'ai beau être nerveuse à l'idée de te raconter comment j'ai vécu cette journée, il est temps que tu saches comment elle s'est passée pour moi. Peut-être que si tu sais ce que j'ai vu, tu comprendras mieux mes choix, plus tard.*
>
> *Mon père a trouvé ta mère et ta sœur dans le lit de tes parents vers dix heures du matin. Deux officiers de police l'y ont rejoint au bout de cinq minutes, suivis d'une ambulance vingt minutes plus tard et enfin, trois quarts d'heure après, de l'employé funéraire. La police te croyait mort et, pendant une petite heure, moi aussi.*
>
> *Ils étaient tous chez nous, et ils parlaient avec mon père de ce qu'il avait vu. Ils ne savaient pas que j'entendais tout ce qui*

se disait. Ta mère et ta sœur trouvées mortes, toi et ton père, portés disparus. Ils envisageaient tous les scénarios possibles, et ma tête s'est mise à tourner. Quand ils ont retrouvé la voiture de ton père, au pied du phare, j'ai commencé à croire à leur histoire de meurtre et de suicide.

Je connaissais ta cachette, près de la maison abandonnée des Ganister, et je savais que, si tu étais encore en vie, c'était là que nous te trouverions. J'ai descendu en silence les trois dernières marches de l'escalier, je me suis faufilée par la porte de derrière et j'ai filé.

Il était un peu plus de midi et l'air, lourd de soleil et d'humidité, devait presque atteindre les quarante degrés. La voie était libre. Certaine qu'on ne me verrait pas, j'ai couru à travers le jardin et je suis entrée dans le vieux cabanon où je gardais mon stock de provisions d'urgence : des biscuits secs, un demi-pot de beurre de cacahuètes et deux ou trois cartons de jus de pomme, soigneusement volés dans la réserve de ma mère.

Il faisait une chaleur d'enfer dans la vieille cahute, un peu comme dans le four à céramique de l'école. J'ai fait glisser ma main le long du mur pour essayer de trouver mon sac à dos, mais au lieu de cela, c'est toi que j'ai trouvé, recroquevillé dans un coin. À côté de toi, une brèche entre les planches laissait passer un rayon de soleil qui formait une ligne blanche et brillante sur tes genoux et sur tes mains.

Tu étais couvert de sang séché – sur tes mains, sur tes bras, sur ta poitrine – et tu étais complètement immobile, si bien que j'ai d'abord pensé que tu étais mort, et quand j'ai tendu les doigts pour te toucher, je ne savais pas si tu serais froid et raide, ou chaud et vivant. J'ai posé une main tremblante sur ta poitrine et j'ai constaté avec un immense soulagement qu'elle était tiède et que je pouvais sentir les battements de ton cœur à travers ton T-shirt. À mon contact, tes paupières ont tremblé.

— Natalie ?

— Luke, tu es vivant !

J'ai passé ma main sur ton front pour vérifier que tu n'étais pas blessé.

Tu as contemplé tes doigts, ton ventre, tes jambes et tes pieds, comme surpris de te trouver encore là.

— Ouais, tu as dit d'un ton déçu. Je suis vivant.

— Je t'ai cru mort.

Je n'ai pas voulu penser plus longtemps à l'idée qui me torturait depuis plus d'une heure, et j'ai préféré m'approcher de toi pour poser mes lèvres sur les tiennes. Ce n'était pas notre premier baiser – nous avions passé pas mal de temps à nous embrasser dans l'intimité de notre cabanon – mais celui-ci était différent. Je sais que tu as ressenti la même chose.

Le premier baiser a été doux et tendre, comme une sorte de remerciement de te trouver là, en vie, mais le deuxième s'est fait plus pressant, un peu comme si tu avais peur que je parte en courant et que la seule façon de me garder auprès de toi était de m'embrasser encore et encore. D'ailleurs, je n'avais aucune envie de partir.

— Je t'aime, t'ai-je chuchoté alors que tu faisais glisser ma chemise par-dessus ma tête.

— Je ne cesserai jamais de t'aimer, as-tu répondu en embrassant mon cou et mes épaules pendant que je m'efforçais de retirer ta chemise tachée de sang pour me blottir contre toi, pour m'imprégner de toi.

Dans l'obscurité de la cabane qui renforçait notre maladresse, je ne pensais à rien d'autre qu'à ces quatre murs, et quand tu m'as allongée à même le sol, je me fichais pas mal que mes cheveux traînent dans la terre ou que l'air sente la sueur et l'herbe coupée. Tout ce que je voulais, c'était rester avec toi pour toujours, effacer le souvenir de ta nuit, ne faire plus qu'un.

Je n'ai jamais regretté ce jour où nous avons perdu ensemble notre virginité. Notre étreinte passionnée n'a pas duré très longtemps, et quand cela s'est fini, je me suis pelotonnée contre ta peau tachée de rouge. J'ai souvent repensé à cette journée, surtout ces derniers temps. Dans les ruines de ta vie, nous avons trouvé un moment de pure beauté et c'est une véritable sorcellerie qui a opéré dans ce cabanon : le temps s'est arrêté, comme gelé. Seulement voilà, comme n'importe quelle magie, il a bien fallu qu'elle prenne fin.

— Je n'arrive pas à croire que ma mère se soit enfin décidée à appeler la police, m'as-tu dit d'un ton rêveur.

Je me suis redressée, tes bras liés derrière mon dos, et j'ai compris que tu n'étais pas au courant.

— Luke…

Je t'ai embrassé. Mes lèvres avaient déjà accompli un miracle, peut-être pouvais-je en espérer un second.

— C'est mon père qui a appelé la police.

J'ai soutenu ton regard en priant pour que tu lises la vérité dans le mien, pour que je n'aie pas à te la révéler à haute voix.

— Bon sang, qu'est-ce qui lui a pris ? Ma mère va péter un câble.

Tu t'es assis, tu as enfilé ton T-shirt, et tu as cherché des chaussures que tu n'avais pas puisque tu étais sorti pieds nus. J'ai réajusté mon chemisier et reboutonné mon short.

Je t'ai demandé d'attendre. J'ai tendu une main vers toi, mais tu as reculé. J'ai voulu passer un bras autour de tes épaules pour te sortir de cette espèce de frénésie qui te poussait à réunir tes affaires. Tu m'as repoussée en grognant et tu as fait un pas vers la sortie. J'ai dû me planter devant la porte pour te retenir.

— Natalie, écarte-toi, il faut que j'y aille. S'il s'aperçoit que les flics sont là, s'il revient, il va lui faire du mal.

Tu t'adressais à moi sans me regarder.

Je t'ai dit d'arrêter. Je t'ai repoussé vers le fond du cabanon. Je voulais que tu m'écoutes, mais au lieu de te calmer ou de te sortir de cette sorte de folie dans laquelle tu semblais t'être réfugié, la pression de mes mains a déclenché chez toi une réaction inattendue. Tu t'es cabré et ton visage s'est tordu de colère en une grimace que je n'avais encore jamais vue. Tu es devenu quelqu'un que je ne connaissais pas. Toi, le garçon qui n'avait pas voulu faire de mal à une luciole, tu es devenu un homme capable de frapper une femme. Avant même que ta main ne gifle ma joue, j'avais déjà mal de savoir que je m'étais trompée à ton sujet.

Des larmes de douleur et de trahison me sont montées aux yeux. De mes doigts, j'ai recouvert la brûlure que tu avais laissée sur mon visage et j'ai fait un pas en arrière. Je n'avais plus l'intention de te retenir, mais tu n'as pas cherché à partir. Ton visage s'est radouci, tes grands yeux bleus reflétaient les rayons du soleil qui traversaient le plafond, tel un prisme. C'était ton vrai visage, ton vrai regard, mais quand tu as tendu la main vers moi, j'ai sursauté, et quand tu t'es excusé en regardant ta main comme si tu avais souhaité la trancher, je n'ai éprouvé aucune compassion. Quoi qu'il arrive, je n'avais pas l'intention de finir comme ta mère.

— Ta mère est morte, ai-je craché en reculant lentement vers la sortie.

Tu m'as regardée comme si je t'avais rendu ta gifle, mais je n'en avais cure. Je voulais te faire mal.

— Eh oui. Morte.

J'ai poussé la porte qui s'est ouverte en craquant. La chaleur de l'extérieur m'a paru aussi fraîche qu'une brise de printemps.

Tu as d'abord essayé de discuter, et puis tu as fini par te taire et j'en ai profité pour prendre le large. Tu m'as suppliée de rester, tu as voulu me retenir par le bras, mais le contact de ta main ne m'inspirait plus que de la peur, et je me suis dégagée.

— Ne me touche pas, ai-je grommelé.

J'ai trébuché en reculant et failli tomber. Tu as crié mon nom et tu es venu à mon aide, mais je t'ai repoussé et je me suis éloignée le plus loin possible.

— Rentre chez toi, Luke. Rentre chez toi, ai-je réussi à te dire sans trop savoir comment, et puis j'ai caché mon visage dans mes mains, et je me suis réfugiée dans ma chambre.

Quelques heures plus tard, ma mère est venue me raconter ce qui s'était passé : ta mère était morte d'une hémorragie, ton père avait été arrêté et tu allais partir avec une assistante sociale. Elle m'a demandé si je voulais te dire au revoir avant qu'on ne t'envoie vivre chez des cousins éloignés à l'autre bout du pays. J'ai appuyé sur ma joue encore endolorie et j'ai simplement répondu : « Non. »

Je n'ai jamais parlé à personne de notre secret, ni de notre moment d'intimité dans le cabanon, ni de la violence qui a suivi. Au début, je t'en ai tellement voulu que j'étais heureuse que tu sois parti. Mais plus le temps passait et plus je comprenais combien nous avions été bien ensemble. J'ai rencontré d'autres garçons – pas beaucoup, juste quelques-uns – mais je ne pouvais pas tomber vraiment amoureuse tant que tu me trottais obstinément dans la tête, dans le cœur. Dieu sait que j'ai essayé de ne plus penser à toi, mais rien n'y a fait.

Six ans plus tard, quand tu es revenu, j'ai vraiment voulu t'aimer, te faire confiance, mais j'avais une peur panique que tu te transformes à nouveau en ce monstre que j'avais découvert dans ce cabanon. Je me suis promis que, s'il faisait mine d'apparaître ne serait-ce qu'une seule fois, je te quitterais à jamais. Mais il n'est jamais revenu.

C'est là que j'ai compris que tu valais mille fois mieux que ton père, que j'ai pris conscience de l'ampleur des démons qui te hantaient, et que je t'ai admiré et aimé plus que jamais de les avoir vaincus. Avant de te quitter, je tiens à ce que tu saches que je t'ai pardonné. Je t'aime, et j'ai une chance inouïe de pouvoir t'appeler le père de mes enfants.

Mais Luke, j'ai beau être consciente que tu n'es pas ton père, je suis inquiète de savoir que tu gardes toute cette colère enfouie au fond de toi, de te voir cogner dans ce punching-ball, et je me demande comment tu feras pour surmonter les frustrations de la vie de parent unique…

Refusant de poursuivre, Luke posa la lettre sans lire la dernière page. Comment pouvait-elle être assez cruelle pour le forcer à revivre la pire journée de sa vie ? À cause de ce qui s'était passé cet après-midi-là, sa vie avait changé du tout au tout. Il avait appris à enfermer le monstre qui dormait en lui et, tout au moins jusqu'à récemment, il n'était jamais remonté à la surface.

Toute une vie de bonheur n'avait-elle pas suffi à Natalie ? Cherchait-elle encore à lui rendre la monnaie de sa pièce ? C'était cela, son plan, sa dernière revanche ? Luke froissa la lettre dans son poing fermé jusqu'à ce qu'elle forme une boule de papier, visa soigneusement et l'envoya dans la poubelle de la cuisine avant de refermer le couvercle du plat de la main. Plus de lettres. C'était terminé.

CHAPITRE 27

Pensant que la vue de l'armoire presque vide lui remonterait le moral, Luke remonta dans sa chambre. Peine perdue. Il pouvait encore s'imaginer les cintres portant les vêtements de Natalie, les uns derrière les autres sur la tringle, et leur absence ne servit qu'à lui rappeler son chagrin.

Il ne pouvait pas continuer ainsi. À constamment laisser les regrets le submerger, il ne faisait que les attiser. Il lui fallait combler le vide. Luke glissa les doigts dans trois cintres portant ses propres chemises, dans deux autres où pendaient ses pantalons et dans un dernier, alourdi pas un vieux chandail poussiéreux, et les fit passer sur la tringle vide. *Là, voilà qui est mieux*, pensa-t-il avec une pointe de satisfaction.

C'est alors qu'il remarqua au fond de l'armoire une plinthe qui semblait s'être détachée du mur. Il avait dû la déplacer en emballant les affaires de Natalie et songea que sa liste de menues réparations n'avait vraiment pas besoin d'être allongée, mais qu'il lui serait plus facile d'examiner les dégâts maintenant que le placard était vide.

À genoux, Luke s'avança vers la planche. Elle portait plusieurs éraflures noires et le plâtre était légèrement abîmé au-dessus. Luke essaya de la redresser pour dissimuler les marques du mur, mais celle-ci lui resta dans les doigts. La plinthe à la main, il s'immobilisa, stupéfait. Il était face à un long rectangle sombre et béant.

Mais qu'est-ce que… ?

Se débarrassant de la plinthe en l'appuyant contre le mur, Luke fit glisser sa main au dos du mur irrégulier et rencontra presque immédiatement quelque chose de dur. Incapable d'identifier l'objet, il pria avec ferveur pour qu'il ne s'agisse pas de matière vivante (genre nid de souris ou autre surprise aussi peu ragoûtante) et tira. Quoi que le mur ait dissimulé, c'était bel et bien collé. Il attrapa l'un des cintres qui flottaient au-dessus de lui, déboutonna la chemise bleue et blanche qui s'y trouvait et en sortit un arceau en plastique. Voilà qui ferait parfaitement l'affaire.

À plat ventre devant le trou, il inséra la partie aplatie du cintre à travers l'ouverture et le fit glisser le long du sol en insistant un peu quand il rencontra la résistance attendue. Dans un chuintement qui se termina en raclement sourd, un objet rectangulaire bordeaux de la taille d'un livre illustré pour enfants atterrit devant son nez.

Éberlué, Luke ramassa l'ouvrage en toile reliée. Des pages plastifiées dépassaient sur les bords et la couverture était abîmée en plusieurs endroits. Luke positionna le livre dans ce qui lui sembla être le sens de la lecture, examina la couverture vierge et, les doigts tremblants, l'ouvrit.

Au lieu du titre ou de la table des matières censés orner la page de garde, il découvrit une coupure de journal relatant l'enquête Mallory Witling. Mallory Witling… Le nom lui parut familier. Fouillant dans sa mémoire, Luke tenta de se souvenir des circonstances dans lesquelles il l'avait déjà entendu. Il lui semblait qu'ils en avaient parlé lors de la formation continue de Natalie. En classe de psycho, peut-être ? Oui, c'était bien cela, elle avait rédigé une dissertation à ce sujet. Elle avait dû conserver ces articles pour son projet.

Le journal datait de presque vingt ans auparavant, soit juste après leur dernière année d'université, et il s'agissait d'un original et non d'une copie d'imprimante. Étrange. Mallory Witling avait disparu de sa résidence de Lansing sans laisser de traces à l'âge de trois ans, et ses parents Mark et Eva Witling, désespérés, avaient offert une récompense à quiconque pourrait leur donner des nouvelles de leur fille.

L'article ne signifiait pas grand-chose pour Luke. Tout ce qu'il savait de cette histoire, il l'avait appris en regardant un épisode de l'émission télévisée *Dateline* avec Natalie, dans le cadre de ses recherches. Hormis cela, l'affaire Witling n'évoquait pour lui que quelques détails bien flous.

Luke tourna la page. Une autre coupure de journal, datant cette fois d'une semaine plus tard, annonçait que l'enfant était officiellement « portée disparue et présumée morte ». La police avait trouvé du sang sur l'oreiller et les draps de Mallory, et les chiens policiers avaient flairé son odeur dans la voiture d'Eva. Sur la page suivante, un article racontait comment Eva Witling avait failli misérablement au détecteur de mensonges et immédiatement demandé un avocat. Un autre article relatait son arrestation. Toute l'affaire s'étalait sur des pages et des pages de journaux : sa demande de libération sous caution, les preuves supplémentaires apportées par son mari, leur divorce, l'exhumation de leur fille aînée, Diane, et l'autopsie prouvant que celle-ci était morte d'une intoxication à l'éthylène glycol. Luke lut les deux ou trois premiers articles puis parcourut rapidement le reste. Les pages, épaissies par l'ajout des coupures de journaux, émettaient des claquements sourds en se tournant.

Il atteignit enfin le dernier feuillet, intitulé *Perpétuité*. Le drame de la pauvre petite Mallory Witling avait piqué l'intérêt de Luke et il lut l'article du début à la fin.

Confrontée à l'autopsie de Diane, Eva Witling avait accepté de plaider coupable, et avoué les meurtres de ses deux filles Mallory et Diane. Son avocat avait tenté d'obtenir l'internement de sa cliente en hôpital psychiatrique plutôt que sa détention en prison.

Il avait plaidé qu'elle souffrait du syndrome de Münchhausen par procuration et que son intention n'avait pas été de tuer ses filles, mais de les rendre suffisamment malades pour justifier un séjour hospitalier. Par ce biais, elle cherchait à attirer l'attention. Le témoignage d'Eva avait été dans son sens, confirmant que les deux fillettes étaient décédées d'overdoses accidentelles et non pas d'homicides avec préméditation.

Finalement, les juges s'étaient montrés impitoyables et avaient proclamé qu'empoisonner ses deux enfants à l'antigel n'avait rien d'un accident. Eva avait été condamnée à la prison à perpétuité, dont vingt ans avec sursis, et n'avait échappé à la peine capitale que parce qu'elle avait plaidé coupable.

La lecture de ces articles n'avait rien de très gai. Luke feuilleta les pages en espérant trouver quelque chose qui l'aiderait à comprendre pourquoi sa femme avait fait preuve de tant d'intérêt pour cet événement et pourquoi elle avait cru bon de dissimuler le cahier. Lansing n'était pas très loin de Pentwater, mais ce n'était cependant pas une ville voisine. Connaissait-elle la famille Witling ? Ou les fillettes assassinées ? Il referma le livre d'un coup sec.

Un morceau de papier s'échappa de ses pages. Sans doute avait-il été glissé derrière une coupure de journal dans l'une des pochettes plastifiées, échappant ainsi à l'attention de Luke. La feuille, pliée en trois, était épaisse et de belle qualité, contrairement aux pages de cahiers à spirales qu'avait utilisées Natalie pour lui écrire.

Ma chère Natalie,

C'est le cœur lourd que je prends contact avec toi. Je transgresse toutes les procédures de l'agence en t'écrivant, mais nous sommes confrontés à une situation complètement inédite qui ne répond sans doute à aucun protocole. Après les années que tu as consacrées à notre organisation et le soutien que tu as apporté à tant de parents, je crois de mon devoir de te livrer la vérité sur ce qui est arrivé à ta fille.

Luke relut la dernière phrase. *Ta fille.* La lettre datait d'un mois avant la naissance de Will, tout comme le cachet de l'enveloppe reçue de Maranatha qu'il connaissait maintenant par cœur. Il ne s'agissait donc pas de May. Il songea alors à la fille d'Andy, celle qu'il avait prétendu avoir eue avec Nancy. Se pouvait-il qu'après tout, cette enfant soit bien celle de Natalie ? Luke reprit sa lecture.

En abandonnant ta fille il y a huit ans, tu nous as confié, au révérend Neal, à Maria et à moi-même, une importante mission : celle de trouver un foyer pour ton bébé. Nous pensions avoir réussi. Je t'assure que nous avons suivi toutes les règles, respecté toutes les étapes et procédures. Cette famille avait déjà perdu un enfant, mort de maladie congénitale, et préférait adopter plutôt que de risquer d'avoir un autre enfant naturel porteur du gène. Le couple avait passé tous les tests, toutes les visites à domicile. Ils étaient sur nos listes depuis plus de dix-huit mois. Jamais une famille ne m'avait inspiré confiance à ce point, et jamais je ne me suis autant trompée. Le poids de ma décision pèse chaque jour sur mes épaules.

Tu as probablement entendu parler de Mallory Witling, la fillette portée disparue et présumée morte. J'ai l'immense regret de t'apprendre, ma chère Natalie, que Mallory était ta fille. J'ai conservé les coupures d'articles de journaux qui pourront t'apprendre tous les détails de l'enquête et du jugement d'Eva Witling, et j'espère que tu trouveras un peu de réconfort à l'idée de la savoir en prison. Je ne pouvais pas écrire cette lettre avant d'être certaine que nous aurions cette maigre consolation.

Tu comprendras qu'il m'est strictement impossible de discuter avec toi du contenu de ce courrier. Je risque déjà de perdre mon poste en t'informant de ce qui s'est passé et, après le drame qui a frappé Mallory, je suis plus consciente que jamais de l'importance de mon travail ici. Je refuse de voir cette tragédie se reproduire. Je ferai tout ce qui est en mon pouvoir pour l'empêcher.

J'espère qu'Andy et toi serez présents à notre convention annuelle cet été, mais je te saurai gré de ne pas divulguer ces renseignements, ne serait-ce que pour ne pas inquiéter inutilement Andy quant au placement de sa propre fille. Sache cependant que, suite à la perte de Mallory, nous avons rendu visite à toutes nos familles d'adoption, et que nous avons intensifié toutes les procédures et démarches à suivre dans le cadre de nouveaux placements.

Avec toute mon affection,
Christina Stephani

Luke effectua un rapide calcul mental. Mallory avait disparu à l'âge de trois ans. Cette lettre datait d'un mois avant la naissance de Will, ce qui signifiait que Natalie avait quatorze ans quand elle avait accouché d'une fille. Natalie avait eu son premier enfant peu après sa première année de lycée.

Luke lâcha le papier à en-tête et sentit une goutte de sueur lui descendre le long du dos. Il se sentit soudain à l'étroit dans ce placard, comme si les murs se rapprochaient et se préparaient à l'anéantir. Abandonnant la corvée de rangement, il s'extirpa de l'armoire en rampant, suffoquant sous le poids de sa découverte. C'était donc ça, le secret de Natalie.

Ce moment où ils avaient, maladroitement, découvert ensemble l'acte d'amour au fond de ce vieux cabanon – alors même que Luke tentait d'oublier dans leur étreinte le drame qui l'avait frappé et que Natalie s'efforçait de le réconforter – avait non seulement représenté leur première fois ensemble, mais pour Luke, la première fois tout court. Avaient-ils aussi, dans leur désespoir, conçu un bébé ? Bien que difficile à accepter, cette hypothèse pouvait expliquer beaucoup de choses : Andy, la Maison Maranatha, les photos et les secrets, et surtout, cela expliquait que Terry éprouve encore tant de haine à l'encontre de celui qui avait mis sa fille enceinte. Quant à Mme Stephani, la directrice de Maranatha, elle avait conservé toutes ces coupures de journaux détaillées concernant la disparition de sa fille, l'enquête sur sa mort, les procès qui avaient suivi, alors que lui ignorait jusqu'à son existence. Il s'était bien douté que cette femme en savait plus qu'elle ne voulait l'admettre.

Luke fouilla dans sa mémoire, cherchant à se rappeler la fillette aux cheveux bruns qu'il avait vue en photo. Ressemblait-elle un peu à May ? Il avait peu regardé le visage souriant de l'enfant, de son premier enfant. Il n'avait certes pas pu être là pour voir bouger Mallory dans le ventre de Natalie, ni pour découvrir la couleur de ses yeux à sa naissance, mais il pouvait au moins essayer de s'imprégner de la forme de son sourire, de la couleur de ses cheveux, des traits de son visage. Luke se précipita de nouveau vers le fond du placard pour récupérer le vieux journal.

Assis à côté de son lit, il feuilleta une nouvelle fois les pages du cahier, lentement, consciencieusement. Il localisa enfin la photographie représentant Mallory et la maintint à bout de bras devant lui. Elle ressemblait à Will enfant, en plus brune, et elle avait les yeux de Natalie. Pourquoi devait-il encore ajouter cette magnifique enfant à la longue liste de gens qui manquaient à l'appel dans sa vie ? Pourquoi Natalie ne l'avait-elle pas autorisé à en faire le deuil avec elle, au lieu de découvrir son existence tout seul et trop tard ? Enfin, aussi surprenante qu'elle soit, cette découverte n'expliquait pas la présence récurrente du révérend ou du Dr Neal.

CHAPITRE 28

— Papa, chuchota Clayton en tentant de soulever les paupières de Luke. Papaaa, chantonna-t-il encore. Papa, c'est mon anniversaire. Réveille-toi !

Luke ouvrit un œil ensommeillé pour regarder son fils de presque quatre ans.

— Pardon, mon vieux, mais ce n'est pas aujourd'hui. Ton anniversaire, c'est vendredi, expliqua-t-il en relevant deux doigts sur la main déjà collante de Clayton. Encore deux jours.

— M'enfin ! lâcha Clayton en se laissant tomber sur le lit.

Depuis quelque temps, l'enfant répétait l'expression en boucle, comme un personnage de dessin animé répéterait son slogan.

— J'y arriverai jamais.

— Encore deux nuits, et nous y sommes. Ne t'en fais pas, il n'y en a plus pour longtemps.

Luke passa une main sur la tête de son fils avant de le prendre dans ses bras en une sorte d'embrassade proche d'un plaquage de rugby. C'était quand il les serrait contre lui que Luke remarquait combien ses enfants avaient grandi en l'espace de six semaines. Les retrouvailles avaient eu une saveur douce-amère. Ils lui avaient manqué plus que de raison, mais chaque changement qu'il constatait chez eux lui rappelait qu'il n'aurait jamais la chance de voir grandir Mallory.

Il se remémora l'arrivée des enfants à l'aéroport. Terry s'était permis de les confier à un coiffeur pendant leur séjour en Floride, et les cheveux blonds de Clayton étaient désormais si courts qu'il paraissait presque chauve. May arborait une coupe au carré qui tombait sur ses épaules bronzées et la mèche qu'elle portait toujours à sa bouche avait été coupée. Il lui arrivait de la chercher, par réflexe, quand elle se sentait nerveuse, comme elle l'avait fait en passant la porte de sortie du terminal. Luke l'avait observée alors qu'elle marchait devant les douaniers, tirant sur une mèche derrière son oreille comme pour l'encourager à pousser plus vite.

Terry avait fait en sorte que les enfants soient bien habillés pour prendre l'avion, comme dans le temps, quand il était d'usage de se mettre sur son trente-et-un pour voyager. Les garçons paraissaient un peu ridicules dans leurs chemises boutonnées jusqu'au cou et leurs pantalons à pinces au milieu des passagers en survêtements ou en jeans.

Ce n'était pas le cas de May. Même après avoir passé la journée dans l'avion, elle ressemblait à une rose parmi les ronces avec ses cheveux parfaitement lissés pour l'occasion et sa robe à fleurs bleues qui dansaient au rythme de ses pas. Quand, levant les yeux, elle l'avait surpris à l'observer et lui avait dédié son plus beau sourire, il en avait eu les larmes aux yeux. Elle avait laissé tomber le vieux sac de toile Disney qu'elle portait sur l'épaule et s'était précipitée vers lui en courant avant de se jeter dans ses bras.

Il n'aurait jamais dû les laisser partir si longtemps. Cette maison avait besoin d'enfants.

• • •

— Pour me montrer comme tu as grandi, dit Luke à Clayton en guise d'encouragement, va t'habiller tout seul. Après, nous irons voir ce que nous a concocté Terry et qui sent si bon, ajouta-t-il en faisant mine de humer l'air.

Il n'avait pas prévu que Terry s'attarde chez eux, et il n'était pas certain d'être prêt à lui parler du secret qu'elle avait partagé avec Natalie. D'ailleurs, il ignorait si elle avait fait le rapprochement entre Mallory Witling et le bébé de Natalie, et si elle n'était pas au courant que sa première petite-fille était morte, il ne tenait pas à être celui qui lui annoncerait la nouvelle. Il commençait à comprendre pourquoi Natalie avait préféré les secrets à la vérité.

Bizarrement, Terry n'avait jamais demandé la permission de séjourner chez eux. Elle avait simplement annoncé la date de son départ et s'était dirigée vers le guichet pour y réserver son billet retour sans même consulter Luke, et il s'était demandé si la véritable raison qui l'avait poussée à retarder son départ était qu'elle ne supportait pas l'idée de quitter les enfants, ou qu'elle ne voulait pas les laisser avec lui.

— Je sais ! Je vais mettre mon T-shirt de pirate, cria Clayton en se tortillant à travers le lit à demi défait.

— Excellente idée, répondit Luke.

Ce serait le troisième jour consécutif qu'il porterait le même T-shirt, mais Luke délégua mentalement le problème à Terry.

— Pense à mettre un slip propre, cria-t-il cependant à son fils.

Clayton claqua la porte derrière lui sans répondre.

Luke écouta avec délice le bruit des pas de Clayton jusqu'à ce qu'il disparaisse dans sa chambre. En entendant la porte se fermer, Luke expira et son sourire s'évanouit. C'était tellement plus simple quand il était seul dans la maison, quand il n'avait pas à faire semblant. C'était bien le seul avantage de la présence de Terry. Quand elle était là, il ne pouvait pas se laisser aller. Depuis son arrivée, Luke ne pouvait s'offrir que d'occasionnels moments de folie, dans sa chambre ou dans sa voiture ; comme lorsqu'il passait devant chez Annie chaque matin et qu'il cherchait à voir des lumières dans la maison, des signes de vie, ou qu'il cherchait à deviner depuis combien de temps la pelouse n'avait pas été tondue.

Aujourd'hui, Luke prendrait le chemin du bureau et Terry emmènerait Clayton chez le docteur, permettant ainsi à May de passer un moment en compagnie de Jessie, ce dont elle mourait d'envie. Jessie n'était pas venue depuis le départ des enfants, et six semaines pouvaient paraître interminables quand on avait l'habitude de voir quelqu'un tous les jours.

Luke s'arracha à son lit, ses tibias criant leur douleur après le jogging qu'il s'était imposé la veille. Il n'avait jamais vraiment aimé courir, et ses efforts s'étaient jusqu'alors limités au cross de l'école et à parcourir la courte distance entre les bases du court de softball, au bureau. Encore récemment, il avait préféré la musculation et le punching-ball pour garder la forme, mais depuis quelque temps, il se sentait anxieux et mal dans sa peau. Les coups qui lui avaient si souvent servi à extérioriser sa colère et son stress semblaient désormais l'attiser et, un soir qu'il frappait méthodiquement dans le sac, Luke s'était souvenu de l'impression de liberté que dégageait Annie quand elle courait, et il avait songé qu'un peu de changement lui ferait le plus grand bien. À première vue, le sentiment de libération devrait d'abord passer par la douleur des courbatures, tout au moins pendant les premières semaines.

Luke tira sur son caleçon. Il ignorait si c'était dû au changement de sport ou au fait qu'il n'avait pas mangé grand-chose en l'absence des enfants, mais ses vêtements bâillaient. Il boitilla jusqu'à l'armoire avant de se rendre compte qu'elle était vide. Incapable de faire face à ce placard béant, il avait réuni les vêtements qu'il utilisait quotidiennement dans un coin, près de la fenêtre. Quoiqu'un peu froissés, la plupart étaient propres. Sur le haut de la pile, il trouva le pantalon qu'il avait porté la veille. La ceinture était restée dans les passants, et seule l'une des deux jambes était fripée. Voilà qui devrait faire l'affaire.

• • •

Après avoir frappé un coup hésitant à la porte, Jessie entra dans la maison comme si elle y était chez elle. Il avait fallu plusieurs mois à Luke pour la convaincre d'entrer sans frapper, car il n'attachait pas d'importance aux formalités d'usage. Il lui avait également expliqué maintes fois qu'elle pouvait l'appeler Luke au lieu de M. Richardson, mais n'avait remporté qu'un succès mitigé.

— Jessie, bonjour, entre !

Penché sur son attaché-case, Luke s'assurait qu'il n'avait oublié aucun des documents qu'il avait ramenés la veille pour les relire chez lui. May n'avait pas dû entendre la porte, sans quoi elle aurait déjà dévalé l'escalier avant même que Jessie n'ait franchi le seuil.

— Je suis content de te revoir. J'espère que tu as passé de bonnes vacances, ajouta-t-il en se relevant pour la regarder.

Elle était vêtue d'un T-shirt bleu *Mamma Mia!* serré à la taille par une ceinture sur une jupe bleu marine ornée de pois blancs, et portait des ballerines blanches. Depuis le temps qu'elle prenait soin de ses enfants, Luke ne l'avait pas vue deux fois avec la même chemise, et il était presque tenté d'assister à l'une de ces comédies musicales qu'elle aimait tant.

Elle avait laissé son sac à dos chez elle aujourd'hui, et elle avait l'air différente sans lui. Elle l'avait remplacé par un petit sac à main, à peine plus grand qu'une carte de vœux, qui pendait sur son épaule. Elle semblait fatiguée, son visage était légèrement gonflé et, comparé au bronzage que ses enfants avaient ramené de Floride, sa peau paraissait aussi pâle qu'en plein hiver. Ses vêtements n'avaient pas changé, et pourtant, quelque chose n'allait pas. Luke se redressa. Même s'il tenait plusieurs chemises plastifiées à la main, il était trop préoccupé par Jessie pour se concentrer sur ses projets professionnels.

— Les vacances, ce n'est jamais très intéressant, fit-elle avec un petit rire.

— As-tu réussi à t'offrir un spectacle ou deux ? J'ai su qu'ils donnaient *Le Roi Lion* à Chicago, le mois dernier. Tu l'as vu ?

Jessie retira ses chaussures à l'aide de son gros orteil.

— Non, pas cette fois-ci.

— C'est vrai ? Moi qui croyais que tu ne ratais jamais une occasion de voir une comédie musicale à la mode.

Luke adorait taquiner Jessie au sujet de son obsession pour Broadway.

— Tu as peut-être besoin d'une augmentation. Ou préfères-tu que je contribue à tes frais de déplacement ?

— J'étais occupée, répondit-elle en souriant. Je faisais passer des entretiens, et je n'ai pas pu prendre de congés.

— Tu n'as pas encore de poste et tu travailles déjà trop…

Luke secoua la tête d'un air faussement ennuyé.

— Je ne crois pas pouvoir cautionner ce comportement.

Jessie réussit à lui sourire, mais ses lèvres trop pâles et gercées, ainsi que les cernes qui ornaient ses yeux, inquiétèrent Luke. Il ne voulait pas se mêler de ce qui ne le regardait pas, mais il fallait reconnaître qu'elle n'avait pas l'air en forme.

— Et, euh… Quand comptez-vous commencer à travailler, mademoiselle Fraga ? plaisanta-t-il en l'appelant par son nom d'institutrice.

Elle lui avait demandé de la recommander alors qu'elle cherchait à obtenir un poste d'enseignante, et elle lui avait téléphoné un mois plus tôt pour lui annoncer la bonne nouvelle : on lui avait proposé un emploi dans une école primaire locale. Elle lui avait promis qu'elle pourrait continuer à prendre soin des enfants, mais Luke savait qu'il lui serait impossible de combiner un deuxième job avec son emploi du temps de maîtresse d'école, et il avait déjà prévu une autre solution. Après le départ de Terry, Clayton fréquenterait la garderie à plein-temps, May rejoindrait le centre d'activités extra-scolaires de son école et Will pourrait rester seul quand il n'était pas à son club d'athlétisme.

— En fait, j'ai refusé le poste, expliqua-t-elle en laissant tomber son sac au sol comme si la minuscule sacoche était trop lourde pour elle. Et mon nom de famille n'est pas vraiment Fraga, c'est seulement le nom que je me suis donné pour l'école. Je pensais que Natalie… vous l'avait dit.

Jessie chancela, le souffle court, et Luke craignit qu'elle vomisse ou qu'elle s'évanouisse.

— Oh, j'ai la tête qui tourne, dit-elle en portant une main sur ses yeux, comme si cela pouvait suffire à faire cesser le malaise.

— Jessie, fit Luke en faisant un pas vers elle. Je crois que tu devrais t'asseoir.

— Mon nom…, bredouilla-t-elle vaillamment en vacillant d'un côté à l'autre.

Luke eut à peine le temps de lâcher les pochettes qu'il tenait encore à la main avant de l'attraper par le bras et d'amortir sa chute. Sa tête heurta la rampe d'escalier.

— Jessie ? appela May depuis l'étage.

Elle avait dû entendre Luke se précipiter pour secourir Jessie.

— May, va chercher mon téléphone, cria Luke.

Les yeux révulsés, Jessie marmonna quelque chose d'incompréhensible. Il tapota sa joue et se demanda s'il s'agissait d'une crise d'hypoglycémie comme celles dont souffrait occasionnellement Will, ou si son malaise avait un rapport avec le bracelet d'identification médicale qu'elle portait au bras.

— Jessie, l'interpella-t-il encore.

— Appelez mon père, grommela-t-elle, à demi consciente.

Elle leva son bracelet devant elle, puis ses yeux roulèrent dans leurs orbites et elle perdit connaissance. Le téléphone de son père à la main, May se mit à hurler.

— Mais que se passe-t-il ? cria Terry depuis la cuisine.

Elle entra dans le hall, aperçut Jessie allongée sur les genoux de Luke et porta une main à sa bouche, son propre cri faisant écho aux hurlements de May.

— May, donne-moi ce téléphone, insista-t-il en tendant une main vers elle.

Il était urgent de demander de l'aide, de parler à quelqu'un qui saurait quoi faire, qui lui dirait comment prendre soin de Jessie désormais inconsciente et dont la respiration laborieuse le terrifiait. May lui apporta son téléphone, et Luke composa le numéro d'urgence. Il fit tourner le bracelet sur son bras, espérant y trouver des renseignements susceptibles d'être utiles lorsqu'un infirmier prendrait son appel. Elle était sans force, comme endormie, mais son visage n'avait rien de paisible. En attendant qu'on lui réponde, Luke lut les inscriptions du bracelet.

Jessie Townsend
Maladie rénale chronique
Allergie : pénicilline
En cas d'urgence, contactez Neal Townsend au 734-555-4673

Townsend ? Luke lut le texte une seconde fois. C'était impossible…

— Service d'urgences de Farnington Hills, j'écoute ? fit une voix de femme dans l'écouteur de son portable.

Jessie est la fille de Neal. Cette idée tambourinait dans son esprit comme un bélier contre la porte d'une forteresse. Il ouvrit la bouche pour parler à l'infirmière au bout du fil, mais aucun son n'en sortit. Il déglutit, fit une nouvelle tentative mais il ne put prononcer un seul mot, incapable de se concentrer sur autre chose que ce simple fait : *Jessie est la fille du Dr Neal.*

— Papa ! cria May à genoux auprès de la forme inanimée de Jessie. Aide-la, elle ne peut pas mourir, papa, fais quelque chose.

— Allô ? interrogea la voix une seconde fois. Vous avez une urgence ?

Le dos de Jessie se contracta et, prise de convulsions, elle se mit à trembler violemment. La tête de la jeune fille cognait contre la cuisse de Luke et contre le parquet, encore et encore. Allons, c'était de Jessie qu'il s'agissait. Il devait réagir.

— Oui. Ma baby-sitter vient de s'évanouir. Elle souffre d'un problème rénal. Elle convulse, on dirait une crise d'épilepsie.

Luke dut crier pour se faire entendre par-dessus les supplications de May et les sanglots de Terry. Will se tenait au fond du hall et faisait de son mieux pour cacher la scène à Clayton, derrière ses jambes. Le choc qu'il éprouvait se lisait sur son visage.

— Envoyez-nous une ambulance, vite ! implora Luke sans plus se soucier de l'arbre généalogique de la jeune fille.

CHAPITRE 29

Dans sa voiture, Luke s'efforçait de comprendre ce qui venait de se produire. Après avoir tourné la clé de contact, il démarra le moteur, comptant sur la climatisation pour rafraîchir son visage en sueur mais, réchauffé par le moteur et par le chaud soleil d'août, l'air soufflé par les ventilateurs était encore plus étouffant que celui de l'extérieur. Quand la cartouche d'air conditionné eut enfin raison de l'habitacle torride, il resta un instant immobile et laissa la fraîcheur artificielle tenter de lui rafraîchir les idées.

L'ambulance venait de partir en trombe vers l'hôpital et Terry avait parlé avec le père de Jessie, Neal Townsend, qui retrouverait Luke à l'hôpital. May avait voulu l'accompagner, mais Luke savait qu'elle était bien trop jeune pour gérer le stress d'une visite aux urgences et d'ailleurs, il n'était absolument pas sûr que Jessie survivrait au trajet. Quand les ambulanciers étaient arrivés, l'un d'entre eux avait posé toutes sortes de questions concernant les problèmes de santé de Jessie. Était-elle sous dialyse ? Suivait-elle un traitement ? Dans quel hôpital ? Tout ce que Luke put faire fut de secouer la tête en répétant :

— Je n'en ai aucune idée.

Quand Terry avait enfin réussi à joindre Neal, elle avait passé le téléphone à l'infirmier et s'était débrouillée pour enfermer May et Clayton avec elle dans la cuisine pour qu'ils ne voient pas le tube qu'on s'efforçait d'enfiler dans la gorge de Jessie pour insuffler l'oxygène directement dans ses poumons.

À l'idée de perdre Jessie, Luke en oubliait presque qu'elle était la fille de Neal. Il appuya plus fort sur l'accélérateur, déterminé à éviter qu'elle se retrouve toute seule à l'hôpital si elle revenait à elle avant l'arrivée de son père. Il avait passé suffisamment de temps à l'hôpital de Botsford pour se vanter de le connaître comme sa poche.

En passant devant la classe où avait enseigné Natalie, à l'école primaire de *Garden Grove*, Luke eut une pensée pour les projets qui encombraient habituellement la fenêtre. Quand il lui était arrivé d'emmener les enfants sur cette route, elle avait toujours pris le temps de leur expliquer sur quoi travaillaient ses élèves, parlant avec enthousiasme de chacun d'entre eux. Luke fronça les sourcils. L'année scolaire n'avait pas encore débuté et la fenêtre était vierge, recouverte d'un simple papier kraft pour la protéger des regards indiscrets. Distrait par la tristesse que lui inspirait cette classe vide, Luke ne remarqua pas immédiatement les voyants bleus et rouges qui clignotaient impatiemment derrière lui.

Pour l'amour du ciel, une amende pour excès de vitesse était bien la dernière chose dont il avait besoin. Tout ce qui lui importait, c'était d'arriver à l'hôpital le plus rapidement possible. Tournant le volant vers la droite, il gara sa voiture le long du trottoir et guetta l'arrivée de l'officier de police dans son rétroviseur droit. En le voyant sortir de sa voiture de service et marcher rapidement vers lui, il extirpa son portefeuille de la poche arrière de son pantalon et en sortit son permis de conduire qu'il tapota fébrilement sur le volant.

La vitre, se rappela-t-il. Il pressa l'interrupteur pour la baisser jusqu'en bas, espérant accélérer un peu les choses. L'officier s'immobilisa à quelques mètres derrière lui, la main posée sur l'étui contenant son arme de service. Luke avait été arrêté deux fois pour excès de vitesse, et dans les deux cas, il avait simplement admis son erreur. À chaque fois, il en avait été quitte pour perdre un quart d'heure de son temps et une centaine de dollars ainsi que quelques points sur son permis, sans compter les conséquences sur son bonus d'assurance, mais il savait que la meilleure chose à faire était de coopérer.

— Je suis navré si je roulais trop vite. Mon amie est dans une ambulance, en route pour l'hôpital, et je… j'étais pressé de la rejoindre. Je ne me suis pas rendu compte…

Il avait conduit trop distraitement, et il était tout à fait plausible qu'il ait dépassé la vitesse autorisée dans la zone scolaire.

— Votre feu arrière n'est pas opérationnel. Il est complètement défoncé, interrompit le policier. Avez-vous eu un accident récemment ?

— Non, pas que je sache. À moins que quelqu'un n'ait heurté ma voiture sur le parking de mon travail et ne m'en ait pas parlé.

Luke chercha à constater les dégâts dans son rétroviseur, sans succès.

— Écoutez, mon amie est vraiment dans cette ambulance et je dois la rejoindre. Je payerai toutes les amendes que vous voudrez.

— Vous serez auprès de votre amie dès que possible. Permis et assurance, je vous prie, répondit l'agent de police sans la moindre compassion.

Luke tendit son permis de conduire au policier. L'agent J.Rabold, comme l'indiquait son badge, le dévisagea longuement par-dessus ses lunettes de soleil.

— Je suis désolé, je ferai réparer ce feu le plus vite possible.

L'agent garda un visage impassible.

— Mon attestation d'assurance est dans la boîte à gants. Je vais la sortir.

Luke s'assura que l'officier de police pouvait voir ses mains et lui expliqua ses mouvements. Il glissa un doigt dans le loquet du vide-poches et, sachant d'expérience que le compartiment ne coopérait pas toujours, tira d'un coup sec. Le loquet s'ouvrit, mais la porte resta fermée. Souriant à l'officier par-dessus son épaule, Luke tira plus fort. Cette fois, la trappe s'ouvrit et une avalanche de papier dégringola aux pieds du siège passager. La boîte à gants, habituellement si bien rangée, venait de vomir tout son contenu. Luke reconnut le manuel gris, bleu et blanc de sa voiture, une paire d'écouteurs et la petite chemise cartonnée qui contenait ses papiers d'assurance. Ce qu'il ne comprit pas, en revanche, ce fut les quatre ou cinq flacons de médicaments qui les accompagnaient.

— Mais qu'est-ce que c'est que ce bordel ? jura Luke, oubliant l'agent de police debout derrière lui.

Il s'empara de l'un des flacons pour l'examiner de plus près. Les gélules multicolores, à l'intérieur, lui semblèrent étrangement familières. Elles lui rappelaient…

— Monsieur, je dois vous demander de lâcher ce flacon et de sortir immédiatement de votre véhicule.

La voix du policier extirpa Luke de ses souvenirs flous et le ramena à la réalité. L'agent Rabold fit un pas en arrière et glissa le permis de conduire de Luke dans la poche de sa chemise.

— Bien sûr, pas de problème.

Luke laissa tomber le flacon et se redressa, sidéré par le changement de comportement de l'officier. Évitant tout mouvement brusque, il ouvrit doucement la portière, conscient de la main du policier toujours posée sur son arme. Luke referma la porte derrière lui, et l'agent lui fit signe de ne pas aller plus loin.

— Posez vos deux mains sur le capot de la voiture, je vous prie, exigea-t-il avec un geste vers l'avant du véhicule de Luke.

Son visage était dur, ses lèvres serrées.

— Pardon ? Pourquoi ? demanda Luke, en s'efforçant de comprendre quelle infraction il avait bien pu commettre pour se retrouver dans une telle situation.

Il était improbable qu'un feu endommagé suffise à provoquer une telle réaction. Luke obéit, sursautant au contact du capot surchauffé. Debout derrière lui, l'officier lui écarta les jambes et ses chaussures raclèrent bruyamment les graviers sur la route. Il fit passer ses mains le long de ses bras, de ses jambes et sur sa poitrine. Apparemment satisfait des résultats de sa fouille, le policier passa ensuite la main sur l'épaule de Luke et enfila une menotte de métal froid autour de son poignet droit.

— Mais enfin, il faut que je me rende à l'hôpital pour Jessie. Elle est malade…, protesta Luke en tentant de se retourner pour parler à l'officier de police. Attendez, vous m'arrêtez ?

— Regardez droit devant vous.

Forçant brusquement le bras gauche de Luke à passer derrière son dos, il attacha l'autre menotte à son poignet et le métal trop serré entailla sa peau. Saisissant ensuite Luke par une épaule, il le retourna et l'appuya contre la voiture.

— Monsieur, vous voudrez bien m'expliquer ce que ces médicaments font dans votre boîte à gants ? Vous avez une ordonnance ? Si je fais venir un chien dans votre véhicule, qu'est-ce que je vais trouver d'autre, à votre avis ?

Le cœur battant, la bouche si sèche qu'il avait du mal à parler, Luke répondit :

— Je vous assure que c'est la première fois que je vois ces flacons. Je… Je n'ai pas la moindre idée de comment ils sont arrivés là.

— Bien sûr. Alors, vous ne verrez pas d'inconvénient à ce que je fouille votre voiture ?

À en juger par le ton de sa voix, il se passerait de permission, mais Luke n'hésita pas à la lui donner quand même. Il n'avait rien à cacher, et certainement pas de drogue.

— Bien sûr, allez-y.

S'il disait non, que risquait-il ? Une fouille corporelle encore plus agressive ? Une fouille anale ? Rien que d'y penser, Luke grimaça. Quoi que contiennent ces flacons, il ne pouvait s'agir que d'une erreur. Peut-être était-ce tout simplement les médicaments surnuméraires de Natalie, des restes de cette époque où chaque journée n'était qu'une interminable série d'ordonnances ? Qu'il fouille la voiture ! Il se rendrait bien compte qu'il s'agissait d'un simple malentendu, et ils en seraient quittes pour une bonne rigolade, pensa-t-il.

— Asseyez-vous, et croisez les jambes ! ordonna l'officier en guidant Luke vers le trottoir tout en conversant dans la radio fixée sur son épaule.

Luke obéit, se félicitant que l'arrière de sa voiture le dissimule partiellement aux regards des passants.

Trois autres voitures de police plus tard, l'utilitaire de Luke était remorqué au commissariat pour y subir une fouille approfondie et Luke était en état d'arrestation. À travers le pare-brise arrière du véhicule qui l'emmenait, Luke distingua le panneau vert et blanc qui lui indiquait d'habitude qu'il était presque chez lui. Terry et les enfants l'attendaient, impatients de recevoir son appel du service des urgences, d'avoir des nouvelles de Jessie, de le voir rentrer à la maison. Mais il n'était pas en route pour l'hôpital, ni même pour son domicile. Il était en route pour le commissariat de police.

CHAPITRE 30

Tout le monde devrait passer un jour par la case prison, pensa Luke en massant ses poignets endoloris par les menottes. C'était une expérience terrifiante et une leçon d'humilité, et s'il lui était jamais venu à l'idée d'enfreindre la loi, ces quelques heures passées derrière les barreaux auraient sans aucun doute suffi à lui en faire passer l'envie. On l'avait mené au commissariat, on avait pris ses empreintes digitales et photographié son visage, on lui avait ordonné de se déshabiller pour une humiliante fouille corporelle, on lui avait fait passer un test de dépistage de drogue et un contrôle sanitaire. Après quatre heures de procédures plus pénibles les unes que les autres, Luke avait finalement atterri en cellule de détention provisoire. Il était détenu pour… À vrai dire, il n'en savait trop rien, mais il devinait que cela devait être lié à la possession et au trafic de stupéfiants.

Il avait d'abord nié toute connaissance de ces médicaments trouvés dans sa voiture, mais il avait fini par comprendre qu'il ne servait à rien de s'époumoner. Personne ne croyait un traître mot de ce qu'il avait à dire. Il allait avoir besoin d'un avocat, et il voulait savoir comment allait Jessie, et il devait prévenir sa famille qu'il allait bien. Bref, il lui fallait se résoudre à appeler Terry.

Rien n'aurait pu le mettre davantage dans l'embarras que d'être contraint à demander de l'aide à Terry. Il tenta de lui expliquer les quelques détails qu'il avait compris, lui demanda de lui trouver un avocat et de ne pas se préoccuper de ce que cela coûterait. Il devrait puiser dans le fond d'assurance laissé après le décès de Natalie, dont le montant suffirait peut-être même à le faire libérer sous caution. Il n'y avait pas touché jusqu'alors, mais il estima que sortir de prison constituait une urgence prioritaire. Luke fut certain que Terry ne croyait pas à sa version de l'histoire, mais il n'avait absolument personne d'autre vers qui se tourner. Il espérait juste qu'elle trouverait quelqu'un rapidement.

La seule bonne nouvelle était que Jessie était arrivée saine et sauve à l'hôpital et que son état était stable. Il n'avait eu droit qu'à deux minutes de communication prépayée sur un vieux téléphone à l'ancienne, et Terry eut juste le temps de lui expliquer que Jessie était, comme l'avait prédit l'infirmier, en état d'insuffisance rénale aiguë. Elle était sous dialyse trois fois par semaine depuis un mois et son état empirait rapidement. May avait prévu de lui rendre visite à l'hôpital dès le lendemain et, compte tenu des événements, les enfants n'avaient vraiment pas besoin, en prime, de savoir leur père en prison. Terry et Luke tombèrent au moins d'accord sur le fait qu'il était plus sage de le leur cacher aussi longtemps que possible (et peut-être même pour toujours) et inventèrent une excuse faiblarde de problème professionnel urgent, mais Luke se doutait que Will ne serait pas dupe très longtemps.

La communication s'interrompit sans préavis et un officier en uniforme escorta Luke jusqu'à une cellule de détention provisoire, tout au fond du commissariat. Puisant un maigre réconfort dans le fait qu'elle était inoccupée, Luke contempla le banc vissé au mur et l'urinoir dans un coin. Et les barreaux. Immuables, froids, métalliques, ils étaient peints en blanc cassé, et Luke se demanda à quelles fins, puisque la peinture persistait à s'effriter sous les nombreuses couches. Il se sentait courbatu et épuisé.

Seul un petit soupirail rectangulaire, à l'autre bout du couloir, lui indiquait vaguement l'heure qu'il pouvait être. La nuit était tombée depuis longtemps et les lueurs jaunes et lugubres des lampadaires du parking projetaient de grandes ombres sinistres dans la pièce. Il était difficile de garder la notion du temps sans montre ni téléphone, mais il estima qu'il devait être près de minuit. Il aurait dû essayer de dormir mais la cellule n'avait pas été conçue pour être confortable, et le seul meuble qui aurait pu lui permettre de s'allonger était le banc peint en vert. Il envisagea un instant de retirer ses chaussures, mais à l'idée de ce qui avait pu se passer sur le sol de sa cellule, il renonça.

Luke s'affala sur le banc, dos au mur. Les barreaux de sa cellule projetaient leurs ombres au plafond et il se surprit à imaginer ce qu'elles pouvaient représenter, comme il le faisait quand il regardait les nuages avec Will ou May. Mais cette fois-ci, au lieu de petits lapins ou de pères Noël, les formes qu'il devinait représentaient des choses bien plus sombres. Dans un coin du plafond, les ombres regroupées autour d'une tache d'eau ressemblaient à une vieille femme qui l'observait. Et au-dessus de la porte de la cellule, une flaque noire lui fit penser à une mare de sang.

Il replia un bras sur ses yeux et appuya aussi fort que possible, s'exhortant à ne pas céder à la panique. Qu'allait-il bien pouvoir faire ? Il y avait forcément un moyen de prouver son innocence. Il ne pouvait pas perdre son poste, sa maison, ses enfants – tout ce qui lui restait.

Le seul aspect positif de son arrestation fut le fait qu'il apprit à relativiser et à comprendre ce qui était important dans la vie. Quelques heures plus tôt, découvrir que Jessie avait un lien avec le Dr Neal lui avait semblé la pire chose qui puisse lui arriver mais, assis dans une cellule à masser ses poignets meurtris et à envisager le pire, il comprit à quel point son obsession pour Neal et pour ces lettres était ridicule.

Luke se moquait bien que Neal ait pu aider Natalie à lui cacher l'adoption et la mort de leur premier enfant, ou que Natalie ait entretenu une relation avec Neal, ou même que Jessie ait joué le rôle d'une espionne, chez lui. Natalie était morte et lui, Luke, était bien vivant. Sa raison de vivre restait ses enfants, et non pas son épouse décédée, même si celle-ci avait été la seule personne à lui avoir jamais prodigué un amour inconditionnel. Les enfants méritaient mieux de sa part que cette souffrance inutile.

• • •

Le soir qui avait précédé la mort de Natalie, Luke avait poussé le beau canapé blanc qui avait meublé leur salon contre son lit d'hôpital. Jusqu'alors, il avait souvent passé la nuit dans un vieux fauteuil mais Natalie disait qu'il la faisait culpabiliser. Il s'était seulement laissé aller entre les coussins immaculés quand Natalie lui avait tendu la main.

— Peux-tu me tenir la main cette nuit ? lui avait-elle demandé.

Luke avait pris ses doigts frêles entre les siens et s'était surpris à compter ses phalanges, à travers sa peau fine et délicate.

— Cela fait du bien…, avait-elle soupiré.

Une larme s'était alors échappée du coin de sa paupière sans cils pour rouler le long d'une nouvelle ride, l'une de celles qui étaient apparues quand elle avait commencé à perdre la couche de graisse protectrice sous sa peau. Il avait adoré embrasser ses rides en plaisantant sur le fait qu'ils vieilliraient ensemble.

— Tu es trop loin, viens près de moi, avait-elle intimé en tirant sur son bras.

Avec maintes précautions, Luke s'était allongé à côté d'elle, sur son lit. Elle avait tenté de s'écarter pour lui faire une place mais elle avait immédiatement manqué de souffle.

— Je te tiens, avait murmuré Luke dans son oreille en effleurant sa joue de ses lèvres, alors qu'il la déplaçait de quelques centimètres.

— Merci, avait-elle chuchoté.

Elle était toujours pleine de reconnaissance pour tout ce que faisait Luke. *Tu n'as pas à me remercier,* avait-il souvent voulu hurler, mais ce n'était pas contre Natalie qu'il était en colère. C'était contre le fait qu'elle ait mal, et qu'elle les quitterait bientôt.

— Je t'aime, Nat, avait dit Luke en posant son nez dans le creux de son cou et en allongeant son bras à travers sa poitrine.

— Je sais, je sais, avait-elle répondu en lui tapotant le dos comme elle le faisait pour consoler les enfants.

Malgré ses efforts pour se retenir, il avait beaucoup pleuré pendant cette période. Il aurait voulu faire de ces derniers moments passés avec Natalie des souvenirs joyeux, pour que les enfants gardent en mémoire des adieux souriants, mais ce soir-là, il n'avait pas voulu faire semblant. Luke se demandait parfois si une sorte d'instinct ne l'avait pas mis en garde sur l'imminence de l'issue redoutée.

— Cela me rappelle notre enfance. Il ne nous manque plus que des sodas et des barres de réglisse à la fraise.

Sa respiration était laborieuse, et Luke avait soulevé son bras.

— Je te fais mal ?

— Non, avait-elle dit en prenant son bras dans sa main pour le ramener contre son ventre. J'aime sentir ta présence. Tu me manques. Tes caresses, tes baisers… tout.

Elle avait posé un baiser sur son front.

— Je voudrais revenir en arrière et tout recommencer depuis le début. Cela doit bien être possible, non ?

Luke avait tenté de déguiser un sanglot en éclat de rire, mais le résultat avait ressemblé à un étranglement.

— Tu veux tout effacer et recommencer? Si nous étions dans un jeu vidéo, je n'aurais qu'à formater la carte mémoire et réinitialiser le programme. Mais nous perdrions tout : les niveaux que nous avons passés, les trésors que nous avons gagnés…

Il avait lové son corps autour du sien pour la toucher le plus possible avant d'ajouter :

— Je suis partant. Et toi?

Elle avait gardé le silence un moment, et Luke avait cru qu'elle s'était endormie. Elle prenait des somnifères pour pouvoir dormir malgré la douleur.

— Non, répondit-elle soudainement. Je ne veux pas recommencer à zéro si cela signifie perdre nos souvenirs.

Son souffle s'étrangla, et Luke avait contemplé sa clavicule qui montait et descendait au rythme de ses sanglots.

— C'est tout ce qu'il te restera bientôt de moi : des souvenirs.

Luke n'avait pas pu répondre. La douleur était insupportable, et pourtant elle était encore là, dans ses bras. Comment allait-il pouvoir continuer à vivre et à respirer quand elle serait enterrée à six pieds sous terre?

— Nous n'oublierons rien…, articula-t-il enfin. Je ne pourrai jamais oublier…

— J'espère que tu te trompes, avait-elle interrompu d'une voix devenue tranchante. À propos de la mort. Je veux que tu me dises que nous nous reverrons. Que toutes ces années passées ensemble n'ont pas été vaines.

De son menton, elle avait forcé Luke à lever la tête pour la regarder dans les yeux, ses profonds yeux bleus qui étaient la seule partie de son corps restée inchangée par la chimio, le cancer, la mort prochaine. Il ne croyait pas à la vie éternelle, il ne croyait plus en rien depuis longtemps, mais il avait vu ses yeux briller, ces yeux qu'il avait remarqués dès leur première rencontre, alors qu'ils n'étaient que des gamins, ces yeux qu'il voyait encore tous les jours quand

May réclamait des crêpes ou quand Clayton riait aux éclats devant la télévision, et il n'avait pas trouvé le courage de lui dire non.

— Nous nous reverrons, je te le promets.

Il avait soulevé sa main inerte vers ses lèvres pour embrasser ses doigts.

— Je te le promets.

— Mmm. Merci, Luke.

Elle avait fermé les yeux et son corps avait succombé au sommeil, membre par membre.

— À bientôt, avait-elle soufflé avant que son traitement et l'épuisement ne fassent leur œuvre.

Quand il avait été certain qu'elle se fut assoupie, il s'était levé et avait remonté sa couverture préférée sur ses épaules avant de s'allonger sur le canapé. Pour la première fois depuis des semaines, il avait dormi profondément, et quand les rayons du soleil traversant les rideaux l'avaient arraché au repos, Natalie était morte. Elle avait rendu son dernier souffle pendant son sommeil.

● ● ●

— Hé ! Visiteur. Debout ! cria une voix forte, interrompant ses souvenirs.

Il essuya ses larmes, déterminé à ne pas montrer à ces brutes qu'il avait pleuré. Luke se creusa la cervelle pour tenter de deviner qui pouvait bien lui rendre visite dans une cellule de détention provisoire au milieu de la nuit. Un officier en uniforme se tenait debout devant la grille. Luke se frotta les yeux, et reconnut Brian Gurella.

— Luke, ça va ?

Brian lui tendit un plateau contenant un sandwich emballé dans une serviette en papier, une pomme et quelque chose qui ressemblait à un petit carton de jus de pomme.

— Je t'ai apporté de quoi manger, j'ai tout préparé moi-même.

Luke n'avait rien mangé depuis le petit-déjeuner, mais il n'avait pas faim. Il accepta cependant la collation que lui offrait Brian.

— Merci, fit-il en déposant le plateau sur le banc sans y accorder un seul regard.

Tout ce qui l'intéressait, c'était de sortir de cette cellule et de rentrer chez lui pour retrouver sa famille. Il se retourna vers la grille. Brian l'observait avec attention.

— Tu veux me parler de ce qui s'est passé ? demanda-t-il, les pouces enfoncés dans les passants de son pantalon.

Son visage n'exprimait rien de son humour habituel. Non, il avait le visage d'un flic venu interrogé un suspect.

— Aucune idée. Honnêtement. On m'a arrêté à cause d'un feu arrière cassé, mais après cela... Je ne sais pas trop ce qui s'est passé.

Luke s'approcha de la porte et passa ses doigts autour des barreaux.

— Que t'ont-ils dit ?

Brian recula, comme si Luke représentait un danger quelconque.

— Je ne suis pas censé parler des charges retenues contre toi. Je crois qu'ils t'ont trouvé un avocat. Ce n'est pas une visite officielle. Je voulais juste te parler d'homme à homme.

— Oui, oui, il n'y a pas de problème. Je n'ai rien à cacher.

Luke pressa son visage contre les barreaux.

— Je t'en prie, qu'est-ce qu'ils ont dit ?

— OK, lâcha Brian en passant distraitement sa main sur un pli de son uniforme. Ils ont dit qu'ils avaient trouvé de la drogue dans ta voiture. Des cachets. Prêts à être distribués.

— Je ne les avais jamais vus de ma vie, nom de Dieu ! grogna Luke, ses doigts serrant les barres de métal comme s'il pensait pouvoir les briser.

— Je dois te dire, Luke, que c'est ce qu'ils disent tous.

Brian secoua la tête d'un air incrédule.

— Aucun prisonnier de cette cellule ne dit jamais : « J'avoue, c'est vrai, je vends de la drogue. » Alors tu comprends pourquoi nous avons du mal à te croire.

— Du mal à me croire ? Tu te fous de moi ? Nous sommes amis depuis dix ans. Je ne bois pratiquement pas d'alcool. Alors, de la drogue ? Dis-moi que tu peux faire quelque chose.

Il était déjà difficile à avaler qu'un étranger l'accuse de trafic de drogue, mais Brian, le Brian qui buvait, se droguait et battait sa femme ? Il y avait de quoi avoir la nausée.

— Attends, juste pour être clair, fit Brian en faisant un grand pas en avant pour se retrouver nez à nez avec Luke, juste derrière la barrière de métal. Tu veux que quelqu'un qui te connaît bien, un ami pour ainsi dire, réponde de toi auprès des autorités ? C'est bien cela que tu veux ?

Luke sentit un trou béant se former dans sa poitrine et toute forme d'espoir disparut. Brian savait qu'il avait parlé à Dennis Bormet. Il lâcha les barreaux et recula. C'était ce qu'avait voulu dire Annie, quand elle lui avait expliqué que si Luke l'aidait, Brian prendrait sa revanche. Ces drogues n'avaient rien à voir avec Natalie. C'était Brian qui les avait mises dans sa boîte à gants.

— Inutile d'être un génie pour comprendre ce qui s'est passé, poursuivit Brian. Je viens chercher Annie chez toi, elle t'a raconté n'importe quoi, et toi, tu l'as crue.

Cette fois-ci, ce fut Brian qui passa ses bras à travers les barreaux et qui referma ses poings sur eux.

— Une semaine plus tard, je prends un vol pour Washington et on m'y apprend que la proposition ne tient plus et qu'ils ont donné le poste à quelqu'un d'autre. Je ne suis pas ingénieur, moi, mais je suis encore capable d'ajouter deux plus deux. Tu as baisé ma femme, et puis tu m'as baisé, moi.

— Je n'arrive pas à croire que tu me fasses cela. J'ai voulu t'aider. Je l'avais faite, ta recommandation, mais…

Luke s'arrachait les cheveux à pleines poignées, incapable de regarder Brian.

— … tu la battais ! conclut-il.

— Mais non, c'est ridicule, fit Brian en donnant un coup de pied dans la grille. Tu as bien dû voir qu'elle n'avait plus toute sa tête.

— Plus toute sa tête ? C'est toi qui as pété les plombs.

— Ce n'est pas ce que disent mes vingt ans de bons et loyaux services, expliqua Brian sans perdre son calme exaspérant. Personne ne te croira ici. Pourquoi penses-tu qu'Annie soit venue te voir, toi, plutôt que de se tourner vers quelqu'un qui ait le pouvoir de l'aider, comme la police ?

— Je sais que c'est toi qui as fait ça.

Luke plissa les yeux en direction de Brian, debout dans l'ombre, appuyé contre les barreaux. Loin d'être offensé par les propos de Luke, il faisait preuve d'une sorte de suffisance satisfaite.

—Tu as éclaté mon feu arrière, dissimulé de la drogue dans ma voiture, et puis tu as passé un coup de fil anonyme pour me faire arrêter.

Saisissant le plateau posé à côté de lui, Luke se précipita vers la fente horizontale qui perçait la porte de la cellule et y enfila le casse-croûte, manquant de heurter Brian à l'estomac.

— Je n'ai pas faim.

Brian fit un pas de côté et regarda le plateau métallique se fracasser au sol. La pomme roula silencieusement à travers la pièce avant de s'immobiliser contre le mur de ciment.

Un bref sourire passa sur ses lèvres, et il renifla bruyamment.

— Cette histoire est inventée de toutes pièces. Tu m'as l'air en bien mauvaise posture.

— Comment as-tu pu ? se lamenta Luke, tremblant de rage. Je pourrais perdre… tout ce qui fait ma vie.

— Tu aurais peut-être dû y penser avant, réprimanda Brian sur le ton d'un officier de police faisant la morale à un voleur dans une série télévisée.

Il plia un genou pour ramasser le plateau et la nourriture, se releva, souleva un coin de l'emballage plastique qui entourait le sandwich et mordit de bon cœur.

— Mmm, marmonna-t-il, la bouche pleine. Pas mauvais.

— Salaud, grogna Luke en se jetant sur Brian, les bras tendus aussi loin que possible à travers les barreaux qui lui malmenaient les aisselles.

Brian inspira entre ses dents et secoua la tête.

— Allons, allons. Si tu en voulais, il fallait le dire plus tôt.

Il réajusta l'emballage du sandwich et le jeta dans la cellule, comme pour provoquer un chien.

— Tu as l'air d'aimer ça, les restes.

Il épousseta quelques miettes de son uniforme immaculé, essuya la commissure de ses lèvres entre son pouce et son index et s'éloigna, le plateau à la main.

— Passe un bon séjour chez nous !

— Non, hurla Luke. Reviens ! Tu ne peux pas me faire ça. C'est impossible !

Les ricanements de Brian et le claquement de la lourde porte blindée résonnèrent longtemps à travers tout son corps. Luke se laissa tomber à genoux. C'était fini. Demain, il allait mourir, ou tout au moins il allait perdre tout ce qui restait de sa vie, tout ce à quoi il accordait encore de l'importance. Pour Natalie, il pouvait encore blâmer le cancer, mais là… cette mort-là était entièrement de sa faute.

Luke frappa le sol en béton de sa main. Encore. Et encore. Et une nouvelle fois, jusqu'à ce que la douleur se réverbère à travers sa paume, ses doigts, son poignet. Il ne s'en sortirait jamais. Il avait eu beau passer sa vie entière à être différent de son père, il allait finir comme lui : en prison. Il cogna le ciment encore une fois, impatient de ressentir la douleur, mais rien ne vint. Sa main était comme lui. Engourdie. Apathique.

Tant mieux, pensa Luke. Pour survivre à la chute de dominos que son arrestation allait certainement causer, il faudrait qu'il soit complètement anesthésié. Allongé sur le dos dans l'obscurité, il ramena sa main transie sur sa poitrine et laissa le froid du béton traverser la peau de son autre main. Il sentait monter en lui un sentiment de furie et d'impuissance. Des images lui torturaient l'esprit : sa mère, sa sœur, Natalie. Quand le tourbillon qui l'envahissait devint incontrôlable, intolérable, il frappa le sol une nouvelle fois, puis une autre, et une autre, jusqu'à n'être plus que douleur.

CHAPITRE 31

Il eut bien du mal à trouver le sommeil ce soir-là, mais quand il vint enfin, il fut profond et sans rêves. Le soleil du matin atteignit bientôt le soupirail et ses chauds rayons de fin d'été s'allongèrent jusqu'à son visage. Il remua, plissa les paupières, et prit quelques secondes pour se remémorer où il était, ce qu'il y faisait, et pourquoi ses mains étaient enflées et engourdies. Il changea de position pour tourner le dos à la lumière du soleil, et ses articulations gémirent.

Se rendormir était le seul moyen de ne pas avoir à faire face à la réalité, mais son esprit était déjà bien éveillé et élaborait toutes sortes de scénarios. Il espérait que Terry lui trouverait rapidement un avocat, et ensuite… Il ignorait ce qui se passerait ensuite. Il faudrait qu'il assiste à la lecture de l'acte d'accusation, et ce qui s'ensuivrait ne pouvait pas être pire que cette cellule qui ressemblait à une tombe et sur laquelle le temps n'avait aucune emprise.

La porte blindée craqua bruyamment, comme si quelqu'un, de l'autre côté, tournait le verrou. Luke, hébété, sursauta et un instinct de survie le fit reculer vers le mur, le plus loin possible de la porte, au cas où Brian reviendrait le tourmenter. Il ne pouvait pas se permettre de perdre son sang-froid une seconde fois. Sa situation était déjà assez désastreuse sans qu'il attaque un officier de police en prime.

Luke contempla ses mains, passa un doigt le long des marques rouges laissées par les menottes sur ses poignets. Il s'efforça de prendre un air contrit et repenti, songeant qu'il était temps de marquer des points en coopérant, tout au moins jusqu'à ce qu'il puisse raconter à un avocat sa version des faits et ce qui s'était passé la veille, avec Brian.

Dans un cliquetis de clés et un lourd grincement digne d'une grille d'oubliettes moyenâgeuses, la porte blindée s'ouvrit et Luke osa jeter un coup d'œil dans le couloir à travers ses doigts. Heureusement, ce n'était pas Brian mais un autre agent, petit et grassouillet, qui s'approchait de sa cellule. Il portait un uniforme blanc au col rayé de lignes dorées verticales, et un autre policier, plus jeune, à la tête rasée et à l'uniforme trop grand pour lui, lui emboîtait le pas. Lentement, Luke s'assit contre le mur, conscient qu'il serait plus prudent d'éviter les mouvements brusques.

— Monsieur Richardson, vous pouvez rentrer chez vous.

L'officier de police, un commissaire peut-être, lui tendait un sac opaque qui ressemblait étrangement à ceux que Natalie ramenait invariablement de ses séjours à l'hôpital.

— Les accusations retenues contre vous ont été retirées.

— Je vous demande pardon ? répéta Luke, hésitant à croire ce que lui disait l'officier et redoutant une nouvelle manigance de Brian.

— Nous allons vous rendre vos affaires. Il n'y a plus aucune charge retenue contre vous, répéta-t-il simplement, comme s'il n'y avait aucune raison d'être surpris. Suivez l'agent Miller, il va s'occuper de vous.

Il secoua le sac en direction de Luke sans pour autant détourner son regard de ses chaussures impeccablement cirées. Luke n'avait aucune expérience juridique, mais il se rendait bien compte que quelque chose ne tournait pas rond. Toutefois, on lui offrait sa liberté, et il serait idiot de ne pas sauter sur l'occasion. Prudemment, Luke accepta le sac noir et le fit passer sur son épaule.

— Miller, emmenez M. Richardson au bureau et préparez sa mise en liberté.

L'officier tourna les talons et ses chaussures grincèrent contre le sol ciré.

— Oui, m'sieur, fit Miller.

Luke examina le jeune policier, sa façon de ne pas perdre une miette de ce que faisait son supérieur alors qu'ils le suivaient le long du couloir et passaient la porte derrière lui, sa manie de tirer sur les manches de sa chemise, comme pour l'agrandir.

— Allons-y, monsieur Richardson. Vous allez rentrer chez vous.

Chez lui. La nuit dernière, il s'était convaincu qu'on ne l'autoriserait peut-être jamais à retourner parmi les siens, et maintenant on lui ouvrait la porte et on allait le libérer. Luke avançait lentement, chacun de ses pas résonnant à travers les cellules vides. Il devait se faire violence pour garder des gestes lents et mesurés, convaincu qu'il ne pouvait s'agir que d'une sorte de piège.

Mais il n'y avait pas de piège. Luke suivit l'agent Miller dans le bureau où, la veille, on l'avait pris en photo, fouillé et malmené. Quand Miller lui proposa un jus d'orange et un beignet, Luke se demanda où était la caméra cachée.

— Merci.

Trop affamé pour refuser, Luke prit une pâtisserie dans la boîte en carton mauve. Bien que les cellules soient toutes vides, le commissariat était bondé : des officiers en civil arpentaient les couloirs, deux agents vêtus de survêtements de la police traversaient la salle, tenant à la main des bouteilles d'eau minérale à moitié pleines, et la porte de la salle d'interrogatoire était fermée, le voyant rouge indiquant « Occupé ». Pour tous ces gens, ce n'était qu'un vendredi matin comme tant d'autres, et le travail continuait.

— Allez donc discuter avec Janice, fit l'agent Miller en indiquant un guichet, au fond du couloir, près de la salle d'attente. Je vais vous trouver un café. Comment le prenez-vous ?

Luke avala sa bouchée de beignet, déçu de ne pas pouvoir la savourer plus longtemps, avant de répondre :

— Noir, ce sera très bien. Merci.

Luke remonta le couloir jusqu'au guichet de Janice. Il s'attendait à trouver une femme d'âge mûr, aux cheveux courts et à l'humeur bougonne, et fut surpris d'être accueilli par une jeune femme souriante dont la longue chevelure était retenue par une natte africaine à faire pâlir May d'envie.

— Monsieur Richardson ? demanda Janice en usant du même ton que les employés de Starbucks pour annoncer que votre café était servi.

— Oui, soupira Luke.

Il lui tardait de quitter le commissariat et de retrouver sa famille.

— Vous avez besoin que je signe quelque chose ?

— Oui, il faut que vous signiez ce papier pour confirmer que nous vous avons rendu vos affaires. Alors, si vous voulez bien jeter un coup d'œil, vite fait.

Luke glissa maladroitement ses doigts dans la ficelle du sac noir et l'ouvrit. À l'intérieur, il distingua son téléphone, son portefeuille, une lettre de Natalie et de vieux stylos. Il songea à vérifier que ses cartes bancaires et son argent liquide étaient toujours là, mais il ne voulut pas perdre de temps, ni courir le risque que ces policiers changent d'avis et le renvoient dans sa cellule.

— Tout a l'air en ordre, fit-il en prenant le stylo que lui tendait la jeune femme.

Elle lui indiqua d'un geste qu'il devait signer en bas de la page. Luke parcourut le document pour s'assurer qu'on ne lui demandait pas d'avouer quoi que ce soit puis, satisfait, griffonna une signature.

Janice reprit le porte-documents et vérifia qu'il n'y avait pas d'erreur.

— Tout est réglé. Il va sans doute nous falloir un jour ou deux pour vous rendre votre voiture, mais l'agent Miller a appelé quelqu'un pour vous ramener chez vous. Je vous contacterai quand votre véhicule sera prêt.

C'était le monde à l'envers. Miller lui avait appelé un chauffeur. Janice s'occupait de faire sortir sa voiture de la fourrière. La nuit dernière, il avait pénétré dans le commissariat, effrayé et intimidé. Quelque chose avait dû se passer au cours des douze dernières heures, mais quoi ?

— Euh, je vous remercie, répondit Luke en saluant Janice de la main.

— Voilà votre café, fit Miller en lui tendant un verre fumant.

Luke prit la boisson chaude d'une main, sa pâtisserie dans l'autre.

— Suivez-moi.

Plus que quelques pas avant de rejoindre les portes vitrées menant à la liberté… Luke trépignait d'impatience, mais il lui restait encore une question à poser.

Il s'éclaircit la gorge et avala les miettes de beignet qui lui collaient au palais.

— Alors, euh, on ne m'accuse plus de rien ? Pas de casier ? Je n'ai plus besoin d'avocat ?

— C'est exact. Disons qu'il y a eu une sorte de…

Miller hésita, étira le cou vers la droite, puis vers la gauche.

— … une sorte de malentendu, acheva-t-il.

Il redressa les épaules et dit de sa voix la plus professionnelle :

— Je ne peux pas en dire plus, il s'agit d'une enquête en cours.

— OK, très bien.

Luke but une gorgée de café. La boisson était chaude et amère et il se retint de tousser. Il lui faudrait peut-être engager cet avocat, après tout, ne serait-ce que pour avoir des réponses.

Miller n'attendit pas qu'il insiste.

— Suivez-moi, intima-t-il en se tournant de façon à dissimuler le code qu'il tapa sur un clavier pour obtenir l'accès aux portes.

Bip! Elles s'ouvrirent et l'agent Miller en retint une pour permettre à Luke de sortir.

— Une voiture vous attend dehors.

— Euh, merci, répondit Luke.

Il accéléra le pas, passa devant Miller sans le regarder, sans prêter attention à la rangée de chaises noires et usées alignées contre le mur ou à la réceptionniste qui le saluait de la main – à moins qu'elle ne fasse signe à l'agent Miller, ce dont il n'avait cure. Quand il franchit enfin le seuil du commissariat, il prit la chaleur estivale en pleine figure. Il n'avait pas pensé à consulter la pendule, à l'intérieur, mais il devait être près de midi.

Luke avala le reste de son beignet en deux bouchées et se débarrassa de la serviette en papier et de la tasse pleine de café dans une poubelle publique. Tout en mastiquant, il observa les alentours, s'attendant à trouver une voiture de service, ou encore Terry dans le minibus. Deux véhicules étaient garés tout près – une vieille guimbarde qui n'avait pas l'air en état de démarrer, avec ou sans clé, et une Honda Accord bleue. Près de l'Accord, une grande femme mince vêtue d'un chemisier flottant et d'un jean moulant examinait son téléphone. Luke eut un soupir de déception. Personne ne l'attendait, et comme son portable n'avait probablement plus de batterie, il lui faudrait retourner à l'intérieur pour téléphoner.

— Luke! appela une voix.

La femme blonde, debout près de la voiture bleue, avait levé les yeux de son téléphone et lui faisait de grands signes de la main. L'estomac de Luke se serra. Annie.

— Luke, par ici! cria-t-elle à travers le parking.

Il voulut courir vers elle, la prendre dans ses bras, lui dire combien elle lui avait manqué, mais il tempéra ses ardeurs. Après tout, ils se trouvaient devant le commissariat où travaillait son mari, l'homme même qui avait monté ce complot pour le faire arrêter. Il s'abstint donc de se précipiter vers elle et de la serrer contre lui, mais il ne put s'empêcher de répondre à son geste.

— Annie ? Qu'est-ce que tu fais ici ?

Il jeta un regard circulaire sur le reste du parking.

— C'est toi, mon chauffeur ?

Sans attendre qu'il ait atteint la voiture, elle s'élança vers lui à toute vitesse. Son ardeur était telle qu'il fallut quelques secondes aux bras de Luke pour réagir aux instructions de son cerveau et enlacer tendrement ses épaules, ce qu'il prit soin de faire en gardant les yeux grands ouverts au cas où Brian ferait une apparition. Toutefois, sa chaleur était si réconfortante contre son corps endolori, et ses cheveux étaient si doux contre sa joue qu'il oublia toute retenue et l'étreignit de toutes ses forces.

— Tu m'as manqué, fit-elle.

Luke fut soulagé qu'elle l'admette la première.

— Tu n'as pas idée à quel point tu m'as manqué, toi aussi, rétorqua-t-il en s'efforçant de ne pas couvrir de baisers sa tête blonde.

Se souvenant des accusations de Brian, la veille, Luke s'écarta d'Annie.

— Et, euh, Brian ? questionna-t-il en croisant les bras.

— Je suis tellement, tellement désolée de t'avoir impliqué dans le drame qu'est ma vie. Je n'aurais jamais cru qu'il ferait une chose pareille, répondit-elle en indiquant le commissariat.

— Attends, tu es au courant de son coup monté ?

— Je n'ai pas eu trop de mal à deviner. Il était furieux contre toi depuis le jour où il est venu me chercher à ton domicile. Et puis, il a appris qu'on lui avait refusé le poste.

Elle hésita, et Luke eut peur de ce qui allait suivre.

— Disons que j'ai passé un mauvais quart d'heure, conclut-elle en se frottant le poignet.

C'est alors que Luke remarqua qu'elle portait une attelle.

— Nom de Dieu ! fit Luke, envahi par la culpabilité. Il t'a frappée, n'est-ce pas ?

Oubliant la distance qu'il avait soigneusement maintenue entre eux jusqu'alors, il lui prit doucement la main.

— Et moi qui croyais t'aider… Pardonne-moi.

— Attends, ce n'est pas toi qui m'as cassé le poignet. C'est lui !

— Oui, mais je savais que cela risquait d'arriver.

De son pouce, Luke caressa la paume de sa main.

— J'ai été égoïste. Je ne voulais pas que tu partes.

— Eh bien, tu as réussi.

Elle retira sa main et lui fit signe de monter dans la voiture.

— J'ai promis à Terry de les rejoindre à l'hôpital, elle est là-bas avec May. Elle m'a raconté ce qui s'est passé.

— Parfait, merci. C'est là que je me rendais quand ils m'ont appréhendé. Mais attends, demanda-t-il en arrêtant Annie par le coude. Comment crois-tu que Brian va réagir à tout ça ?

Il s'efforçait de ne pas laisser la rancœur qu'il éprouvait envers Brian influencer ses sentiments pour Annie, mais il y avait quelque chose d'irréel dans le fait que ce soit la propre femme de son bourreau qui vienne le sortir de prison.

Annie s'immobilisa, sa clé à la main.

— Luke, Brian est en état d'arrestation.

— Pardon ?

— Il va passer pas mal de temps en prison, expliqua-t-elle avec une assurance dont elle faisait rarement preuve. Monte, je t'expliquerai pendant le trajet.

Elle reprit sa marche, et le vent s'engouffra dans sa chemise, écartant ses manches de son corps comme des ailes. L'espace d'un instant, elle parut voler.

CHAPITRE 32

Luke jeta son sac en plastique sur le siège arrière et prit place à côté d'Annie. Elle avait déjà démarré le moteur et, sitôt la portière fermée, elle quitta le parc de stationnement en marche arrière, sa main blessée croisant l'autre sur le volant.

Brian était-il vraiment en prison ?

— Vas-tu enfin me raconter ce qui s'est passé ? demanda Luke en se tournant vers Annie aussi loin que le lui permettait sa ceinture de sécurité.

Il était impatient d'entendre sa réponse, et le fait de partager le véhicule avec Annie lui rappela leur voyage à Pentwater. Il s'était senti si proche d'elle, sur le trajet du retour…

— J'ai dénoncé Brian, dit-elle calmement, comme si faire preuve d'un tel courage ne lui avait rien demandé d'exceptionnel. Cela fait des semaines que j'accumule les preuves contre lui. Je ne comptais m'en servir que s'il recommençait à me faire du mal, ajouta-t-elle en levant son poignet blessé, mais quand Terry est venue demander à Brian s'il connaissait un bon avocat, j'ai compris tout de suite qu'il était responsable de ton arrestation. Il n'y avait qu'à voir son visage. Alors, j'ai réuni de quoi constituer un dossier béton, je suis allée trouver mon propre avocat et je suis passée au commissariat dès l'ouverture, ce matin.

— Et ils t'ont crue ? s'étonna Luke.

Ses accusations avaient dû paraître bien minces par rapport aux vingt ans de service de Brian.

— Cela n'a pas été si simple, répondit-elle en secouant la tête, les yeux fixés devant elle sur la route. Ils ont convoqué Brian pour l'interroger, et je les ai autorisés à perquisitionner la maison. Ce n'est que quand ils ont trouvé les comprimés – sans déconner, il n'avait même pas retiré les étiquettes prouvant qu'il s'agissait de drogues saisies sur des taulards ! – qu'ils ont commencé à me prendre au sérieux. Mais c'est Brian lui-même qui t'a fait libérer.

— Il avait pourtant l'air déterminé à m'envoyer finir mes jours à l'ombre, quand il est venu me rendre visite hier soir.

— Bon sang, il est venu se vanter ? Il t'a fait mal ?

Elle lui jeta un coup d'œil soucieux.

— Non, ne t'inquiète pas, la rassura Luke en dissimulant ses mains sous sa chemise.

Il serait bien plus délicat de lui expliquer qu'il s'était infligé ces blessures lui-même.

— Il n'a rien admis ouvertement, il s'est contenté de sous-entendus, précisa-t-il.

— Mais il s'est planté pendant l'interrogatoire. Mon avocat était présent. Quand Brian a vu qu'ils avaient le reste des cachets pour preuves, il a choisi d'accepter l'accusation de recel de drogues et de raconter qu'il les avait uniquement « empruntées » pour te tendre un piège parce que…

Elle hésita, mal à l'aise.

— Parce que tu couchais avec sa femme, conclut-elle.

Elle enclencha le clignotant et vérifia trois fois que la voie était libre avant de tourner. Luke s'amusa de son embarras évident.

— Je vois. Et j'imagine que ses supérieurs n'ont pas trouvé l'excuse valable.

Brian avait été tellement sûr que ses vingt ans de service suffiraient à lui sauver la mise que Luke éprouva un grand soulagement en apprenant que ses collègues n'épargnaient aucun criminel, quel qu'il soit.

— Non. Et le délit est grave, il est dans de sales draps.

Elle secoua la tête d'un air désolé, comme si elle était porteuse de mauvaises nouvelles.

— Les preuves sont irréfutables. Il n'est pas près de sortir.

L'intonation de sa voix était presque joviale, mais elle avait les yeux humides.

— En tout cas, je l'espère.

— Tu as fait preuve d'un sacré cran.

Soudain, Luke regardait Annie différemment. Elle lui avait sauvé la mise. Grâce à elle, il était libre et Brian était derrière les barreaux. Après des années de maltraitance, il avait fallu que quelqu'un d'autre soit en danger pour qu'elle se décide enfin à le quitter. Pourquoi sa propre survie n'avait-elle pas été une motivation suffisante ? Elle semblait plus forte, plus déterminée que jamais. Après tout, elle avait réussi. Elle avait mis fin à la violence, et elle s'était libérée, comme une véritable héroïne.

— Je t'aiderai, ajouta-t-il. Tu n'auras jamais à lui faire face toute seule. C'est promis.

Il vit rougir sa joue droite, et ses lèvres se serrèrent comme pour dissimuler un sourire. Luke se sentit heureux qu'elle soit de retour dans sa vie.

— Tu sais, la lettre que Natalie m'a écrite ?

— Celle que je n'aurai jamais le droit de lire, mais qu'il t'a semblé bon d'agiter sous mon nez ?

— Ouais, fit-elle en riant.

— Jamais entendu parler, la taquina Luke.

Il se sentait de meilleure humeur qu'il ne l'avait été depuis neuf mois. Son obsession pour les lettres de Natalie l'avait quitté, et il savait que la vie continuait, même s'il ne devait plus jamais voir d'enveloppe turquoise apparaître parmi son courrier.

— Tu veux savoir ce qu'elle disait ? Elle parle beaucoup de toi.

Elle prit un autre virage à droite, et Luke reconnut le centre commercial abritant un supermarché *Kroger* et ce restaurant chinois où il achetait parfois des pâtés impériaux pour Natalie, même s'ils lui étaient interdits. Ils approchaient de l'hôpital.

— Seulement si tu y tiens.

— J'y tiens, répliqua-t-elle avec un regard en coin tout en garant sa voiture.

— Alors, je t'écoute.

Le parking était presque vide. Annie gara son véhicule à côté d'un grand bâtiment cubique, coupa le moteur et se tourna vers lui.

— Elle me parle beaucoup des enfants, de la vie, de trucs qui ne veulent rien dire pour personne hormis elle et moi. Mais surtout, elle me dit deux choses.

Elle leva un doigt de sa main bandée.

— La première, c'était que je méritais mieux que la vie que je menais.

Son regard se posa sur l'attelle, et elle laissa tomber sa main.

— Et la deuxième, c'était que je devrais être ton amie. Pas juste une copine. Non, une amie proche. Ta meilleure amie.

Luke posa une main sur celle d'Annie et la serra. Il la regarda bien en face. Ses yeux étaient presque transparents, comme le fragment de verre de mer qu'Alex Klerks gardait sur son bureau, à l'époque où le père de Luke travaillait encore pour lui. Le verre d'Alex était mat, mais les yeux d'Annie, pleins de larmes, brillaient comme du cristal.

— D'accoooord, fit-il sur le ton de la plaisanterie. Tu es en train de me dire que c'est Natalie qui t'a obligée à être mon amie.

— Non, répondit-elle avec une tape sur son bras, et il feignit la douleur.

— Au début, reprit-elle, je me suis dit qu'elle voulait que je prenne soin de toi. Mais après notre voyage à Pentwater, j'ai compris qu'elle tenait à ce que nous restions amis parce que… moi aussi, j'avais besoin de toi, termina-t-elle en se mordant la lèvre.

Ses aveux firent à Luke l'effet d'une bouffée d'oxygène. Pendant tout ce temps, il s'était senti coupable, et même égoïste, parce qu'il pensait trop dépendre d'Annie. En apprenant que Natalie avait prévu le caractère inévitable et symbiotique de leur relation, il se sentit prêt à lui pardonner tous ses secrets et ses cachotteries.

— Je ferais bien d'y aller, dit Luke en reniflant. Tu viens aussi ? demanda-t-il en montrant de la main les cinq étages du bâtiment.

— Je ne peux pas, fit-elle en jouant distraitement avec la clé de contact. J'ai promis à Will de venir le relayer auprès de Clayton pour qu'il puisse aller à son entraînement d'athlétisme.

— OK, c'est sympa.

Luke voulait parler à Annie de Jessie, du fait qu'elle était la fille de Neal, lui dire qu'il aurait voulu qu'elle soit là quand il rencontrerait enfin le fameux docteur, mais Annie était déjà remontée dans sa voiture.

— Alors voilà, fit-elle en lui faisant face. Je tiens beaucoup à toi. Et si tu ressens quelque chose d'un peu pareil, alors toi et moi, nous pourrions faire un couple du tonnerre, ajouta-t-elle avec un geste de va-et-vient entre Luke et elle-même.

Elle se mordit la joue et son sourire se fit taquin. Luke savait qu'elle avait raison. Il se voyait très bien tomber amoureux d'Annie.

— Mais ? demanda-t-il, réaliste.

— Mais, fit-elle en retrouvant son sérieux, je ne suis pas prête, et je ne crois pas que tu le sois non plus.

— Je n'ai pas l'intention de me précipiter, fit Luke en humectant ses lèvres, conscient que ce qu'il avait à dire pourrait l'effrayer.

Mais je ne crois pas qu'il soit utile de garder nos distances. Nous avons été séparés suffisamment longtemps, tu ne crois pas ?

Annie tira sur la couture qui ornait le cuir de son volant.

— Oh, ne crois pas te débarrasser de moi si facilement.

Elle ajouta, en pointant vers lui son long doigt fin :

— Ne va pas prendre la grosse tête, ce sont les enfants que je trouve irrésistibles, pas leur père.

— Tu oublies que je sais toujours quand tu mens.

Annie ne put retenir un gloussement, et Luke se promit de la faire glousser, ricaner, et même rire aux éclats le plus souvent possible. Et une occasion se présenta à lui.

— C'est l'anniversaire de Clayton, demain. Je ne sais pas trop de quelle humeur tout le monde sera, et cela dépendra beaucoup de Jessie, mais nous trouverons bien quelques bougies et un gâteau. Tu viendras ?

— Terry m'a déjà invitée.

Elle balaya l'air de la main, les sourcils froncés. Sous son air jovial, Luke vit toute sa tristesse.

— Je lui ai dit non, précisa-t-elle.

Il hocha la tête, faisant de son mieux pour se montrer compréhensif. Elle aussi devait faire un travail de deuil, et s'il était différent de celui de Luke, il n'en était pas moins nécessaire.

— OK. Si tu changes d'avis, tu peux toujours m'envoyer un texto.

— J'y penserai. Matt arrive de Washington pour le week-end.

— C'est vrai ? C'est une excellente nouvelle. Il n'est pas revenu depuis…

— Depuis plus d'un an, compléta-t-elle. Quand il est parti pour l'université, il m'a dit qu'il ne reviendrait pas tant que Brian vivrait sous mon toit. Je nc t'en ai jamais parlé.

Les yeux humides et le nez tremblant, elle semblait être sur le point de craquer. Elle couvrit sa bouche de sa main, comme pour se retenir de vomir.

— J'ai tellement honte. J'ai choisi Brian plutôt que mon propre fils. Il fallait vraiment que je sois paumée…

— Allons, la consola Luke.

Oubliant de respecter la ligne invisible qui les avait sagement séparés jusqu'alors, il posa une main sur son épaule et la serra doucement.

— Je suis obsédé par les lettres posthumes de ma femme depuis des mois. Je crois que si quelqu'un est paumé, c'est plutôt moi.

— C'est une drôle de compétition…

— Nous formons une drôle de paire….

— Oui, acquiesça Annie en appuyant sa joue contre la main de Luke. C'est vrai.

Ils gardèrent le silence un moment. Le poids de la joue d'Annie sur ses doigts empêchait Luke de retirer sa main, qu'il le veuille ou non. Le moment fut de courte durée, le temps de quelques souffles, puis Annie soupira lourdement, se redressa, et la magie cessa.

Luke avait du mal à la laisser partir, à quitter le confort familier que lui prodiguait sa compagnie. Serrant son épaule une dernière fois, il s'écarta à regret et récupéra ses affaires sur le siège arrière, puis réapparut à l'avant, à quelques centimètres de la joue d'Annie. Les coupures qu'il avait tant voulu soigner trois semaines plus tôt avaient bien cicatrisé et l'on ne distinguait plus sur sa pommette et son sourcil que de fines lignes pâles.

Sans réfléchir, Luke posa ses lèvres sur sa joue. Un baiser rapide, tout juste assez long pour qu'il puisse respirer le parfum de sa peau et la fragrance de son shampoing. Puis il détacha sa ceinture, ouvrit la portière et la salua.

— À demain.

— À demain, répondit-elle avec un geste de la main.

Luke claqua la portière et marcha à grands pas vers l'entrée principale de l'hôpital. Peut-être s'était-il trompé quand il avait dit à Natalie qu'il n'aimerait plus jamais personne. Peut-être aurait-il dû dire qu'il n'aimerait jamais personne de la façon dont il l'avait aimée, elle.

Il pénétra dans le hall et s'aperçut que son portable n'avait plus de batterie et qu'il n'avait pas la moindre idée d'où pouvait se trouver Jessie. Derrière le guichet d'accueil se tenait une femme au visage rond et à l'air sympathique. Elle pourrait certainement le renseigner, mais après ? Que trouverait-il auprès de Jessie ? Que dirait-il à Neal ? Sa fille était en réanimation, atteinte d'une maladie grave. Le moment était mal choisi pour une confrontation. Il ne lui restait qu'à feindre l'ignorance. Pour Jessie, il allait prétendre qu'il n'avait jamais entendu parler du Dr Neal Townsend, l'homme responsable du fait que la fille de Luke gisait désormais dans une toute petite tombe, quelque part.

CHAPITRE 33

Comme prévu, la femme de l'accueil se fit un plaisir de le guider. Jessie était au quatrième étage, chambre 482. Luke prit l'ascenseur, s'enquit de la direction à suivre auprès des infirmières, et se trouva bientôt debout devant une petite plaque bordeaux indiquant en lettres blanches : 482. La chambre de Jessie. Il avait espéré entendre du bruit ; le rire contagieux de May, peut-être, ou la voix monotone de Terry, qui lui auraient confirmé qu'il frappait à la bonne porte.

Au lieu de cela, seuls le léger ronronnement d'un tensiomètre automatique et les claquements d'un gros appareil, probablement posé dans un coin de la pièce, troublaient le silence. Il ne lui restait plus qu'à faire preuve de courage et à entrer, sans savoir ce qu'il trouverait de l'autre côté. Luke posa la main sur la poignée en nickel poli, poussa la porte et découvrit une chambre d'hôpital nette et rangée, occupée par un seul lit dans lequel semblait dormir une Jessie au visage enflé. Sa peau était tellement tendue que Luke hésita à la toucher, craignant que la pression de ses doigts ne suffise à la faire exploser.

Au pied du lit, prostré sur une chaise, les yeux fermés et les mains jointes, se trouvait le Dr Neal. Ses lèvres remuaient doucement et Luke se dit qu'il devait être en train de prier. Neal ressemblait beaucoup à la photo que Luke avait trouvée sur le site Internet de l'université du Michigan : sa barbe poivre et sel était impeccablement taillée, ses cheveux grisonnant ne donnaient aucun signe de calvitie. De larges cernes sombres entouraient ses yeux et son teint cireux lui donnait l'air aussi malade que sa fille. Luke aurait voulu le haïr mais, à ce moment-là, il ne put voir en Neal ni l'homme qui avait confié un bébé à une femme instable qui l'avait maltraité et probablement tué, ni même le confident et ami de Natalie qui avait participé à son plan compliqué et douloureux. Tout ce qu'il vit, c'était un père, un père dont l'enfant souffrait. Tant que Jessie ne serait pas rétablie, sa discussion avec Neal devrait attendre.

En l'absence de May et de Terry, et devant Jessie endormie, Luke envisagea de se retirer. Il s'apprêtait à tourner les talons et à se mettre en quête d'une infirmière qui pourrait l'aider à retrouver sa famille quand il heurta le mur derrière lui. Il tressaillit, retint une exclamation et frotta son coude endolori. Sans plus se préoccuper de la douleur, il tendit la main vers la poignée de la porte.

— Hum! fit Neal à travers la pièce en se frottant les yeux. Bonjour…

Luke jura en silence. La dernière chose dont il avait envie, c'était d'une conversation polie avec l'homme qui occupait ses pensées depuis des mois, mais ils se trouvaient tous les deux dans la même pièce et il ne pouvait plus reculer. Il ne lui restait plus qu'à espérer que Terry et May feraient leur apparition rapidement.

— Bonjour, euh, vous devez être le père de Jessie?

Déposant son sac près de la porte, Luke s'efforça d'avancer vers lui.

— Je suis Luke Richardson.

— Ah, oui! fit Neal en se redressant dans sa chaise et en lissant sa chevelure. C'est vous qui avez appelé les secours, n'est-ce pas? Votre mère a emmené May chercher à manger à la cafétéria.

— Ma mère?

Il lui parut étrange d'entendre quelqu'un lui parler de sa mère, d'autant plus qu'il devait faire référence à Terry.

— Vous voulez parler de Terry ? demanda-t-il en s'approchant. C'est la mère de ma femme. Enfin, c'était la mère de ma femme… Enfin, c'est ma belle-mère.

Il éprouvait quelque difficulté à former des phrases cohérentes et n'aurait su dire si c'était dû au manque de sommeil, au cocktail d'émotions qu'il avait éprouvées au cours des dernières vingt-quatre heures, ou à l'identité de Neal, mais il devait paraître complètement abruti.

— Enchanté, Luke. Je m'appelle Neal.

Il fit mine de se lever et lui tendit la main. Luke la serra d'un geste ferme et fit un pas en arrière en se demandant combien de temps la politesse lui imposait de rester dans cette chambre, entre Jessie inconsciente et les efforts amicaux du Dr Neal.

— Je vous en prie, asseyez-vous.

Luke parcourut la pièce du regard. Une seconde chaise, grise et abîmée, se trouvait de l'autre côté du lit, et Neal quitta son propre siège pour s'asseoir au chevet de sa fille.

Troublé par la chaleur qui émanait de Neal, Luke s'assit dans le siège vide au pied du lit. De cet endroit, il put constater l'état de Jessie. Un nombre incalculable de tubes et de machines assaillaient son corps, et l'effet était presque plus impressionnant que quand elle s'était évanouie dans son couloir, rendant la réalité de sa maladie douloureusement évidente.

— Alors, comment va-t-elle ? demanda Luke.

Il se sentit immédiatement stupide. De toute évidence, elle n'était pas au mieux de sa forme.

Neal se massa les tempes.

— Mal.

Les mots semblaient peiner à se frayer un chemin à travers sa gorge.

— Il lui faut une greffe. Faute de quoi, elle n'aura plus que quelques semaines à vivre, un mois tout au plus. Je n'aurais jamais cru… Je n'ai jamais imaginé que son état empirerait si rapidement.

— Je suis navré, fit Luke.

Il s'interrompit, chercha ses mots. Neal avait déjà perdu sa femme, et il risquait maintenant de voir mourir sa fille unique.

— C'est une jeune femme merveilleuse. Moi… Mes enfants… Nous avons tous appris à aimer Jessie.

C'est alors que Luke prononça ces paroles qu'il avait lui-même entendues si souvent.

— Si je peux faire quoi que ce soit pour vous aider, n'hésitez pas.

Quand les collègues de Natalie ou les secrétaires, au bureau, avaient bafouillé cette phrase, elle ne lui avait pas paru avoir une grande signification. Cela ressemblait à une formule de politesse toute faite, dénuée de sens et d'émotion, mais il comprenait maintenant que c'était tout ce que l'on pouvait dire quand il n'y avait précisément plus rien à dire et que seule subsistait la volonté d'agir.

Luke s'attendait à une réponse de circonstance, à l'image de celles qu'il avait toujours données. Quelque chose comme *J'y penserai*, ou *Merci, cela ira pour le moment*, mais Neal ne répondit rien. Il opina en caressant sa barbe, comme s'il réfléchissait aux tâches qu'il pourrait confier à Luke.

— Luke, je… euh… je n'avais pas prévu de vous parler de cela dans de telles circonstances…

Il y avait une lourdeur dans sa voix, qui rappela à Luke les gros nuages orageux s'accumulant sur le lac Michigan. Quelque chose de dangereux se préparait : il le voyait, l'entendait, le sentait dans l'air ambiant. Il avait le choix : il pouvait courir se mettre à l'abri, ou il pouvait faire face.

— Neal, l'interrompit Luke. Je suis au courant.

— Pardon ?

Neal se redressa doucement, comme un homme qu'on venait de tirer d'un profond sommeil.

— Je suis au courant, répéta Luke avec un regard insistant.

Comme Neal ne semblait pas comprendre, il expliqua :

— Les lettres, je sais que c'est vous qui les envoyiez. Je sais que vous avez été le professeur de Natalie. Je sais pour la Maison Maranatha. Et je sais pour…

Il ne voulait pas prononcer son nom – il ne l'avait pas dit à haute voix depuis qu'il avait découvert les coupures de journaux – mais il était trop tard pour reculer.

— Je sais pour Mallory.

— Vous êtes au courant pour Mallory ?

Neal jeta un coup d'œil à Jessie, comme pour vérifier qu'elle dormait toujours, et entortilla ses doigts dans le drap impeccable qui recouvrait le lit.

— Comment l'avez-vous appris ?

L'empathie qui avait permis à Luke de rester calme et compréhensif jusque-là battait de l'aile. Malgré les lettres, la livraison du fleuriste, le journal qui relatait la vie et la mort de son premier enfant, la trahison de Natalie n'avait pas vraiment existé. Jusqu'à ce que Neal ne lui confirme, par cette simple question, que tout était vrai.

— Ce n'est pas Natalie qui m'en a parlé en tout cas, grogna-t-il, amer. J'ai trouvé une lettre de votre ancienne patronne, Mme Stephani, qui expliquait les choses très clairement.

Neal lâcha le drap et posa ses mains bien à plat sur le lit pour lisser les plis.

— Ah ! Bien sûr. Christina et sa mauvaise conscience. Natalie m'avait parlé de cette lettre, mais j'ignorais qu'elle l'avait gardée.

— Eh oui, et c'est moi qui l'ai trouvée. Et vous, Neal ? Et votre femme ? Si j'ai bien compris, sans vous, ma fille serait encore en vie.

La colère de Luke, celle qu'il avait tant cherché à contenir, s'amplifiait dangereusement.

— D'accord, vos remarques sont méritées, fit Neal en se penchant pour signifier son assentiment avant de relever la tête vers Luke. Vous avez raison, nous avons fait le mauvais choix. Eva Witling était malade, et nous n'avons pas su le voir. Mais pour notre défense, je dois vous dire que personne ne suspectait rien : ni les docteurs, ni les infirmières, ni les enquêteurs, ni ses amis, ni sa famille. Personne.

— Admettons, opina Luke. Vous ne pouviez pas savoir. Mais puisque nous en sommes à nous faire des confidences, peut-être pourriez-vous me parler un peu plus de votre relation avec ma femme.

— Je l'aimais, répondit Neal simplement.

Ses mots firent à Luke l'effet d'une douche froide. Toute sa colère le quitta. Il avait cru que, quand viendrait l'heure des aveux, il voudrait frapper Neal, ou tout au moins lui hurler sa peine et sa jalousie, mais il fut simplement soulagé de connaître la vérité.

— Depuis combien de temps ? réussit-il à lui demander, tout en tentant de calculer le nombre d'années pendant lesquelles Natalie avait mené une double vie.

— Ce n'est pas ce que vous croyez.

— Ne me mentez pas, s'il vous plaît, supplia Luke.

Il se sentait soudain épuisé et envisagea d'abandonner cet affrontement et de rentrer chez lui pour se mettre enfin au lit.

— N'importe quel imbécile aurait compris que vous entreteniez une liaison secrète avec ma femme. Alors, depuis combien de temps ?

— Vingt-trois ans.

— Elle avait quatorze ans ! s'exclama Luke en s'efforçant de ne pas crier, soucieux d'éviter que Jessie ne les entende à travers son sommeil artificiel.

Il ferma les yeux et se frotta le haut du nez. La théorie du pasteur pédophile ne lui était jamais venue à l'esprit.

— Je crois qu'il vaut mieux que je m'en aille.

— Non, pour l'amour du ciel, ce n'est pas ce que je voulais dire !

Neal leva les mains comme pour se défendre, puis il se tapa le front, comme s'il espérait faire sortir les mots appropriés.

— J'étais le pasteur de Natalie, son professeur, son ami aussi, mais je n'ai jamais été son amant. Et vous vous trompez. Je n'avais pas revu Natalie depuis des années quand elle m'a retrouvé, à l'université. C'était son idée, pas la mienne.

— Je vois. Alors, révérend, demanda-t-il d'un ton accusateur, vous pouvez peut-être m'aider à comprendre quelque chose qui m'échappe : pourquoi Natalie m'a-t-elle menti pendant tout ce temps ?

Les yeux embués de larmes, la gorge serrée, Luke articula sa dernière question :

— Pourquoi vous a-t-elle demandé de m'envoyer ces lettres, au lieu de simplement me dire la vérité ?

— Les choses ne devaient pas se passer…

— Oui, je sais, cela ne faisait pas partie de votre plan, mais cela n'a plus d'importance. Alors, pourquoi toutes ces cachotteries ? Se sentait-elle coupable ? Avait-elle peur de moi ?

Cette dernière idée était la plus douloureuse. Après la lettre qu'elle avait écrite concernant le jour de la mort de sa mère, celle dans laquelle elle expliquait que c'était cette gifle reçue qui l'avait empêchée de reprendre contact avec lui pendant près de six ans, Luke se demandait si elle avait pensé qu'il serait plus prudent de lui révéler la vérité seulement après sa mort.

— Elle avait ses raisons, répondit Neal en secouant la tête.

Il se frappa la cuisse avant de se lever.

— Je n'étais pas censé vous parler de tout cela, mais Natalie ne pouvait pas prévoir ce qui arriverait, ajouta-t-il avec un geste vers

Jessie. Je me doutais bien que je vous verrais ici, alors j'ai apporté ceci, en espérant… en espérant que je trouverais les mots pour vous raconter.

Il se dirigea vers la table de chevet, ouvrit un tiroir dans un frottement silencieux et en sortit une enveloppe bleue qu'il tendit à Luke.

— Les réponses à vos questions se trouvent à l'intérieur.

La lettre était adressée à Luke, comme toujours, et sur le rabat était écrit le mot « Fin ». Elle n'était pas très épaisse – une page ou deux peut-être – et en l'ouvrant, il comprit pourquoi. Elle avait été tapée et imprimée. Deux pages sans interlignes.

— C'est vous qui l'avez tapée ? demanda Luke en se demandant comment il pouvait avoir confiance en une lettre que Natalie n'avait pas écrite de sa main.

Neal acquiesça.

— Oui. Elle était trop faible pour le faire elle-même et elle tenait à vous dire toute la vérité. Mais ce sont ses mots exacts, Luke, je vous le jure.

Ce n'était pas la première lettre imprimée que recevait Luke, et il comprit que Neal avait dû taper les autres aussi.

— Elle m'avait demandé de vous l'envoyer à la date anniversaire de sa mort. Elle pensait qu'un an suffirait à vous préparer…, hésita Neal, mais quand votre belle-mère m'a appelé pour me prévenir au sujet de Jessie et m'a annoncé que vous étiez en route pour l'hôpital, j'ai compris que le programme avait changé. Lisez-la.

Luke n'appréciait pas qu'on lui dise ce qu'il devait faire, surtout de la part de Neal, mais il en avait assez de jouer, d'attendre le moment de vérité, et il parut insensé de le retarder encore par simple dépit. Il baissa ses yeux sur les pages couvertes de caractères noirs, nettement alignés, et il lut.

FIN

Luke, mon amour,

Nous y voilà : l'heure des adieux. Il est de plus en plus évident que la fin est proche, et qu'il est temps pour moi de t'avouer ce que je meurs d'envie (excuse le jeu de mots !) de te dire depuis si longtemps, depuis notre mariage. Parce que tu as le droit de savoir, et je suis sincèrement désolée de ne pas t'en avoir parlé plus tôt. J'avais songé à emporter mon secret dans ma tombe, et il ne me restait plus que quelques mois à vivre quand j'ai finalement changé d'avis et décidé que la vérité te revenait de droit. Je n'ai pas voulu empoisonner les derniers mois de mon existence par des moments de colère et de ressentiment (cela fait probablement de moi une lâche, mais j'espère que tu comprendras un jour), et j'ai donc préféré des aveux posthumes. Alors voilà…

J'ai eu un bébé, Luke. Notre bébé. J'avais presque quinze ans quand j'ai accouché, et je ne l'ai vu qu'une seule fois. Des heures de douleurs, des mois et des mois de regrets et d'embarras oubliés et pardonnés le jour où j'ai posé les yeux sur le magnifique visage de notre fille. Elle était si belle (et si chevelue que j'ai momentanément cru avoir donné naissance à une sorte de mutant). Je l'ai regardée droit dans les yeux, je lui ai expliqué que je l'aimais, que son papa l'aimait aussi, que j'étais trop jeune pour l'élever et que tu étais trop loin. Je l'ai embrassée deux fois (une pour moi et une pour toi) et je l'ai confiée à Mme *Townsend de la Maison Maranatha, la maternité et agence d'adoption qui avait pris soin de moi. J'ai prié pour qu'elle soit heureuse et en bonne santé. Après cela, j'ai gardé cette petite fille enfouie tout au fond de mon cœur et j'ai espéré qu'elle avait trouvé un foyer et des parents merveilleux qui l'aimaient ; une famille, pour ainsi dire, puisque je ne pouvais pas le faire moi-même.*

OK, je t'entends d'ici me demander pourquoi je ne t'en ai pas parlé quand nous nous sommes finalement revus à l'université du Michigan. Bonne question. Je me suis dit qu'elle avait presque cinq ans, qu'elle avait une nouvelle maman et un nouveau papa, que nous ne pouvions pas la récupérer, et puis, je ne savais pas trop comment tu réagirais en apprenant que tu étais père. Pour être tout à fait honnête, j'avais un peu peur, aussi, après ce qui s'était passé dans le cabanon. Le temps que je comprenne qui tu étais vraiment (et qui tu n'étais pas), nous étions mariés. Et puis je suis tombée enceinte de Will, et j'ai décidé que je t'en parlerais après sa naissance.

C'est alors que j'ai reçu la terrible nouvelle. J'ai appris que notre fille avait « disparu » de chez elle quand elle avait trois ans ; qu'elle était présumée décédée. Tu te souviens peut-être de l'histoire de cette fillette disparue qui m'obsédait tant, Mallory Witling ? Mallory était notre fille.

Elle n'habitait d'ailleurs pas très loin de chez nous, à Lansing. J'ignorais totalement que cette petite fille aux longues couettes qui avait accaparé les actualités pendant ma dernière année de lycée était notre enfant. Ses parents avaient trouvé son lit vide et son oreiller couvert de sang, un matin, et la police avait lancé une alerte-enlèvement pour tenter de retrouver Mallory.

Une véritable chasse à l'homme a été organisée : toute la ville s'est mise à sa recherche. Cependant, alors que l'enquête piétinait, M. Witling a avoué nourrir quelques soupçons à l'égard de sa femme dont le comportement, après la mort de leur fille aînée quatre ans plus tôt, l'inquiétait. On a exhumé le corps de la première née des Witling, et découvert que Mark Witling avait raison : son épouse, Eva, souffrait d'une maladie mentale appelée le syndrome de Münchhausen par procuration qui l'avait poussée à rendre sa fille malade, probablement en l'empoisonnant à petit feu, de façon à attirer sur elle et sa famille l'attention des médecins ainsi que de ses amis et de sa famille.

Avec l'aide de M. Witling et les preuves obtenues en exhumant sa fille aînée, l'avocat de l'accusation a réussi à obtenir les aveux de Mme Witling et elle a été emprisonnée. Une maigre consolation quand on sait l'horreur du crime qu'elle a commis. J'aurais voulu aller lui rendre visite en prison, lui crier : « Ce n'était même pas ta fille ! » mais je ne l'ai pas fait. Au lieu de ça, je me suis investie dans mon travail et dans notre famille qui s'agrandissait, et j'ai vécu de très belles années.

Quand j'ai appris que le cancer avait frappé nos vies, j'ai voulu terminer ma maîtrise à l'université du Michigan, mais notre budget ne me le permettait pas, alors j'ai cherché d'autres formations dans la région. C'est à cette époque que je suis tombée sur une photographie du Dr Neal Townsend, maître de chaire à l'université d'État du Michigan. Je l'ai reconnu aussitôt : c'était le pasteur de Maranatha, celui qui avait contribué, avec sa femme, au placement de Mallory. Je n'ai plus cherché à comparer les cours et les formations. Je n'ai plus pensé qu'à une chose : il fallait que je le voie.

Quand j'ai assisté au premier cours de méthodologie mathématique, mon ancien pasteur n'a absolument pas semblé me reconnaître. Il faut bien avouer qu'après vingt-deux ans et trois enfants, je ne devais plus beaucoup ressembler à la gamine de quatorze ans qu'il avait connue à Maranatha. Et puis je l'ai vu discuter avec une jeune fille dans le couloir de la fac, et j'ai remarqué qu'il ne la regardait pas comme il regardait ses autres étudiantes. Quant à elle, elle avait l'air plus gaie quand elle lui parlait, et elle me rappelait quelqu'un. Alors je l'ai suivie. Tu penses peut-être que j'avais perdu la tête, mais c'est devenu une obsession : je me suis mise à réviser mes cours près d'elle, nous sommes devenues amies, et j'ai rapidement découvert que Jessie était la fille de Neal.

Je ne te raconterai pas tous les détails de ma mission digne d'un agent secret, mais le Dr Neal (comme l'appellent ses étudiants) et moi nous sommes liés d'amitié à partir du jour où il m'est venu en aide pendant mon altercation avec Tiff. Toutefois, ça n'a été que le jour où j'ai reçu ce diagnostic dévastateur que j'ai trouvé le courage de lui avouer la vérité. En échange de quoi il m'a confirmé ce que j'ai toujours su, tout au fond de mon cœur : que notre fille n'était pas morte.

Neal m'a raconté toute l'histoire, ce jour-là. Tout a commencé quand M. Witling est apparu sur les marches de la Maison Maranatha avec Mallory en pyjama. C'était la femme de Neal, Maria, qui tenait l'accueil ce jour-là. La fillette de trois ans était malade, très malade. Ses reins souffraient des effets de l'éthylène glycol contenu dans le produit antigel que sa femme ajoutait tous les matins au jus d'orange de sa fille, comme l'avait compris M. Witling.

Mark Witling a supplié Maria de reprendre l'enfant, de la sauver de sa mère adoptive. Maria a tenté de refuser, de le convaincre de rentrer chez lui, d'appeler la police et d'emmener sa fille à l'hôpital, mais plus elle regardait la pauvre enfant malade, plus Maria songeait au fait qu'elle-même n'aurait jamais d'enfant. Elle a alors pris une décision qui allait transformer la vie d'une demi-douzaine de personnes. Elle a pris Mallory dans ses bras et elle l'a emportée à l'intérieur de la Maison Maranatha.

Quand Maria a raconté à Neal ce qui s'était passé, il n'a d'abord rien voulu savoir, mais Maria l'a supplié de lui donner un jour ou deux, le temps de trouver une solution qui éviterait que l'enfant ne soit placée en famille d'accueil ou confiée à la DDASS. Ce soir-là, pendant que Mallory dormait d'un sommeil agité entre Neal et Maria, le journal télévisé a diffusé la nouvelle de la disparition d'une petite fille de Lansing, Michigan. Le reporter a décrit le sang dans la maison, la vitre brisée à la fenêtre de sa chambre, les empreintes dans la boue du jardin. Mark avait simulé un enlèvement.

Leur décision avait été prise à leur place : entre garder l'enfant, trouver un moyen de trafiquer les papiers d'adoption, prendre soin d'elle aussi bien physiquement qu'émotionnellement et spirituellement, ou bien la renvoyer dans sa famille en sachant que sa mère lui ferait du mal et que son père n'avait pas les épaules pour la défendre, ils ont choisi la première solution.

Après t'avoir menti pendant tant d'années, je suis terrifiée. J'ai si peur que tu me haïsses, que cette colère que tu combats depuis si longtemps prenne le dessus. Et puis, égoïstement, j'aurais voulu rester à jamais ta femme bien-aimée, j'aurais voulu que tu gardes le souvenir des années que nous avons passées ensemble, au lieu de regretter celles que nous aurions pu vivre si je t'avais parlé de tout cela plus tôt. Je ne regrette pas d'avoir abandonné notre fille à sa naissance : c'était la meilleure chose à faire à l'époque. Et je ne regrette pas non plus de te l'avoir cachée (pardonne-moi). En revanche, je tiens à ce que Jessie connaisse son père, et Neal a accepté de m'aider. Je sais que la lecture de certaines de ces lettres te sera difficile, mais j'espère aussi que tu puiseras un certain réconfort dans les autres. Tu crois probablement que mon existence sur Terre est bel et bien terminée mais tu te trompes : j'existe à travers mes lettres.

Jessie ignore tout de sa naissance à l'exception du fait qu'elle a été adoptée. Il t'appartient, ainsi qu'à son père, de décider quand et quoi lui dire, mais si vous choisissez de lui raconter qui tu es, qui j'étais, et d'où elle vient, je t'en prie, dis-lui combien je l'aime, et donne-lui ces lettres.

Je t'aime, encore et toujours.

Natalie.

— Jessie ? demanda Luke en laissant couler ses larmes.

Il avait toujours reconnu en elle quelque chose de familier. Le reste – les lettres, les aveux, la trahison, les mensonges et les secrets – n'avait plus d'importance. Il avait cru sa fille morte, et elle était en vie.

— Oui, répondit Neal en prenant la main de Jessie dans la sienne avant de s'asseoir à son chevet. Elle est votre fille biologique. Votre fille, et celle de Natalie.

— Elle est quoi ? coupa la voix cinglante de Terry depuis le seuil.

Elle referma la porte derrière elle, et Luke, figé au pied du lit, constata avec soulagement qu'elle n'était pas accompagnée de May.

Et ce fut Neal qui prit la parole.

— Je regrette de ne pas avoir pu vous en parler plus tôt, à l'un comme à l'autre, ajouta-t-il avec un coup d'œil vers Luke. Jessie est effectivement votre petite-fille. Vous vous souvenez certainement plus de ma femme que de moi-même, Maria Townsend. Bien sûr, nous étions tous deux beaucoup plus jeunes, à l'époque.

Terry, dont les mains tremblaient le long de son corps, s'approcha à pas lents.

— Vous l'avez adoptée ? Vous, et Maria ?

— Oui, confirma Neal.

Il lança un regard à Luke, comme pour le supplier de ne pas partager le reste de leur secret, puis il se leva et guida Terry vers le chevet de Jessie, avant d'ajouter :

— Pour notre plus grande joie.

— Je l'ai cherchée, vous savez, dit Terry, les yeux rivés sur Jessie. L'agence d'adoption Maranatha ne m'a été d'aucune utilité, mais j'économisais pour engager un de ces détectives privés. Quand j'ai perdu ma fille unique…

Elle s'étrangla, puis poursuivit :

— Quand j'ai perdu ma Natalie, j'ai voulu retrouver sa fille, en me disant qu'elle portait peut-être un peu de sa mère en elle, comme mes autres petits-enfants. Et la voilà.

— Elle vous a cherchés, elle aussi, répondit Neal, les lèvres tremblantes. En dehors de sa mère et moi, elle n'a aucune famille. Quelques années après la mort de Maria, elle m'a fait part de son intention de rechercher ses vrais parents. J'aurais pu lui dire la vérité, alors ; j'aurais peut-être dû le faire, mais… Sa santé ne cessait de se dégrader et le moment semblait toujours mal choisi.

Terry leva sur Neal un regard empli de panique.

— Mon Dieu, elle est si malade que cela ? Elle ne va pas mourir, n'est-ce pas ? Je ne sais pas ce que je ferai si elle meurt.

Luke se crispa devant le franc-parler de Terry. Parler de la mort de Jessie devant Neal lui semblait si cruel.

— Ils ne savent pas. Ses reins l'ont lâchée, et elle survit grâce à des dialyses, mais son corps les tolère mal. Tôt ou tard, il lui faudra une greffe.

— Pauvre gamine.

S'approchant du lit d'hôpital, Terry s'agenouilla et prit la main de Jessie dans la sienne.

— J'ai été la dernière personne à la tenir dans mes bras, vous savez. Avant qu'ils l'emmènent en ambulance. Je… Oui, je vois la ressemblance maintenant. Un mélange de May et de Clayton. Et de ma tante Clara, vous ne croyez pas ?

Elle tendit la main vers Jessie et fit glisser une mèche de cheveux derrière l'oreille de la jeune fille.

— Peut-être, fit Luke d'un air vague.

Il était complètement dépassé par ces révélations, par la joie inattendue qu'exprimait Terry, par les remords évidents de Neal. Et comme si cela ne suffisait pas, cette enfant qu'il avait déjà crue morte était bel et bien mourante.

— Terry, demanda-t-il. Où est May ?

Luke surveillait attentivement la porte. Il était trop tôt pour que May découvre la vérité. Jessie elle-même n'était pas encore au courant.

— En bas, elle fait du charme aux infirmières, répondit Terry avec un geste évasif. Quel genre de bébé était-elle ? May était difficile. Quant à Will, c'était un ange.

Neal ouvrit la bouche pour répondre, et Luke fut sincèrement curieux d'entendre quelle réponse il allait donner à Terry – après tout, Jessie avait déjà trois ans quand il l'avait accueillie – quand on frappa à la porte et qu'un docteur d'âge mûr en blouse blanche et aux épaisses besicles entra, un porte-bloc en métal à la main. Terry retira ses propres lunettes pour s'essuyer les yeux et s'appuya sur le bras de Neal pour se relever.

— Monsieur Townsend, je voudrais m'entretenir avec vous un instant, fit le docteur, stoïque, avec un regard lourd de sens vers Luke et Terry.

Comprenant qu'on les invitait à se retirer, Luke se leva.

— Venez, Terry, laissons-les tranquilles. Allons trouver May.

Luke s'approcha d'elle, conscient de sa réticence à s'éloigner de Jessie. Son regard oscilla un instant de Neal au docteur, mais elle se dirigea finalement vers la porte, ignorant la main que lui tendait son gendre.

En sortant de la chambre sombre pour rejoindre le couloir illuminé, Luke s'efforça de ne pas prêter attention aux doléances de Terry (qui semblait convaincue qu'en tant que grand-mère maternelle de Jessie, elle aurait dû être autorisée à demeurer dans la chambre et à faire figure de mère, puisque Natalie n'était plus là pour endosser ce rôle) tout en cherchant à saisir des bribes de la conversation à demi chuchotée entre Neal et le docteur. Alors que la porte se fermait derrière lui, Luke fut certain d'avoir distingué les mots « greffe » et « terminal ».

CHAPITRE 34

Luke recompta les lettres. Cinquante-six, cinquante-sept, cinquante-huit… Cinquante-huit lettres couvertes de l'écriture de Natalie, de ses mots, ses histoires, ses croyances. Il les avait rangées par ordre chronologique, les unes derrière les autres, dans une grande boîte à chaussures, et il avait passé la matinée à les dénombrer, encore et encore, préférant encore passer le temps ainsi plutôt qu'en lisant des magazines. Il songea que c'était ce que vivaient les pères, dans le temps, avant qu'on les autorise à entrer en salle de travail pour soutenir leur femme pendant les accouchements. Cette attente était tout simplement insupportable.

Neal passa enfin la tête dans la pièce immaculée dont le seul mobilier était constitué d'une rangée de chaises plus inconfortables les unes que les autres, et Luke replaça le couvercle orange sur la boîte. C'était l'heure.

— Vous n'avez pas beaucoup de temps. Ils viendront la chercher dans dix, quinze minutes tout au plus, mais cela devrait suffire.

Neal naviguait le long des couloirs, en apparence tous identiques. L'Hôpital Général de Detroit était bien plus grand et plus impressionnant que le petit hôpital de Botsford, et on pouvait aisément y perdre son chemin. Neal portait une blouse, ce jour-là. Luke en ignorait la raison, et il ne lui vint pas à l'esprit de poser la question, mais il trouva que le docteur semblait bien plus à l'aise que lui, en treillis et chemise boutonnée jusqu'au col.

Ils empruntèrent un autre couloir, puis encore un autre, et ils passaient devant un poste d'infirmières que Luke était convaincu d'avoir déjà vu au moins deux fois quand Neal s'immobilisa et se tourna vers lui.

— Je ne sais pas comment vous remercier de ce que vous faites. J'imagine que vous devez beaucoup m'en vouloir, mais… J'ai beaucoup de respect pour vous. J'espère que nous pourrons être amis, un jour.

Neal offrit à Luke sa main tendue, et Luke la contempla un moment. Il avait recherché cet homme pendant des mois, et son esprit avait échafaudé les scénarios les plus extravagants pour expliquer le fait qu'il soit si important pour Natalie. La vérité dépassait tout ce qu'il avait pu imaginer. Après tout, Neal avait pris soin de sa fille biologique, une enfant souffrant d'un problème médical sévère, une enfant qu'il aurait tout aussi bien pu renvoyer vers le système social que Luke lui-même avait bien connu.

Avec précautions, Luke fit passer la boîte à chaussures sous son bras et rendit à Neal sa poignée de main. S'il n'était pas encore capable d'éprouver pour lui de l'affection, il lui paraissait tout à fait envisageable de lui rendre son respect.

— C'est sa chambre, expliqua Neal en indiquant une grande porte en métal suffisamment large pour permettre l'accès des fauteuils roulants et des brancards. Je vais rester ici jusqu'à ce qu'ils arrivent. À moins que vous ne souhaitiez que je vienne avec vous ?

— Non, répondit Luke avec un empressement à peine poli. Je crois que cela ira.

— Bonne chance, fit Neal en ouvrant la porte.

La boîte à chaussures serrée contre lui, Luke pénétra dans la chambre, plus petite que celle de Farmington Hills. Cette fois-ci,

Jessie avait les yeux ouverts, mais l'effort qu'elle dut déployer pour tourner la tête et reconnaître son visiteur sembla l'épuiser. Il ne l'avait pas revue depuis le jour où Neal lui avait remis la lettre pleine de révélations de Natalie, et pourtant, la vue de Jessie, toute gonflée et affaiblie, réveilla en lui une émotion qu'il reconnut : c'était le même sentiment qu'il éprouvait en voyant Will, May ou Clayton, et il sut qu'elle était bien son enfant. Luke s'assit auprès de Jessie.

— Monsieur Richardson, enfin, je veux dire, Luke… Bonjour, l'accueillit Jessie faiblement, avec un léger mouvement des doigts.

— Bonjour, Jessie, comment te sens-tu ?

Luke grimaça devant les aiguilles qui transperçaient ses bras, les appareils qui bourdonnaient autour d'elle et la stupidité de sa question.

— Excuse-moi, c'est une question idiote.

Jessie essaya de rire, mais ne parvint qu'à lui offrir un douloureux sourire.

— J'ai connu mieux, en effet.

— Je n'en doute pas.

Il déposa la boîte à même le sol, sous sa chaise, et se demanda s'il trouverait jamais le courage de lui parler.

— Tu manques beaucoup aux enfants, tu sais. Euh, May a promis de venir te faire une pédicure après l'opération, quand tu serais autorisée à recevoir des visites.

— Je suis impatiente de voir ça, répondit Jessie, et sa lèvre inférieure, sèche et gercée, frémit.

— Bon, ton père t'a dit pourquoi j'étais ici, aujourd'hui ?

— Non, pas vraiment, fit-elle en secouant à peine la tête.

— Eh bien, c'est en rapport avec ton opération. Il a pensé que tu devais savoir, avant…

C'était trop difficile. Neal avait convaincu Luke de parler à Jessie de Natalie, arguant qu'il existait une légère probabilité que la jeune fille ne se réveille pas. Il tenta un nouvel angle d'attaque.

— Bon, ta greffe. Ton père t'a-t-il dit d'où venait le rein ?

Autre imperceptible mouvement de tête. Elle ne savait pas.

— Le donneur a un lien de parenté avec ta mère biologique, Jessie. En fait, il s'agit de ta grand-mère maternelle.

— Ma… Ma mère biologique ?

Jessie semblait faire des efforts pour se redresser, et sa respiration devint saccadée.

— Vous l'avez retrouvée ?

L'espoir que Luke lut dans les yeux de Jessie fut comme un coup de poignard dans son cœur, là où se trouvait la blessure infligée par la mort de Natalie. Comment annoncer à cette gamine malade que sa mère biologique avait elle aussi succombé au cancer, tout comme Maria Townsend ?

— C'est elle qui t'a trouvée, Jessie. L'an dernier, à la fac. Tu l'as bien connue, et elle t'a aimée de tout son cœur.

Les voyants des appareils de surveillance reliés à Jessie devinrent flous alors que les yeux de Luke s'emplissaient de larmes. Aussi affaiblie qu'elle soit par sa maladie, Jessie n'eut aucun mal à comprendre.

— Natalie… Natalie était ma maman ? interrogea-t-elle, les yeux brillants et le menton tremblant.

Luke comprit qu'elle connaissait déjà la réponse.

— Oui, ma chérie.

Le chagrin secouait les épaules de Jessie, et Luke les caressa doucement, espérant que cela ne suffirait pas à déclencher les alarmes des appareils.

— Natalie était ma mère, répéta-t-elle, tandis que son visage s'assombrissait. Mais pourquoi ne me l'a-t-elle pas dit ? Je… J'avais tellement de questions à lui poser. Et nous aurions pu passer du temps ensemble. Nous aurions pu…

Elle s'interrompit.

Luke renifla.

— Je sais, je sais. Je répondrai à autant de questions que possible. Ton père en sait plus que moi.

— Attendez, il était au courant? Pendant tout ce temps, il savait?

Luke n'avait pas réfléchi à ce qu'il devrait faire si Jessie ne prenait pas ces révélations de manière positive.

— Je suis navré. Je ne sais pas… Je viens seulement de l'apprendre, moi aussi.

— Et mon père biologique? Est-il mort, lui aussi? Il a attendu qu'ils soient morts tous les deux pour me dire la vérité?

— Jessie, ton père biologique est bien vivant. Et Neal a fait ce qui lui semblait être le mieux pour toi. Je t'en prie, ne pleure pas. Je voulais seulement te voir avant ton opération. Je voulais te dire…

Ce dernier aveu lui coûta plus encore que de lui révéler son lien avec Natalie.

— Je suis ton père biologique.

— Comment? s'exclama-t-elle, le visage décomposé. Vous… et Natalie? Mais vous étiez si… jeunes!

Elle se reposa un instant, avant de reprendre.

— Attendez… May est ma sœur? J'ai une petite sœur?

— Oui, une sœur et deux frères qui t'adorent et qui sont morts d'inquiétude à ton sujet. Et une grand-mère, Terry, qui t'a donné un rein.

— Oh mon Dieu! Je ne sais plus quoi penser.

Ses bras étant trop faibles pour porter ses mains à son visage, elle cligna plusieurs fois des paupières pour se débarrasser des larmes qui lui troublaient la vue. Luke s'empara de la boîte de mouchoirs en papier posée sur la table de chevet et essuya doucement ses joues humides.

— C'est une bonne chose, non? demanda-t-elle.

— Oui, tout au moins, c'est ce que je crois.

— J'aurais seulement voulu l'apprendre avant la mort de Natalie. J'aurais voulu la serrer dans mes bras, ne serait-ce qu'une fois, et l'appeler maman.

— Je sais. Et je suis d'accord avec toi.

Luke replia le mouchoir et en tamponna les dernières larmes. Les paupières de Jessie se fermaient d'elles-mêmes, et son expression lui rappela celle de Clayton avant la sieste, quand il résistait de toutes ses forces à l'emprise du sommeil. Les lettres devraient attendre.

— Allons, il faut y aller maintenant. Courage. Quand tu reviendras à toi, avec un rein tout neuf, nous pourrons essayer de combler les blancs. D'accord ?

— D'accord, chuchota Jessie en appuyant son front sur la main de Luke. M. Richardson ?

— Jessie, rétorqua Luke en riant. Maintenant, il faut vraiment que tu m'appelles Luke.

L'ombre d'un sourire passa sur ses lèvres gercées.

— Luke…, reprit-elle, et il put presque reconnaître la voix de sa mère dans son murmure. Si je ne survis pas… Vous… Tu crois qu'elle m'attend ? Au paradis, je veux dire ?

— Je ne sais pas. Je ne suis pas…, bredouilla Luke, incertain.

Il fallait mentir, comme il avait menti à Natalie. Apporter à son enfant le réconfort dont elle avait besoin.

On frappa à la porte, et plusieurs individus entrèrent sans attendre qu'on les y autorise. Neal les suivait. Il était l'heure.

Luke ouvrit la bouche, sans trop savoir ce qu'il devait dire à sa fille qu'il ne reverrait peut-être jamais. Il ne croyait ni en Dieu, ni au paradis, mais plus il pensait aux lettres de Natalie, et plus il lui était difficile de concevoir qu'elle ait disparu à jamais. Après tout, puisque Natalie avait retrouvé leur fille une première fois, qu'est-ce qui l'empêchait de recommencer ?

Il se pencha par-dessus la barrière de lit. Les cheveux humides de Jessie caressèrent sa joue.

— S'il existe un moyen de te rejoindre, je sais qu'elle le trouvera.

Luke se redressa et cligna des yeux pour en chasser les larmes avant que Neal, debout à côté de lui, ne les remarque.

— Il est l'heure, dit ce dernier, et les deux hommes observèrent l'équipe médicale tandis qu'elle débranchait les fils, baissait le sommier et remontait les barrières du lit d'hôpital. Avez-vous réussi à lui dire ce que vous vouliez ?

— Je crois, oui, fit Luke en caressant les cheveux de Jessie de ce geste tendre qu'il avait si souvent eu à l'égard de ses autres enfants quand ils étaient bébés.

Il recula pour laisser les infirmiers faire leur travail, avant d'ajouter :

— Je ne lui ai pas parlé des lettres. Je les lui donnerai demain.

Malgré l'activité frénétique qui l'entourait, Jessie semblait peiner à rester éveillée. Il fallait qu'elle tienne le coup, songea Luke. Il était impensable qu'elle ne se réveille pas.

Luke s'écarta pour laisser passer les infirmiers, les docteurs et Neal, avant de sortir de la chambre, son carton à chaussures sous le bras. Après quelques erreurs d'orientation, il retrouva finalement son chemin dans le dédale de corridors de l'hôpital et atteignit la salle d'attente.

Sa chaise était restée inoccupée et Luke réintégra sa place, la boîte sur les genoux. Assis dans la pièce nue, meublée uniquement de plusieurs rangs de sièges usés, il eut comme une sensation de déjà-vu, une impression de n'avoir pas quitté cette salle d'attente depuis la mort de Natalie. Il avait attendu ses lettres, les unes après les autres ; attendu ses instructions ; attendu de ressentir autre chose que ce chagrin qui le tourmentait depuis si longtemps ; attendu que May soit à nouveau capable de sourire sans culpabilité ; attendu que Will retrouve sa place au sein de leur famille ; attendu que Clayton réapprenne à dormir sans le téléphone de sa mère ; attendu qu'Annie trouve la paix.

Luke s'installa confortablement dans son fauteuil et ferma les paupières. Il n'aurait pas de nouvelles avant plusieurs heures. Pour le moment, il avait gagné le droit de se reposer, mais dès le lendemain, il cesserait d'attendre. Dès le lendemain, ils recommenceraient à vivre.

REMERCIEMENTS

Avant toute chose, je dois remercier tous les membres de Sarcoma Alliance qui ont accepté de partager leur combat avec moi. Vous savez ce que c'est que d'être confronté à un avenir incertain : vous êtes de vrais guerriers, de vrais héros.

En particulier, je tiens à rendre hommage aux victimes de sarcomes qui ont perdu leur bataille, et aux membres de ces familles qui continuent, encore et toujours, à soutenir un être cher en proie à la maladie : Beth H. Levy Feigenblatt, Ellen McCaffrey, Kate Caruso, Christopher Hecknauer, Mark A. Cohen, Doug Haro, Peter Tomaras, Glenys Perry, Jenny Miller, Jim Markey, Vanessa Sandré, et Amy Heiter.

Merci à mon groupe de « vrais » écrivains : Joanne Osmond, Paulette Swan, Kelli Swofford Nielsen, Mary Rose Lila, et Deb Brooks. Je me réjouis chaque mois de nos retrouvailles. Vous m'offrez un lieu agréable, reposant, où je peux m'accomplir en tant qu'auteur. Rien ne me donne plus de plaisir que de travailler avec chacun d'entre vous dans le partage de notre passion pour l'écriture.

Sans oublier mon réseau d'encouragement virtuel – Dennis Maley, J. S. Hughes, Natasha Raulerson, Jimmy Cearlock, et Kalinda Knight – c'est grâce à vous que j'ai continué, même quand je ne me

sentais plus capable d'écrire un mot de plus. Nos concours d'écriture express, les objectifs que vous m'avez fixés, les séances de critique littéraire et de brainstorming, vous avez tout fait pour me rappeler qu'un roman n'était pas forcément une aventure solitaire.
Natalie Selbe, c'est à toi que je dois d'avoir commencé cette histoire. Pour avoir passé des heures à échanger des idées folles avec moi, pour m'avoir lue et relue, pour tes remarques toujours pertinentes, merci. Qu'aurais-je fait sans toi ?
À mon amie écrivain, Lauri Fairbanks, auteur extraordinaire et être humain encore plus extraordinaire : nous suivons le même chemin, ensemble. Merci de m'avoir accordé si souvent ton attention. Ta force de caractère est impressionnante.
Mallory Crowe, écrivain et parfait exemple de travail et d'engagement. Merci d'avoir toujours trouvé les mots pour m'encourager, et d'avoir su supporter mes textos nocturnes et mes paniques matinales. Tu mérites tout le bonheur et le succès que la vie t'accordera.
Charlie Donlea, mon ami et voisin, quelle chance incroyable nous avons eue d'habiter à proximité et de partager le même agent, StringerLit. Tu m'as si souvent sauvé la mise. Merci d'être venu vers moi et d'être toujours disponible. Je lève mon verre à la sortie de nos futurs bouquins, de nos futurs vernissages, et des futurs e-mails emplis d'espoir et de panique que nous échangerons encore un jour.
J.S. Hazzard, c'est grâce à toi que j'ai pu tenter de rester honnête et fidèle à moi-même, et c'est ce que j'aime chez toi. Merci d'être toi.
À ma critique préférée, Maura Jortner, qui fait tellement de choses à la fois que je me demande si elle n'est pas Wonder Woman (à moins qu'elle n'ait plusieurs clones). Notre collaboration est allée bien au-delà de mes attentes.
À Nancy Brandwein, ma seconde paire de lunettes. Tu m'as permis d'amener mon histoire vers un autre niveau, et je te serai éternellement reconnaissante d'avoir contribué à mon travail par tes connaissances et tes suggestions. Et à ma relectrice, Cheri Madison,

merci d'avoir mis à la disposition de mon roman tes yeux de lynx qui ont su repérer tous ces détails que mes yeux ne voyaient plus.

Danielle Marshall, mon éditrice, ma pom-pom girl, si seulement tu savais combien ton énergie et tes compétences ont pu m'inspirer. J'ai une chance inouïe de t'avoir eue à mes côtés tout au long de cette aventure.

À mon agent, la si merveilleusement talentueuse Marlene Stringer. J'ai tant appris de toi. Je pense honnêtement que c'est grâce à toi que je vis mon rêve aujourd'hui. Merci pour ton travail et ton dévouement. Ta passion pour mes histoires m'a donné le courage de continuer.

Merci à tous ceux qui ont lu et aimé *Naufragés*, à tous ceux qui ont pris le temps de me laisser un message sur Facebook ou Twitter, ou de m'envoyer un e-mail d'encouragement. Ces paroles vivifiantes m'ont servi de carburant en me confirmant, en toute humilité, que quelque part, des lecteurs voulaient me lire à nouveau.

À mes amis et ma famille. *Ouah!* (il n'y a pas d'autre mot). Vous m'avez entourée, encouragée, soutenue. C'est moi qui suis votre plus grande fan. Merci, merci infiniment de ne jamais vous être lassés de m'écouter parler de livres, d'édition, des hauts et des bas du métier d'écrivain.

Merci à ma sœur, Elizabeth Renda, de m'avoir lue, d'avoir appris à rendre ses commentaires constructifs, de m'avoir accompagnée à une conférence sur l'écriture même si tu prétends n'avoir rien d'un écrivain. Merci à mes frères, à mes parents d'avoir chanté mes louanges à maintes reprises (et de m'avoir mis dans l'embarras presque aussi souvent). Je me sens aimée.

À mes enfants. Le métier de votre maman, c'est de raconter des histoires et pour le moment, vous trouvez ça super cool et rien ne saurait me faire plus plaisir. J'espère qu'en grandissant, vous aussi, vous aimerez faire appel à votre imagination et à votre inventivité. Merci pour vos câlins, votre amour, votre patience. Vous êtes les plus extraordinaires des enfants, et j'éprouve une immense reconnaissance envers la vie qui m'a donné la chance de vous regarder grandir. Enfin, à mon mari Joe. La vie est belle, et je suis heureuse de la partager avec toi. Merci de m'avoir prodigué maintes paroles d'encouragement, tasses de café, en-cas et fous rires quand j'en avais le plus besoin. Je t'aime.

À PROPOS DE L'AUTEUR

Emily Bleeker, ex-enseignante, s'est découvert une passion pour l'écriture après avoir présenté un atelier d'écriture à ses élèves. Tout un monde de personnages aux histoires palpitantes a bientôt vu le jour dans son imagination. Il lui a fallu se battre contre un type de cancer très rare pour trouver le courage de partager son univers intérieur avec le reste du monde.

Emily vit dans la banlieue de Chicago avec son mari et leurs quatre enfants. Quand elle n'écrit pas et ne s'occupe pas d'eux, elle apprend à jouer de la guitare (du moins, elle essaye), chante (à tue-tête) à l'unisson de la radio et s'adonne à sa nouvelle passion : le footing.

Suivez-la sur sur son blog : www.emilybleeker.com

Printed by Amazon Italia Logistica S.r.l.
Torrazza Piemonte (TO), Italy

23003271R00251